CHASE

RIXON RAIDERS

L A COTTON

Veröffentlicht von Delesty Books

RIXON RAIDERS - CHASE

Bearbeitet von Andrea M Long
Übersetz von Britt Toth

RIXON RAIDERS

1

Hailee

„VERDAMMTE SCHEISSE." Ich knallte die Kommodenschublade zu und stapfte in das angrenzende Badezimmer, das ich mir widerwillig mit meinem Stiefbruder teilte.

„Jason", schrie ich und durchwühlte hektisch atmend den Wäschekorb, wobei überall Klamotten herumflogen. „Jason, ich schwöre bei Gott, ich werde ..."

„Hast du ein Problem, Schatz?" Mom steckte den Kopf durch die Tür. Sie fing ein fliegendes T-Shirt auf, knüllte es zusammen und sah mich an, als hätte ich den Verstand verloren.

„Jason hat meine BHs geklaut."

„Hailee Raine, ich kann mir nicht vorstellen, dass er so etwas tun würde." Ihr Gesichtsausdruck wurde streng. „Bist du sicher, dass sie nicht alle da drin sind?" Sie deutete auf den Wäschekorb, den ich noch immer wie eine Verrückte durchwühlte.

Ich runzelte die Stirn und rief wütend „Er hat sie geklaut. Ich bringe ihn um."

„Schätzchen", sie stieß einen müden Seufzer aus. „Kannst du und Jason bitte versuchen, dieses Jahr miteinander auszukommen? Es ist das Abschlussjahr, ihr seid praktisch erwachsen. Diese dummen Streiche, die ihr einander spielt ..."

„Denise, hast du meine Brieftasche gesehen?"

„Ich glaube bei der Kaffeemaschine", rief Mom ihrem neuen Mann, meinem Stiefvater Kent, zu. „Ich gehe ihm besser helfen und dann muss ich los, sonst komme ich zu spät zum Sport, aber, Baby", sie stockte und schaute zurück ins Bad. „Bitte versuch es, für mich."

„Klar, Mom, bis später", sagte ich zähneknirschend, die Lüge ging mir leicht von den Lippen. Sie lächelte und wünschte mir einen schönen ersten Tag, bevor sie den Flur hinunter verschwand.

Ich erwartete nicht, dass Mom sich in einen unserer Kriege einmischen würde. Schon lange brauchte ich sie nicht mehr, um meine Kämpfe auszutragen.

„Jason", schrie ich und stürmte in sein Schlafzimmer. Ich machte mir nicht einmal die Mühe zu klopfen, sondern ging direkt hinein. Zu meinem Glück war er gerade dabei, sich seine Jeans anzuziehen. Obwohl es nicht das erste Mal wäre, dass ich seinen nackten Hintern gesehen hätte.

„Dir auch einen guten Morgen", sagte er und fuhr sich mit der Hand durch die Haare.

„Wo sind sie?"

„Sie?" Er runzelte die Brauen, aber seine Unschuldsmaske täuschte mich nicht.

„Meine BHs, Trottel. Ich weiß, dass du sie genommen hast."

„Wenn ich BHs klauen wollte, dann würden mir kreativere Wege einfallen." Seine Augen funkelten belustigt. Ich kniff die Augen zusammen und betrachtete ihn mit saurer Miene.

„Es ist der erste Tag in der Schule. Ich brauche einen BH." Auf keinen Fall konnte ich einen ganzen Tag ohne überleben. Ich gehörte nicht zu den Mädchen mit Waschbrettbauch und einer flachen Brust. Ich hatte Kurven, mehr als mir manchmal lieb war, besonders im Sportunterricht, wenn Mr. Tinney uns Völkerball oder Volleyball spielen ließ.

„Gib mir einen zurück", sagte ich. „Und wir werden vergessen, dass diese ganze Sache jemals passiert ist."

„Ich habe keine Ahnung, wovon du re ..."

„Du willst Krieg?", zischte ich und fühlte, wie ich wütend wurde. „Von mir aus, aber erwarte nicht, dass ich dich schonen werde."

„Ooh, jetzt habe ich aber Angst. Was wirst du denn tun? Mich mit denen umhauen?" Jason grinste und senkte seinen Blick auf meine Brust mit den steifen Nippeln. Ich warf die Arme um mich, Wut brodelte mir in den Adern.

Hass war ein starkes Wort, aber es traf auf das, was ich für meinen Stiefbruder empfand, ziemlich genau zu. Er gluckste und warf wahllos Gegenstände in seinen Rucksack. Ich war überrascht, dass er überhaupt etwas einpackte. Das Abschlussjahr war im Grunde eine Formalität für die Rixon Raiders. Sie verbrachten in diesem Semester mehr Zeit auf dem Football-Feld als im Unterricht. Denn ihre Leistung auf dem Feld war viel wichtiger als jede Note. Ich verdrehte die Augen und stieß hervor: „Du willst es wirklich auf diese Tour?" Ich gab ihm noch eine Chance, einzulenken, aber ich hätte es besser wissen sollen. Jason Ford war mein Stiefbruder und ein Arschloch von epischem Ausmaß.

„Wie ich schon sagte, Hailee Raine ..." Er sah so selbstgefällig aus. Er wusste, wie sehr ich es hasste, wenn meine Mutter mich so nannte. „Ich habe keine Ahnung, wovon du redest."

„Gut, aber sag nicht, ich hätte dich nicht gewarnt." Ich schubste ihn, bevor ich hinaus stapfte, hinter mir erklang sein überhebliches Lachen.

Fünfzehn Minuten später ging ich die Treppe hinunter. Kent runzelte die Stirn über mich, oder besser gesagt über mein Outfit. „Frag nicht", sagte ich, nicht in der Stimmung für einen seiner lahmen Versuche, einen Witz zu machen.

„Ich wollte nichts sagen", erwiderte er mit einem schwachen Lächeln, während ich die Pop-Tart-Schachtel aus dem Schrank holte und eines in den Toaster schob.

„Die Dinger sind schlecht für die Zähne."

„Schau mir ins Gesicht, sieht es so aus, als ob mich das interessiert?"

„Seien wir mal ehrlich." Jason stürmte in den Raum. „Niemand wird dir heute ins Gesicht schauen."

„Fick dich", maulte ich.

„Das habe ich gehört", grummelte Kent und erntete ein Kichern von Jason.

Sie waren beide vom gleichen Schlag. Wie der Vater, so der Sohn. Jason hatte das gute Aussehen seines Vaters geerbt. Widerspenstiges braunes Haar, eisblaue Augen, umrahmt von langen Wimpern und ein Lächeln, das selbst das prüdeste Mädchen dazu brachte, ihr Höschen fallen zu lassen. Aber es war mehr als das. Jason war, genau wie sein Vater, ein großartiger Footballspieler. Man munkelte in der Stadt, dass Kent auf dem Weg in die NFL gewesen war, bevor eine Verletzung seine erfolgreiche Karriere bei den Penn Quakers beendete.

Es war eine bittere Pille, die er schlucken musste, aber jetzt war Jason bereit, in seine Fußstapfen zu treten. Und die ganze Stadt platzte vor Stolz. Kann mir mal jemand den Eimer reichen?

Der Toaster klickte, ich riss ein Stück Küchenrolle ab und benutzte es als Handschuh, um das Pop-Tart herauszuholen. „Ich bin dann mal weg, tschüss", sagte ich. „Pass auf, dass dir dein Frühstück nicht im Hals steckenbleibt." Ich zwinkerte Jason zu, bevor ich das Haus verließ.

Meine beste Freundin Felicity oder Flick, wie ich sie zu nennen pflegte, wartete bereits am Ende der Einfahrt in ihrem sonnenblumengelben Käfer auf mich. „Dieser Gesichtsausdruck spricht Bände." Sie unterdrückte ein Lachen, als ich hineinkletterte.

„Ach, lass." Ich schob die Brille auf den Kopf, um mir die Haare aus dem Gesicht zu halten, während ich in das Pop-Tart biss. Vielleicht dämpfte der Zucker meine Wut etwas. „Jason hat alle meine BHs gestohlen."

Ich hatte improvisiert und ein Bikinioberteil angezogen. Es war ein wenig gepolstert, aber es bot mir nicht den üblichen Halt. Da das Wetter immer noch warm war, konnte ich auch nichts anderes als ein T-Shirt tragen. Es sei denn, ich wollte den Tag schwitzend verbringen.

Flick fuhr los und kicherte. „Man sollte wirklich meinen, dass er wichtigere Dinge zu tun hat, wenn man bedenkt, dass es das Abschlussjahr ist."

„Oh nein, Jason hat immer noch genug Zeit, mir das Leben zur Hölle zu machen. Aber keine Sorge." Ich lächelte sie verschwörerisch an. „Ich plane seinen Untergang."

Sie schnitt eine Grimasse. „Nicht, dass ich es nicht genossen hätte, wie du ihn in den letzten Jahren das eine oder andere Mal in die Schranken gewiesen hast, aber denkst du nicht, du solltest dich zurückhalten? Im vergangenen Jahr war er unerträglich, doch dieses Jahr wird er ..." Sie erschauderte und führte ihre Gedanken nicht weiter aus.

Flick hatte recht.

Seit Jason und ich einander in der sechsten Klasse aufgezwungen wurden, als sein Vater und meine Mutter verkündeten, dass sie zusammenziehen würden, befanden wir uns im Krieg. Jason wollte keine Schwester und ich hatte keine Nerven für einen Bruder. Schon gar nicht für einen so nervigen und arroganten Typ wie Jason. Wir konnten unterschiedlicher nicht sein. Er beliebt und sportlich, ich eher der künstlerische Freigeist. Jason lebte und atmete Football, wie die meisten Leute in Rixon. Aber ich nicht. Ich kannte nicht mal die Spielregeln. Unnötig zu sagen, dass, als wir älter wurden, die Kluft zwischen uns sich immer weiter vergrößerte. Er liebte nichts mehr, als mich zu ärgern und ich verbrachte meine Tage damit, Rachepläne zu schmieden.

„Nur weil alle anderen denken, dass ihm die Sonne aus dem Arsch scheint, heißt das nicht, dass ich ihm zu Füßen liegen und seinen Scheiß hinnehmen muss."

Flicks Augenbraue schoss nach oben. „Er hat allerdings einen ziemlich hübschen Arsch."

„Nimm das zurück." Ich verschluckte mich fast an meinem Pop-Tart. „Nimm das zurück, sofort."

„Was?" Ihr leises Lachen erfüllte das Auto. „Ich würde es nie probieren, aber schauen darf man ja mal."

„Oh mein Gott, ich kann mir das nicht anhören. Nicht an einem Montagmorgen." Ich stopfte mir die Finger in die Ohren, aber sie fuhr ungerührt fort.

„Erzähl mir nicht, dass du noch nie einen Blick auf die Jungs geworfen hast, wenn sie bei euch sind? Du musst dir Asher oder Cameron angesehen haben ..."

„Felicity Giles, wer sind Sie und was haben Sie mit meiner besten Freundin gemacht?"

„Was?" Sie grinste. „Ich sage ja nur, es ist eine Sache, das Footballteam zu hassen, aber das heißt nicht, dass wir ihre Körper nicht bewundern können."

„Stopp.“ Ich beugte mich vor und lege meine Hand auf ihren Mund. „Würdest du bitte endlich aufhören?“

Ich wollte nicht so über Jason und seine Freunde denken. Vor allem nicht über Cameron Chase. Er hatte sich daran beteiligt, mir das Leben genauso schwer zu machen wie mein Stiefbruder, seit wir zusammen auf der Junior High waren. Zugegeben, das war nicht immer so gewesen. Als wir bei Jason und seinem Vater eingezogen waren, war Cameron ein Puffer gegen die offene Feindseligkeit seines besten Freundes mir gegenüber gewesen. In den letzten fünf Monaten der sechsten Klasse hatte ich dummerweise geglaubt, wir könnten Freunde werden. Aber dann kam der Sommer vor der Junior High und alles änderte sich.

Alles.

Und ich erkannte, dass Cameron Chase ein Mistkerl war, genau wie mein neuer Stiefbruder.

Die Rixon Highschool kam in Sichtweite und Flick fuhr auf den Parkplatz. Ihr alter gelber Käfer stach als wunderbarer Kontrast neben all den glänzenden neuen Hondas und Fords heraus. Wie ich passte sich meine beste Freundin nicht der Masse an. Wir stiegen aus und gingen auf das Schulgebäude zu und bei der Vorfreude auf den ersten Schultag löste sich der ganze Ärger in Luft auf. Im Gegensatz zu den meisten Klassenkameraden, die sich darauf freuten, unter ihren Freunden zu sein und in Erinnerungen an ihre Sommereskapaden zu schwelgen, brannte ich darauf, in den Unterricht zu gehen, besonders in den Kunstunterricht.

„Genieße diesen Moment“, sagte Flick, als wir bei den Türen angekommen waren. „Unser letzter erster Tag an der Highschool. Wir werden hier nie wieder ein neues Jahr beginnen. In zwölf Monaten werden wir Erstsemester sein.“

Ich drehe mich zu ihr um. „Dann machen wir es besser

richtig." Ich lächelte. Ein echtes, aufrichtiges Lächeln. Denn sie hatte recht.

Ein Jahr.

Ich musste nur noch ein Jahr überleben. In dieser Stadt mit ihrem geliebten Footballteam, meinem Stiefbruder und seinen Arschloch-Freunden.

Dann wäre ich frei.

Aber trotz der Vorfreude darauf, was die Zukunft weit weg von Rixon bringen würde, hatte ich vor, das Beste aus dem Abschlussjahr zu machen.

Dann hörte ich eine vertraute Stimme, eine grausame Erinnerung des Universums, dass ich immer noch durch die Hallen der Rixon High streifte und es vor ihnen kein Entrinnen gab.

„Du siehst gut aus, Sonnenschein."

Ich sah auf und blickte direkt in das grinsende Gesicht von Cameron Chase, geliebter Wide-Receiver der Rixon Raiders und bester Freund meines Stiefbruders. „Du weißt, dass ich es nicht mag, wenn man mich so nennt", sagte ich betont ruhig, um meine Verärgerung zu verbergen.

„Ich weiß", antwortete er gleichgültig und zuckte mit den Schultern. „Nette T ..., ich meine, nettes T-Shirt." Sein Blick fiel auf meine Brust, bevor er ihn langsam wieder zu meinem Gesicht hob, der Schalk tanzte in seinen klaren blauen Augen. „Ist dir kalt oder freust du dich einfach, mich zu sehen?"

Cameron zwinkerte, bevor er um mich und Flick herum ging. Er stieß meine Hand vom Türgriff und ich zuckte zurück, überrascht von den winzigen Stromstößen, die durch mich hindurchschossen. Er stockte für einen Moment und sah auf seine Finger, schüttelte den Kopf und ging dann in das Gebäude, wobei er die Tür hinter sich zufallen ließ, direkt in mein Gesicht.

Mit einem schweren Seufzer riss ich die Tür auf und

glitt hinein, während Flick mir hinterherlief. „Sieh dir nur diesen Arsch an", flüsterte sie, dicht zu mir gebeugt, und beobachtete Camerons sich entfernende Gestalt. Andere Schüler stolperten über ihre eigenen Füße, um ihm aus dem Weg zu gehen. Aber ich schaute nicht auf seinen Arsch. Mein Blick brannte sich in seinen Hinterkopf, während ich mir all die schmerzhaften Arten vorstellte, wie ich ihm wehtun könnte. Er schaute über seine Schulter, unsere Blicke trafen sich, und ich stieß ein frustriertes Stöhnen aus.

Ich kannte diesen Ausdruck.

Ich hatte ihn über die Jahre oft genug gesehen. Aber von Cameron noch nie. Sicher, denn er hatte Jasons Streiche mitgemacht und versucht, immer neue Wege zu finden, mich zu ärgern. Ich starrte zurück und wollte, dass er wegschaute. Zu meiner Überraschung und zu meiner völligen Verwirrung drehte er sich komplett zu mir um und ging rückwärts, sein Blick immer noch direkt auf mich gerichtet.

Mein Magen schlug Purzelbäume. Cameron sah aus, als wollte er mich entweder töten oder vernaschen. So wie ich Cameron kannte, war es nicht Letzteres.

Scheiße, was war denn mit ihm passiert?

Abgesehen von der Hochzeit hatte ich die drei den Sommer über so gut wie möglich gemieden. Sie waren viel unterwegs. Sie nahmen an Football-Camps teil, dann am Sommertraining, und Mr. Bennet hatte sie in seinem Haus in den Hamptons Urlaub machen lassen, um Ashers Geburtstag vorzufeiern. Bei den seltenen Gelegenheiten, bei denen sie bei uns waren, machte ich mich rar und schloss mich in meinem Schlafzimmer ein. Aber so wie Cameron mich ansah, würde jeder denken, ich hätte seinen Welpen umgebracht und er wollte langsame, schmerzhafte Rache.

„Hmm, Hails, was passiert hier gerade?" Flicks Stimme

riss mich aus den Gedanken. „Warum sieht Cameron dich so an?“ Sie legte ihren Arm um meinen, aber bevor ich antworten konnte, tauchte Jason aus dem Nichts auf und stürzte sich auf Cameron in einer dieser peinlichen Männerumarmungen. Ich schüttelte das anhaltende Gefühl seiner Augen auf mir ab und ging zu meinem Spind.

„Das war seltsam“, bemerkte Flick.

„Wahrscheinlich genießt er nur die Show.“ Ich schaute hinunter auf meine Brust und die offensichtliche Nippelsituation.

„Vielleicht“ überlegte sie, doch sie klang nicht sehr überzeugt.

Ich war auch nicht so glücklich damit. Denn ich war mir ziemlich sicher, dass Cameron mir eine Botschaft geschickt hatte.

Und es sah sehr nach einer *Herausforderung* aus.

2

Cameron

„FUCK YEAH, Abschlussklasse!" Asher lehnte lässig an seinem Spind und wackelte mit den Augenbrauen. Die meisten Schüler waren schon auf dem Weg zum Unterricht, aber nicht unsere kleine Gruppe. Wir waren nicht in Eile. Es war nicht so, dass uns jemand Stress machen würde.

„Scheiße, Mann, hast du Hailee schon gesehen?" Joel Mackey, ein Zehntklässler und unser neuer Tight End, grinste. „Können wir dir dafür danken, Jase?"

Mein Blick wanderte abwesend dorthin, wo sie gerade mit ihrer besten Freundin den Flur hinunter verschwand. Ich verweilte jedoch nicht, sondern schaute zu Jason, der gleichgültig mit den Schultern zuckte. Er liebte es, mit Hailee zu spielen, aber er war niemand, der damit prahlte, nicht außerhalb unseres Trios.

„Nun, ich für meinen Teil, habe die Show genossen." Während Joel sprach, verpasste ich ihm eine Kopfnuss. Er jaulte wie ein kleiner Hund und sein Lächeln verzog sich zu einer Grimasse. „Zeig etwas verdammten Respekt, das ist die Schwester deines Quarterbacks."

„Stiefschwester", korrigierte mich Jason und warf mir einen seltsamen Blick zu.

„Tut mir leid, Jase, ich habe nur herumgealbert", murmelte Joel und rieb sich den Kopf.

Ich wollte ihn nicht schlagen, aber zu hören, wie er über Hailee redete, gefiel mir nicht. Außerdem, die Vorstellung, dass der kleine Scheißer sie überhaupt ansah ... Die Einzigen, die sich mit ihr abgeben durften, ... sie ansehen durften, ... mit ihr reden durften, ... waren Jason, Asher und ich.

„Hey Jason, Cam." Khloe Stemson, Chef-Cheerleaderin und totale Nervensäge, kam auf uns zu. „Du siehst gut aus." Ihr Blick streifte Jason und landete dann auf mir. Sie leckte sich über die Lippen wie eine Viper, die sie auch war. „Ich dachte, wir sollten uns treffen, um über die Pep-Rallye zu reden ..."

„Nicht jetzt, Khloe. Wir müssen zum Unterricht." Jason schob sich an ihr vorbei und machte eine Bewegung mit dem Kopf, die andeutete, wir sollten ihm folgen. Ihre Augen richteten sich wieder auf mich, glitzerten vor Lust und Frustration, aber wenn sie glaubte, ich würde sie retten, war sie auf dem Holzweg. Khloe gehörte nicht zu den Mädchen, die man rettet. Sie war die Art von Mädchen, die man fickte und dann fallen ließ.

Zügig weiter.

„Gehen wir wirklich in den Unterricht?", fragte Asher, als wir zu der verlassenen Halle schlenderten.

„Was denkst du denn?", grummelte Jason. „Ich kann nicht glauben, dass Khloe das ganze Jahr über an uns festklebt."

„Du hast sie doch schon geknallt." Asher stieß Jase mit

dem Ellbogen an, der ihn wiederum mit einem harten Blick bedachte.

„Genau. Und ich bin nicht auf eine Wiederholung aus. Niemals." Verachtung tropfte aus seinen Worten, als wäre die Vorstellung, es mehr als einmal mit einem Mädchen zu treiben, verrückt. Aber wenn die Frauen sich einem so an den Hals warfen, wie sie es bei Jason taten, konnte man es ihm nicht verübeln.

Ein Rixon Raider zu sein, brachte eine Reihe von Privilegien mit sich. In den Hallen der Schule wurden wir wie Götter behandelt. Außerhalb der Schultore, in der Stadt, war es nicht anders. Es war leicht, sich von all dem mitreißen zu lassen. Die Mädchen. Die Aufmerksamkeit. Der Respekt. Aber der Star-Quarterback des Teams zu sein, war noch einmal eine andere Nummer. Jason Ford war nicht nur ein Rixon Raider, er war *der* Rixon Raider. Der Typ, der Legende schreiben würde. Wir alle wussten, dass es für Jason nur einen Weg gab und der führte direkt in die NFL.

„Also, wie lautet der Plan?", fragte Joel und Jasons Kopf flog herum. Er hatte völlig vergessen, dass Joel bei uns war.

„Du solltest zum Unterricht gehen."

„Aber ..."

„Später, Mackey." Ich schob ihn in Richtung der Treppe, und er ging mit hängenden Schultern und trauriger Miene weg.

„Der kleine Wichser hat Eier, so über Hailee zu reden", sagte Asher, und ich straffte meine Schultern.

„Hailee würde ihn lebendig fressen. Aber niemand wird sie anfassen", grunzte Jase. „Jeder weiß, dass sie tabu ist."

Fuck sei Dank.

„Man könnte denken, du willst sie, so wie du dich aufführst ..."

„Was zum Teufel hast du gerade gesagt?" Jason hatte Asher an die Wand gepresst, bevor dieser wusste, wie ihm geschah.

„Ruhig, Mann." Ashers Augen waren weit aufgerissen, seine Hände kapitulierend erhoben.

Jasons und Hailees Spielchen waren nichts weiter als übertriebene Geschwisterrivalität. Wirklich übel. Asher und ich waren lange genug dabei, um zu wissen, wie es zwischen ihnen lief, also war es eine interessante Frage, warum Asher das Thema jetzt zur Sprache brachte.

„Ich habe dich nur auf den Arm genommen", würgte er hervor. „Es war nicht böse gemeint."

„Red nicht so einen Scheiß." Er lockerte seinen Griff, und Asher sackte an der Wand zusammen und rieb sich den Hals. „Du weißt, dass ich ihren Arsch am liebsten aus der Ferne sehe, und von Denise, ihrer Mutter, fange ich gar nicht erst an. Ich sag dir eins, ich wünschte, ich hätte einen Weg gefunden, die Hochzeit zu sabotieren, bevor sie die durchgezogen haben. Ich kann nicht glauben, dass mein Vater diese selbstgefällige Schlampe geheiratet hat."

Es war kein Geheimnis, dass Jason Probleme hatte. Ich hätte gerne gesagt, dass die kürzliche Heirat seines Vaters mit Hailees Mutter der Grund für seine Wut war, aber er war schon immer so. Schon als Kind war er wütend auf die Welt und alles und jeden darin gewesen.

„Ich weiß es nicht", sagte Asher. „Sie war immer nett, wenn wir vorbeikamen. Bot uns Kekse und Milch an und warf mir einen Komm-Fick-Mich-Blick zu. Hey, falls du mich brauchst, um ihre Nach-Hochzeits-Glückseligkeit zu stören, bin ich bereit, mich für das Team zu opfern." Er grinste und zog die Augenbrauen hoch und Jase umarmte ihn, sodass die beiden wieder gegen die Wand fielen, aber diesmal mit einem Lächeln im Gesicht.

„Mr. Ford, Mr. Chase und Mr. Bennet, was für eine

Überraschung." Direktor Finnigan stand plötzlich vor uns, die Hände hinter dem Rücken verschränkt. Missbilligend schaute er zu, wie meine beiden Freunde sich von der Wand lösten.

„Guten Morgen, Sir." Jason strich sich durch sein unordentliches Haar und trug etwas zu dick auf. „Wie geht es Ihnen heute?"

„Schon besser, wenn ich Sie sehe." Er scherzte offensichtlich. „Ich nehme an, ich kann in diesem Semester erwarten, dass sie hart arbeiten und mit der nötigen Reife an das Schuljahr herangehen?"

„Natürlich, Sir."

„Freut mich, zu hören. Es wäre eine Schande, wenn Sie sich in Ihrem letzten Schuljahr auf der Bank wiederfinden würden." Der Direktor warf uns einen vernichtenden Blick zu, bevor er weiterging.

„Scheißkerl ...", murmelte Asher. „Als ob er dabei was zu sagen hätte."

„Er ist nur sauer, dass die Schulbehörde ihn letztes Jahr überstimmt hat." Es hatte einen Vorfall mit unserem Rivalen Rixon East High gegeben. Wir wurden am Ende alle von der Schuld entlastet, aber Rektor Finnigan hatte es sich zur Aufgabe gemacht, dafür zu sorgen, dass der Ruf des Footballteams gesäubert wurde, was auch immer das heißen mochte.

Er verstand es nicht. Letztes Jahr hatte er von außerhalb zu unserer Schule gewechselt, er hatte keine Ahnung, wie es war, in Rixon zu leben, in Rixon Football zu spielen. Er begriff nicht, dass die Leute wegschauten, wenn man mal die Sau rausließ, und gerade, wenn sie einen als Raider erkannten. Denn Rixon, Pennsylvania, war eine Football-Stadt. Und sie war zufällig Teil einer der am längsten bestehenden Rivalitäten in der Geschichte des Highschool-Footballs. Eine Rivalität, die über das Spielfeld hinaus in das Leben der Menschen eindrang. Ein Wettstreit, der so sehr zur Stadt gehörte, dass die Bewohner ihn so bereitwillig akzeptierten wie den 4. Juli oder Thanksgiving.

„Der Trainer hat uns gewarnt, dass der Direktor dieses Jahr ein Problem wird, versuchen wir, sauber zu bleiben." Jason schubste die Tür zum Leichtathletikplatz auf und wir liefen über den Rasen zur Turnhalle.

„Vergiss es", sagte Asher. „Thatcher wird auf Rache aus sein, nachdem, was du Aim angetan hast …" Er verstummte, als Jase ihn mit einem harten Blick bedachte. „Sorry. Ich meine nur, nach dem, was passiert ist, wird er auf Blut aus sein."

„Er kann es ja versuchen", knurrte Jase. „Falls sie unser Territorium betreten, dann ist das ihre Sache. Finnigan kann uns nichts anhängen, wenn ihre Fingerabdrücke überall sind."

„Das war's also? Wir warten einfach ab?" Asher schaute ungläubig zu Jase. Aber Jasons Augen verdunkelten sich, ein böses Glitzern erschien, als er sie zusammenkniff und sagte: „Wer hat etwas von Abwarten gesagt?"

„AB unter die Dusche und raus hier", brummte Coach Hasson.

„Bell's heute Abend?", fragte Asher von irgendwo hinter mir und Jase grunzte: „Ja."

Jase wollte nicht reden, das tat er selten nach Laufübungen auf dem Feld, aber Asher redete genug für uns drei zusammen. Als wir den Schmutz von der Haut gewaschen und sich unter dem prasselnden Wasser die Muskeln in unseren Körpern entspannt hatten, schnappte sich jeder von uns sein Handtuch und ging zurück in die Umkleidekabine. „Was zum Teufel ist los mit euch?" Jase bellte die wenigen noch anwesenden Jungs an, die uns alle anstarrten.

„Ich … hmm, Scheiße …" Es war Joel, der nach vorne trat, seine Augen mieden seinen QB und er schaute auf den Boden.

„Spuck es aus, Mackey", sagte ich und ging zu meinem Spind.

„Hailee, sie ähm …"

Hailee?

Was zum Teufel?

Dann fiel mein Blick auf die Bank vor Jasons Spind. Die Bank, auf der seine Sporttasche lag. Die, in der seine Klamotten drin sein sollten, die aber leer war.

„Oh Scheiße …" Ich pfiff zwischen den Zähnen hindurch, unsicher, ob ich beeindruckt oder um ihr Leben fürchten sollte.

„Das würde sie verdammt nochmal nicht wagen." Jase schnappte sich seine Tasche und stellte sie auf den Kopf. „Sie hat alles mitgenommen." Er klang ruhig. Tödlich.

Scheiße. Hailee würde dafür büßen und irgendetwas stimmte mit mir nicht, denn die Vorstellung ließ meinen Schwanz zum Leben erwachen.

Meine Geschichte mit Hailee Raine war kompliziert. Als sie und ihre Mutter bei Jason und seinem Vater einzogen, war sie nichts weiter als seine nervige Stiefschwester. Aber ich merkte schnell, dass Hailee Raine überhaupt nicht nervig war. Sie war klug und schlagfertig, und sie ließ sich von Jason nicht verarschen.

Vom ersten Tag an hatte sie sich gegen ihn gewehrt, ihm direkt in die Augen geschaut, als er sich über ihre Zöpfe, die Brille und die mit Farbe verschmierten Jeans-Overalls lustig machte.

Er hatte sie Pippi Langstrumpf genannt und gesagt, dass er nicht mit Mädchen spiele, die aussähen wie

Auslaufmodelle. Hailee hatte ihm gegen das Schienbein getreten und war weggelaufen. Aber sie hatte ihn nicht verraten und sie hatte nicht geweint. So erregte sie mein Interesse. Sechs Jahre waren eine lange Zeit. Jetzt waren wir älter, und Hailee war eine andere Art von nervig. Sie war erwachsen geworden und hatte seit der Junior High an den wichtigen Stellen zugelegt. Ich hatte es bemerkt. Verdammt, wir alle hatten es bemerkt.

Deshalb hatte Jason sie in der neunten Klasse für unantastbar erklärt, als ihr die Titten wuchsen. Es war schon vorher eine unausgesprochene Regel, aber in dem Jahr hatte Jason das Gesetz offiziell gemacht.

Hailee Raine war für das Team tabu.

Das war nicht genug für Jase. Nein, er erweiterte ihren Schutz auf die ganze Schule. Das war übertrieben. Ich wusste es. Asher wusste es. Jeder wusste es. Aber da alle den Ruf ihres Stiefbruders kannten, seine Drohungen wahrzumachen, traute sich niemand, mit ihr auszugehen. In den letzten 3 Jahren war Hailee ein sozialer Außenseiter gewesen. Sie blieb für sich, hatte einen kleinen Freundeskreis und war lieber im Kunstatelier, statt mit Schulkameraden auszugehen. Ein Teil von mir fragte sich, ob es ihr so gefiel oder ob sie sich einfach mit ihrem Schicksal abgefunden hatte.

Ich hätte mich schuldig fühlen sollen, aber das tat ich nicht. Denn die Wahrheit war, dass Jason nicht der Einzige war, der Probleme damit hatte, dass seine Teamkollegen oder sonst jemand mit Hailee rummachte.

„Ich habe sie gefunden." Grady, ein anderer Senior, kam in die Umkleidekabine gestürmt, in der Hand einen Stapel Kleidung. „Aber es wird dir nicht gefallen, was sie mit deinem Trikot gemacht hat." Er hielt das weiß-kobaltblaue Hemd hoch, eine seltsame Mischung aus Angst und Belustigung blitzte in seinen Augen auf.

„Scheiße", murmelte jemand, als wir alle die Zeichnung eines Paares Titten betrachteten, das sein halbes Trikot bedeckte. Wenn es nicht so peinlich wäre, hätte man es bewundern können, denn die Zeichnung war sehr gut. Wirklich gut.

„Das nenn ich ein D-Körbchen", rief jemand. Aber Jason reagierte nicht. Er schnappte sich wütend sein Trikot von Grady zurück, schob es in seine Tasche und zog sich an.

Jason glaubte gerne, er hätte Hailee unter Kontrolle. Er war der Meinung, dass er der Herr im Haus war. Aber in den letzten paar Jahren, war sie mutiger geworden. Hatte sich uns immer öfter entgegengestellt. Ihm die Stirn geboten. Es war ihr scheißegal, und das sorgte für einige unterhaltsame Anekdoten.

Es war großartig, eine Reaktion von ihr zu bekommen, die mein Blut in Wallung brachte. Obwohl er es nie zugeben würde, waren Jason und seine Stiefschwester wie füreinander geschaffen.

Zum Glück hatte mein bester Freund noch einen Funken Moral übrig. Denn ihm dabei zuzusehen, wie er seiner Schwester nachstellte, wäre zu viel gewesen.

Es war nicht so, dass ich sie wollte.

Das wollte ich nicht.

Mir gefiel nur die Vorstellung nicht, dass jemand anderes sie haben könnte.

3

Hailee

DIE GANZE WOCHE wartete ich darauf, dass Jason sich revanchieren würde. Aber zu meiner Überraschung passierte nichts. Am Dienstagmorgen, als ich mein Schlafzimmer verließ, um nach unten zu gehen, fiel ich fast über eine Tasche mit den fehlenden BHs. Erst nach einer gründlichen Untersuchung wurde die Lieferung als ungefährlich eingestuft. Sie enthielt keine Zettel. Keine versteckten Fallen. Nur meine BHs in ihrer ganzen Pracht. Jeder andere hätte vermutete, dass dies ein Friedensangebot wäre. Aber ich war nicht irgendjemand. Ich wusste, dass die Geste ein Köder war, um mich auf die falsche Fährte zu locken, weg von dem, was auch immer er tatsächlich geplant hatte.

Also wartete ich die ganze Woche.

Und wartete.

Meine Sinne waren in höchster Alarmbereitschaft, wann immer ich Jason und seine Freunde in den Gängen des Schulgebäudes sah. Sie beachteten mich kaum, was mir recht war. Außer Cameron. Seine Augen verweilten manchmal ein wenig zu lange auf mir. Als ob er ein Komplott schmiedete, meinen Untergang plante. Es war nervtötend, aber ich dachte nicht zu viel darüber nach. Wie dem auch sei, es war mir egal, welche niederträchtigen Schläge sie austeilten, ich konnte in jedem Fall damit umgehen.

Ich hatte die letzten fünfeinhalb Jahre mehr als genug Übung gehabt.

Alle glaubten, Jason und ich hassten uns. Aber es ging nicht darum, ob ich ihn verabscheute, sondern vielmehr darum, alles zu verachten, wofür er stand. Er konnte einen Football werfen? Was soll's? Das konnten Tausende anderer Achtzehnjährige auch. Ich persönlich verstand die Vernarrtheit der Nation nicht. Vom Sport treiben wurde niemand zu einem guten Menschen. Es machte einen nicht vertrauenswürdig oder nett. Meiner Erfahrung nach waren Footballspieler eingebildete Arschlöcher, die nicht interessierte, was in der Welt um sie herum geschah. Für sie drehte sich alles nur um ihre Schwänze und darum, Spiele zu gewinnen. Es interessierte sie auch nicht, welche Auswirkungen *ihre* Handlungen auf andere hatten.

„Erde an Hailee“, funkelte mich Flick an, und ich blinzelte und verdrängte die Gedanken.

„Ja?“

Sie schob sich eine Fritte in den Mund und runzelte die Stirn. „Du bist so komisch.“

„Und du solltest nicht mit vollem Mund reden.“

„Sieh nicht hin“, sagte sie mit gesenkter Stimme, „aber Jason ist gerade hereingekommen.“

Was tat ich also? Ich schaute natürlich hin. Wenn man mir sagte, ich solle etwas nicht machen, war das für mich sofort ein Signal, es doch zu tun. Mom nannte mich stur, aber ich zog es vor, es Hartnäckigkeit zu nennen. Jason schaute jedoch nicht einmal in unsere Richtung hinüber.

Seltsam.

Pff", sagte ich und war ein wenig enttäuscht über seine fehlende Reaktion.

„Sag mir nicht, du *willst*, dass er sich an dir rächt?" Flick glotzte mich an, während ich die Pommes auf dem Teller herumschob und sie mit einer köstlichen Ketchup-Mayo-Kombination überzog.

„Ich sage nicht, dass ich will, dass er ..." Die Worte erstarben auf meiner Zunge. Ich spürte, dass mich jemand beobachtete. Suchend hob ich den Blick und traf auf den von Cameron.

„Wenn ich es nicht besser wüsste, würde ich sagen, Cameron Chase hat sich verknallt. Bereits das vierte Mal in dieser Woche, dass ich ihn dabei erwische, wie er hier rüberschaut", sagte sie und ihre Lippen zuckten amüsiert.

„Ja", schnaubte ich. „Und Schweine haben Flügel."

„Wäre es so seltsam? Du kennst ihn doch schon seit Jahren."

„Ist das dein Ernst?" Jetzt war ich an der Reihe zu glotzen. „Hast du vergessen, wie oft er meinem Bruder geholfen hat? Sie haben das Fahrrad und meine Klamotten gestohlen, als ich unten am Bach zum Schwimmen war. Ich musste drei Kilometer nach Hause laufen, nur in Badeanzug und Flip-Flops." Zugegeben, wir waren damals erst dreizehn, aber ich hatte eine Woche lang Blasen und der Sonnenbrand brannte höllisch. „Oder in der neunten Klasse. Cameron und Asher hatten sich ins Haus geschlichen, als Jason krank war. Sie fanden es witzig, mich mit diesen verrückten Clownsmasken zu erschrecken. Oder die Zeit ..."

„Sie ärgern dich also gerne ... Weißt du, manche nennen das Vorspiel." Sie wackelte anzüglich mit den Augenbrauen.

„Oh mein Gott, du meinst es *ernst*."

Flick zuckte mit den Schultern. „Ich sage nur, er sieht dich an wie ein Ertrinkender."

Nein, tat er nicht.

Oder doch?

Ich schaute wieder vorsichtig zur Footballmannschaft. Sie saßen immer an denselben Tischen, die neben den Fenstern mit Blick auf den Sportplatz. Cameron beobachtete mich jetzt nicht. Er unterhielt sich mit einer zierlichen Blondine, einer Schülerin namens Kayla, oder Kylie. Ich war mir nicht sicher, denn im Gegensatz zu den meisten Schülern an der Rixon High, machte ich es mir nicht zur Lebensaufgabe, jeden zu kennen. In der Tat konnte ich meine Freunde an einer Hand abzählen. Aber so war es einfacher. Als wir zusammen auf die Highschool gingen und die Leute merkten, dass ich Jasons Stiefschwester war, sahen sie mich mit anderen Augen an und ich wurde schnell zum Sprungbrett in den Adelsstand der Rixon High.

Etwas, das ich nicht sein wollte.

Niemals.

Ich beobachtete sie zusammen. Cameron grinsend, sie praktisch in seinem Schoß, rehäugig und gespielt schüchtern.

„Ist das Eifersucht, die ich da auf deinem Gesicht sehe?"

Ich lehnte mich über den Tisch und lege meine Hand auf Flicks Stirn. „Bist du sicher, dass es dir gut geht?" Wir hatten nie viel über Jason und seine Freunde gesprochen, geschweige denn sie angeschaut. Aber ich hatte Felicitys

Blick in dieser Woche mehr als einmal in ihre Richtung wandern sehen.

„Streite es ab, so viel du willst, aber ich kenne die Signale“, lachte sie, „und ich sage dir, Cameron ist in dich verliebt.“

Eher verliebt in den Gedanken, mir das Leben zur Hölle zu machen.

Ich verdrehte die Augen, aber mein Blick wanderte wieder zu ihm hinüber. Die Blondine streichelte jetzt seinen stoppeligen Kiefer, ihre Brust drückte gegen seine. Gott, ich war nicht eifersüchtig. Mir war übel. Die Art, wie sich die Mädchen an sie ranschmissen, war ekelhaft. Raider hatten keine Dates. Sie vögelten herum. Rotierten durch die Mädchen wie bei einem All-You-Can-Eat-Buffet. Und die weiblichen Wesen der Schule standen nur allzu bereitwillig auf dem Menü.

„Erinnerst du dich an das Quiz, das wir letztes Jahr auf der Jobmesse machen mussten?“, sagte Flick und ließ ihren Blick zu den Tischen schweifen, an denen die Footballmannschaft saß. „Was glaubst du, wie viele Mädchen auf die Frage 'Wo siehst du dich in fünf Jahren?' mit 'Trikotjägerin' geantwortet haben?“

Ich kicherte. „Zu viele.“

„Es ist so erbärmlich.“

„Verzweifelt“, fügte ich hinzu und spürte ein seltsames Ziehen im Magen. Ich ignorierte es, schob den Teller weg, setzte die Brille auf und holte meinen Skizzenblock und die Stifte heraus.

„Woran arbeitest du?“ Flick beugte sich vor, um einen besseren Blick zu erhaschen. „Wow, das ist gut, Hails, wirklich gut.“ Stolz regte sich in mir. Ich zeichnete nicht für andere Leute, aber es war schön, wenn man hörte, dass jemand meine Kunst zu schätzen wusste. Die Skizzen von

Kindern, die in die Schule strömten und die ich mit „Erster Schultag-High“ betitelte, hatte mich Stunden gekostet und sie waren immer noch nicht fertig. Für solche Momente hatte ich gerne ein Projekt bei mir.

Augenblicke, in denen ich dem ganzen Scheiß entfliehen musste, der damit einherging, Jason Fords Stiefschwester zu sein.

„Hmm, Hails.“ Flicks Stimme störte meine Konzentration und ich blickte sie an.

„Was?“

„Begrüßt man so einen ... *Freund*?“

Ich warf einen Blick über die Schulter und sah Asher Bennet hinter mir stehen, ein süffisantes Grinsen auf dem Gesicht.

„Was willst du?“ Den Bleistift zwischen den Fingern, mit angespanntem Rücken bereitete ich mich auf den Mist vor, den er mir gleich auftischen würde.

An den Tischen um uns herum war es still geworden. Alle wussten, dass Jason und ich Stiefgeschwister waren. Jeder wusste auch, dass wir uns nicht ausstehen konnten. Normalerweise ließ er mich in der Schule in Ruhe, er zog es vor, unsere Spiele nicht in der Öffentlichkeit abzuziehen, aber wann immer er oder einer seiner Freunde sich mir näherten, wurden gleich alle aufmerksam.

„Ich wollte das nur zurückgeben.“ Er zupfte etwas hinter seinem Rücken hervor und ließ es vor mir auf den Tisch fallen.

Meine Augen weiteten sich und mit aller mir zur Verfügung stehenden Kälte im Blick schaute ich ihn an. „Wo zum Teufel hast du das her?“ Hitze flammte in meinen Wangen auf, als ich den vertrauten schwarzen Spitzen-BH mit den Händen umfasste und ihn langsam zu mir heranzog. Es war eine dumme Frage, eine, auf die ich die

Antwort bereits kannte, aber er hatte mich unvorbereitet erwischt.

„Du hast ihn bei mir zu Hause vergessen." Asher strich sich über den Kiefer und hob seine Stimme ein paar Dezibel an, um sicherzugehen, dass jeder in der unmittelbaren Umgebung ihn hörte. „Als wir ... du weißt schon ..." Mit einem süffisanten Grinsen hob er die Augenbrauen.

An den Nachbartischen kicherten alle und um mich herum begann ein leises Flüstern. So ein Mistkerl. Ich ballte die Hände zu Fäusten, meine Nägel gruben sich in die Handflächen. Es gab keine Möglichkeit, dies zu meinem Vorteil zu drehen, und das arrogante Glitzern in seinen Augen zeigte, dass er sich dessen bewusst war.

Ich wusste, wenn ich zum Tisch des Footballteams hinübersah, würde Jason zusehen, wie sich sein Plan genau so entwickelte, wie er es sich erhofft hatte. Es war blöd von mir gewesen, unaufmerksam zu werden. Aber nach drei Tagen Funkstille hatte ein winziger Teil von mir gehofft, er würde endlich einen Waffenstillstand ausrufen. *Dummes Mädchen.* Es würde nie einen Waffenstillstand zwischen uns geben, und ich hatte schon vor langer Zeit aufgehört, mich zu fragen, warum er mich so sehr hasste.

Aber ich weigerte mich, einfach stillzuhalten und seinen Scheiß hinzunehmen.

Ich konnte es nicht.

Meinen Blick auf Asher gerichtet und nicht auf den Tisch des Teams, stand ich auf. Bevor ich mich zurückhalten konnte, gab ich ihm eine Ohrfeige. Das Krachen meiner Handfläche gegen seine Wange hallte durch den Raum und seine Augen verdunkelten sich. „Was zum ..."

„Du hast es versprochen", rief ich mit einem Oscar-reif verzogenen Gesicht. „Du hast versprochen, es niemandem zu sagen. Ich dachte ..., ich dachte, ich bedeute dir etwas. Ich dachte, du *liebst* mich."

Er zuckte zurück. „Dich lieben?" Asher lachte, aber es kam erstickt und falsch heraus. „Ich habe nie gesagt ..."

„Aber sicher hast du das." Ich rückte näher zu ihm heran, senkte den Kopf und sah ihn mit hoffentlich überzeugenden Hundeaugen und dramatischem Augenaufschlag an. „Gleich nachdem wir ... *es getan haben*, hast du gesagt, du liebst mich."

Aus dem Augenwinkel sah ich, wie Jason sich auf uns zubewegte, Wut brannte in seinen blauen Augen. Da ich wusste, dass ich seine Aufmerksamkeit hatte, fuhr ich fort. „Ich weiß, dass du dir Sorgen darüber machst, was Jason sagen wird, Ash, aber es ist okay." Meine Hände glitten über seine Brust und seine Kinnlade fiel herunter. „Wir können zusammen sein. Jason wird nicht ... Oh, hi, Jason." Endlich sah ich ihn an.

„Was zum Teufel machst du da?", zischte er, Hohn troff aus seinen Worten.

Ich trat zurück und rückte näher an Jason heran, um uns von neugierigen Blicken abzuschirmen, da wir die Aufmerksamkeit der gesamten Cafeteria hatten. „Du hältst dich für so verdammt schlau", sagte ich mit zusammengebissenen Zähnen, immer noch lächelnd. „Da musst du dich schon mehr anstrengen, um mich in Verlegenheit zu bringen."

In der Sekunde, in der ich die Worte aussprach, sah ich seine Augen aufleuchten. So ein Mist. Normalerweise biss ich nicht an, doch er ging mir *so sehr* unter die Haut. Aber jetzt war es zu spät, ich hatte ihn offen herausgefordert. Und Jason machte bei einer Herausforderung *niemals* einen Rückzieher.

Eines der wenigen Dinge, die wir gemeinsam hatten.

„Jase." Der Klang von Camerons schroffer Stimme ließ

mich aufschrecken. Ich hatte gar nicht bemerkt, dass er sich uns genähert hatte. Mein Blick hob sich zu der Stelle, an der er neben Asher stand. „Komm schon, sie ist es nicht wert", sagte er kühl und zuckte nicht einmal, als die Worte seine Lippen verließen, er mied meinen Blick.

Aber ich zuckte zusammen.

Selbst jetzt, nach all diesen Jahren, war es schwer, zu akzeptieren, dass Cameron kein guter Kerl war. Er war ein Idiot, genau wie mein Stiefbruder und Asher und der Rest des Football-Teams. Aber bis zu dieser Woche hatte er seine Abneigung gegen mich nie so deutlich gezeigt. Nicht, dass es wichtig gewesen wäre, denn das Gefühl beruhte auf Gegenseitigkeit.

Flick hat sich geirrt.

So sehr geirrt.

Cameron wollte mich nicht verführen, er wollte mich zerstören. Und abgesehen davon, dass er der Schoßhund meines Stiefbruders war, hatte ich keine Ahnung warum.

„Du solltest auf ihn hören, Jase", spottete ich. „Ich würde nicht wollen, dass die Leute denken, du wärst ..."

„Okay, Hails." Flicks Arme umfassten meine Taille und sie zerrte mich weg. „Ich bin sicher, dein Werk ist vollbracht."

Die drei starrten mir nach, eine Mischung aus Verwirrung, Verachtung und Herausforderung lag in ihren Blicken. Die meisten Mädchen hätten Angst und wären weinend auf die Toilette gerannt, weil die beliebtesten Jungs der Schule es auf sie abgesehen hatten.

Aber ich war nicht wie die meisten Mädchen.

„Was zum Teufel war das?", zischte Flick in der Sekunde, in der wir aus der Cafeteria traten. Sie schob mir meine Umhängetasche entgegen.

„Was denn? Sollte ich mir das von Asher gefallen lassen?"

„Aber Jase so zu beschimpfen?"

Mit einem kleinen Achselzucken machte ich mich auf den Weg zum Kunstatelier. Meine nächste Stunde war eine Freistunde und Mr. Jalin war damit einverstanden, dass ich einen der Räume benutze, solange ich hinter mir aufräumte. Und ich musste mir dringend den Frust von der Seele malen.

Flick holte mich ein. „Hey, ich wollte nicht …"

Ich blieb stehen und sah ihren entschuldigenden Blick. „Ich weiß. Ich habe nur … oh Mann! Er macht mich so wütend. Denkst du, ich will das letzte Schuljahr damit verbringen, mit ihm dämliche Machtspielchen zu spielen? Glaub mir, das will ich nicht. Aber ich kann auch nicht nichts tun."

Ich hatte das schon mal versucht und es hat nicht funktioniert. In der neunten Klasse hatte ich beschlossen, sie zu ignorieren. Wenn ich nicht reagierte, würden sie sich langweilen, richtig?

Falsch.

Jason bezahlte Macaulay Denver, damit dieser mich zum Frühlingstanz einlud. Er war so süß und beharrlich, und wir teilten eine gemeinsame Abneigung gegen das Football-Team. Unmöglich, Nein zu sagen. Ich hätte wissen müssen, dass es nur ein Trick war und mein verkorkster Stiefbruder etwas damit zu tun hatte. Aber ich war vierzehn, und ich wollte für eine Nacht einfach ein normaler Teenager sein.

Macauleys Mutter hatte uns zur Schule gefahren und wie ein echter Gentleman hatte er mir die Tür geöffnet und meine Hand gehalten, als wir in die Turnhalle gingen. Nachdem er einen Tisch für uns gefunden hatte, sorgte Macauley dafür, dass ich mich wohl fühlte, bevor er uns etwas zu trinken holte. Ich sah den anderen beim Tanzen, Lachen und Spaß haben zu, und für diese wenigen kostbaren Minuten fühlte ich mich wie eine von ihnen. Bis ich zehn Minuten später sah, wie Macaulay mit seinem richtigen Date, Sarah McKrinsky, rummachte. Jason hatte sich einen Spaß daraus gemacht, mir die Wahrheit zu sagen, und grinste auf mich herab, während Cameron und Asher ihn wie Sicherheitsleute flankierten. Ich hätte mit Tränen in den Augen und zerrissenem Herzen weglaufen können, aber ich tat es nicht. Weil Jason mich unterschätzt hatte. Er erkannte nicht, dass jedes Mal, wenn er mit mir spielte, jedes Mal, wenn er versuchte, mich zu erniedrigen, ich stärker wurde. Und meine Mauern waren jetzt so undurchdringlich, dass ich mir nicht sicher war, ob er mir noch etwas anhaben konnte.

Sehr zum Ärger meines Stiefbruders war ich an diesem Abend auf dem Ball geblieben. Flick und ihr Date ließen mich das fünfte Rad am Wagen spielen. Wir tanzten und lachten, bis die Musik aus und die Lichter angingen. Macaulay hatte sich sogar entschuldigt und gesagt, er wurde gezwungen mitzumachen. Zu Jason Ford sagt man nicht nein. Schon damals, mit nur vierzehn Jahren, behandelten ihn die Leute anders, wegen des Talents auf dem Spielfeld und dem Vermächtnis seines Vaters. Neuntklässler wurden selten von College-Scouts aufgesucht, geschweige denn um eine mündliche Zusage für ihre Schule gebeten, aber Jason schon. Mir wurde bald klar, dass es nur schlimmer werden konnte, je älter er wurde. Ihn zu ignorieren, würde nicht funktionieren, also hatte ich keine andere Wahl, als seine Spiele mitzuspielen.

Es war kaum eine Überraschung, dass ich nie wieder eingeladen wurde.

„Ich weiß, ich weiß." Flick seufzte. „Ich mache mir nur Sorgen um dich. Bisher hat er es nie zu weit getrieben hat, aber etwas fühlt sich dieses Jahr anders an."

Sie hatte nicht unrecht. Ich spürte es auch. Die Veränderung. Die Veränderung in der Luft.

Aber welche Wahl hatte ich denn?

Das war meine Schule, mein *Leben*, und ich wäre verdammt, wenn Jason Ford mir das auch noch wegnehmen würde.

4

Cameron

ICH LIESS Asher und Jase in der Turnhalle mit der Ausrede zurück, ich hätte ein Treffen mit dem Vertrauenslehrer. Hatte ich nicht, aber das mussten sie nicht wissen. Ich ging hinüber zum Kunstatelier. Die Flure waren leer. Hailee hatte eine Freistunde und es gab nur einen Ort, an dem sie jetzt sein würde. So war es kaum eine Überraschung, dass ich sie in einem der kleineren Räume fand. Die Tür stand einen Spalt offen und ich glitt hinein und schloss sie hinter mir. Es war ein Risiko, hierherzukommen, aber niemand würde es wagen, mich nach dem Grund zu fragen. Und wenn doch jemand den Mund aufmachen würde, würde ich es zu meinem Vorteil nutzen. Sagen, ich hätte Jase einen Gefallen getan, ihr geraten, sich zurückzuhalten.

Hailee saß mit dem Rücken zu mir auf einem Stuhl. Ihr dunkelblondes Haar war zu einem unordentlichen Dutt hochgesteckt, Strähnen fielen ihr ins Gesicht. Sie zog mit dem Pinsel lange, wütende Striche auf der Leinwand. Ab und zu hielt sie inne, neigte den Kopf und ich sah die zarte Neigung ihres Halses. Das übergroße Hemd, das sie trug, um ihre Kleidung darunter zu schützen, hätte in Kombination mit ihrer schwarz gerahmten Brille nicht so heiß an ihr aussehen dürfen. Aber das tat es. Es sah verdammt sexy aus.

Sie wählte genau diesen Moment, um die Kopfhörer herauszuziehen. Ich hatte gar nicht bemerkt, dass sie sie trug. Hailees Schultern versteiften sich, als ob sie mich spürte, schaute sie über ihre Schulter. „Raus hier." Ihre Stimme war genauso kalt wie ihr Blick.

Ich warf kapitulierend die Hände hoch und sagte: „Ich komme in Frieden."

„Hältst du mich für einen Vollidioten?"

Das Urteil darüber stand fest. Die Art, wie sie Jasons und Ashers kleinen Streich vorhin gedreht hatte, war leichtsinnig. Verdammt amüsant, aber trotzdem verrückt.

„Ich bin hier, um Schadensbegrenzung zu betreiben."

„Schadensbegrenzung?" Sie hob die Augenbrauen und stand vom Stuhl auf, um mir ins Gesicht zu sehen. „Wir sind keine Freunde", sagte sie und hob trotzig ihr Kinn, und mein Schwanz zuckte.

Junge, dieses Mädchen machte mich verrückt.

„Nein, sind wir nicht." Aber es gab eine Zeit, in der ich ihr Freund sein wollte.

Scheiße, ich hätte nicht herkommen sollen. Ich wischte mir mit einer Hand über das Gesicht und atmete frustriert aus.

„Was willst du, Cameron?" Hailee verschränkte die Arme vor der Brust. „Ich bin beschäftigt."

„Du musst dich zurückhalten, Sonnenschein", sagte ich. Ihre honigbraunen Augen blitzten voller Verachtung. Verdammt sei dieses Mädchen. Dieses sture, leichtsinnige Mädchen. Ich hatte gar nicht gemerkt, dass ich auf sie zuging, als ob sie mich mit einem unsichtbaren Faden heranziehen würde.

„Cameron, was machst du …“ Ich blieb direkt vor ihr stehen. Sie schluckte und starrte zu mir hoch. Ich hatte mich immer von Hailee ferngehalten, sie angeschaut aber nie berührt. Jetzt, wo sie hier vor mir stand, wollte ich sie berühren, verdammt, ich musste sie *spüren*.

Zu unser beider Überraschung streckte ich die Hand aus und spielte mit einer Haarsträhne. „Entspann. Dich“, sagte ich leise, trotz der Warnung, die in meinen Worten mitschwang. „Jase muss sich auf das Team konzentrieren, auf die Saison. Er soll nicht von deinen Spielchen abgelenkt werden.“

Ihr Blick weitete sich, ihre zartrosa Lippen öffneten sich, sie sog scharf die Luft ein und schlug meine Hand weg. *„Meine* Spielchen?“ Sie verschluckte sich fast an den Worten. „Fick dich, Cameron. Du weißt, dass das alles seine Schuld ist. Er hat mich immer gehasst. Er ärgert und mobbt mich, wann immer er kann. Aber ich werde mich nicht mürbe machen lassen. Ich werde *niemals* nachgeben.“ Hailee zitterte.

„Bist du da sicher?“ Ich zog eine Augenbraue hoch, trat näher an sie heran und zwang sie nach hinten. Sie stieß gegen den Stuhl und stolperte. Meine Hand umfing ihre Taille, um sie zu stabilisieren, winzige Stromstöße durchzuckten mich, als unsere Blicke sich trafen. Hailee starrte mich an, ihr Blick weit und dunkel vor Verwirrung. Verdammt. Sie hatte es auch gefühlt. Ich hatte es schon am Montag gespürt, an dem Morgen, wo ich sie wegen ihres T-Shirts gehänselt hatte.

Das war übel, wirklich verdammt übel.

Dennoch machte ich keine Anstalten, zurückzuweichen. *Zieh dich zurück, Schwachkopf.*

„Cameron. Was zum Teufel machst du.“

Ich senkte den Kopf. Ihre Augen glühten vor Wut, aber mir entging nicht, wie ihr Atem wieder stockte. „Geh ihm aus dem Weg, Sonnenschein. Jase wird sich irgendwann langweilen, wenn du dich zurückziehst."

„Das habe ich schon gemacht, und es hat verdammt noch mal nicht funktioniert", zischte sie. „Zwei Worte. Macauley Denver, erinnerst du dich?"

Die Erinnerungen hatten mich wochenlang geplagt.

Ich ignorierte sie und sagte „Einer von euch muss einen Rückzieher machen, bevor die Kacke wirklich am Dampfen ist, und wir beide wissen, dass er nicht nachgeben wird."

Jase spielte mit Hailee, alles harmloser Scheiß. Sicher, ab und zu wurden ihre Gefühle verletzt oder sie wurde vor der gesamten Schule in Verlegenheit gebracht, aber es könnte schlimmer sein, so viel schlimmer.

Dieses Mal war es anders. Die letzte Saison war schwer für Jason. Die Spannungen zwischen den Raiders und den Rixon East Eagles waren größer denn je und er wollte Blut sehen. Hailee würde auf jeden Fall ins Kreuzfeuer geraten. Jason benutzte sie als seinen eigenen persönlichen Sandsack. Aber nachdem sie ihn vorhin in der Cafeteria herausgefordert hatte, könnte Hailee genauso gut das rote Tuch sein und Jase der Stier. Ich zweifelte nicht daran, dass er bereits seine Vergeltung plante. Und dieses Mal würde es kein kindischer Streich sein.

Sie atmete scharf ein und mein Blick ging automatisch zu ihrem Mund. Ich verringerte den Abstand zwischen uns noch weiter, bis meine Lippen direkt über ihren schwebten. „Letzte Warnung, Sonnenschein", flüsterte ich, so nah, dass ich sie fast schmeckte. „Mach einen Rückzieher. Sag nicht, ich hätte dich nicht gewarnt."

Sie hob die Hände und schob mich mit ihren Handflächen auf meiner Brust zurück. Ich taumelte. „Fick dich, Cameron. Ihr könnt mich alle mal."

„Hailee, komm schon." „Hau ab. Hau ab, bevor ich schreie, und das werde ich. Du bist vielleicht ein Raider, doch das ist mir so egal." Ihr Blick war wild und darin lag so viel Verachtung, dass sich mein Magen verkrampfte. Aber das war gut so. Sie musste mich hassen.

Mit einem Grinsen trat ich den Rückzug an. „Komm nicht heulend zu mir, wenn er dich in Stücke reißt."

Ihr Gesicht wurde bleich und ich wusste, dass sie sich an jeden einzelnen Streich erinnerte, an jedes Mal, wenn Jase es auf sie abgesehen hatte. Bevor sie mich noch mehr anbrüllte, verließ ich das Kunstatelier. Und ich redete mir ein, dass ich sie nicht fast geküsst hätte.

„ALSO, was hat Frau Hampstead gesagt?", fragte Asher, als wir uns vor der Klasse trafen.

„Sie wollte nur noch mal meine College-Bewerbungen durchgehen."

Jase spottete. „Sie weiß doch genau, wo du hinwillst."

„Nichts ist sicher", sagte ich leise und wir liefen zum Umkleideraum.

„Du wirst mit mir auf der Penn sein." Er sagte es, ohne zu zögern. Für ihn war es beschlossene Sache.

Ich warf ihm einen harten Blick zu. „Ich bin nicht der Goldjunge von Rixon." Mein Mundwinkel hob sich. „Es gibt keine Garantie, dass die Scouts ..."

„Sie werden dich wollen", sagte er und unterbrach mich. „Du weißt, dass sie interessiert sind."

„Ich möchte aber noch andere Optionen haben." Außerdem war ich mir nicht einmal sicher, ob ich auf die Penn wollte. Es war eine Ivy-League-Schule und Ivy League bedeutete teuer. Selbst wenn es eines der besten Football-Programme des Landes war, hatte ich Interesse an

Pittsburg und Michigan State, wo ich höchstwahrscheinlich ein Sportstipendium bekommen würde.

„Was ist los mit dir?" Jase boxte mich auf die Schulter, bevor er die Tür öffnete. „Du bist schon den ganzen Morgen in mieser Stimmung."

„Er muss mal flachgelegt werden", mischte sich Asher ein und schmiss seine Tasche auf die Bank. „Wie lange ist das her, Mann, etwa einen Monat?"

„Verpiss dich." Ich zog mein T-Shirt aus, rollte es zusammen und warf es nach ihm.

„Party bei mir zu Hause heute Abend?", fragte Asher.

„Klar man. Aber lade nicht Khloe oder die anderen Cheerleader ein", sagte Jase. „Es ist erst die erste Woche des Semesters und ich habe schon genug von ihnen."

„Vielleicht sollten wir Hailee einladen?", grinste Asher. „Das bringt ein bisschen Abwechslung."

Jasons Augen weiteten sich, seine Nasenlöcher blähten sich. „Ernsthaft, du willst mit mir über sie reden. Jetzt? Willst du, dass jemand in der Krankenstation landet?"

Asher klopfte ihm auf die Schulter. „Nenn es Motivation. Der Trainer hat gesagt, du sollst diese Saison dein Bestes geben."

„Ich gebe immer mein Bestes, Arschloch."

„Nun, dann zeig mal deine tolle Leistung."

„Habe ich da jemanden Party sagen hören?" Joel steckte seinen Kopf in die Umkleide.

„Ja, heute Abend bei mir zu Hause. Verbreite die Nachricht. Aber keine Cheerleader. Ladet gern das Turnteam ein, die Mädels sind verdammt flexibel." Asher grinste. „Hey, Cam, vielleicht kannst du dich mit Miley verabreden?"

„Vielleicht werde ich das", lachte ich. Miley klammerte nicht, wie die meisten Weiber in Rixon.

„Wollt ihr drei den ganzen Tag sitzen, und wie kleine

Mädchen rumzicken?“ Der Coach erschien in der Tür. „Oder spielen wir ein bisschen Football?“

Wir beeilten uns, Schulterpolster und Schuhe anzuziehen, und gingen schnell hinaus auf das Footballfeld.

„Kommt schon, Jungs“, dröhnte der Coach. Wir stellten uns in zwei Halbkreisen um ihn herum auf, wobei die erste Reihe auf die Knie ging. „Okay, seid leise, Ruhe bitte.“ Er wartete, bis das Grollen unseres Geplappers verstummte. „Es war eine gute Woche. Ihr seid mit dem nötigen Ehrgeiz und der Motivation in das Semester gegangen, die ich erwarte. Jason.“ Er wandte sich an meinen besten Freund und unseren Kapitän. „Du siehst gut aus da draußen, mein Junge. Bist du bereit, dein Team in dieser Saison ganz nach vorne zu bringen?“

„Ja, Sir.“

„Es tut mir leid.“ Coach Hasson verzog das Gesicht und fasste sich ans Ohr. „Ich konnte dich nicht hören.“

„Ich sagte, JA SIR“, schrie Jase, seine Stimme hallte über das Feld.

„So ist es schon besser, mein Junge. Das letzte Jahr war hart.“ Er zog eine Grimasse. „Wir wussten, dass Rixon East uns alles abverlangen würde. Wir hätten in das Meisterschaftsspiel gehen sollen. Aber dieses Jahr gehört die Staatsmeisterschaft uns. Jetzt versammelt euch.“ Wir umkreisten den Coach, Schulter an Schulter, bis er in die Mitte glitt und seine Faust erhob. Es folgten 35 weitere Fäuste, dann die von Asher und meine. Schließlich hob Jase seine Faust in die Höhe und sagte: „Raiders auf drei. Eins, zwei …“

Unser Schlachtruf erfüllte die Luft, die Welle der Energie war spürbar. Nichts war elektrisierender, erfüllender, als Seite an Seite mit seinen Teamkollegen, seiner Familie, zu stehen. Bereit für eine neue Saison. Wir alle spürten die Vorfreude, die Erwartung dessen, was kommen würde. Letztes Jahr hatten wir Pech und die Chance auf die Staatsmeisterschaft gegen Rixon East verloren. Der einzige Silberstreif am Horizont war, dass diese Wichser eine vernichtende Niederlage gegen Fieldson Hills einstecken mussten.

Aber dies war unser Jahr. Jase war von dem Gedanken besessen, zu gewinnen, der Beste zu sein, seinen Meisterschaftsring zu bekommen, bevor wir den Abschluss machten. Und nichts und niemand würde sich ihm dabei in den Weg stellen. Jason Ford würde jeden niederschlagen, der es wagte, ihn aufzuhalten. Ich musste mir langsam die Frage stellen, ob das auch für mich galt. Seinen besten Freund. Seinen Bruder. Vielleicht nicht blutsverwandt, aber genauso stark verbunden.

Wir alle wussten, dass Football Aufopferung bedeutete. Harte Vormittage im Fitnessstudio und lange Tage auf dem Spielfeld. Es bedeutete, sein Leben dem Spiel unterzuordnen, Familie, Mädchen, Unterricht, auch wenn Rektor Finnigan da anderer Meinung wäre. Wer der Beste sein will, muss alles geben. Es gab keine andere Option. Man musste Football leben, essen und atmen, bis man die Teamfarben blutete. Aber am Ende würde es das wert sein. Wenn der Anruf kam, war es das alles wert.

Oder etwa nicht?

5

Hailee

„ICH KANN NICHT GLAUBEN, dass er das gesagt hat." Flick schüttelte ungläubig den Kopf, als ich ihr alles über Camerons kleinen Besuch von vorhin erzählte, während wir drüben bei Ice T's, einem süßen kleinen Laden in der Innenstadt, Eis aßen.

„Glaube mir. Ich meine, für wen zum Teufel hält er sich." Cameron hatte seit Jahren kein Wort mehr mit mir gewechselt, abgesehen von der einen oder anderen Beleidigung oder verschleierten Drohung.

Sie leckte an ihrem Oreo-Erdbeer-Hörnchen und runzelte die Stirn. „Und ich dachte wirklich, er wollte dich."

„Glaub mir, Cameron Chase will mich nicht", schnaubte ich. „Er will nur, dass ich aufhöre, mich mit seinem geliebten Quarterback anzulegen."

„Was wirst du tun?"

„Tun?"

„Ja." Ihr Blick suchte meinen. „Ich meine, er hat dich bedroht."

„Das ist nichts Neues, Flick." Ich mache schon seit Jahren diesen Scheiß mit. „Wenn Jason nachgibt, tue ich das auch, aber wir wissen beide, dass das nie passieren wird."

„Dann kenne ich wohl die Antwort auf meine nächste Frage." Schuldgefühle blitzten in ihren Augen auf und ich neigte den Kopf.

„Willst du mir etwas sagen?" Ich hob die Augenbrauen und leckte den Löffel sauber.

„Nun, ich habe mir gedacht, da es das Abschlussjahr ist und wir diese Erfahrungen nie wieder machen werden ...", Flick atmete tief ein, „dass ... wir vielleicht ... am nächsten Wochenende zur Preisverleihung gehen." Ihr Atem roch nach Erdbeeren, was mich kurz ablenkte.

„Warte mal eine Sekunde. Willst du zu dieser Veranstaltung? Wir gehen doch nie." Wir hassten diese Art Feiern. Ganz zu schweigen von der Tatsache, dass der gesamte Abend dem Footballteam in all seiner Arschloch-Herrlichkeit gewidmet war.

„Ich weiß, ich weiß." Sie ließ beschämt den Kopf hängen. „Es ist nur so, dass ich diese dumme Liste gemacht habe."

„Liste?" Das ließ mich aufhorchen. „Welche Liste?"

Flick schob ihre Handtasche auf den Tisch und holte zögernd ein kleines gefaltetes Blatt Papier heraus. „Es ist dumm ..." Ihre Finger umklammerten es, als wäre es der Heilige Gral. Aber jetzt war ich neugierig.

„Her damit." Ich riss es ihr aus den Fingern, faltete es auseinander und strich das Blatt auf dem Tisch glatt. „Nummer eins: Starte ein neues Hobby." Mein Blick hob sich zu ihrem. „Deshalb hast du dich also für den Buchclub angemeldet?"

„Ich lese gern.“ Ihre Schultern hoben sich zu einem kleinen Achselzucken, während sie mit dem Strohhalm in ihrem Glas herumrührte. „Jetzt darf ich es mit sechzehn anderen Leuten tun.“

„Okay, Nummer zwei, Unterricht schwänzen. Wir haben doch ...“ „*Ohne* eine gültige Ausrede zu haben.“ Flick warf mir einen spitzen Blick zu. „Sich wegzuschleichen, um Schokolade und Tampons zu kaufen, weil man seine Tage hat, zählt nicht.“

Ich streckte ihr die Zunge raus. „Weiter geht's. Nummer drei, an einer Pep-Rallye teilnehmen. Oh ja, wir könnten unsere Nägel im Blau der Raiders lackieren und Banner machen“, grinste ich und erwartete, dass sie mitlachte. Aber sie erstarrte.

Flick schnappte sich die Liste zurück und sah mich finster an. „Du musst dich nicht so zickig anstellen.“ Ihre Miene verfinsterte sich, und Schuldgefühle machten sich in meinem Herzen breit.

„Es tut mir leid ...“ Ich lächelte vorsichtig. „Das war scheiße, was ich gesagt habe.“

„Ja, das war es. Ich mag mich vielleicht nicht so sehr in das Highschoolleben stürzen genießen wie alle anderen, aber das heißt nicht, dass ich nicht alles wenigstens einmal erleben will, Hails. Es ist das Abschlussjahr. Unser letztes Jahr, bevor wir aufs College gehen und ...“

„Du hast Angst?“ Ich sah es jetzt, die Wehmut in ihren Augen, wie seltsam sie sich die ganze Woche verhalten hatte.

„Ich habe keine Angst“, stieß sie einen schweren Seufzer aus. „Ich bin nur ... schau.“ Flick verschränkte die Arme auf dem Tisch und lehnte sich vor. „Wir können nicht alle so sein wie du, Hails. Du bist so abgebrüht. Nichts, was jemand sagt oder tut, berührt dich. Die meisten jungen Frauen in unserem Alter verstecken sich hinter einer Maske und tun so, als wären sie stark und unantastbar, aber nicht du. Du verstellst dich nicht, weil du einfach so bist."

„Ich bin nicht ... abgebrüht."

War ich das?

Wenn, dann nur, weil die Umstände mich dazu gemacht hatten.

„Weißt du, wie viele Jungs aus der Schule letztes Jahr mit mir ausgehen wollten?", fragte Flick, und ich runzelte die Stirn und suchte den Zusammenhang, was zum Teufel das mit irgendetwas zu tun hatte. „Keiner, Hails. Nicht ein einziger."

„Und? Das ist ihr Pech, Flick. Du wärst ein guter Fang ..."

Sie schüttelte traurig den Kopf. „Du verstehst es nicht." Wir stritten nicht, nie. Deshalb verstand ich nicht, was gerade passierte. „Ach egal ... vergiss, was ich gesagt habe."

„Nein, warte." Ich legte meine Hand auf ihre. „Sag es mir. Ich bin deine beste Freundin, ich will es wissen, es verstehen." Ich dachte, ich wüsste alles über sie, aber da lag ich wohl falsch.

Flick kniff die Augen zusammen und tat einen tiefen Atemzug. Musste sie sich erst Mut zusprechen? Als sie sie wieder öffnete und ihre sanften grünen Augen auf mich richtete, bekam ich ein beklemmendes Gefühl, ich erkannte, dass mir nicht gefallen würde, was jetzt kam.

„Du bist es", sagte sie tonlos.

„Ich?", würgte ich hervor und fühlte mich, als hätte sie mir den Boden unter den Füßen weggezogen.

„Ja ... nein." Sie schnitt eine Grimasse. „Das kam falsch rüber."

Ich?

Ich war der Grund, warum die Jungs sie nicht um ein Date baten. Das ergab keinen Sinn, weil sie mich auch nicht gefragt haben. Und es hatte noch nie eine Rolle gespielt. Wir hingen ständig mit anderen Jungs in The Alley ab.

„Ich weiß nicht, was du ... oh." Die Wahrheit stand ihr ins Gesicht geschrieben, ich hatte sie nur nicht sehen wollen.

„Ja, oh." Flick schenkte mir ein schwaches Lächeln. „Du bist tabu, Hails, und das weißt du auch. Niemand wird dich ansehen, weil sie Angst haben, vor ..." „Jason."

Sie nickte. „Und ich bin deine beste Freundin. Sich mir zu nähern, wäre zu nah an dir, ein zu großes Risiko."

„Du bist kein verdammtes Risiko, Flick", sagte ich und spürte, wie mein Wutpegel stieg. „Willst du wirklich mit einem Trottel ausgehen, der sich von meinem Stiefbruder diktieren lässt, mit wem er auf ein Date darf und mit wem nicht?"

„Nein, das will ich nicht. Aber das ist nicht der springende Punkt ..." Sie ließ die Worte hängen.

„*Worum* geht es also?"

„Ich möchte Dates haben, verdammt noch mal, Hails. Ich will zum *Homecoming* und zum Winterball. Ich will zu *Prom* gehen!"

„D-das wünschst du dir?" Ich sank in meinem Stuhl zurück, das Gewicht ihres Geständnisses ließ mich zusammensacken.

„Ich liebe dich, du weißt, dass ich das tue. Aber deine beste Freundin zu sein ist manchmal nicht einfach, Hailee, und du ... siehst solche Dinge gar nicht."

„Ich bin aber nicht ..." Die Lippen zusammengepresst schluckte ich die Worte herunter, die mir auf der Zunge lagen. Denn Flick hatte recht. Bis jetzt hatte ich keine Ahnung gehabt, dass sie so empfand.

„Ich will nicht die nächste Khloe Stemson sein. Ich will nicht der Cheerleadertruppe beitreten und mich den

Raiders zu Füßen werfen, das ist es nicht. Aber ich will mich nach dem Abschluss auch nicht fragen, wie es gewesen *wäre* und bereuen, all das nicht erlebt zu haben." Mit einem schweren Seufzer nahm sie ihre Liste. „Es tut mir leid, wenn ich deine Gefühle verletzt habe."

„Und mir tut leid, dass ich so eine abgebrühte Schlange bin, die dir das Leben ruiniert."

„Hails ..."

„Scherz." Ich hob schlichtend die Hände. „War ein Spaß." Zumindest größtenteils. „Ich muss pinkeln, ich bin gleich zurück. Kann ich dir noch etwas mitbringen? Eine Leckerei?"

„Hmm, ich sollte nichts mehr nehmen." Ihr Blick huschte zum Tresen. „Aber ich würde einen von diesen Rocky Road Brownies als Friedensangebot annehmen."

Mit einem schwachen Lächeln und schwerem Herzen stand ich auf. „Alles klar." Ich betrat den Laden und ging nach hinten, wo sich die Toiletten befanden.

Flicks Eingeständnis hatte mich völlig unvorbereitet erwischt. Es ließ sich nicht leugnen, dass Jason die Dinge schwierig gemacht hatte, seit ich nach Rixon gezogen war, aber es war nicht so, dass er mein Leben ruiniert hätte. Ich ging immer noch zum Unterricht, hatte Spaß an Kunst und Flick und ich nahmen an allen Schulveranstaltungen teil, bei denen es sich nicht um Football drehte. Zugegeben, wir hatten keinen großen Freundeskreis und wurden nicht zu irgendwelchen Partys eingeladen, aber es ging uns gut. Wir waren zufrieden damit, unser eigenes Ding zu machen.

Oder zumindest hatte ich geglaubt, dass wir es wären.

Nachdem ich mir die Hände gewaschen hatte, ging ich zur Theke, um Flicks Brownie und einen Erdbeershake für mich zu holen. Ich wollte nicht, dass sie sauer auf mich war. Wir waren beste Freundinnen. Seit ich in der siebten Klasse in Mathe neben dem Mädchen mit den salbeifarbenen Augen gesessen hatte, waren wir zwei gemeinsam gegen den Rest der Welt angetreten. Aber sie hatte recht, es war das letzte Schuljahr. Unser letztes gemeinsames Jahr. Flick hatte vor, danach an die Penn Universität zu gehen. Ich hoffte, außerhalb des Staates, in Michigan, zu studieren. Sie hatten ein großartiges Kunstprogramm an ihrer Stamps School of Art and Design. Nächstes Jahr um diese Zeit würden tausend Kilometer zwischen uns liegen, also das mindeste, was ich tun könnte, wäre, ihr zu helfen, ihre dumme Liste abzuhaken.

Ich war nicht ganz glücklich mit dem Gedanken, aber bereit, es für meine beste Freundin zu versuchen. Ich bezahlte und schnappte mir meine Sachen, bevor ich wieder nach draußen ging. Als mein Blick auf unserem Tisch landete, erstarrte ich. Flick war nicht mehr allein. Ich war gerade mal zehn Minuten weg gewesen. Jason, Asher und Cameron saßen bei ihr, und sie ... lachten.

Alle.

Zögernd trat ich hinaus und stellte mich an das Ende des Tisches. „Habe ich etwas verpasst?"

Flicks Gesicht erblasste beim Klang meiner Stimme, und ich verengte meine Augen, schaute auf sie herab und fragte leise, was zum Teufel los sei. „Hmm", räusperte sie sich. „Jase und die Jungs waren auf dem Weg zum Laden, um Sachen für die Party zu besorgen."

Jase und die Jungs? Sie ließ es so klingen, als wären sie alte Freunde.

„Und warum interessiert mich das?"

Flick sog scharf Luft ein, kam aber nicht dazu, zu antworten, weil mein Stiefbruder sich vom Tisch erhob und seinen harten Blick auf mich richtete. „Asher dachte, ihr wolltet vielleicht auch kommen. Ich habe ihm gesagt, dass es eine dumme Idee ist."

„Lass mich das mal klarstellen, du lädst uns zu einer Party ein?" Dies war eine Falle wie sie im Buche stand.

Asher zuckte mit den Schultern und steckte die Hände in die Taschen. „Es ist keine große Sache."

Mein Blick wanderte zu Cameron, der schwieg. Ich wollte wissen, was er darüber dachte, nachdem er mich ausdrücklich gewarnt hatte, einen Rückzieher zu machen. War das ein Test? Eine idiotische Idee, um zu sehen, ob ich anbeißen würde.

Er würde schwer enttäuscht sein. Oder je nachdem, wie man es betrachtete, wäre er vielleicht beeindruckt.

„Mensch, danke für die Einladung, aber ich wasche mir heute die Haare." Ich stellte Flicks Teller vor ihr ab und setzte mich hin. „Also, wenn ihr nichts anderes wollt, solltet ihr ..."

„Was ist mit dir, Felicity?", fragte Jason gedehnt, ein teuflisches Glitzern in seinen Augen. „Willst du mit uns feiern?"

Meine Augen weiteten sich und sie senkte den Kopf, ihre Wangen röteten sich.

„Scheiße, Mann, ich glaube, sie will mitkommen." Ashers Augen leuchteten auf, als sei die Vorstellung, Flick auf ihre Seite zu ziehen, einfach zu verlockend. „Komm schon, Felicity, wir passen auf dich auf."

Mein Kopf schnellte nach oben, wo Jase stand, und ich funkelte ihn an. „Leg dich mit mir an, spiel deine dummen kleinen Streiche, schön, aber lass sie da raus, okay? Sie verdient es nicht, dass du ..."

„Hails", sagte Flick leise. „Es ist in Ordnung, ich weiß, dass es für sie nur ein Witz ist."

„Nun sei nicht so, Baby." Asher grinste sie an. „Du hast recht, *Hails* ist nicht willkommen, aber für dich würden wir eine Ausnahme machen. Stimmt's, Jase?"

Jase schaute zu Flick, den Blick dunkel und suchend,

und verdammt lange. Er erinnerte mich an den großen bösen Wolf, der sich auf Rotkäppchen stürzen wollte. Die Röte auf Flicks Wangen vertiefte sich unter Jasons intensivem Blick. Und bevor ich wusste, was ich tat, sprang ich auf und knallte ihm meine Handflächen auf die Brust. „Zurück", schnappte ich und stieß kräftig zu.

„Herrgott, Frau, bist du total verrückt? Wir hatten doch nur ein bisschen Spaß."

„Lass es. Sie hat dir nie etwas getan."

Unsere Blicke kreuzten sich, brodelnd vor Wut und Hass.

„Nicht, dass ich es nicht genieße, euch beiden dabei zuzusehen, wie ihr euch gegenseitig zerfleischt ..." Camerons Stimme schreckte mich auf. Ich blinzelte und riss meinen Blick von der offenen Konfrontation mit Jason los. Seine Lippen verzogen sich zu einem selbstgefälligen Lächeln, als wüsste er, dass er diese Runde gewonnen hatte.

Bastard.

„Ja, ja", sagte Jason und rieb sich das Kinn. „Nun, das war sehr unterhaltsam, aber es gibt interessantere Orte, an denen wir sein können, kleine Schwester."

Kleine Schwester?

Er war kaum zwei Monate älter.

„Ja, wie Jenna Jarvis' Muschi", kicherte Asher, und ich warf ihm einen angewiderten Blick zu. „Was denn?", schmollte er.

„Du bist widerlich."

„Nein, Baby, ich bin ein Raider und wir wissen einen guten Ritt zu schätzen."

„Lass uns endlich abhauen, mir ist verdammt langweilig." Cameron drehte sich, um zu gehen. Asher warf Flick einen Luftkuss zu, bevor er seinem Freund folgte, aber Jason blieb stehen. Seine Augen waren immer noch auf mich gerichtet.

„Was?“, bellte ich.

Ohne ein weiteres Wort schüttelte er den Kopf und ging ihnen nach.

„Und *das* willst du haben?“, sagte ich ungläubig und ließ mich wieder auf die Bank fallen.

„Ich habe nicht ... Ich bin nicht ... Gott, du hast recht“, sagte Flick, ihre Wangen waren immer noch rosa. Wie sie ihnen hinterher sah, wie die drei lachend und scherzend in Richtung Ashers Auto davon stolzierten, wurde mir klar, dass sie das wirklich wollte. Sie wollte zu ihrer blöden Party gehen, sich betrinken und mit irgendwelchen Typen herummachen. Vielleicht sogar mit einem von ihnen. Ich unterdrückte ein Schaudern.

Ich war so sehr mit der Rivalität zwischen mir und Jason beschäftigt, dem endlosen Krieg und dem Hass auf das Footballteam, das ich nicht gesehen hatte, was direkt vor mir lag.

Flick hatte meinetwegen gute Miene zum bösen Spiel gemacht.

Die ganze Zeit glaubte ich, wir wären einer Meinung, hatte geglaubt, wir teilten einen gemeinsamen Hass auf all das Schulzeug, Sozialisieren mit anderen Schülern und die Rixon Raiders.

Aber es war nicht so, nicht wirklich.

Sie hatte sich verstellt.

Und sie hatte es für mich getan.

6

Cameron

„LIEGT es an mir oder ist Felicity Giles dieses Jahr heiß geworden? Diese verdammt hässlichen Latzhosen machen mich normalerweise nicht an, aber an ihr sehen sie …"

„Erst Hailee, jetzt Felicity?", höhnte Jase. „Morgen trittst du einer Band bei und trägst einen dieser schrecklichen Pullover." Mit hochgezogenen Augenbrauen warf er Asher einen spitzen Blick durch den Rückspiegel zu.

„Ich sage nicht, dass ich sie knallen würde, aber man kann nicht leugnen, dass sie beide dieses Geekig-Sonderbare gemischt mit einem geilen Körper haben, das mich irgendwie anmacht."

Bei seinen Worten zog sich meine Brust zusammen, und ich rieb den Handballen gegen mein Bein. Hailee war kein Geek, sie war … Hailee. Unverfälscht sie selbst. Schon immer.

„Können wir bitte nicht mehr von ihr reden?", stöhne Jase. „Ich will einfach nur gefickt werden. Lasst mich irgendeine biegsame Turnerin zum Ficken finden und alles über Hailee fucking Raine und ihre Mutter vergessen." Er schürzte die Lippen und seine Knöchel wurden weiß, so fest umklammerte er das Lenkrad.

In diesem Moment klingelte Ashers Handy. „Oh, Scheiße", sagte er, und ich blickte zurück. „Thatcher hat gerade getwittert und haut ganz schön auf die Kacke."

„Lass mich mal sehen." Jasons Tonfall war kalt, als er seine Hand nach hinten ausstreckte und darauf wartete, dass Asher ihm das Handy gab. „Arschloch", hauchte er und warf mir das Handy zu.

@THATCHERQB1: **Rixon East lassen es mit RHS in diesem Jahr krachen. Die Raiders werden vor Angst rennen, wenn die Eagles mit ihnen fertig sind #EaglessindGewinner #zurHöllemitdenRaiders**

„ER WILL BLUT SEHEN", sagte Asher.

„Er redet nur." Jase winkte ab, aber ich sah, wie sich sein Kinn anspannte. Lewis Thatcher und Jase schenkten sich nichts. Sie waren zusammen im Kindergarten, ihre Rivalität wuchs mit der Zeit. Die Dinge hatten sich letztes Jahr zugespitzt, als Thatchers Schwester Aimee ins Spiel kam.

„Wir sind stärker", fügte Jase hinzu, wobei die Arroganz nur so aus ihm heraustropfte.

„Kein Zweifel", war nur ein Grunzen vom Rücksitz zu hören. Asher steckte seinen Kopf durch die beiden Vordersitze nach vorne. „Sie sind unser drittes Spiel, oder?"

Ich nickte.

„Also, machen wir uns vorher die Hände ein wenig

schmutzig. Zeigen wir Thatcher, dieses Jahr mit uns nicht zu spaßen ist."

„Ich dachte, wir wären fertig mit dem Scheiß?", sagte ich. „Finnigan sucht nur nach einem Grund, um Jase auf die Bank zu setzen."

„Finnigan kann mich am Arsch lecken." Jase grinste.

Ashers Haus kam in Sicht und Jase parkte ein, womit unser Gespräch beendet war. Wir stiegen aus, holten die Vorräte aus dem Kofferraum und gingen nach hinten, wo schon einige der anderen Jungs abhingen. Ashers Eltern waren cool und da sie geschäftlich oft verreist waren, hingen wir fast immer hier ab. Das Haus war größer als die meisten unser Zuhause, dank der erfolgreichen Tech-Firma seines Vaters. Hinten gab es einen kleinen See, wo sie Jetski und ein Motorboot hatten. Der riesige Pool und die Feuerstelle reichten wohl nicht.

Es war fantastisch.

Jase ging zu den Jungs und ließ mich und Asher zurück, um das Bier und die Snacks hineinzutragen. Ich legte die Tüten auf den Tresen und warf ihm einen harten Blick zu. „Warum zum Teufel fängst du dauernd von Hailee an?"

„Der Scheiß ist lustig. Ich habe Jase noch nie so aus der Fassung gesehen, und dass wegen eines Mädchens."

„Es ist seine Schwester oder hast du es vergessen?"

„Trotzdem ... es ist nicht so, dass sie blutsverwandt sind."

„Irgendetwas stimmt verdammt noch mal nicht mit dir." Ich verschränkte die Arme vor der Brust und überließ es ihm, sich um die Tüten zu kümmern. „Mach keinen Ärger, Ash, das können wir nicht gebrauchen. Nicht dieses Jahr."

„Ja, ja." Er duckte sich in den Kühlschrank, um die Biere zu verstauen. Als er fertig war, lehnte er sich gegen den Tresen, seine Augen suchten meine. „Ich kann immer noch nicht glauben, dass es das Abschlussjahr ist. Hast du darüber nachgedacht, was du machen wirst?“

Ich fuhr mir mit einer Hand über das Gesicht und schüttelte den Kopf. „So einfach ist das nicht.“

„Ja, ich weiß. Aber wenn du denkst, das Penn nicht ...“

„Was dauert denn da so lange?“ Jase erschien in der Tür, sein Blick hart und abschätzend.

„Ich hole nur ein paar Bier, Mann.“ Asher schnappte sich ein Sixpack und warf mir eine Tüte Chips zu. „Komm schon.“ Er schob sich an Jase vorbei und ging nach draußen.

„Alles okay?“ Jase neigte seinen Kopf zu mir und ich nickte.

„Ja, alles gut.“

Seine Augen verweilten noch eine Sekunde auf mir, dann drehte er sich um und folgte Asher. Ich ließ mich gegen den Tresen zurücksinken und seufzte schwer. Jase verstand es nicht. Er begriff nicht, wie irgendetwas Vorrang vor Football haben könnte. Es kam bei ihm noch vor dem College. Ich schätze, das verschaffte ihm den notwendigen Vorteil, den andere Spieler nicht hatten. Er hatte genug Abstand zum Lebensalltag, um die geforderten Opfer zu bringen. Er machte sich keine Sorgen um die Familie, denn das Footballteam war seine Familie. Ich vermute, das hatte er von seinem Vater gelernt. Aber mein Vater war kein aufstrebender Footballstar gewesen und ,obwohl er mich unterstützte, das Team unterstützte, waren auch andere Dinge für ihn wichtig.

Manchmal fühlte ich mich, als stünde ich an einem Scheideweg. Mit einem Bein fest in meinen Träumen von Football und College und dem Versprechen, es bis in die NFL zu schaffen. Das andere fest in der Realität verwurzelt, wo Träume nicht immer wahr werden und das Leben nicht immer fair ist. Beides unter einen Hut zu bringen, fiel mir verdammt schwer. „Yo, Cam, schnapp dir eine extra Tüte Chips.“ Ashers Stimme riss mich aus meinen Gedanken und ich verdrängte den ganzen Scheiß wieder. Denn in diesem Moment war ich ein Raider, und Football und alles, was dazugehörte, musste oberste Priorität haben.

„ICH SAGE JA NUR“, stellte sich Mackey aufrecht und schwankte leicht dabei. „Alabama sieht dieses Jahr eng aus, Clemson stärker als je zuvor, aber mein Geld setze ich auf die Buckeyes.“

Ein Meer von zerknüllten Pappbechern regnete auf ihn herab. Er hob seine Hände vor sein Gesicht, um sich zu schützen. „Komm schon, Jase, Mann, hilf einem Kumpel. Ohio State wollte dich, richtig? Was denkst du denn?“

Mein Blick fiel auf Jase, der in einem Stuhl saß, die Beine vor sich ausgestreckt, die Augen leicht glasig von einem Bier zu viel. „Es lässt sich nicht leugnen, dass Ohio dieses Jahr alles geben wird, was sie haben, aber es ist nicht diese Saison, die mich interessiert, sondern die nächste. Und es geht das Gerücht um, dass Penn einen der besten QBs des Landes rekrutiert hat.“ Er grinste. „Das ist ein verdammter Gamechanger.“

Leises Lachen erklang um die Feuerstelle. „Nicht, dass ich die Nittany Lions schlecht machen würde“, sagte Grady. „Aber du weißt schon, dass sie seit 1968 keine nationale Meisterschaft mehr gewonnen haben, oder?“

Jase zuckte arrogant mit den Schultern. „Ich habe gehört, dass Deontay Syracuse sich für die Penn verpflichten wird. Er ist im Moment der beste Defensive Tackle im Land. Zusammen werden wir unaufhaltbar sein.“

Jemand stieß einen tiefen Pfiff aus.

„Was ist mit dir Chase? Sie wollen dich auch, richtig?“

Ich zuckte mit den Schultern und nahm einen großen Schluck Bier. Jase schaute zu mir, sagte aber nichts. „Ich bin noch am Überlegen."

Das schrille Läuten der Türklingel unterbrach die drückende Stille, die sich über uns gelegt hatte. Ash stand auf. „Die Unterhaltung ist da." Mit einem süffisanten Grinsen verschwand er Richtung Tür, während Grady, Mackey und ein paar der anderen Jungs begannen, Penns Aufstellung von 2019 unter die Lupe zu nehmen.

Asher kam mit einer süßen Brünetten im Arm zurück, die ich aus dem Turnteam kannte.

„Mädels, willkommen. Fühlt euch wie daheim." Er schwang das Mädchen herum und zeigte auf das Haus. „Die Getränke sind in der Küche. Der Pool ist gleich da drüben, ihr könnt ruhig reingehen. Solltet ihr in den Pool wollen, müsst ihr die oberste Poolregel kennen."

„Regel?", fragte eine von ihnen.

„Ja, mein Vater ist da ein wenig eigen. Um das Wasser sauber zu halten", er unterdrückte ein Grinsen, „bevorzugt er es, wenn wir alle nackt schwimmen. So gelangen weniger Chemikalien in das Wasser." „Ja, aber mehr Körperflüssigkeiten", brüllte einer der Jungs, und Gelächter dröhnte um uns herum. Die Mädchen verdrehten die Augen und kicherten über Asher.

Aber es funktionierte. Ein paar von ihnen lösten sich von ihren Freundinnen und begannen, sich aus ihren Klamotten zu schälen. Zugegeben, sie waren nicht nackt, aber ihre winzigen Bikinis überließen nur sehr wenig der Fantasie.

„Scheiße, ja", sagte Mackey, schoss von seinem Stuhl hoch und riss sich sein Trikot vom Leib. „Wartet auf mich." Mit Anlauf sprang er ins Wasser und spritze dabei die Mädchen nass, die noch am Rand des Pools standen. Sie warfen lachend ihre Köpfe zurück, fassten sich an den Händen und hüpften ihm hinterher.

Alle taten, woran sie Spaß hatten. Einige besprachen Belange des Teams, andere diskutierten über die bevorstehende College-Football-Saison. Eine richtig gute Party. Asher drehte die Musik auf, bevor er sich zu den Mädchen in den Pool gesellte. Jenna Jarvis machte sich an Jason ran, rutschte auf seinen Schoß und strich mit den Fingern durch sein Haar. Er neigte seinen Kopf und fuhr mit seiner Zunge an ihrem Kinn entlang. Sie öffnete bereitwillig den Mund und saugte ihn ein. Kein Süßholzraspeln, keine Versprechen, die er nie einhalten würde. Aber Mädchen wie Jenna gab es wie Sand am Meer. Sie wussten, worum es Jason ging, und sie waren trotzdem bereit, sich in die Höhle des Löwen zu begeben. Nur um sagen zu können, dass sie die Chance hatten, ihn zu zähmen.

Ich beobachtete sie immer noch aus dem Augenwinkel, da trat Miley Connor in mein Blickfeld. „Cameron Chase, schön, dich hier zu sehen." Sie grinste, aber nicht auf diese „Bitte-nimm-mich"-Art, sondern eher freundschaftlich.

„Was geht, Miley?"

„Bei dir anscheinend nichts." Ihr Blick fiel auf meinen Schritt und ich lachte. Sie nahm kein Blatt vor den Mund. Miley setzte sich auf den Stuhl neben mir und nippte an ihrem Getränk. Sie sah gut aus, die abgeschnittenen Shorts und das Tank-Top schmiegten sich an ihren von stundenlangem Training durchtrainierten und schlanken Körper. Miley war wie der Rest von uns, eine Sportlerin. Sie wusste, was es hieß, sich zu opfern und in bester körperlicher Verfassung zu sein. Und im Gegensatz zu vielen ihrer Teamkameraden hatte sie keine Zeit, Footballspielern hinterherzulaufen. Nicht, wenn sie die Olympischen Spiele fest im Blick hatte.

Das mochte ich an ihr.

Bei Miley musste ich keine Erwartungen erfüllen, hatte keinen Druck, sollte keine Dinge versprechen, die ich ihr nicht geben konnte. Wir benutzten uns gegenseitig, um für eine kurze Zeit der Realität zu entfliehen. Danach gingen wir getrennte Wege, bis zum nächsten Mal.

„Warum so mürrisch, Chase? Es ist das Abschlussjahr", sagte sie und schaute auf die Party.

„Hast du jemals genug?", fragte ich sie leise.

„Ich habe genug davon, nicht essen zu können, was ich will und wann ich will. Wenn es das ist, was du meinst?" Miley stieß einen langen Seufzer aus. „Was würde ich dafür geben, bei Pepes Pizza eine ganze Peperonipizza mit Zwiebeln zu essen und mich dann mit Cookie Dough Eis vollzustopfen. Aber das ist das Opfer, das wir bringen." Sie schaute mich lächelnd an.

„Ein kleines Vögelchen hat mir gezwitschert, dass du dich schon vor dem Termin für Alabama verpflichten wirst?"

„Das Vögelchen hätte recht."

„Schön." Ich beneidete sie darum, dass sie so sicher war, was ihre Zukunft betraf.

„Es ist ein großer Schritt, aber es ist das beste Programm im Land und ich will die Beste sein." Sie schenkte mir ein warmes Lächeln. „Was ist mit dir? Ein kleines Vögelchen, auch bekannt als unsere gesamte Klasse, sagt, dass Penn dich genauso gern hätte wie Jason?"

„Sie sind interessiert, aber ich habe mich noch nicht entschieden."

„Ivy League", pfiff sie durch ihre Zähne. „Beeindruckend."

„Ich bin nicht nur ein hübsches Gesicht und einer der besten Wide Receiver im Staat, weißt du?" Ich grinste sie an.

„Nein, Cameron Chase, nein, bist du nicht. Du bist auch sehr, sehr gut mit deiner Zunge." Ihre Augen verdunkelten sich vor Lust. „Willst du von hier verschwinden?"

„Ich dachte schon, du würdest nie fragen." Ich kippte den Rest meines Bieres hinunter, stand auf und wartete darauf, dass Miley dasselbe tat. Asher fiel mir auf der anderen Seite des Pools auf. Er wusste, was mit mir und Miley los war, aber er war zu sehr mit einer ihrer Freundinnen beschäftigt, um mich deswegen anzusprechen.

„Wir sind raus", sagte ich zu Jase, als wir an ihm vorbeigingen.

„Hier?", fragte er, und ich wusste, dass er meinte, ob wir nach oben gehen oder woanders hin.

Ich schaute zu Miley, die mit den Schultern zuckte. „Ich habe keine besonderen Ansprüche."

„Darauf wette ich", kicherte Jase, und ich warf ihm einen strengen Blick zu.

„Sei vorsichtig, Jenna", sagte Miley mit einem Hauch von Bitterkeit. „Ich habe gehört, dass er beißt."

Jenna hob ihr Gesicht von Jasons Hals, und antwortete schnippisch, „Oh, ich weiß, ja, das tut er. Aber ich beiße fester."

„Komm schon, Chase", lachte Miley leise und ich steckte meine Hände in die Taschen und folgte ihr zu Ashers Haus. „Schicke Hütte", sagte sie.

„Ja, Ashs Eltern sind stinkreich."

„Was du nicht sagst."

Wir schlüpften hinein. Miley überließ mir die Führung. Ich ging kurz in die Küche, um ein paar Flaschen Wasser zu holen, und führte sie dann die Treppe hinauf in das Gästezimmer, das die Bennets mir immer zur Verfügung stellten, wenn ich hier übernachtete. Ich würde es nicht gerade als mein Zimmer bezeichnen, aber niemand sonst wohnte hier. Letztes Jahr hatten sie mir sogar einen Schlüssel gegeben.

Ich blieb vor der vertrauten Tür stehen und kramte den Schlüssel aus meiner Brieftasche. „Was ist das?“, fragte Miley, „dein rotes Zimmer des Schmerzes?“

„So ähnlich“, grinste ich sie an. „Warum, hast du Angst?“

„Nein, Chase. Du lieferst eine gute Show ab, aber ich durchschaue all den Macho-Raider-Bullshit.“

Ihre Worte erwischten mich unvorbereitet, ich schärfte meinen Blick. „Du weißt, was das hier ist, oder?“

„Ja, ja“, antwortete sie und schüttelte leicht den Kopf. „Wir vögeln, nicht mehr und nicht weniger. Ich verlange nichts von dir.“

Mit einem knappen Nicken stieß ich die Tür auf und zog sie hinein. Manchmal, in den ruhigen Momenten nach dem Sex mit Miley, fragte ich mich, wie es wohl wäre, mich ihr zu öffnen, ihr all meine tiefsten Ängste zu erzählen, meine dunkelsten Geheimnisse. Aber so standen wir nicht zueinander, sie war dafür nicht die richtige Person.

Das Leben war nicht fair und wir konnten nicht immer haben, was wir wollten.

Ich wusste das besser als die meisten Leute.

7

Hailee

„DAS IST keine gute Idee." Flick schnappte sich die Flasche Wodkamixgetränk und nahm einen großen Schluck davon. „Das ist überhaupt keine gute Idee." Sie wischte sich mit dem Handrücken über den Mund.

„Komm schon, wir müssen schnell sein." Ich griff ihre Hand und zog sie durch die Bäume, die das Grundstück der Bennets eingrenzten.

„Ich kann nicht glauben, dass ich mich von dir dazu habe überreden lassen", stöhnte sie leise, als der Wald dichter wurde und die Schatten uns ganz verschluckten.

„Betrachte es als etwas, das du auf deine Liste setzen kannst."

„Hails".

„Oh, komm schon, Flick. Ich habe bereits gesagt, dass ich mit dir zu der blöden Pep-Rally gehe, und ich werde über das *Homecoming* nachdenken ..."

„Wirst du das?" Die Hoffnung in ihrer Stimme ließ mich wie die beschissenste Freundin aller Zeiten fühlen.

Ich verdrängte das Gefühl und konzentrierte mich auf die Mission.

Als Jason, Cameron und Asher Ice T's verlassen hatte, wusste ich, dass ich es nicht einfach dabei belassen konnte. Auch wenn Cameron mich gewarnt hatte, mich zurückzuhalten. Es war eine Sache, sich mit mir anzulegen, aber sich mit Flick anzulegen? Das war völlig inakzeptabel, besonders nachdem ich erfahren hatte, dass sie tatsächlich zu ihrer blöden Party gehen wollte. Während sie ihren Entschuldigungs-Brownie verschlang, heckte ich einen Plan aus.

„Okay“, sagte ich und blieb am Rand der Bäume stehen, genau an Ashers Einfahrt. „Gib mir den Drink.“ Ich brauchte etwas mehr Mut für das, was ich tun wollte. Es war dumm und leichtsinnig und es könnte mich in Teufels Küche bringen, wenn mich jemand erwischte, aber das wäre es so was von wert.

Ich kippte den Rest des Wodkamixers in mich hinein, mein Magen wand sich, als der bittere Geschmack meine Sinne überflutete. Ich warf die Flasche ins Unterholz und streckte meine Hand aus. „Jetzt gib mir das andere Zeug.“

Flick schluckte erneut, bevor sie mir die Sprühfarbe und den Aufkleber reichte. „Bist du dir da absolut sicher?“

„Musst du das überhaupt fragen?“

„Ich schätze nicht. Aber, Hails, du brauchst das nicht zu tun, nicht für mich.“

„Ruhe jetzt, ich muss mich konzentrieren.“ Ich las die Anweisungen noch einmal, wobei meine glasigen Augen alles ein wenig verschwommen erscheinen ließen. Als ich sicher war, dass ich alles verstanden hatte, blickte ich Flick wieder an. „Warte hier, okay? Es wird nicht lange dauern.“ Ich stülpte mir die Kapuze über den Kopf, zog an der Kordel, um so viel wie möglich von meinem Gesicht zu verbergen, und schlich mich vorsichtig von den Bäumen zum Haus.

Die Vorderseite des Anwesens war in Dunkelheit getaucht; alle Geräusche und laute Musik kamen von der Rückseite. Ich war noch nie in Ashers Haus gewesen, aber jeder wusste, dass seine Eltern reich waren. Ich hatte gehört, wie Kids in der Schule über seine berüchtigten Partys unten am See sprachen, der hinter dem Grundstück lag. Mein Blick schweifte nach links und rechts, um sicherzugehen, dass niemand in der Nähe war, bevor ich über die Einfahrt zu den parkenden Autos lief. Ashers Jeep, Camerons Truck, und schließlich mein Ziel, Jasons restaurierter 1969er Dodge Charger.

Ich ging um das Fahrzeug herum und hockte mich vor die Motorhaube. Mir zitterten die Finger und mein Herz schlug wild gegen den Brustkorb, als ich den Aufkleber vom Trägerpapier abzog und ihn mittig auf dem glänzenden schwarzen Lack positionierte. Ich rieb alle Luftblasen heraus, strich das Rixon East Eagles-Logo glatt und machte mich dann an die Arbeit mit dem Sprühlack.

„Hails", Flicks gedämpfte Stimme drang zu mir durch. Ich beugte mich gerade über die Motorhaube, wobei ich so genau sprühte, wie es mir angesichts des fehlenden Lichts und den leichten Koordinationsschwierigkeiten durch den Alkohol möglich war. „Beeil dich."

„Ich komme, ich bin fast fertig." Ich trat zurück, um mein Werk zu begutachten, und lächelte in mich hinein. Jason würde mich umbringen. Wenn es eine Sache gab, die er fast so sehr liebte wie Football, dann war es dieses Auto. Scheiße. Plötzlich fiel mir ein, dass ich vielleicht nicht der erste Verdächtige war, der Jason in den Sinn kam.

Die Raiders hatten eine unschöne Geschichte mit der Rixon East High. Eine Rivalität, die Jahrzehnte zurückreichte. Eine Rivalität, die verbissener geworden war, seit Jason QB für die Raiders wurde. *So ein Mist*. Was, wenn er dachte, jemand aus ihrem Team hätte es getan? Das könnte der Funke sein, der einen Brand entfachte. Aber jetzt war es zu spät, sich Sorgen zu machen. Ich konnte den Aufkleber oder die Sprühfarbe nicht wieder entfernen.

Ich sammelte alle Beweise ein, steckte sie in meine Taschen und überprüfte noch einmal die Einfahrt, bevor ich mich wieder in den Schatten schlich. Stimmen ließen mich aufschrecken. Ich rannte zurück zu Ashers Jeep und kauerte mich dahinter.

„Bist du sicher, dass du gut nach Hause kommst?"

Cameron. *Gott sei Dank*. Wenigstens war es nicht Jason. Vielleicht konnte ich noch aus der Sache herauskommen, ohne erwischt zu werden. Die Autos waren vor der Doppelgarage geparkt, die an das Haus angrenzte. Wenn hier niemand vorbeikam, dann würde ich überleben.

„Ja", sagte eine weibliche Stimme. „Ich bin ein großes Mädchen und kann auf mich selbst aufpassen. Es ist aber süß, dass du dich sorgst."

Er lachte und mir wurde flau im Magen. Cameron und ein Mädchen. Es hätte mich nicht überraschen sollen. Die Worte Raider und Mannhure gehörten praktisch zusammen.

„Danke", sagte er. „Für ... du weißt schon."

„Es ist mir immer ein Vergnügen, Chase. Ich bin jederzeit bereit für den Trick, den du mit deiner ..." Das leise Schnurren eines Automotors übertönte ihre Worte. Gott sei Dank, denn ich wollte wirklich nichts über Camerons erstaunliche Fähigkeiten im Schlafzimmer hören.

Ich schlurfte in die andere Ecke des Jeeps und lehnte mich leicht nach oben, um einen Blick auf die Person zu erhaschen, der Cameron gute Nacht sagte. Aber alles, was ich mitbekam, war das Aufblitzen von langen dunklen Haaren, bevor sie in das Uber stieg.

Jetzt war meine Chance, ich musste von hier verschwinden. Wieder in die Hocke gehend, schlüpfte ich hinter dem Jeep hervor und rannte geduckt los. Ich hatte die Baumgrenze fast erreicht, da fiel mir die Sprühdose aus der Tasche und mit einem lauten *Knall* zu Boden. Ich erstarrte, mein Körper war wie gelähmt, während ich den Atem anhielt und wartete. Vielleicht war Cameron schon drinnen, vielleicht war er ...

„Was zum Teufel?"

Scheiße.

Scheiße!

Mein Puls hämmerte gegen die Schläfen, während ich meine Optionen überdachte. Ich konnte mich aus dem Staub machen und hoffen, dass er mich nicht verfolgte, oder ich konnte umdrehen und es zugeben. So oder so, es sah nicht gut für mich aus. Ich hatte gehofft, sicher im Bett zu sein, wenn Jason mein neuestes Machwerk entdeckte.

Ich beschloss, das Risiko einzugehen, und machte einen Schritt in Richtung der Baumgrenze, bereit, zu sprinten, aber hinter mir knirschten Schritte auf dem Kies. „Wer ist da? Thatcher, wenn du das bist, dann solltest du besser ..."

Ich drehte mich langsam um und löste die Kordel meiner Kapuze, um mein Gesicht zu enthüllen. Auf Camerons wutverzerrtem Gesicht machte sich Verblüffung breit, als er mich erkannte,seine Augen weiteten sich. Aber sie verengten sich schnell wieder gefährlich, als er näherkam. „Sonnenschein? Was zum Teufel?"

„Hmm, hey." Ich schenkte ihm ein schiefes Lächeln.

Er packte meinen Arm und ich fragte mich, was zum Teufel er da tat, bis er mich weiter in den Schatten zog. „Was zum Teufel, Cam ..."

Sein Kopf fuhr hoch zum Haus, wo eine

Überwachungskamera war. Verdammt. Warum hatte ich nicht daran gedacht? *Wahrscheinlich, weil du betrunken vom Wodkamix und high vom Adrenalin bist, Idiotin.*

„Also", seine Stimme war kalt. „Willst du mir erklären, was zum Teufel du glaubst, dass du da tust?"

„Hmm, was das angeht, ... ich dachte, Jasons Auto bräuchte ein kleines Facelifting?" Es kam mehr als Frage heraus, nicht wie der sarkastische Witz, den ich beabsichtigt hatte.

Cameron stieß einen verzweifelten Atemzug aus und ich bin mir sicher, dass ich ihn flüstern hörte: „Du machst es mir nicht leicht." Aber ich nahm an, dass meine Ohren mir durch den Alkohol Streiche spielten. „Du konntest dich nicht einfach zurückhalten, was?" Seine Augen fixierten mich.

Aber scheiß drauf.

Und scheiß auf ihn.

„Dann solltest du deinen Freund vielleicht zügeln." Ich stupste ihn mit dem Finger gegen die Brust. „Ich kann es ertragen, wenn er sich mit *mir* anlegt. Aber nicht Flick. Sie hat mit der Sache nichts zu tun."

Er lehnte sich vor und nahm meine Hand. „Und du glaubst nicht, dass er wie der Teufel über dich herfallen wird, sowie er herausfindet, was du getan hast? Überlege mal, Sonnenschein."

„Hör auf, mich so zu nennen." Ich konnte nicht richtig nachdenken, wenn er das sagte.

Camerons Mund verzog sich, nur für den Bruchteil einer Sekunde, aber lange genug, dass ich wusste, wie sehr das hier genoss. *Arschloch.* Er war genau wie mein Stiefbruder, sogar schlimmer. Es gab eine Zeit, in der ich wirklich geglaubt hatte, er sei anders. Ich war jung und dumm und was Cameron Chase betraf, hatte ich meine Lektion gelernt,.

„Was wirst du tun?“ Er runzelte die Stirn, also fügte ich hinzu: „Wirst du es ihm sagen?“

„Ich kümmere mich um Jason, du kümmerst dich nur um dich.“

„Was zum Teufel soll das bedeuten?“

Weitere Stimmen waren zu hören und Cameron blickte zum Tor neben der Garage. „Scheiße“, murmelte er. „Du musst hier weg.“

„Aber was ist mit …“

„Hailee, geh. Jetzt.“

„Hails?“ Flick brach durch die Bäume, ihre Augen waren glasig und weit aufgerissen, Panik stand in ihren sanften Zügen. Cameron fluchte. „Seid ihr beide betrunken?“, er klang genervt.

„Ich … wir …“ Mein Blick wanderte zum Tor, wo das Klirren von Metall erklang.

„Schaff sie hier weg, sofort. Und kommt nicht zurück.“ Cameron sprach jetzt nicht mit mir, er starrte Felicity an, als wäre sie irgendwie an allem schuld.

„Sieh sie nicht so an“, begann ich, aber Flick hatte bereits ihre Hand auf meinem Arm und versuchte, mich wegzuziehen.

„Yo, Chase? Bist du hier draußen?“ Die Stimme meines Stiefbruders war jetzt ganz nah. „Ich dachte, ich hätte ein Auto gehört.“

„Geht, *jetzt*“, Camerons Stimme war ein tödliches Flüstern.

Der Wodka gab Flick scheinbar Superkräfte, denn sie zerrte mich in die Bäume, als würde ich nichts wiegen. Camerons Gesicht war durch die Blätter nicht mehr zu erkennen. „Was zum Teufel war das?“, zischte sie.

Aber ich konnte nicht antworten, weil ich keine Antwort hatte.

„Arschloch!“ Das Dröhnen von Jasons Stimme, die

Wut, die aus jeder Silbe tropfte, übertönte alle meine Gedanken.

„Scheiße." Ich sprang panisch auf. „Wir müssen hier weg, sofort." Meine Hand fand die von Flick und ich zog sie hinter mir her durch den Wald. Wir waren von Flick zu Ashers Haus gelaufen. Sie wohnte nur ein paar Blocks weiter, aber wir waren noch nicht weit genug, sodass Jason uns finden würde, wenn wir uns nicht verdammt beeilen würden.

Sobald wir vom Grundstück der Bennets runter waren, rannten wir los. Wir waren beide nicht besonders sportlich, aber wir brauchten heute Abend keine Ausrede, um nicht laufen zu müssen. Unsere Füße rasten über Boden, Bäume und Äste rauschten an uns vorbei, Schatten tanzten um uns herum. Als wir aus dem Wald auf die Straße traten, erfasste mich bei dem Anblick von Flicks Haus in der Ferne eine unglaubliche Erleichterung.

„Komm schon", sagte ich atemlos, hakte sie unter und warf einen letzten Blick über meine Schulter. „Wir sollten wohl reingehen."

VIERZIG MINUTEN später waren wir beide geduscht und lagen in unseren Pyjamas auf Flicks Bett. „Ich kann nicht glauben, dass Cameron dich erwischt hat", sagte sie und nahm einen Bissen von ihrem Twizzlers.

„Ich frage mich, was er Jason gesagt hat."

„Ich schätze, du wirst es früh genug erfahren."

„Was soll das denn heißen?" Ich runzelte die Stirn.

„Nun, sollte er es Jason erzählen, kannst du mit furchtbaren Vergeltungsmaßnahmen rechnen, und wenn er es für sich behält, bist du sicher ... vorerst."

„Bei dir klingt das wie eine Folge von Game of Thrones."

„Eher ein Kampf der Geschlechter", witzelte sie, und ich schubste sie mit meiner Schulter.

„Es war trotzdem seltsam, oder? Cameron hätte mich auf der Stelle verraten können, aber das hat er nicht. Er hat uns gesagt, wir sollen abhauen." Flick grinste, und ich fügte hinzu: „Was?"

„Nö. Nichts …"

„Komm schon, sag es mir."

„Ich weiß, du denkst, dass er nicht scharf auf dich ist, Hails, aber du musst zugeben, dass es ein bisschen so aussah, als würde er dich beschützen."

„Mich *beschützen*?", fragte ich sie ungläubig. „Zwei Sekunden vorher hat er seinem kleinen Fickstück gute Nacht gesagt."

„Kleines *Fickstück*?" Flick explodierte vor Lachen und rollte sich auf den Rücken, aber ich lachte nicht. Das letzte Schuljahr war so verwirrend.

Ich drehte mich ebenfalls um und lag Schulter an Schulter mit ihr. Wir starrten beide an die Decke und ließen die Ereignisse der Nacht über uns ergehen. „Hattest du Spaß?"

„Spaß?", entgegnete sie. „Von Cameron von Asher Bennets Grundstück gejagt zu werden, nachdem du Jasons Auto besprüht hast, ist nicht meine Vorstellung von Spaß, Hails. Warum?" Misstrauisch fragte sie, „Hattest du Spaß?"

„Ich glaube, ich bin falsch gepolt", gab ich zu. Denn, obwohl ich Angst gehabt hatte, Cameron gegenüberzutreten, konnte ich nicht leugnen, dass ein Teil von mir es liebte. Die Gefahr, der atemberaubende Nervenkitzel, Jasons Auto mit dem Logo seines Rivalen zu bekleben.

„Du bist nicht falsch gepolt", sagte Flick traurig. „Du

bist nur so sehr daran gewöhnt, in der Defensive zu sein, diese dummen Spiele mit Jason zu spielen, dass es deine Wahrnehmung dafür verändert hat, was Spaß macht und was nicht."

„Du meinst, ich bin abgebrüht?" Ich zuckte zusammen, als ich daran dachte, wie sie mich vorhin bei Ice T's genannt hatte. Es schien eine Ewigkeit her.

„Ja ... und nein. Ich glaube schon, dass du abgebrüht bist, Hails, das musstest du ja, das verstehe ich. Aber diese Sache mit dir und Jason, das ständige Hin und Her; du musst ihm nichts beweisen."

Etwas beweisen?

Sie dachte, ich wollte mich ihm gegenüber beweisen?

„Das tue ich nicht", sagte ich, aber sowie die Worte gesagt waren, wurde mir klar, dass sie recht hatte. Jason hatte mich so schnell vorverurteilt, als unsere Eltern zusammenkamen. Er hatte mir nicht mal eine Chance gegeben. Und vielleicht ging es mir bei diesem Kampf um mehr, nicht nur darum, ihn von dem Sockel zu stoßen, auf den ihn die Schule, die ganze Stadt gestellt hatte. Tief im Inneren wünschte ich mir, dass er erkannte, dass ich ein guter Mensch war. Jemand, der es wert war, ihn kennenzulernen.

Eine Schwester, die zu haben man froh sein durfte.

Ach. Ich hasste es, mich so zu fühlen. Schwach und seiner Gnade ausgeliefert.

Ich verabscheute das Gefühl, dass Jasons Meinung über mich überhaupt eine Rolle spielte.

Ich rollte mich auf die Seite, mit dem Rücken zu Flick. Nach ein paar Sekunden sagte sie, „Es tut mir leid, ich wollte dich nicht verärgern."

„Es ist in Ordnung", würgte ich hervor und schluckte die Tränen herunter, die sich in meine Augen drängten.

Ich würde nicht weinen.

Nicht über diese Sache hier.

Und definitiv nicht über das Arschloch eines Stiefbruders und seinen Freunden.

„Ich will nur nicht, dass du verletzt wirst", sagte sie und rollte sich hinter mich. Flick schob ihren Arm um meine Taille und schmiegte sich an meinen Rücken. „Ich kenne dich, Hails, und ich weiß, dass du die Dinge nie zu weit gehen lassen wirst, aber Jason? Bei ihm bin ich mir nicht so sicher. Er muss der Beste sein, der Sieger, koste es, was es wolle. Das weißt du."

Ja, das wusste ich.

Er war kalt. Fokussiert. Entschlossen, erfolgreich zu sein, egal zu welchem Preis.

So viel ich auch angestellt und manchmal fast Grenzen überschritten hatte, ich war nicht wie er. Ich war abgebrüht, ja, aber ich hatte Gefühle. Ich empfand Schmerzen. Wenn man mich aufschnitt, würde rotes Blut aus mir herausfließen, im Gegensatz zu Jason, der blau und weiß bluten würde. Oder schwarz, wie die Farbe seiner Seele.

Meine beste Freundin hatte recht. Wenn ich nicht aufpasste, würde mich dieses Spiel zwischen mir und Jason zerstören, bis nichts mehr übrig war. Davor hatte mich Cameron gewarnt. Jason würde nicht aufhören. Er würde weiter Druck machen, immer weiter auf mich eindreschen, bis ich kapituliere.

Aber selbst, wenn mir klar war, dass er mich verletzen konnte und dass Jason am Ende erfolgreich durch meine Mauern brechen würde. War ich in der Lage und vor allem bereit, nachzugeben?

8

Cameron

„NACHDEM THATCHER die ganze Woche auf Twitter und Snapchat Scheiße erzählt hat, setze ich auf ihn." Asher nahm einen großen Schluck Bier aus seiner Flasche und ließ sich in einen der La-Z-boy-Stühle in seinem Gaming-Zimmer fallen.

„Wenn er es war, dann hat er definitiv Todessehnsucht." Jason bestand nur noch aus Wut, eine ihn alles beherrschende Wut. Nachdem er sein Auto gesehen hatte – und Hailees Arbeit – dachte ich, er würde explodieren. Asher reagierte schnell, beendete die Party und schickte alle nach Hause. Wir anderen versuchten, das Auto zu säubern und Jason zu beruhigen. Den Aufkleber hatten wir ohne Schaden anzurichten abbekommen, aber der Lack konnte nur professionell entfernt werden.

„Lasst uns keine voreiligen Schlüsse ziehen", sagte ich. „Wenn wir auf Thatcher losgehen und uns irren, könnte uns das ..."

„Ja, aber komm schon, Mann", Asher verschränkte die

Hände hinter dem Kopf. „Wer sonst ist dumm genug, so etwas zu tun wie ... Hailee.“ Seine Augen leuchteten auf. „Sie könnte es gewesen sein.“

„Nein, Mann“, sagte ich und versuchte, cool zu wirken. „Ein oder zwei Streiche, ja, aber kriminelle Schäden?“

Jason war ruhig. Zu ruhig. Ich beobachtete ihn aus dem Augenwinkel und hätte gern gewusst, was in seinem Kopf vor sich ging.

„Hast du die Videoüberwachung überprüft?“, fragte er Asher, der nickte.

„Wie ich schon sagte, mein alter Herr hat das System vor dem Sommer abgeschaltet. Es funktionierte nicht mehr richtig und er ist noch nicht dazu gekommen, es zu reparieren.“

Fuck sei Dank.

Jase grunzte und rieb sich das Kinn. „Nein, Hailee würde das nicht tun. Sie ist mutig, aber sie hat nicht die Eier, um so etwas durchzuziehen. Es muss Thatcher gewesen sein.“

Ich wusste nicht, was ich tun sollte. Einerseits könnte ich gestehen und ihm Hailee direkt zu Füßen legen ... oder ich behielt die Wahrheit für mich und lieferte ihm mehr Munition gegen Thatcher.

Beides wäre blöd.

Aber Hailee verraten, wenn ich genau wusste, dass Jason wie der Teufel über sie herfallen würde?

„Trotzdem“, sagte ich und traf meine Entscheidung. „Ohne Beweise musst du vorsichtig vorgehen. Finnigan wartet nur darauf, einen Grund zu finden, um dich hart ranzunehmen. Wenn er nur einen Hauch von einem Problem mit East wittert, wird er zuschlagen.“

Jase lehnte sich zurück und dachte über meine Worte nach. Während Asher ihn gern zu Ärger anstiftete, war ich für Jase immer die Stimme der Vernunft.

„Scheiße, ich will dieses Stück Scheiße zerstören."

„Mach es auf dem Feld, wo es am meisten weh tut." Thatcher war ähnlich wie Jason: stur, arrogant und zu hundert Prozent dem Spiel verschrieben. Gegen die Raiders zu verlieren, wäre fast so gut wie jeder Vergeltungsschlag, den sich Jase und Asher für ihn ausdenken könnten.

„Oder wir fahren über den Fluss und zeigen dem Wichser, worum es bei den Raiders wirklich geht", sagte Asher mit einem fiesen Grinsen.

Ich warf ihm einen harten Blick zu, aber Jase überraschte mich und antwortete ihm, „Nee, Chase hat recht. Obwohl ich mir zu fünfundneunzig Prozent sicher bin, dass es er oder einer seiner Leute war, können wir nicht zurückschlagen. Nicht jetzt. Nicht, wenn Finnigan uns im Nacken sitzt."

Asher grummelte vor sich hin, widersprach aber nicht. Jasons Wort war endgültig, das war es immer.

„Was nicht heißt, dass ich Hailee nicht trotzdem eins auswischen kann."

„Jetzt geht's los." Asher rieb seine Hände aneinander, der Schalk tanzte in seinen Augen. „Können wir auch mit Felicity spielen?"

Jasons Ausdruck verhärtete sich nur für den Bruchteil einer Sekunde, aber ich sah es.

Interessant.

„Nein, Hailee hat recht, das geht nur mich und sie was an." Außer, dass er uns nur all zu gern, ab und zu benutzte, um seine Drecksarbeit zu machen.

Asher zuckte mit den Schultern. „Ja, dann eben nicht, Mann."

„Ich hole mir noch ein Bier", sagte ich. „Wollt ihr auch eins, Jungs?"

Sie nickten beide. Es war richtig von mir gewesen, Jason

anzulügen. Wenn er wüsste, dass Hailee hinter dem steckte, was mit seinem Auto passiert war, ... ich wollte gar nicht darüber nachdenken, was er tun würde. Aber ich erkannte jetzt, dass er niemals dieses Katz- und Mausspiel mit ihr aufgeben würde. Und wenn er seine Wut von Thatcher weg auf sie lenkte, könnte es hässlich werden.

Es sei denn, Hailee würde ein für alle Mal in ihre Schranken gewiesen.

DER MONTAG KAM und jeder sprach über die bevorstehende Pep-Rallye. Es war immer eine große Sache, bei der die gesamte Schule dabei war, um die Raiders zu unterstützen und das diesjährige Varsity-Team zu begrüßen. Khloe hatte Jase den ganzen Tag mit Nachrichten bombardiert und wollte wissen, wann sie sich treffen könnten, um unseren großen Auftritt zu planen. Während seiner Freistunde hat sie ihn abgefangen. Mit der Ausrede, ich müsse zum Unterricht, setzte ich mich ab. Er wies mich darauf hin, dass ich bereits zu spät sei, aber ich grinste nur und machte mich aus dem Staub.

Ich hatte nicht erwartet, direkt in Hailee hineinzulaufen, als ich die leere Halle umrundete. „Ich muss mit dir reden." Sie packte mich am Arm und zerrte mich in den Bereich des Hausmeisters.

„Dir auch hallo." Ich starrte auf sie herab, verwirrt darüber, wie ich darauf reagierte, dass sie mich anfasste. Meinem Schwanz gefiel es richtig gut, wie die Beule in meiner Hose unschwer verriet. Aber mein Kopf wusste, dass es ein gefährliches Spiel war, das sie spielte.

„Warum hast du Jason nicht gesagt, dass ich es war?" Ihre Augen verengten sich vor Misstrauen. Ich nahm es ihr nicht übel. Wie könnte ich, sie hatte allen Grund, mir nicht zu trauen.

„Du hast also die Gerüchte gehört?“ Ein langsames Grinsen schlich sich auf meine Lippen. „Darüber, wie Rixon East sich über den Fluss geschlichen und das Auto unseres Captains versaut haben?“

„Cameron ...“

„*Sonnenschein* ...“ Mein Grinsen wuchs.

„Gott, du bist echt verrückt.“ Hailee trat zurück, um etwas Raum zu schaffen, aber da war der Hausmeisterschrank. Viel Platz konnte sie nicht zwischen uns bringen.

Ich hob die Augenbrauen. „Ich? *Ich* bin verrückt? Du solltest vielleicht mal einen Blick in den Spiegel werfen, Sonnen ...“

„*Hör auf,* mich so zu nennen“, schnauzte sie, bevor sie verärgert Luft holte. „Warum hast du das getan? Warum hast du mich beschützt?“

„Du denkst, dass ich dich beschützen wollte?“ Mein Blick verhärtete sich und ich verschränkte die Arme vor der Brust. „Tut mir leid, deine kleine Seifenblase platzen zu lassen, aber ich habe dich nicht beschützt. Ich wollte meinen besten Freund vor sich selbst schützen. Davor, etwas wirklich Beschissenes zu tun.“

„Er ist ein erwachsener Mann“, spottete sie. „Ich bin mir ziemlich sicher, dass er durchaus in der Lage ist, die Konsequenzen seines Handelns zu tragen.“ Jetzt war es an Hailee, eine Augenbraue zu heben.

„Du verstehst es nicht.“

Wie konnte sie auch?

„Ha, Football.“ Das klang verbittert. „Es dreht sich alles nur um Football, nicht wahr?“ Hailee schüttelte ungläubig den Kopf.

„Jason hat seine ganze Karriere noch vor sich. Er

braucht keine Ablenkung durch dich und deine Unfähigkeit zu wissen, wann Schluss ist."

„Ich ..." Ihr Gesichtsausdruck war fassungslos und Schuldgefühlen keimten in mir auf, vergingen aber schnell. Das Ding, das in mir lebte und sich daran gewöhnt hatte, Hailee beim Kampf mit Jason zuzusehen. Dass ihr freches Mundwerk und ihre rücksichtslosen Aktionen genoss.

Die sich nach ihnen sehnten.

Scheiße, ich war so verkorkst, wenn es um sie ging.

„Gib es zu, Sonnenschein. Du bist genau wie er. Du kannst den Gedanken nicht ertragen, gegen ihn zu verlieren." Ich senkte mein Gesicht zu ihrem. „Ich glaube, du magst diese Spiele. Genau wie die ganze Aufmerksamkeit, die du bekommst. *Meine* Aufmerksamkeit."

Ihre Augen flammten vor Wut auf, sie zog scharf den Atem ein. Es reichte aus, um meinen Blick auf ihre Lippen zu lenken. Diese weichen, rosigen, kostbaren Lippen.

Scheiß drauf.

Sie hasst mich schon, also kann sie mich noch mehr hassen.

Ich griff nach einer Strähne ihres seidigen Haares, so wie ich es getan hatte, als ich bei ihr im Kunstatelier war. „Cameron?", fragte sie, ihre Stimme unsicher und leise und so untypisch für sie. „Warum siehst du mich so an?"

„Wie denn, Hailee?"

Sie schluckte, ihre Zunge schoss heraus und strich über ihre Unterlippe.

Damit gab sie mir den Rest.

Das letzte Fädchen Selbstkontrolle riss, ich legte meinen Mund auf ihren, wühlte meine Finger in ihr Haar und drückte sie gegen den Schrank. Hailees Finger umklammerten mein Trikot und sie zog mich näher heran ... oder versuchte sie, mich wegzustoßen? Ich wusste es nicht, es war mir egal, denn der Geschmack ihrer Lippen auf meinen, die Art, wie unsere Zungen miteinander spielten, verzehrte mich, ich ertrank in Hailee fucking Raine.

Meine Hand glitt ihre Taille hinunter zu ihrem Hintern, um sie an mich zu pressen und unsere Körper wie zwei Teile eines Puzzles zusammenzufügen. Ich war steinhart, mein Schwanz drückte gegen ihren Bauch, und verdammt, es fühlte sich so gut an. *Sie* fühlte sich gut an. Ich war gerade dabei, mich völlig fallen zu lassen, meine Hüften an ihrer Mitte zu reiben, da stemmte sie ihre Hände an meine Brust und stieß mich zurück.

Ich stolperte rückwärts und sie kreischte: „Was zum Teufel ist los mit dir, Cameron?“ Ihre Wangen waren gerötet, ihre Lippen geschwollen. „Was zum Teufel war das?“ Ich weiß nicht, ob es ihr bewusst war, aber ihre Finger fuhren über ihre Lippen, berührten sie, als wäre sie sich nicht sicher, ob es echt gewesen war. Dann schmolz ihre Verwirrung dahin, ersetzt durch Wut.

Rot glühende, feurige Wut.

Und die war auf mich gerichtet.

„Das war ... das kannst du nicht machen.“ Die Worte kamen harsch heraus, aber sie stotterte, und ich konnte nicht anders, ich fühlte mich großartig, dass ich sie so verwirrt hatte. Mir ging es allerdings genauso.

„Ich darf dich nicht küssen?“, stichelte ich. „Ich glaube, das habe ich gerade.“

„Nun, tu es nicht noch einmal.“ Ihre Wangen brannten, schnell hob und senkte sich ihre Brust. Und wie sie sich wünschte, dass ich sie wieder küsse. Sie wollte es nur nicht zugeben.

Ich ging auf Hailee zu. Sie wich zurück, bis ihr Rücken erneut an den Schrank stieß, und ich starrte auf sie hinunter. Sie war immer noch atemlos, Verwirrung spiegelte sich in ihren Augen. „Du willst mich“, sagte ich.

„Das tue ich nicht", konterte sie. „Das ... uns ... Ich hasse dich", fauchte sie, aber ich war noch nicht fertig damit, mit ihr zu spielen. Ich ließ meine Hand an ihrem Hals entlang gleiten, beugte mich hinunter und strich mit meinen Lippen über ihre Ohrmuschel. „Du kannst mich hassen, so viel du willst, Sonnenschein, aber das ändert nichts an der Tatsache, dass du wahrscheinlich gerade sehr feucht bist."

Ihr leises Keuchen erfüllte den kleinen Raum und ich spürte, wie sie zitterte. „Fick dich", zischte sie und versuchte, sich zwischen dem Schrank und mir zur Seite zu schieben, aber ich hielt sie fest, schob mein Bein zwischen ihre und drückte sanft. Ich wollte sie berühren, um meine Theorie zu testen.

Ich wusste, ich sollte es nicht tun.

Ich wusste, lasse ich es einmal zu, würde ich es wieder tun wollen, und das wäre in der Tat eine gefährliche Sache.

„Cameron, wenn du mich nicht in den nächsten drei Sekunden loslässt, werde ich ..." Ein ersticktes Stöhnen verließ ihre Lippen. Sie war von ihrer eigenen Reaktion überrascht. Ich schob mein Knie noch etwas vor, sodass sie praktisch mein Bein ritt.

„Fühlt sich das gut an, Sonnenschein?" Ich bewegte das Bein und ihr Kopf fiel zurück, ein weiteres leises Stöhnen entglitt ihren Lippen. Aber als meine Finger am Bund ihrer Jeans entlangfuhren und eine meiner Fingerspitzen über die nackte Haut darüber strich, erstarrte sie.

Ich spürte die Veränderung in der Luft, die Temperatur kühlte zusammen mit ihrem eisigen Blick ab.

„Nimm. Deine. Verfickte. Hand. Von. Mir." Das Gift in ihren Worten ließ mich langsam zurückweichen. Sie sah wütend aus, ich konnte ihren Zorn fast körperlich spüren, in tiefen, dunklen Wellen. Aber Hailee konnte es leugnen, wie sie wollte; ich spürte die Elektrizät zwischen uns. Das Drängen und Ziehen.

Und ich sah, dass es sie nicht kalt ließ.

Ihre Augen brannten sich in meine, ihr Körper zitterte. Ich hatte Hailee noch nie so erregt gesehen, meine Berührung und mein Kuss hatten das bewirkt. Ein Moment verging, wir kämpften beide mit unseren Emotionen. Schließlich wanderte ihr Blick zur Tür und ich trat zurück, um sie vorbeizulassen, bevor ich etwas wirklich Dummes tat.

Hailee eilte hinüber und griff nach der Klinke, doch in letzter Sekunde blickte sie sich um. „Du denkst, du kannst tun, was du willst, nur weil du ein Raider bist. Das ist verdammt erbärmlich, du machst mir keine Angst, Cameron. Keiner von euch."

Der Trotz brannte in ihren Augen und ein Teil von mir war beeindruckt. Selbst jetzt, hier allein mit mir, versuchte sie immer noch, die Oberhand zu behalten.

„Läufst du deshalb weg?"

„Ich ..." Ihre Lippen pressten sich zusammen und ich schmunzelte.

„Wir wissen beide, dass du wegläufst", sagte ich. „Aber du solltest vorsichtig sein, Sonnenschein."

„Ja." Sie hob ihr Kinn. „Und warum?"

„Du kannst davonrennen, aber wir beide wissen, dass du dich nicht verstecken kannst."

Hailees Augenbrauen hoben sich, als wäre ich ein Rätsel, das sie lösen wollte. Dann ging sie mit einem leichten Kopfschütteln davon, mein Lachen folgte ihr den ganzen Weg.

9

Hailee

CAMERON HATTE MICH GEKÜSST.

Vier Tage waren vergangen, und ich konnte es immer noch nicht fassen. Wir hatten uns gestritten, Beleidigungen an den Kopf geschmissen, und dann drückte er mich gegen den Hausmeisterschrank und küsste mich. Nur, dass Küssen nicht die richtige Beschreibung war, für das, wie sich seine Lippen auf meinen angefühlt hatten. Wenn Küsse Namen hätten, würde man Camerons „gefährlich" nennen. Es war, als hätte er allen Hass genommen, das ganze Drängen und Ziehen und es auf mich losgelassen. Es war nicht süß oder zärtlich, oder enthüllte lange verborgene Gefühle. Wie ein Hasskuss, angeheizt durch die Spannung zwischen uns. Es lag sicher nicht an den Emotionen, die keiner von uns beiden akzeptierte. Gefühle, die ich mir nicht eingestehen wollte.

Nein. Völlig indiskutabel.

Er war der beste Freund meines Stiefbruders.

Ein Raider.

Nicht zu vergessen, dass er einer meiner Peiniger war.

Cameron Chase verkörperte alles, was ich hasste.

Und doch war ich nicht in der Lage, das Gefühl seiner Lippen auf meinen zu vergessen, die Art, wie er mich hielt, mich berührte. Ich machte das einzig Richtige, ich tat die ganze Woche so, als gäbe es ihn nicht. Wer war nochmal Cameron Chase? Natürlich erzählte ich Flick nichts davon. Es würde nur ihre Theorie bestärken, dass Cameron wirklich etwas für mich empfand. Selbst nach dem Kuss war ich nicht überzeugt. Seine Loyalität zu meinem Bruder, die Tatsache, dass er ein Raider war, das Wissen, dass er genauso viele Jahre damit verbracht hatte, mich zu verspotten wie Jason, sagte mir alles, was ich über einen Typen wie Cameron Chase wissen musste.

Aber heute Abend gab es kein Entrinnen vor ihm.

„Erinnere mich daran, warum wir hier sind?" Ich stöhnte und lief Flick hinterher, die begeistert tiefer in das Meer aus Blau und Weiß eintauchte.

„Weil", rief sie über ihre Schulter, ein Dauergrinsen im Gesicht, „es das Abschlussjahr ist, und wir tauchen voll ein. Du hast zugestimmt, deiner besten Freundin zu helfen, ihre dumme kleine Liste zu erfüllen, erinnerst du dich?"

„Wie könnte ich das vergessen?" Ich streckte ihr die Zunge heraus. „Hauptsache, dir ist bewusst, wie schmerzhaft das für mich ist. Habe ich dir schon gesagt, dass ich Football *wirklich* hasse?" Ich sprach wohl etwas zu laut, ein paar Leute drehten sich zu uns um und aus ihren Augen schossen Blitze.

„Hails", sagte Flick, trat neben mich und schob ihren Arm durch meinen. „Wir sind hier, um Spaß zu haben. Ich weiß, dass du Football hasst",dabei senkte sie ihre Stimme, „auch, dass es dir wehtut, hier zu sein. Es ist das letzte Mal, dass wir die Chance dazu haben. Du willst doch nicht in vier Jahren zurückblicken und bereuen, dass du nicht zu so einem Event gekommen bist."

Ich konnte mir kein Szenario vorstellen, in dem das jemals passieren würde.

Meine Augen suchten das Football-Feld ab, nahmen die aufgeregten Mädchenscharen wahr, den ohrenbetäubenden Lärm so vieler Stimmen, die Marschkapelle, die ihre kleinen Stücke für das Publikum spielte. Die Luft war elektrisch aufgeladen mit der Energie von achthundert Schülern, die alle versammelt waren, um ihrem Team zu huldigen. Aber das Einzige, was es in mir auslöste, waren leichte Magenschmerzen und ein Augenverdrehen.

„Guck nicht so mürrisch." Flick kicherte und gab mir ein paar Knicklichter und kleine Plastikteile.

„Soll ich etwa wissen, was ich damit machen soll?"

Sie schüttelte amüsiert den Kopf, ihre Augen glitzerten, und sie hielt ihre Handgelenke hoch. „Knicken, schütteln, um den Arm legen und verschließen."

„Aber warum?"

„Du wirst schon sehen", war alles, was sie sagte. Sie ergriff meine Hand und zog mich tiefer in die Massen, und mir fiel auf, wie gelassen sie mit all dem umging.

Der Bereich an der Tribüne, in den sie uns geführt hatte, war überfüllt. Die Fläche war mit selbstgebastelten Schildern übersät, und die Kids drängten an den Rand des Spielfelds. Die Cheerleader hatten sich vor der erhöhten Bühne versammelt, auf der Schulleiter Finnigan und Coach Hasson standen. Es war Football-Wahnsinn vom Feinsten. Jeder wartete darauf, einen Blick auf das diesjährige Varsity-Team zu werfen. Das Team, von dem sie hofften, dass es ihnen die Staatsmeisterschaft nach Hause bringen würde.

Flick schaffte es, für uns zwei Plätze auf halber Höhe der Tribüne zu finden, neben einer Gruppe junger

Mädchen, die das allzu bekannte Raiders-Logo auf ihren Wangen trugen. Stolz schwenkten sie ihre selbstgebastelten Schilder mit „Ich liebe Jason“ und „Ruf mich an, Cameron“. Sie schenkten uns ein willkommenes Lächeln, aber die netteste Begrüßung, die ich zustande brachte, war ein Augenverdrehen und geschürzte Lippen. Obwohl sie wussten, dass sie, wie jedes andere Mädchen in Rixon, von meinem Stiefbruder höchstens einen betrunkenen Fick und einen Klaps auf den Hintern auf dem Weg nach draußen erwarten konnten, war es egal. Ich schätze, man bekam einen Freifahrtschein dafür, ein arrogantes Arschloch zu sein, wenn man ein Fünf-Sterne-Rekrut war, der zahlreiche Saisonrekorde hielt und den Allzeit-Rekord jagte. Ich wusste das nur, weil Kent eine Tafel in der Küche hatte, auf der alle Statistiken von Jason aufgelistet waren. Jeden Morgen beim Kaffeetrinken und Pop-Tart genießen, wurde ich daran erinnert, dass Jason und *Football* ein Teil meines Lebens waren, ob ich es wollte oder nicht.

Nur noch für ein paar Monate.

„Ich bin überrascht, dass du nichts gemacht hast.“ Ich stupste Flick an und deutete auf die Mädchen. „Da du ... du weißt schon ... voll eintauchst und so.“

„Benimm dich“, antwortete sie mit einem sardonischen Lächeln. „Oh, sieh nur, es fängt gleich an.“ Flick klatsche in die Hände und ich grummelte leise vor mich hin.

Die Marschkapelle bewegte sich im Gleichschritt, aber es war unmöglich, sie durch das Gebrüll der Menge zu hören. Die Wucht, mit der alles auf mich einprasselte, ließ mein Herz rasen, die Härchen an den Armen und im Nacken stellten sich auf. „Heilige Scheiße“, sagte ich zu niemand bestimmten. Flick grinste selig und hatte ihre Augen fest auf die Band gerichtet, die gerade den Schulsong spielte. Das Maskottchen des Teams, ein riesiger blauer Wikingerkopf, watschelte auf das Feld und trat gegen einen rot-weißen Adler an. Die Menge buhte, das Lachen schwappte wie eine Welle über die Tribüne.

„Ist das echt?", fragte ich Flick leise, wohl wissend, dass alle um uns herum völlig gebannt zusahen, wie ein Schaumstoff-Wikinger versuchte, einen Schaumstoff-Adler zu besiegen. Glücklicherweise dauerte die lächerliche Vorführung nicht allzu lange, und sie schlenderten vom Feld, der Wikinger natürlich siegreich.

Ich wollte Flick gerade fragen, wozu wir die Knicklichter brauchten, als die Flutlichtanlage ausfiel und das Stadion in Dunkelheit tauchte.

„Was zur ..." Adrenalin schoss durch mich hindurch, mein Herz schlug mir bis zum Hals. Die Neonlichter hoben sich von der tintenschwarzen Kulisse ab und die ersten Takte von *Get Ready for This* schallten durch die Lautsprecheranlage. Ich erkannte jetzt, dass alle Schilder und Banner mit Neonfarbe bemalt waren, und die Cheerleader trugen weiße Hemden mit einem blauen, leuchtenden R auf ihrer Brust und blau und weiß leuchtende Knicklichter um ihre Hand- und Fußgelenke. Selbst ich konnte nicht leugnen, dass das Schwarzlicht-Setup mega war.

Als ihre Darbietung endete, brach die Menge erneut aus und schickte Beben durch das Stadion. Ich hakte mich bei Flick ein. „Das ist verrückt", sagte ich und schmiegte mich an ihre Seite.

„Das ist schon was", hauchte sie und für eine Sekunde sank mein Magen in die Kniekehlen. Ich würde doch nicht meine beste Freundin, die einzige Person, die mich immer verstanden hatte, an *Football* verlieren?

Der Gedanke verflüchtigte sich schnell, als *Whatever It Takes* von Imagine Dragons über das Feld dröhnte. Nicht ein einziger Besucher blieb sitzen. Die achthundertköpfige Menge war aufgesprungen, jubelte, klatschte, johlte und brüllte. Es war frenetisch. Wild. Es war Highschool-Wahnsinn vom Feinsten. Und selbst ich, der größte Anti-Footballer, der je in Rixon gelebt hat, konnte nicht leugnen, dass die Atmosphäre episch war. Ansteckend. Obwohl ich alles verdrängen und es so sehr hassen wollte, wie ich es immer gehasst hatte, wurde ich mitgerissen, die Energie strömte durch meine Adern wie ein Lauffeuer. Und egal, wie gefährlich es war, wie viel sicherer es war, vor den Flammen wegzulaufen, man konnte nicht anders, musste stehen bleiben und ihnen beim Brennen zuzusehen.

Der Bann war gebrochen, als mein Blick auf meinem Stiefbruder landete, der sein Team auf das Feld führte, die Nummer 1 auf seinem Trikot leuchtete mit Neonfarbe. Cameron, Nummer 14, zu seiner Rechten und Asher, Nummer 42, zu seiner Linken. Die drei standen etwas vor dem Rest der Mannschaft. Sie erinnerten mich an einen General und seine Leutnants, die ihre Armee in den Krieg führen. Hoch erhobene Köpfe, Kriegsbemalung im Gesicht, Helme, die wie tödliche Waffen an ihren Seiten hängen. Ihre Namen durchdrangen die Luft, Mädchen kreischten und Jungs fielen in die Sprechchöre ein. Sogar Flick sah aus, als wollte sie in den Chor einstimmen, bis ich sie in den Arm nahm und sie mit einem harten Blick zurechtwies.

„Was?" Sie zuckte mit den Schultern. „Man soll immer mit den Wölfen heulen ..." Sie wackelte mit den Augenbrauen, bevor sie sich wieder dem Feld zuwandte, und rief: „Wir lieben dich, QB Eins, mach Babys mit mir."

„Oh mein Gott." Ich schlug meine Hand auf ihren Mund, um ihr Lachen zu übertönen. „Du bist wahnsinnig."

Sie und löste meine Finger von ihrem Mund. „Sieh dir Cameron an, er sieht unheimlich ..."

„Beende diesen Satz *nicht*."

Es war zu spät. Meine Augen saugten ihn auf. Die Art, wie sich seine Schulterpolster zu seinen Hüften verengten, wie sich die enganliegende Hose an seine muskulösen Beine schmiegte ... und an andere Stellen.

„Du hast da ein bisschen Sabber." Flick drückte ihren Daumen an meinen Mundwinkel. „Genau da."

„Verpiss dich", brummte ich und schlug ihre Hand weg. „Ist das Spiel bald zu Ende?"

Sie schmollte. „Mit dir macht es keinen Spaß."

„Nein, das *macht* keinen Spaß." Jetzt, wo der anfängliche Rausch abgeklungen war, war ich bereit zu gehen.

„Lass uns nur für die Rede von Coach Hasson bleiben und dann hauen wir ab, okay?"

„Gut" schnaufte ich, weil ich wusste, dass sie mich genau da hatte, wo sie mich haben wollte. „Aber du schuldest mir was."

Obwohl ich tief im Innern wusste, dass es genau umgekehrt war.

EINE STUNDE später waren wir immer noch nicht weg. Flick hatte Spaß und ich schätze, mein Herz war nicht ganz so kalt, denn sie so glücklich zu sehen, machte mich glücklich.

„Ich gehe pinkeln", sagte ich zu ihr, während wir durch die Menge wanderten. Nachdem Coach Hasson die Massen in einen weiteren Rausch versetzt hatte, stellte er sein Varsity-Team für die kommende Saison vor. Ich kannte jeden einzelnen Namen, jedes Gesicht. Das taten wir alle. Der einzige Unterschied war, dass es mich nicht interessierte.

„Ich warte drüben beim 'Cream the Eagle'-Stand", antwortete Flick, mit dem Mund voll Zuckerwatte. „Das ist so gut." Sie leckte ihre klebrigen Finger sauber und grinste.

Nach der Pep-Rallye waren alle auf den Parkplatz gegangen, wo das Sozialkomitee Stände aufgebaut hatte, um Geld für das Team zu sammeln. Sie hatten das Blackout-Thema beibehalten und kleine Neonlichter zwischen den Ständen aufgereiht. Es war nervtötend effektiv, genau wie alles andere an diesem Abend.

„Ich glaube, du musst die Toiletten im Stadion benutzen."

„Toll." Denn ich wollte nicht unbedingt wieder da rein.

Ich marschierte wieder zu dem imposanten Bauwerk. Im Gegensatz zu den meisten Highschools in der Gegend verfügte die Rixon High über ein eigens gebautes Stadion mit einer Kapazität von 5.000 Plätzen, in dem es am nächsten Freitag, dem Spieltag, nur Stehplätze geben würde. Je weiter ich mich vom Parkplatz entfernte, desto dunkler wurde es. Ich konnte gerade noch die Beschilderung für die Toiletten ausmachen. Ich hätte gedacht, dass ich auf ein paar andere Schüler treffen würde, aber ich wurde mit ohrenbetäubender Stille begrüßt. Die automatische Beleuchtung flackerte auf und beruhigte meinen rasenden Puls. Ich beeilte mich, weil ich unbedingt von hier weg und zurück zu Flick wollte.

Schnell wusch ich mir die Hände und ging in die Halle und wartete darauf, dass die Lichter aufflackerten. Nichts passierte. Ich lief ein paar Schritte und wedelte mit den Händen in der Luft, in der Hoffnung, die Sensoren auszulösen. „Scheiße", murmelte ich. Es blieb dunkel.

Die Arme um mich geschlungen, lief ich zum Ausgang. Plötzlich wurde ich nach hinten gezerrt und eine Hand legte sich auf meinen Mund, die meinen Schrei dämpfte. Eine Welle der Angst überschwemmte mich, als ich gegen die Wand geschoben wurde. Ich starrte wild in die Dunkelheit und versuchte, verzweifelt etwas zu erkennen, *irgendetwas*. Aber als eine Gestalt sich vor mich stellte, drückte ich mich noch dichter an den kühlen Zement, in der Hoffnung, in den Schatten so unsichtbar wie möglich zu bleiben.

„Jason?“, schnappte ich, meine zitternde Stimme ließ mich im Stich. „Bist du das?“ Schweigen. „Das ist schwach, sogar für dich.“ Als die Person immer noch nicht antwortete, brach meine Stimme: „J-Jason?“

Obwohl es stockdunkel war und die Gestalt einen dunklen Kapuzenpulli, Jogginghose und eine schwarze Maske trug, die das Gesicht verbarg, wusste ich, dass es ein Typ war. Er war zu groß, zu breit und muskulös ... zu tödlich, um ein Mädchen zu sein.

„Jason, hör mit der Freitag-der-Dreizehnte-Nummer auf“, sagte ich und versuchte, meine Panik zu unterdrücken. „Du hast mich erwischt, ich gebe es zu.“ Ich hob kapitulierend die Hände, aber die Gestalt sah mich nur an.

Eine kleine Stimme in meinem Hinterkopf flüsterte: *Was, wenn es nicht Jason ist? Was, wenn es ein Serienmörder ist und du gleich ausgenommen wirst wie ein Fisch?* Ich verdrängte die Gedanken. Es war eine reflexartige Reaktion auf die Situation, auf die Angst, die mir die Kehle zuschnürte. Es war Jason.

Er musste es sein.

„Scheiß drauf“, murmelte ich und machte mich bereit zu rennen. Aber als ich loslaufen wollte, schnellten zwei weitere Gestalten aus den Schatten, packten mich an den Armen und drückten mich gegen die Wand.

„Jason“, zischte ich, während mein Gehirn zu verarbeiten versuchte, was hier passierte. „Das ist nicht mehr lustig. Sag deinen verdammten Idioten-Freunden, sie sollen verschwinden, bevor ich schreie.“

Ihre Hände griffen fester zu und ich sträubte mich gegen sie, aber sie waren zu stark, und ich würde morgen blaue Flecken haben. „Cameron, Asher, ihr habt euch in der Vergangenheit schon viel Schlimmes erlaubt, aber das ist …"

Die Gestalt, Jason, verringerte den Abstand zwischen uns in langen, sicheren Schritten und blieb nur wenige Millimeter vor mir stehen. „Jason?", hauchte ich, nicht mehr davon überzeugt, dass er es war.

Er steckte eine Hand in seine Tasche. Angst ergriff mich und ich sog scharf den Atem ein, als er begann, seinen Arm zu heben, und wartete auf das Glitzern von Metall. Aber es kam nicht. Stattdessen verdunkelte sich meine Sicht noch mehr, weil mir etwas über den Kopf gestülpt wurde. Jetzt schrie ich tatsächlich. Die Stille war schon unheimlich genug gewesen. Aber das hier war schlimmer.

Das war beängstigend.

„Beruhige dich verdammt noch mal", sagte jemand. Das Blut pochte zwischen mir den Ohren und machte es schwer zu unterscheiden, ob es Jason, Asher oder Cameron war. Oder ein Fremder. Mein Herz klopfte heftig gegen meine Brust. Ich hatte Schwierigkeiten, zu atmen. Im Kopf spielte ich sämtliche Szenarien durch, die mir passieren konnten.

„Bitte", rief ich. „Hör einfach auf …"

Eine Hand legte sich wieder über meinen Mund, ich keuchte, rang nach Atem, der Geruch von Polyester überwältigte meine Sinne. Aber das alles hörte auf, als ich spürte, wie etwas gegen meinen Bauch drückte und quälende Muster malte. *Oh Gott.* Mein Fluchtreflex verkümmerte und starb, lähmte mich, während ich auf den Schmerz wartete. Er kam nicht. Auch nicht, als sich ein stumpfer Gegenstand über mein T-Shirt bewegte. Verwirrt und in einem Tsunami aus Angst und Paranoia ertrinkend, ließ ich meinen Körper völlig erschlaffen. Die Entführer zogen mich von der Wand weg und schleppten mich, wer weiß wohin. Die Sekunden verstrichen, meine Beine stolperten, um mit ihnen Schritt zu halten. Mir wurde die

Kapuze vom Kopf gerissen und die Welt kam in einem überwältigenden Durcheinander von Farben und Lauten zurück.

„W-was?“ Ich blinzelte schnell und sog gierig die Luft ein, taumelte weiter in Richtung der Geräusche.

Schnell wurde mir klar, dass hier etwas falsch war.

Sehr falsch.

Ich stand am Rande des Parkplatzes und schaute auf die Pep-Rallye hinaus. Und alle starrten mich an.

Alle.

Das Lachen begann wie ein Gewitter. Das Grollen des Donners weit in der Ferne, das mit jedem Blitz näher kam. Bis es direkt auf mich zukam, jedes Grollen wie ein heftiger Schauer über den Rücken, jeder Knall wie ein Ruck in meinem Herzen.

„Hails?“ Flick drängte sich durch die Menge, ihre Augen glänzten vor Panik. „Was …“ Ihr Blick fiel auf meine Brust und sie keuchte: „Oh Scheiße.“ Sie wurde blass.

Meine Finger griffen nach dem Saum des T-Shirts und streckten es so weit, dass ich die Worte erkennen konnte. Dort stand mit blauem Stift geschrieben: „Ich reite Raider zum Spaß“.

Scham überkam mich wie eine heiße Welle, meine Wangen flammten auf, als ich dem mitfühlenden Blick meiner besten Freundin begegnete. „Ich werde ihn verdammt noch mal umbringen“, stieß ich hervor, ohne mich darum zu kümmern, wer mich hören könnte.

Sie machte einen vorsichtigen Schritt auf mich zu. „Jason war das nicht …“

„Natürlich war er das“, zischte ich und suchte bereits die Menge nach seinem selbstgefälligen Gesicht ab.

„Nein, Hails.“ Etwas an der Überzeugung in ihrer Stimme ließ mich innehalten, und ich schaute sie an. „Er ist die ganze Zeit hier gewesen.“

„Aber das ist nicht ..."

„Es ist wahr, ich schwöre es."

In diesem Moment spürte ich ihn. Ich riss die Augen auf, und tatsächlich war Jason da, inmitten meines versammelten Publikums, sein Blick fest auf mich gerichtet. Flick hatte recht. Er konnte es nicht gewesen sein.

„Und Asher?", fragte ich mit zittriger Stimme.

„Er war direkt daneben. Ich habe gesehen, wie sie dreimal hintereinander am 'Cream the Eagle'-Stand waren."

Ich wusste nicht, was ich fühlen sollte, als ich schließlich sagte: „Und Cameron?"

„Er war am Anfang da, aber ich bin nicht sicher ... Ich habe nicht ..." Sie klang entschuldigend, und ich verstand nicht. Sie hatte keinen Grund, sich schlecht zu fühlen. Es war nicht ihre Schuld.

„Ich verstehe." Mir wurde übel.

„Komm", sagte sie und nahm meine Hand. „Lass uns von hier verschwinden."

Ich ließ zu, dass sie mich von dem Geflüster, den Blicken und dem Gekicher wegführte. Jason und seine Idiotenfreunde waren seit Jahren gemein zu mir. Das war nichts Neues. Nichts, woran ich mich nicht schon gewöhnt hatte. Aber das ... das war anders.

Und ich musste an Camerons Worte denken: „Komm nicht heulend zu mir, wenn er dich in Stücke reißt".

10

Cameron

„HAST du mir etwas zu sagen?" Jase blockierte die Tür zu Bell's, die Hände in den Taschen, Misstrauen glitzerte in seinen Augen. Wir waren direkt von der Pep-Rallye hierhergekommen, aber ich war selbst gefahren, anstatt mit ihm und Asher.

„Alles, was du wissen musst, ist, dass ich es geregelt habe."

„Geregelt?" Seine Augenbraue hob sich. „Ich wusste nicht, dass es geregelt werden musste."

Verzweifelt atmete ich aus und fuhr mir mit der Hand über den Kopf und in den Nacken. „Sieh mal, du kannst es dir nicht leisten, es dieses Jahr zu versauen. Hailee, sie ist ein Problem, das du nicht brauchst."

„Du dachtest also, du würdest es für mich in Ordnung bringen?" Er richtete sich an der Wand auf und verschränkte die Arme vor der Brust.

„Ich will nur nicht, dass du ihretwegen die Saison vermasselst." Seine Augen wurden schmal, suchten in meinem Gesicht nach etwas. Etwas, auf das ich keine Antwort hatte. Ich hielt den Atem an und wartete. War verdammt erleichtert, als ein seltenes Lächeln seine Mundwinkel anhob. „Scheiße, Mann, ich kann nicht glauben, dass du das getan hast. Sie sah aus, als würde sie gleich weinen ... und ich wüsste nicht, dass ich sie jemals weinen gesehen habe."

Meine Brust zog sich zusammen, als ich mich daran erinnerte, wie Hailee erstarrt war, als ich sie gepackt hatte. Wie sich ihre weichen Kurven unter meinen Fingern angespannt hatten. Es war dasselbe gewesen wie bei unserem Kuss, nur dass sie dann bei meiner Berührung schneller weich geworden war. Ihr Körper verschmolz mit meinem, obwohl sie sich Mühe gegeben hatte, sich dagegen zu wehren.

Die ganze Woche nach dem Kuss im Hausmeisterabteil hatte ich sie beobachtet. Sie hatte versucht, mir aus dem Weg zu gehen, hielt ihren Kopf gesenkt, wann immer wir in der Schule auf dem Flur aneinander vorbeigingen. Ich hatte bemerkt, dass sie sich zum Mittagessen nicht in die Cafeteria setzte. Manchmal schaute sie zu mir und dachte, ich bemerke es nicht. Milde Neugier war in ihrem Gesicht und etwas, das sehr nach Lust aussah, leuchtete in ihren Augen. Hailee konnte es leugnen, so viel sie wollte, aber mich zu küssen, hatte etwas in ihr geweckt. Ich hatte es gespürt.

Wir beide hatten es gefühlt.

Aber egal, wie gut sich ihr Körper an meinem und meine Lippen auf ihren auch angefühlt hatte, es war ein Problem, das keiner von uns brauchte.

Deshalb tat ich, was ich die ganze Zeit hätte tun sollen, ich schob sie weg, auf die einzige Art, die ich kannte.

„Ja, hoffentlich hält es sie dir für eine Weile vom Hals. Aber du musst auch mit dem Scheiß aufhören. Wir haben genug Sorgen mit Finnigan im Nacken, und dann ist da noch dieser Mist mit Thatcher ..."

„Chill, Mann, es ist alles unter Kontrolle." Er klopfte mir auf den Rücken, bevor er die Tür aufriss. „Komm schon, die Drinks gehen auf mich."

Ich folgte ihm nach drinnen, wo uns ein leises Rumpeln von Jubel entgegenhallte. Bell's war unser Zufluchtsort, eine Bar, die von einem Ex-Raider betrieben wurde, der den Ort zu einem lebenden Denkmal für das Team hergerichtet hatte. An den Wänden hingen Zeitungsausschnitte und Fotos, und es gab eine riesige Trophäenvitrine, in der einige der wertvollsten Raiders-Erinnerungsstücke von Jerry, dem Besitzer, aufbewahrt wurden, signierte Spielbälle, Helme, Spielkartenabschnitte. Er ließ sogar sein altes Trikot von Jerome Maddox signieren, einem Raider, der später mit den Pittsburg Steelers zwei Super Bowls gewann.

„Leute", grüßte Jerry, als wir uns jeder auf einen Hocker an der Bar setzten. „Was kann ich euch bringen?"

„Zwei Bud Light bitte, J." Jase holte seine Brieftasche heraus, aber Jerry schüttelte den Kopf. „Das Erste geht aufs Haus. Wenn ihr Jungs nicht ständig meinen Laden besuchen würdet, wäre das Geschäft nicht halb so gut, wie es ist."

„Bell's wird immer das Territorium der Raiders sein." Jase nickte ihm zu, während Jerry unsere Biere holte.

„Wie sieht's mit dem Team aus?" Er reichte jedem von uns eine Flasche. Ein weiterer Vorteil, wenn man ein Raider ist. „Glaubst du, wir schaffen es bis zur Meisterschaft?"

„Das weißt du doch", sagte Jase.

„Du musst den Klunker nach Hause bringen, bevor du aufs College gehst." Er wackelte mit seinem Ringfinger und das Licht traf auf seinen Championship-Ring. „Ich habe gehört, dass East den Mund ganz schön voll nehmen."

Jerrys Mundwinkel zogen sich nach oben. Niemand wusste so gut Bescheid darüber, was in der Gegend vor sich ging, wie Jerry.

„Vergangenes Jahr hatten sie Glück. Dieses Jahr werden sie es nicht haben."

„Verdammt richtig, Jung. Verdammt richtig. Ich erinnere mich noch an mein letztes Jahr, 1981, diese Saison war brutal." Seine Augen wurden glasig von den Erinnerungen an die glorreiche Vergangenheit. „Niemand dachte, dass wir es in die Play-offs schaffen würden. Unser letztes Spiel war gegen die Eagles bei ihnen zu Hause. Im vierten Viertel lagen wir mit sechsundzwanzig zu null Punkten zurück. Wir hatten blutende Jungs, mehr Verletzungen, als wir zählen konnten, und ein Team, das kaum noch in der Lage war zu stehen. Ich will ehrlich zu euch sein, Jungs, ich dachte, es wäre vorbei. Das dachten wir alle."

„Was ist passiert?" Ich nahm den alten Mann auf den Arm. Ich hatte die Geschichte schon mehrmals gehört. Jeder, der durch Bells Tür kam, hatte sie schon einmal gehört.

„Coach Royston versammelte uns um sich und sagte zu uns ... er sagte: 'Stärke zeigt sich in den Momenten, in denen man schon fast am Boden liegt, aber trotzdem weiterkämpft'. Wir gingen mit einem großen Rückstand in das vierte Viertel, aber wir haben gesiegt und die Meisterschaft gewonnen. Bring es diese Saison nach Hause, Sohn." Er wandte sich an Jason. „Die ganze verdammte Stadt zählt auf dich."

Aus den Augenwinkeln beobachtete ich meinen besten Freund. Seine Augen waren verengt, dunkel, sein ganzes Auftreten tödlich. Die Meisterschaft zu gewinnen, war der Traum jedes Highschool-Football-Teams, aber für Jason war es nicht nur ein Traum, es war ein Übergangsritus. Es lag ihm im Blut. Nichts wollte er mehr. Er wollte es nicht nur, er brauchte es. Manchmal fragte ich mich, ob er es mehr brauchte als die Luft zum Atmen.

„Ihr Jungs macht es euch jetzt gemütlich." Jerry wünschte uns eine gute Nacht und ging, um einige andere Kunden zu bedienen, und wir gingen hinüber zum Rest des Teams. „Warum ist das so?", meldete Grady sich zu Wort. „Ihr zwei Wichser müsst nie für euer Bier bezahlen, aber der Rest von uns schon?"

Jase hob eine Augenbraue und setzte sich.

„Weil er QB 1 ist, du Trottel", rief jemand.

„Und Chase? Was hat er, was ich nicht habe?" Grady griente mich an und ich winkte ab.

„Wie wäre es mit drei Angeboten von den besten Schulen, einschließlich Penn?", grinste mich Mackey an, als ob er mir einen Gefallen täte.

Asher versteifte sich neben mir und knallte dann seine Hand auf den Tisch. „Ich weiß nicht, wie es euch geht, aber ich will nicht über Freibier reden. Ich will darüber reden, wie man Marshall in den Arsch tritt."

Ein Chor von ‚Hell Yeah' brach in unserer Ecke der Bar aus. Er sprang auf die Lederbank und stieß sein Bier in die Luft. „Was sagt ihr dazu? Meint ihr, wir können Marshall in den Arsch treten?"

Alle flippten aus und ich schaute zu Jase, der einfach ins Nichts starrte, als ob Asher nicht auf der Bank stünde und Jerrys Gäste in einen Rausch peitschte. „Ich kann euch nicht hören." Er hielt die Hand an seine Ohrmuschel und spielte mit seinem verzückten Publikum. „Ich sagte, glaubt ihr, dass wir am Freitag ein paar Musketiere in den Arsch treten werden?"

Kaiden sprang auf, Mackey auch. Bald waren auch die meisten der jüngeren Spieler auf den Beinen und hüpften jubelnd auf und ab. Aber ich regte mich nicht. Genauso wenig wie Jase oder eine Handvoll der anderen älteren Spieler. Wir hatten das schon hinter uns. Ich missgönnte ihnen nicht, dass sie das alles genossen, die Aufmerksamkeit, den Nervenkitzel, ein blau-weißes Trikot zu tragen. Ich wusste, dass da draußen eine ganze Welt auf mich wartete. Eine Welt außerhalb von Rixon und den Raiders. Und während ihre Zeit noch kommen würde, war sie für mich, Jase und Asher bereits da.

Es sollte der Höhepunkt unserer Highschool-Football-Karriere werden, dabei war ich mir nicht mehr sicher, ob ich mit dem Herzen dabei war.

Und an manchen Tagen wusste ich nicht, wie ich damit umgehen sollte.

BALD KAM DER MONTAG, und mit ihm die Vorfreude auf das erste Spiel der Saison. „Morgen“, sagte ich und gähnte, als ich in die Küche stapfte und direkt auf den Kühlschrank zusteuerte.

„Hey Schatz“, meine Mutter schenkte mir ein warmes Lächeln. Sie war dabei, meinem kleinen Bruder Xander zu helfen, sein Müsli zu essen. Ich sah die dunklen Ringe um ihre Augen.

„Ameron.“ Er klatschte kräftig mit seinen kleinen Händchen, halb gekautes Müsli spritzte aus seinem Mund.

„Hi, Kumpel.“ Ich trank etwas Milch direkt aus der Packung und zerzauste sein Haar.

„Ameron ootball Tag?“, Xander grinste zu mir hoch und himmelte mich an. Meine Brust zog sich zusammen. Der kleine Scheißer war so süß und selbstvergessen, ich beneidete ihn.

Ich beneidete einen Dreijährigen.

Wie verdammt erbärmlich.

„Ja, Kumpel." Ich lehnte mich zurück gegen den Tresen. „Ich habe heute Training. Wir haben am Freitag unser erstes Spiel."

„Ame Tag!" Seine Augen leuchteten. „Mommy, wir Ame Tag mit Ameron?"

„Wir werden sehen, Baby." Sie schenkte ihm ein herzliches Lächeln, ihr Blick suchte meinen und dann schaute sie schnell weg. Aber ich sah das Aufblitzen von Bedauern noch. „Wir werden sehen."

„Vielleicht könnte Ashers Mutter ihn mitnehmen?", schlug ich vor, denn es wäre nicht das erste Mal, dass Frau Bennet ihn mitbrachte. „Wenn du, du weißt schon …"

„Ja", kam es leise heraus, während sie meinem Bruder das Gesicht abwischte. „Wir werden sehen."

„Guten Morgen, Familie." Dad kam ins Zimmer gestürmt. „Und wie geht es uns allen heute Morgen?" Er zog meine Mutter in eine Umarmung, drückte ihr einen Kuss auf den Kopf, und sie tauschten ein inniges Lächeln aus, bevor er zur Kaffeemaschine ging.

„Das erste Spiel der Saison am Freitag?", wandte er sich an mich. „Wie fühlst du dich?"

„Gut", sagte ich und schenkte ihm kaum Beachtung, während ich Mom dabei zusah, wie sie Xander hochhob und aus der Küche verschwand. „Ich bin bereit."

„Es ist ein großes Jahr, mein Sohn." Dad nippte an seinem Kaffee. „Ich wünschte, die Dinge könnten einfacher …"

„Schon in Ordnung, Dad", unterbrach ich ihn. Ich wollte das nicht tun, nicht heute Morgen. „Ich habe noch nichts entschieden, es ist noch Zeit."

Er nickte verständnisvoll. „Ich werde versuchen, zu kommen, aber …"

„Ich weiß." Ich erstickte fast an den Worten.

„Marshall Prep könnte ein hartes erstes Spiel werden.

Sie haben eine starke Verteidigung mit diesem Belson-Jungen, oder?“

„Ja, aber ich denke, wir können es schaffen. Unsere Offensive ist gut und der Coach lässt uns Spielzüge üben, bis wir vor Erschöpfung umfallen.“

„Gut, das ist gut. Xander wird Montag, Mittwoch und Freitag nach der Schule bei Katie sein, wir haben Termine.“

„Scheiße, Dad, ich habe dir schon gesagt, dass ich mich um ihn kümmern kann. Ich kann mit dem Coach sprechen und ...“

„Cameron, es ist das Abschlussjahr.“ Er seufzte, es war ihm kaum möglich, mir in die Augen zu sehen. „Dieses Jahr ist wichtig, Sohn. Und Xander ist gern mit Katie zusammen. Ich weiß, dass du in der Lage bist, zu helfen, aber das hier ist sehr bedeutend für uns. Deine Zukunft ist uns wichtig.“

„Wie geht es ihr, Dad?“ Ich zwang die Worte durch den Kloß im Hals hinaus.

Er fuhr sich mit der Hand über das Gesicht und stieß einen verzweifelten Atemzug aus. „Deiner Mutter wird es besser gehen, mein Sohn. Viel besser. Der neue Arzt ist auf Zack, sie passen ihre Medikamente an und machen ein paar Tests. Ich habe ein gutes Gefühl bei der Sache.“

„Gut, das ist gut.“ Denn Gott allein wusste, dass wir eine Pause brauchten.

„Du musst dich auf die Schule und Football konzentrieren, Cameron.“ Er kam auf mich zu. „Versprichst du mir, dass du das tun wirst?“ Dad drückte meine Schulter und ich schaffte ein kleines Nicken.

„Ich verspreche es.“ Es kam erzwungen heraus. Denn was hätte ich sonst tun können?

Aber als Dad sich verabschiedete und zu Mom und Xan ging, wurde ich das Gefühl nicht los, dass es etwas gab, was er mir nicht sagte.

11

Hailee

„MORGEN, mein Schatz." Mom war damit beschäftigt, Frühstück zu machen, als ich endlich die Treppe hinunter stampfte. „Vergiss nicht, dass wir am Mittwoch die Hochzeitsfotos aussuchen müssen."

Ich stöhnte leise auf. „Toll." Warum ich mich dazu hatte hinreißen lassen, obwohl es der Ehemann mit seiner neuen Frau machen sollte, war mir schleierhaft. Aber Kent war beschäftigt und hatte vorgeschlagen, dass ich an seiner Stelle mitging.

„Hailee Raine, kannst du wenigstens versuchen, so zu tun, als wärst du interessiert. Das ist wichtig für mich."

„Ich weiß, Mom, ich ..." Ich presste die Lippen zusammen, schluckte die Worte, die ich sagen wollte, hinunter, und zwang mich zu einem Lächeln. „Mittwoch klingt gut. Kann ich Flick mitbringen?"

„Ich habe Mr. Fetton bereits gesagt, dass er uns drei erwarten kann." Sie kannte mich so gut. „Wie war dein

Wochenende?“ Ich entdeckte eine Spur von Misstrauen in ihrem Tonfall.

„Mein Wochenende war gut.“ Das kam ein bisschen schärfer heraus, als ich beabsichtigt hatte.

Ich hatte den Großteil des Samstags in meinem Schlafzimmer verbracht. Flick war vorbeigekommen und wir hatten uns kitschige Horrorfilme angesehen und uns mit Junkfood vollgestopft. Gestern hatte ich dann an ein paar Kunstprojekten gearbeitet.Mom neigte den Kopf und musterte mich. „Bist du sicher? Du scheinst ...“

„Mir geht es gut.“ Ich lächelte wieder.

„Denn wenn etwas passiert wäre ...“

„Es ist nichts passiert, Mom.“ Es war möglich, dass sie von der Pep-Rallye gehört hatte. Gerüchte verbreiteten sich in unserer Stadt schnell wie der Blitz, aber das konnte sie nicht wissen. Hoffte ich. Ich wollte es einfach vergessen.

„Okay“, räumte sie ein und schaute auf etwas hinter mir. „Guten Morgen, Jason.“

Ich versteifte mich, blickte aber nicht zurück, um meinen Stiefbruder zu begrüßen. Ich hatte ihn das ganze Wochenende nicht gesehen und nach dem, was Freitagabend geschehen war, wollte ich das auch gar nicht. Es waren vielleicht nicht seine Hände gewesen, die mich im Stadion gepackt und gedemütigt hatten, aber ich wusste, dass er Cameron dazu angestiftet hatte. Und wie ein artiges Schoßhündchen hatte er die Befehle seines Herrchens befolgt.

Meine Muskeln spannten sich an und ich machte mich auf seine süffisante Bemerkung dazu gefasst. Aber sie kam nicht. Stattdessen grüßte er Mom mit einem knappen „Morgen“ und ignorierte mich völlig.

Seltsam.

„Dein Vater ist schon weg“, sagtet Mom locker.

„Okay.“ Jason schnappte sich einen Energieriegel und

einen seiner Proteindrinks und ging. Er warf mir keinen bissigen Blick zu und schnitt keine bösen Grimassen hinter dem Rücken meiner Mutter.

Das war eine Premiere und machte mich nervöser als je zuvor.Mom ließ sich gegen den Tresen sinken und stieß einen schweren Seufzer aus. „Er macht es einem nicht leicht, nicht wahr?" Traurigkeit überzog ihre Züge und ich hasste ihn ein bisschen mehr dafür, dass er ihr ein schlechtes Gewissen bereitete.

„Er ist ... Jason." Ich nippte an meinem Saft.

„Ich weiß, ich weiß. Er steht unter großem Druck mit dem Team und dem College. Aber ich dachte, ich hatte gehofft, wegen der Hochzeit und dem Abschlussjahr und so, würde er –."

„Mom." Ich stellte das Glas auf den Tresen, ging zu ihr und nahm ihre Hände in meine. „Lass ihn nicht an dich ran."

„Er ist einfach anders, wenn Kent dabei ist."

Ja, weil Kent ein Puffer war, der etwas von der Feindseligkeit seines Sohnes mir und Mom gegenüber auffing. Und er hatte ständig eine Ausrede für Jasons Unwillen, an Familienessen oder Ausflügen teilzunehmen. 'Er muss sich auf Football konzentrieren', sagte Kent immer, 'er steht unter großem Druck'. Aber Mom war nicht dumm. Jason hasste sie fast so sehr, wie er mich hasste.

Es gab eine Zeit, da fragte ich mich, ob Jason mich *ihretwegen* so verabscheute. Ich dachte, er wäre vielleicht nur ein wütender Zwölfjähriger, der sauer war, dass sein Dad versucht, ihm eine neue Mom vor die Nase zu setzen. Aber wir waren keine Kinder mehr und Jason wurde nie mit Mom warm. Mir gegenüber wurde er nur noch kälter. Außerdem hatte ich gehört, dass die Beziehung von Jasons Eltern in die Brüche ging, lange bevor Mom und ich auf der Bildfläche erschienen waren. Mom war eine alleinerziehende Mutter und Kent war dabei, die Scherben seines Lebens aufzusammeln. Ich war nicht begeistert von der Aussicht, eine neue Familie zu bekommen. Nach dem, was Dad uns angetan hatte, Mom angetan hatte, wollte ich nur, dass sie glücklich war.

Selbst, wenn sie sich einen Ex-College-Footballspieler ausgesucht hatte, der die Junior High im Football trainierte, mit einem Sohn, für den Football die Luft zum Atmen war. Aber wenigstens spielte Kent nicht mehr. Das wäre zu viel gewesen, um es zu ertragen.

Wir umarmten uns und Mom setzte ihr schönstes Lächeln auf. „Vielleicht braucht er nur etwas Zeit, um sich daran zu gewöhnen?"

„Vielleicht." Ich bezweifelte es, er hatte vor der Hochzeit einige Jahre Zeit gehabt, sich an uns zu gewöhnen, aber ich wollte ihre Seifenblase nicht platzen lassen. „Ich muss los, Flick wartet."

„Hab einen schönen Tag, Baby." Sie gab mir einen Kuss auf den Kopf, ich schnappte mir meine Tasche, bevor ich in den Flur schlüpfte, wobei sich mein Magen mit jedem Schritt mehr zusammenzog.

NACHDEM SIE EINE Parklücke gefunden hatte, stellte Flick den Motor ab und drehte sich zu mir um. „Okay", sie atmete tief ein. „Du schaffst das."

„Was schaffe ich?"

„Mit erhobenem Kopf da reinzugehen natürlich."

„Okay", antwortete ich verwirrt. „Gab es eine andere Möglichkeit?"

„Nun, ich war darauf vorbereitet, eine weitere Sache auf meine Liste zu setzen."

„Ach ja?"

„Ja.“ Der Schalk funkelte in ihren Augen. „Ich will nicht im Knast landen, aber ich würde es tun, für dich.“

„*Im Knast*?“ Ich unterdrückte das Lachen, das sich in meiner Brust aufbaute.

„Alles für dich, Baby.“ Flick wackelte mit den Augenbrauen. „Aber ich meine es ernst, wenn du dich rächen willst, bin ich dabei. So was von dabei. Was Cameron getan hat, war …“

„Ich will keine Rache“, sagte ich, meine Stimme brach bei den Worten.

Meine beste Freundin zuckte zurück, die Augen vor Überraschung geweitet. „Tut mir leid, ich glaube, ich habe dich falsch verstanden, denn es klang so, als hättest du gesagt, du willst keine Rache.“

Achselzuckend sagte ich: „Will ich nicht. Ich bin fertig damit.“

„Ist noch etwas passiert?“ Sie runzelte die Stirn. „Etwas, das du nicht …“

„Du hattest recht. Er ist zu weit gegangen und wenn ich nicht nachgebe, werde ich diejenige sein, die am Ende verletzt wird. Ich will ihre Spielchen nicht mehr spielen. Ich bin fertig damit.“

Etwas hatte sich verändert, als Cameron mich küsste, nicht, dass ich das jemals jemandem gegenüber zugeben würde. Für den Bruchteil einer Sekunde dachte ich tatsächlich, er wollte mich. Sein Kuss war so intensiv. Seine Berührung so drängend. Und ich wäre fast darauf reingefallen, Treffer, versenkt.

Aber jetzt wurde mir klar, dass das alles Teil des Spiels war.

Ein böser Scherz, den ich bis zu dem Moment, in dem sich seine Lippen auf meine legten, mehr als bereit gewesen war, mitzuspielen. Ich hielt mich sogar für eine würdige Gegnerin. Das Mädchen, das sich weigerte, sich von den

Raiders unterbuttern zu lassen. Aber etwas war dieses Semester anders.

Cameron hatte es auf die eine Sache abgesehen, die ich immer beschützt habe.

Meine Gefühle.

Er hatte mich etwas spüren lassen. Dinge, die ich nicht fühlen wollte. Die Regeln hatten sich geändert und tief in mir wusste ich, dass, wenn ich das Spiel weiterspielte, nicht nur mein Ruf und mein Verstand auf dem Spiel standen.

„Wow, Hailee Raine, kann es sein, dass du endlich erwachsen geworden bist?"

„Verpiss dich." Ich schlug ihr auf den Arm. „Ich habe einfach wichtigere Dinge, auf die ich mich konzentrieren muss."

„Du meinst, wie mir mit meiner Liste zu helfen?" Sie sah so selbstgefällig aus und ich murmelte empört. „Du schuldest mir was, schon vergessen?", fügte Flick hinzu und schaute mich mit Hundeblick an.

Wir stiegen aus ihrem Käfer aus und gingen zum Schulgebäude. Ich konnte nicht umhin mich zu fragen, ob ich eine Form der Folter gegen eine andere eingetauscht hatte.

„ES IST, als ob du unsichtbar wärst", flüsterte Flick am Donnerstag, als wir an unserem üblichen Platz in der Cafeteria saßen.

„Gut", murmelte ich, mit einem Mundvoll Tacos.

„Ja, aber, das ist doch komisch, oder?" Ihr Blick huschte über meine Schulter, und ich wusste, dass sie den Tisch der Footballer beobachtete. „Nach letztem Freitag habe ich irgendwie erwartet, dass du ein paar Reaktionen bekommst."

„Paul Rankle fragte mich, ob ich Dreier mache, und Finley Palmer wollte wissen, ob ich seinen Schwanz im Fitnessstudio reiten will. Ich denke, das ist Reaktion genug." Im Laufe der Woche hatte es noch andere Dinge gegeben. Schriftlich in meinem Schließfach und ein paar ‚Angebote' beim Mittagessen. Jedes Mal, wenn ich in die Klasse kam, verfiel der Raum in betretenes Schweigen. Aber im Großen und Ganzen sagte niemand etwas über Freitag. Ich wusste, dass das nicht bedeutete, dass die Leute nicht hinter meinem Rücken darüber redeten. Sie wollten nur nicht riskieren, ihren geliebten Football-Kapitän zu verärgern.

„Ich denke schon", sagte sie. „Und ich habe ein paar Sachen auf der Mädchentoilette gesehen ..."

„Wirklich?" Meine Augen weiteten sich. „Natürlich hast du das." Ich atmete verärgert aus. Jeder wusste, dass Mädchen unschlagbar waren, wenn es darum ging, sich gegenseitig bloßzustellen. Jungs waren die, die Herzen brachen, aber Mädchen waren diejenigen, die den Ruf ruinierten.

„Es waren wahrscheinlich Khloe und ihre Schlampengruppe. Du weißt doch, dass sie es nicht mag, wenn jemand anderes 'Raiders zum Spaß reitet'." Sie sprach die letzten Worte mit schriller Stimme und ich kicherte.

„Khloe kann sie gern haben." Ich warf einen diskreten Blick über meine Schulter. Jenna Jarvis hing wie ein böser Ausschlag über Jason, während der Rest des Turnteams zwischen der Mannschaft saß. Ich schaute zu Cameron und der Brünetten, die sich an ihn schmiegte, und zurück zu meiner Freundin. „Wobei es so aussieht, als wäre die Cheerleader-Truppe raus und das Turnteam drin."

„Na ja, diese Mädchen sind super beweglich.", spottete Flick und ich verzog das Gesicht.

„Kopfkino, das ich nicht brauche, während ich esse."

„Also, wegen des Spiels morgen ...“

„Nicht das schon wieder, Flick. Ich habe dir bereits gesagt, dass ich nicht hingehe.“ Zu einer Pep-Rally zu gehen, war eine Sache, aber zu einem Footballspiel? Nach dem letzten Freitag konnte ich mir nichts Schlimmeres vorstellen.

„Aber du *musst* mitkommen.“ Sie schmollte und schenkte mir wieder ihren Hundeblick. „Sonst muss ich allein gehen, das würdest du doch nicht wollen, oder? Deine beste Freundin ganz traurig und allein in einer fünftausendköpfigen Menschenmenge?“ Sie klimperte mit den Wimpern.

„Ich hasse dich.“

„Nein, tust du nicht, du liebst mich und weil du mich liebst, kommst du mit mir zum Eröffnungsspiel.“ Es war keine Frage, also antwortete ich nicht. Aber ich starrte sie an. Hart.

Flicks leises Lachen erfüllte unsere kleine Ecke in der Cafeteria. „Es wird so viel Spaß machen“, sagte sie.

„Ja, vielleicht werden sie verlieren.“ Ich grinste, die Vorstellung bereitete mir Freude.

„Hails, das darfst du nicht sagen. Das bringt Pech oder so.“

„Gut, gut.“ Ich boxte mit meiner Faust in die Luft. „Go Raiders.“

„Besser“ nickte sie zustimmend. „Viel besser. Wir werden noch einen Raiders-Fan aus dir machen.“

Wir räumten den Tisch und verließen die Cafeteria. Wir kamen um die Ecke und sahen Cameron an seinem Spind stehen. Sein Kopf ruckte hoch, die Augen direkt auf mich gerichtet. Aber so schnell, wie sie mein Gesicht fixierten, schaute er wieder weg. Als ob er mich nie zuvor gesehen hätte.

Als ob er mich nicht geküsst und dann vor dem Großteil der Schule gedemütigt hätte.

Und das Schlimmste?

Ich wusste nicht, was mehr weh tat.

FREITAGABEND FAND ich mich an dem Ort wieder, den ich nie wieder betreten wollte. Aber meine beste Freundin war unerbittlich, und am Ende dachte ich mir, dass es einfacher war, es jetzt hinter mich zu bringen, als das ganze Semester damit zu verbringen, ihre Vorwürfe über mich ergehen zu lassen. Ich hatte halb damit gerechnet, dass sie mich mit einem Raiders-Trikot und einer passenden Baseballkappe begrüßen würde, aber sie meinte, wir könnten es langsam angehen lassen.

Als ob es *jemals* eine Wiederholung dieses Abends geben würde.

„Es ist aufregend, findest du nicht?“, rief sie und versuchte, den Lärm der Menge zu übertönen, als wir uns zusammen mit dem Rest von Rixon auf der Tribüne einfanden. Die ganze Stadt hatte für den Spielabend geschlossen und diejenigen, die nicht das Glück hatten, Karten zu bekommen, versammelten sich um ihre Fernseher herum, um das Eröffnungsspiel der Raiders gegen die Marshall Prep's Musketeers zu sehen.

„Aufregend, ja“, brummte ich. Endlich fanden wir unsere Plätze. Auf dem Feld herrschte bereits reges Treiben. Die Marschkapelle spielte auf, während die Cheerleader die Besucher zum Toben brachten.

Die Luft war elektrisch aufgeladen, wie in der Nacht der Pep-Rally. Irgendetwas war heute anders. Die Menge war hungrig auf das Spiel, die Energie von fünftausend Menschen knisterte im Dawson Stadium. Aber nichts hätte mich auf die Energiewelle vorbereiten können, die ich spürte, als das Team das riesige blau-weiße Banner brach.

„Mein Herz schlägt so stark", gab Flick zu, ihre Augen funkelten vor Freude, ihre Haut gerötet von der Aufregung. Sie war jetzt eine von ihnen. Ihr Herz synchronisierte sich mit dem Pochen der Menge, dem Trommelschlag der Band. Ein guter Freund hätte sich für sie gefreut. Er hätte sich gefreut, dass sie all diese neuen Lebenserfahrungen machte, die sie auf ihrer Liste abhaken konnte. Aber ich schätze, ich hatte meinen Titel ‚guter Freund' verloren, als ich nicht erkannt hatte, dass sie diese Erfahrungen überhaupt wollte.

Imagine Dragons dröhnten über das Spielfeld, aber sie übertönten kaum den lauten Gesang der Fans, die jede Textzeile ihrer geliebten Raiders kannten. Meine Augen fanden sofort die Nummern 1 und 42 ... und landeten schließlich bei Cameron, dessen Nummer 14 auf seinem Trikot wie eine Leuchtreklame herausstach, der ich mich nicht entziehen konnte. „Hass mich nicht", zog Flick meine Aufmerksamkeit auf sich und lehnte sich an mich. „Aber ich glaube, ich liebe das irgendwie."

„Ich weiß", flüsterte ich, und mein Magen rebellierte. Denn ich wusste, dass es die Wahrheit war. Sie strahlte. Sie liebte es wirklich.

„Versprich mir einfach, dass du nicht eine von ihnen wirst", antwortete ich und versuchte, meine Enttäuschung zu verbergen.

„Von ihnen?", fragte sie, kaum in der Lage, ihren Blick vom Feld zu lösen.

„Ja, eine Khloe Stemson oder eine Jenna Jarvis. Versprich mir, dass du diese Grenze nicht überschreiten wirst."

Flicks runzelte die Augenbrauen, sie schien nicht zu verstehen. Aber bevor sie antworten konnte, wurden die Mannschaftskapitäne zum Münzwurf gerufen. Jason und seine Mannschaftskameraden gingen zurück zum Rest ihres Teams und Flick kreischte. „Ja! Sie haben den Münzwurf gewonnen."

„Haben sie?", fragte ich, da ich keine Ahnung hatte, was da unten auf dem Feld passierte.

„Ja, siehst du." Sie zeigte auf Jason und Cameron und ein paar andere, die jetzt auf das Feld joggten. „Es sieht so aus, als hätten sie den Kickoff."

„Und ich soll wissen, was das bedeutet?"

Sie schüttelte sanft den Kopf. „Schau einfach zu, du wirst es schnell kapieren."

„Wenn du es sagst."

„Das tue ich, jetzt pass auf." Flick stupste mit dem Kopf zum Feld, und ich stöhnte.

Es sollte eine lange Nacht werden.

12

Cameron

MEINE MUSKELN POCHTEN VOR ANSTRENGUNG, Schweiß lief mir den Rücken hinunter und perlte auf der Stirn, als wir in der Umkleide auf den Coach warteten. Er schlenderte mit seinen Co-Trainern herein.

„So wird's gemacht, Ladys“, sagte er, riss sich die Baseballkappe vom Kopf und fuhr sich mit der Hand durch sein ergrautes Haar. „Offensive, arbeitet weiter so hart, lasst die Rush-Plays laufen, die wir geübt haben, und Marshall wird euch aus der Hand fressen. Defensive, haltet sie in Schach. Bennet, gut geblockt, Junge. Ihr Quarterback bringt drei von vier Pässen an, aber wenn wir dranbleiben, wird er müde werden.“ Asher grinste mich von der anderen Seite des Raumes an und ich verdrehte die Augen. „Passt auf ihren Runningback auf, er ist echt schnell und entwischt unseren Jungs oft.“

„Ich kümmere mich drum, Coach.“ Asher hielt seinen Helm hoch. „Keiner kommt an mir vorbei.“

„Freut mich, zu hören, mein Junge. Jetzt versammelt euch.“ Er winkte uns zu sich. „Ich weiß, es gibt im Moment eine Menge Druck. Die Leute waren enttäuscht, dass wir es letztes Jahr nicht über die erste Runde hinausgeschafft haben. Verdammt, ich war echt gefrustet, aber dies ist eine neue Saison.“ Leises Gemurmel brach um mich herum aus, als die Jungs sich daran erinnerten, wie es sich angefühlt hatte, dank Rixon East auszuscheiden.

„Okay, okay“, brüllte Coach Hasson über den Lärm hinweg und wartete, bis wieder Ruhe eintrat. „Lasst mich euch ein paar Dinge vom Gewinnen der Staatsmeisterschaft sagen. Es geht nicht um Glück oder welche Schule die besten Spieler oder das meiste Geld hat, es geht um Teamwork und Herz. Darum, jede Chance zu ergreifen und sie in etwas zu verwandeln, auf das man stolz sein kann. Spielt nicht für euch selbst, spielt für die anderen zehn Männer auf dem Feld. Die Leute, die euch von der Seitenlinie aus beobachten.“

„Es ist nur das Eröffnungsspiel, aber genau hier und jetzt macht ihr, was ihr am besten könnt. Geht da raus und spielt wie die Champions, hört ihr mich?“

„Ja, Sir.“

„Ich sagte, hört ihr mich?“

„JAWOHL, SIR.“ Unsere Stimmen verschmolzen miteinander und hallten von den Wänden zurück.

„Das höre ich gern. Asher, Junge, übernimm das.“

Er stellte sich in die Mitte der Spieler, die Augen zusammengekniffen, die Schultern gekrümmt. „Wer sind wir?“

„Raiders“, riefen wir einstimmig.

„Ich sagte, wer sind wir?“

„RAIDERS.“

„Und was sind wir?“

„Familie", unsere Stimmen hallten durch den Raum, hallten in meiner Brust wider.

„Und was machen wir jetzt?"

„Gewinnen."

„Ich sagte, was machen wir jetzt?"

„GEWINNEN!"

„Verdammt richtig, das werden wir", brüllte der Coach. „Nun lasst uns rausgehen und ein bisschen Ball spielen." Er stieß sein Klemmbrett in die Luft und wir stürmten hoch motiviert aus der Umkleidekabine, die Fäuste in die Luft boxend. Adrenalin durchströmte mich, während ich auf den Fußballen hüpfte und meinen Nacken von einer Seite zur anderen streckte. Der Spielabend war immer ein Hochgefühl, süchtig machend und alles verzehrend. In diesen achtundvierzig Minuten gab es keinen Platz für etwas anderes als an den Sieg zu denken.

Das Gebrüll der Menge war ohrenbetäubend, als wir das Spielfeld wieder betraten. Das grelle Licht der Beleuchtung blendete uns. Wir waren jetzt Götter und das war unsere Arena.

„Genieße es, Bruder", klopfte mir Jase auf die Schulter. „Dieses Jahr gehört uns. Bist du bereit?" Seine Augen waren dunkel, fast schwarz. Ich hatte noch nie jemanden gesehen, der so fokussiert war, wie er.

Ich nickte, zog meinen Helm auf, biss fest auf den Mundschutz und schritt hinaus in unsere Endzone. Marshall war bereits auf dem Feld an der Fünfunddreißig-Yard-Linie, bereit zum Anstoß. Unsere Spieler brachten sich in Position und warteten auf den Anpfiff. Er ertönte und ihr Kicker warf den Ball. Meine Augen fixierten ihn, verfolgten, wie er durch die Luft segelte, lang und tief. „Er gehört dir, Vierzehn", rief jemand.

Er flog weiter, schnitt durch die Luft wie ein Geschoss.

Ich ließ mich zurückfallen, glitt unter der Flugbahn des Balls durch und stellte mich zum Fangen auf. Ich brauchte nicht zu denken, die Aktionen waren eingeprägt, instinktiv. Die Knie waren locker, die Hände gekrallt, der Ball landete mit einem dumpfen Aufprall und ich drückte ihn an den Körper, wobei meine Finger das Leder umschlossen.

„LAUF!", schrie eine andere Stimme, ein Echo vom Coach und seinen Männern an der Seitenlinie, die fünftausendköpfige Menge auf der Tribüne. Aber ich brauchte keine Aufforderung, meine Augen scannten das Spielfeld und suchten den Weg nach Hause. Marshalls Blocker begaben sich bereits in das Feld hinunter, eine schwarz-gelbe Welle kam direkt auf mich zu, aber ich sah eine Lücke und rannte los, bewegte die Beine so schnell sie mich trugen. Adrenalin befeuerte meine Synapsen, schoss wie kleine Blitze durch meinen Körper und trieb mich vorwärts.

Ich passierte das Mittelfeld und ging in die 40er Zone, der Ansturm der Marshall-Spieler war mir dicht auf den Fersen, aber ich drängte weiter. Stürmte vorwärts. Als ich einen gelb-schwarzen Fleck im Augenwinkel wahrnahm, zog ich mich zurück und wartete auf den Hit, aber er kam nicht, einer unserer Jungs knallte in ihren Blocker und nahm ihn aus dem Spiel. Dreißig Yards ... zwanzig ... zehn, sie konnten mich jetzt nicht mehr fangen. Ich flog in Richtung Endzone, nichts zwischen mir und dem Touchdown, außer frischer Luft. Ich warf den Ball auf den Boden und fand mich inmitten meiner Mitspieler wieder. Die Menge brach in Jubel aus.

„Fünfundneunzig Yards, Baby", kreischte Grady. „So wird's gemacht." Er schlug mir auf die Schulter. Jetzt war unser Kicker dran. Der Ball segelte sauber durch den Pfosten, was uns den Extrapunkt einbrachte und unsere

Führung auf achtunddreißig zu sechs ausbaute. Marshall brauchte ein Wunder, um sich den Sieg zurückzuholen.

Als wir zurück zur Seitenlinie liefen, passte Jase mich ab und drückte seinen Helm gegen meinen. „Das ist der Grund, warum Penn dich will, genau das da." Er schenkte mir ein seltenes Grinsen. „Ein Spiel in der Tasche, folgen noch neun, und dann gehen wir bis an die Spitze."

Die Überzeugung in seiner Stimme war tödlich, und ich wusste, dass Jason jedes Wort glaubte, das aus seinem Mund kam.

Wir würden die Meisterschaft gewinnen.

Ich würde mit ihm auf die Penn gehen.

Und wir würden lange und erfolgreiche College-Football-Karrieren haben ... zusammen.

Seiner Meinung nach gab es keinen anderen Weg.

„Hey, bist du okay?" Er packte mich an der Schulter, den Blick fest auf mein Gesicht gerichtet.

„Ja, mir geht es gut." Die Lüge ging mir leicht von der Zunge. „Komm schon, wir haben ein Spiel zu gewinnen."

AM ENDE GEWANNEN wir sechsundvierzig zu zwölf. Unsere Offensive war schnell, die Defensive undurchdringlich. Und um es mit den Worten des Trainers zu sagen: „Wir haben sie traumhaft ausgespielt". Aber der Sieg hatte einen bitteren Beigeschmack.

Nachdem wir das Spielfeld verlassen hatten und zurück in die Umkleidekabine gegangen waren, hatte ich eine Sprachnachricht von Dad, in der er sagte, dass sie nicht zum Spiel kommen konnten. Er hatte sie zehn Minuten nach Anpfiff geschickt. Während meine Mannschaftskameraden sich freuten, ihre Freunde und

Familie zu sehen, die draußen warteten, um uns zu gratulieren, wollte ich nur noch raus an die Luft.

Es war nicht so, dass ich es nicht zu schätzen wusste, dass die Leute kamen, um uns zu unterstützen. Es schmerzte nur, dass die Menschen, die mir am wichtigsten waren, nicht gekommen waren.

„Gutes Spiel, Cam", Khloe schlenderte zu mir rüber, während ich auf den Rest der Jungs wartete.

„Danke", grunzte ich und trat mit meinem Turnschuh gegen einen Stein.

Sie rückte näher und ihre Titten berührten mich am Arm. „Gehst du zu Bell's?"

„Ich bin mir noch nicht sicher, was die Jungs machen." Oder ob ich überhaupt feiern wollte.

Meine Augen suchten den Parkplatz ab, wo Asher und einige der anderen Jungs Autogramme gaben und Fotos mit Fans machten. Jase und sein Vater sprachen mit dem Coach.

„Vielleicht könnten wir ..." Ich hörte sie nicht mehr. Auf der gegenüberliegenden Seite des Parkplatzes hatte ich Hailee entdeckt, die mit Felicity zu ihrem verdammt hässlichen Auto ging.

Was tat sie hier?

Sie hasste Football fast so sehr, wie sie Jason hasste. Und nach der Pep-Rallye dachte ich, sie würde nie wieder einen Fuß an diesen Ort setzen. Und doch war sie hier. Verspottete mich. Sie brachte mich dazu, mir zu wünschen, dass alles anders wäre.

„Also, was denkst du?" Khloe legte ihre Hand auf meinen Arm und ich schaute stirnrunzelnd auf sie herab.

„Was?"

„Ich sagte, vielleicht können wir mal zusammen abhängen, nur wir beide?" Code für: Sie wollte mich ficken.

„Hör zu, Khloe, ich bin nicht ..." Hailees Augen fanden

mich, ihr Blick triefte vor Verachtung, Hass strahlte von ihr aus, sogar von der anderen Seite des Parkplatzes. Oder vielleicht war es gar kein Hass, vielleicht war es Eifersucht.

Ich legte meinen Arm um Khloes und musterte Hailees Gesicht, wartet auf eine Reaktion. Ihre Lippen öffneten sich leicht, sie erstarrte. Bingo. Ich neigte den Kopf zu Khloes Ohr und flüsterte: „Ich glaube, du hättest mehr Glück mit Mackey. Der Junge wird es weit bringen und ich weiß, dass er dich heiß findet."

Im Gegensatz zu mir, der nicht auf solche Dinge stand, teilten sich die meisten Jungs die Mädchen.

„Ja?" Sie lächelte zu mir hoch, aber ich hatte meinen Blick immer noch auf Hailee gerichtet.

Sie schaute noch eine Sekunde zu, bevor sie den Kopf schüttelte u in das Auto ihrer Freundin stieg. Ich wollte sie zum Reden bringen, sie ansprechen, nachdem wir uns eine Woche lang ignoriert hatten. Es sollte mir ein besseres Gefühl geben, dieses Kribbeln der Erregung, das ich jedes Mal verspürte, wenn wir miteinander sprachen. Aber jetzt fühlte ich nur eine bittere Niedergeschlagenheit und tiefes Bedauern.

„Hey, Mann", Asher kam rüber. „War das Hailee, die ich gerade in Felicitys potthässliches Auto klettern sah?"

„Hailee? Sie war hier? Bei einem Footballspiel?" Khloe warf einen spöttischen Blick über ihre Schulter. „Wow, die hat ja größere Eier, als ich dachte."

„Ich glaube, ich sehe Mackey da drüben", sagte ich und unterbrach sie.

„Ja?" Hoffnung funkelte in ihren Augen.

„Ja, siehst du ihn?" Ich zeigte hinüber, wo er mit den anderen Jungs stand. „Du solltest mal Hallo sagen."

„O-okay. Man sieht sich." Sie ging mit schwungvollem Schritt davon, und Asher sagte: „Was zum Teufel sollte das denn?"

Achselzuckend trat ich wieder gegen einen Stein. „Ich habe ihr gesagt, dass Mackey scharf auf sie ist."

„Er steht auf alles, was eine Muschi hat."

„Da hat sie aber Glück gehabt."

„Bist du okay, Mann? Haben deine Eltern es nicht geschafft?"

Ich schüttelte leicht den Kopf und murmelte: „Nein."

„Scheiße, Bro, es tut mir leid. Hör mal, willst du zu mir kommen und abhängen? Mom macht Lasagne." Obwohl seine Eltern oft verreist waren, bestand Frau Bennet, wann immer sie zurück waren, auf Familienzeit.

„Nee, ich sollte wohl nach Hause gehen und sicherstellen, dass alles in Ordnung ist."

„Bist du sicher?"

„Ja, aber sag deiner Mom und deinem Dad liebe Grüße."

Asher klopfte mir auf die Schulter, bevor er zu seinem Jeep hinüberschlenderte.

„Yo, Chase", es war die Stimme von Jase. „Kommst du mit zu Bell's?" Er kam auf mich zu, ein paar Jungs blieben zurück und warteten darauf, dass ihr Quarterback den Befehl gab.

„Ich muss nach Hause."

„Komm schon, Bruder, wir feiern einen Sieg immer zusammen." Er hatte recht, das taten wir. Doch heute Abend war mir nicht danach.

„Ich werde zu Hause gebraucht." Es war nicht wirklich eine Lüge.

„Ich weiß, deine Mutter hat eine Menge Stress, aber es ist das Abschlussjahr." Er klang irritiert. „Sie wissen schon, dass das Team Vorrang hat. Du musst dich nicht schuldig fühlen. "

„Morgen bin ich da, okay?" Ich nickte ihm zu, in der Hoffnung, er würde es damit gut sein lassen.

Er studierte mein Gesicht einen Moment länger und zuckte dann mit den Schultern. „Nun gut, wenn du nicht willst, Mann. Ich rufe dich morgen an.“ Jase war sauer, aber er verstand es eben nicht.

Vielleicht würde er das nie.

Und bis vor kurzem war das nie ein Problem gewesen.

13

Hailee

DA ICH GESTERN ABEND MIT ihr das Footballspiel besucht hatte, stimmte Flick zu, mich zu ‚The Alley' zu begleiten. Das war unser üblicher Treffpunkt, vor allem, weil das Football-Team selten hierherkam. Sie zogen es vor, ins Bell's zu gehen, eine Bar in der Innenstadt. Der Besitzer war ein großer Football-Fan. Unnötig zu sagen, dass ich es um jeden Preis mied. Auch, wenn es dort die besten Chili-Pommes der Stadt gab.

'The Alley' war cool. Es gab Rollschuhlaufen, Bowling, eine kleine Spielhalle, ein Diner, und am Wochenende erlaubte Tate, der Inhaber, das Bands aus der Gegend auftraten. Er war nicht wie Jerry, der Besitzer des Bell's, der das Team trinken und sich austoben ließ, aber es war trotzdem toll dort.

Der zweite Grund warum ich The Alley so sehr liebte ... Es lag direkt an der Wassergrenze zwischen Rixon und Rixon East und bot einen fantastischen Blick auf den Susquehanna River. Es war wie meine ganz eigene neutrale

Schweiz. Eine Football-freie Zone, unberührt von der Rivalität zwischen den Raiders und den Eagles. Jeder war hier willkommen, aber Tate würde dich schneller rausschmeißen, als du „Go Raiders" sagen konntest, wenn er von irgendwelchen Problemen Wind bekäme.

Habe ich schon erwähnt, dass Tate genau auf meiner Wellenlänge ist?

„Und, hast du es so sehr gehasst, wie erwartet?", fragte mich Flick, nachdem wir unsere Milchshakes und Speck-Käse-Pommes erhalten und einen Tisch gefunden hatten.

„Es war ... okay, denke ich. Aber ich werde jetzt nicht losrennen, um Karten für das Spiel nächste Woche zu kaufen."

„Spielverderber." Sie streckte mir die Zunge raus. „Die Jungs sahen heiß aus, oder? In diesen engen Hosen und Schulterpolstern." Sie lechzte praktisch.

„Das macht mich echt nicht an." Ich zuckte mit den Schultern, während ich ein Erdbeersoßenmuster in meinen Shake rührte.

„Entschuldige", würgte Flick hervor, „aber sag mir, bist du blind?"

„Ich finde Footballspieler einfach nicht heiß." Außer vielleicht einen, doch der war ein Arschloch, mit dem ich nichts zu tun haben wollte. Nie wieder.

Flick musterte mich, ihre zusammengekniffenen Augen suchten fragend mein Gesicht ab.

„Was?", fragte ich, unangenehm berührt von ihrem prüfenden Blick.

„Du verheimlichst etwas."

„Tu ich nicht." *Tolle Antwort, Idiot.*

„Hails ..."

„Flick ..." Ich begegnete ihrem stählernen Blick mit meinem eigenen.

„Er ist es, nicht wahr? Cameron? Hat er dich verletzt?"

„Was? Nein."

„Du bist so verschlossen. Ich weiß, dass etwas passiert ist. Du kannst es mir genauso gut jetzt sagen, ich finde es sowieso heraus."

„Gut" zischte ich. „Gut. Aber sei leise, okay?" Meine Augen suchten die unmittelbare Umgebung nach irgendwelchen Kids aus der Schule ab. Ich rückte näher an den Tisch und stützte mich auf meinen Armen ab. „Er hat mich geküsst."

„Dich *geküsst?*" Die Augen traten ihr fast aus dem Kopf. „Und du hast es mir nicht gesagt? Wann ist das passiert? Mit Zunge? War er gut?" Sie stöhnte. „Natürlich war er gut. Es ist Cameron Chase, um Himmels willen."

„Flick." Ich warf ihr einen spitzen Blick zu. „Krieg dich wieder ein."

„Ich ... wow." Ein verträumter Ausdruck überkam sie. „Er hat dich geküsst." Ihr Blick wurde süffisant. „Ich wusste es. Ich wusste, dass er dich wollte."

„Hast du vergessen, was er mir angetan hat?"

„Vorspiel, Sista. Ich sage dir, es ist nur ein Vorspiel."

„Du hast eine sehr seltsame Sicht auf die Welt."

„Ich sage nur, ein Raider zu sein, bedeutet auch, ein erstklassiges Arschloch zu sein. Diese Jungs sind ... mit normalen Maßstäben nicht zu messen. So ist das nun mal. Du weißt, dass der Coach all diese Regeln hat, was Dates angeht und dass Mädchen eine Ablenkung sind."

„Das gibt ihnen also das Recht, mit der Hälfte der Mädchen in der Schule zu schlafen und sie danach fallenzulassen?" Meine Augenbraue hob sich. Das kaufte ich ihr nicht ab, auf keinen Fall.

„Das will ich nicht sagen, aber die ganze Stadt stellt sie auf dieses Podest. Es ist kein Wunder, dass sie so sind, wie sie sind."

„Gibt es etwas, das du mir mitteilen möchtest?" Ich

drehte den Spieß um.

„Was? Nein!“ Sie wurde rot und in meinem Kopf schrillten die Alarmglocken. „Ich meine ja nur ...“

„Klingt sehr danach, als würdest du sie verteidigen, wenn du mich fragst.“

„Oh, hör auf.“ Flick warf mir einen verwirrten Blick zu. „Jeder weiß, dass die Jungs im Team männliche Huren sind. Sie verabreden sich nicht, sie verlieben sich nicht, und sie küssen ganz sicher keine Mädchen, nur um des Küssens wegen.“ Jetzt war sie an der Reihe, eine Augenbraue zu heben.

„Sie küssen die Mädchen *immer* nur zum Spaß.“

„Wo hat Cameron dich geküsst?“

„W- wie bitte?“ Ich starrte sie an und spürte, wie mir heiß wurde.

„Beantworte die Frage, Hails.“

„Wo, *glaubst du*, hat er mich geküsst? Auf den Mund, Dumpfbacke.“ Obwohl ich nicht leugnen konnte, dass die Vorstellung, dass er mich an anderen Stellen küsste, mich die Knie zusammenpressen ließ. *Nimm dich zusammen, Hailee Raine. Du hasst ihn, schon vergessen? Du. Hasst. Ihn.*

„Nein, ich meine, *wo* hat er dich geküsst? Auf einer Party? Auf dem Flur in der Schule? Zu Hause? In deinem Schlafzimmer? Blödmann.“

„Ich ... hmm ... im Hausmeisterzimmer der Schule.“

„Oh, das wird ja immer besser.“ Flick schmunzelte und ein aufgeregtes Glitzern tanzte in ihren Augen. „Und wie, bitte schön, bist du mit ihm im Hausmeisterzimmer gelandet?“

„Es spielt keine Rolle.“

„Spielt keine Rolle? Willst du mich verdammt noch mal verarschen? Ich denke, es spielt eine Rolle, sogar eine ganz große Rolle. Du magst ihn, nicht wahr?“

Ihn mögen?

Ich mochte Cameron Chase nicht.

Ich hasste ihn mit jeder Faser meines Seins.

„Ich werde nicht mehr darüber reden“, sagte ich und stopfte mir eine Gabel voll Pommes in den Mund.

„Gut, aber ich weiß, dass mehr dahintersteckt. Und denk dran, Hails, die Wahrheit wird rauskommen, das tut sie immer.“

EINE STUNDE später hatte Flick die Idee, dass zwischen mir und Cameron mehr war, endgültig aufgegeben. Meine Weigerung, zu antworten, wann immer sie ihn zur Sprache brachte, hatte wahrscheinlich etwas damit zu tun.

„Hotties auf zwei Uhr.“ Sie warf einen Seitenblick auf die süßen Jungs, die gerade hereinkamen, während wir Airhockey spielten. „Der Blonde ist süß“, meine beste Freundin starrte immer noch in ihre Richtung.

„Gut, dass ich dann groß, dunkel und gutaussehend mag.“ Ich zwinkerte ihr spielerisch zu und versenkte den Puck in ihrem unbewachten Tor. Die Jungs mussten bemerkt haben, dass wir rüber sahen, denn einer von ihnen stupste den anderen an, und beide blickten in unsere Richtung.

„Was ist mit Cameron?“

„Cameron wer?“ Ich legte den Kopf schief, aber ihr Lächeln gefror, als hätte sie meine List durchschaut.

„Gut, mach nur weiter so. Vielleicht sollten wir sie zu uns einladen?“

„Ich weiß nicht. Scheiße, zu spät“, murmelte ich, senkte den Blick und flüsterte: „Sie kommen hierher.“

Flick quietschte aufgeregt.

„Wir wollten doch einen Mädelsabend haben“, protestierte ich, aber sie verdrehte nur die Augen.

„Was gibt es Besseres, als ein paar süße Jungs, um den, der nicht genannt werden soll, zu vergessen?"

„Keine Ahnung." Ich blickte wieder zu ihnen hinüber. Sie hatten sich zum Tresen zurückgezogen. Bestimmt, weil sie mein Stirnrunzeln bemerkt hatten, aber sie schauten immer wieder zu mir herüber und bestellten Getränke. Ich hatte einen Scherz gemacht, als sie hereinkamen, in der Hoffnung, sie von Camerons Fährte abzubringen. Jetzt war ich mir nicht mehr so sicher, ob ich nicht doch wollte, dass sie rüberkamen.

„Das steht auf meiner Liste", platzte sie heraus. „Nummer zehn, mit einem beliebigen Kerl rummachen."

Ich spritzte einen Mundvoll Limonade in die Luft. „Immer mit der Ruhe, wer hat denn was von Anbandeln gesagt?"

Das hatte ich definitiv nicht im Sinn.

„Sagst du." Flick seufzte und senkte ihre Stimme. „Du hast bereits deine Jungfräulichkeit verloren. Jetzt bin ich dran, Hails. Ich will nicht das einzige Mädchen am College sein, das es noch nicht getan hat."

„Flick, komm schon. Dieses eine Mal war nicht so toll, dass ich damit prahlen würde." Es war peinlich und so schnell vorbei gewesen, dass ich mir nicht sicher war, ob es überhaupt passiert war, und ich hatte den Typen nie wieder gesehen. Nicht gerade ein erstes Mal, an das man sich gern erinnert.

„Ich sage nicht, dass ich mit ihm schlafen will." Ihr Blick wanderte erneut zu den beiden Typen. „Allerdings, ich würde nicht nein sagen, wenn es an die zweite Base geht."

„Ich weiß nicht ..." Aber es war zu spät. Die Jungs kamen schon auf uns zu, der Blonde machte meiner besten Freundin schöne Augen, während der Dunkelhaarige mich anlächelte. „Hey, ich bin Toby."

„Hi“, sagte Flick eifrig. „Ich bin Felicity, das ist meine Freundin Hailee. Und ihr seid?“ Sie wandte sich an den anderen Typen.

„Jude“, sagte er sanft.

„Nun, Jude, willst du mich auf einen Drink einladen?“

Toby und ich sahen zu, wie Flick seine Hand ergriff und ihm keine andere Wahl ließ, als ihr zurück zum Tresen zu folgen. „Ist sie immer so …“ Seine Stimme erstarb.

„Nein“, sagte ich und kämpfte gegen ein Lächeln an. „Das ist sie wirklich nicht.“ Und ich war mir nicht sicher, was ich von dieser neuen Version meiner besten Freundin halten sollte.

„Ich schätze, ich stehe jetzt wie ein Vollidiot da, wenn ich nicht frage, ob du einen Drink willst?“

„Hier wird nicht geurteilt.“ Ich hielt meine Hände hoch. Dann fiel mir etwas ein. „Hey, wohnst du hier in der Nähe? Ich kenne dich nicht aus der Schule.“

„Ah, ich gehe auf die Rixon East.“

„Dachte ich mir.“

„Ich nehme an, du bist ein Raider?“

„So nennt ihr uns also heutzutage?“ Mein Mundwinkel hob sich. „Eigentlich hasse ich Football.“

„Im Ernst? Und sie haben dich noch nicht rausgeworfen?“

Ich lachte. Toby war lustig und er hatte ein nettes Lächeln. „Bitte sag nicht, dass du spielst?“

„Sehe ich aus wie ein Footballspieler?“ Das tat er nicht. Er war groß und schlank, mehr wie ein Basketballer oder Schwimmer gebaut. „Nee, das ist nicht mein Ding. Ich bin eher der kreative Typ …“

„Oh wirklich? Ich auch.“

„Ja?“

„Ja, ich hoffe, dass ich nächstes Jahr nach Michigan auf die Stamps School of Art and Design gehen kann.“

„Schön.“ Toby grinste und ich ertappte mich dabei, wie ich es erwiderte. „Also, ich weiß, das mag ein bisschen nach abgedroschenem Anmachspruch klingen, aber wir sind eigentlich auf dem Weg zu einer Party. Willst du mitkommen?“

„Ist diese Party in Rixon East?“ Ich fragte, weil ich auf keinen Fall zu einer Party gehen wollte, auf der mein Bruder und seine Sportlerfreunde sein könnten.

„Ja, es ist auf der anderen Seite des Flusses. Ist das ein Problem?“

„Für mich ist das kein Problem“, antwortete ich mit einem Lächeln, gerade als Flick und Jude zurückkehrten.

„Was ist los?“, fragte Jude seinen Freund.

„Ich habe Hailee eingeladen, mit uns zu feiern. Bist du dabei?“ Er sah Flick an, und ihre Augen leuchteten auf und fixierten Jude. „Ich bin dabei.“

„Cool“, sagte ihr neuer Freund. „Sollen wir dann von hier verschwinden?“

„Klingt gut.“ Ich strich mit den Händen über meine Jeans und wir folgten den Jungs aus dem Gebäude. Sie gingen etwas voraus, sodass Flick die Gelegenheit nutzte, ihren Arm durch meinen zu schlingen.

„Eine East-Party, bist du sicher? Wenn Jason ...“

„Soll er es doch herausfinden. Er ist nicht mein Wärter, Flick. Was ist aus ’oh, er ist so süß’ geworden?“ Ich warf ihr einen spitzen Blick zu.

„Oh, ich bin dabei.“ Sie grinste. „Ich stelle nur sicher, dass du weißt, was du tust.“

„Alles in Ordnung?“ Jude rief hinüber zu der Stelle, an der Flick und ich stehen geblieben waren. Ich ergriff ihre Hand, ging auf sein Auto zu und sagte: „Alles in Ordnung.“

Obwohl Rixon und Rixon East durch den Susquehanna River getrennt sind, war es nur eine fünfzehnminütige Fahrt zur Party. Jude hielt vor einem Landhaus an. Autos und Lastwagen säumten die Straße, aus den Fenstern drang das leise Vibrieren von Musik.

„Heilige Scheiße", pfiff Flick zwischen ihren Zähnen. „Dieser Ort ist ..."

„Beeindruckend, hm?" Toby stieg aus und kam herum, um mir die Tür zu öffnen. Ich stieg aus und fühlte mich plötzlich underdressed in meiner Jeans, dem Vans-T-Shirt und den abgetragenen Chucks. Rixon East war dafür bekannt, wohlhabender zu sein als Rixon. Unser Stadtteil war bei weitem nicht arm, aber in Rixon East gab es mehr Anwesen, die sich in die schöne, grüne Umgebung schmiegten, und exklusive Mietobjekte entlang des Flusses.

Das Haus vor uns war keine Ausnahme.

„Du kennst jemanden, der hier wohnt?" Ich starrte ihn an, und Toby kicherte. „Ja, er ist mein Cousin. Komm mit."

„Cousin?" Flick murmelte etwas und wir folgten den Jungs ins Haus. Ich zuckte mit den Schultern. Jetzt war es zu spät, sich darüber Gedanken zu machen, wer Tobys Cousin war.

Bis wir eintraten und uns ein Meer aus Rot und Weiß erwartete.

„Hmm, Toby, wer, sagtest du, war nochmal dein Cousin?", fragte Flick, Panik blitzte in ihren Augen auf und sie warf mir einen Seitenblick zu.

„Lewis Thatcher der beste verdammte QB im Staat", mischte sich Jude ein.

Ich verschluckte mich fast, als ich vor Schreck tief Luft holte. Tobys Cousin war Lewis Thatcher, der QB für die Rixon East Eagles und Jasons Erzfeind.

Scheiße.

Flicks Blick weitete sich, aber ich schüttelte diskret den Kopf. Keiner wusste, wer ich war. Wir konnten die Party genießen, uns einfügen und unter dem Radar bleiben.

Zumindest war das der Plan.

14

Cameron

„BITTE SEHR, Jungs." Sara, eine der Kellnerinnen im Bell's, reichte uns die Teller mit dem Essen. Egal ob Sieg oder Niederlage, es war unser Ritual, am Tag nach dem Spiel, am Samstagabend, alle ins Bell's zu gehen. Als Jase mich heute Morgen anrief, stimmte ich ohne zu zögern zu.

Gestern Abend schliefen Mom und Xander schon. Dad hatte zwei Bier kaltgestellt, um auf unseren ersten Saisonsieg anzustoßen. Wir waren lange aufgeblieben, sahen uns alte Spielvideos an, sprachen über Colleges. Aber das im Raum stehende Problem sprachen wir nicht a. Irgendetwas war nicht in Ordnung.

Und heute Morgen, als ich mich endlich aus dem Bett schleppte, mit schmerzenden Muskeln und geprellten Knochen, schien Mom gut gelaunt zu sein. Sie hatte uns allen sogar Frühstück gemacht. Es war schön. *Normal.*

Es war wie in alten Zeiten.

„Wenn ihr noch etwas braucht, ruft einfach nach mir,

okay?", sagte Sarah, nachdem jeder sein Essen bekommen hatte.

„Ich bräuchte einen guten harten ...", begann Mackey, aber Sara unterbrach ihn. „Du kommst wieder zu mir, wenn du einundzwanzig bist, du heißes Ding." Sie zwinkerte ihm zu und schenkte ihm ein kleines Lächeln, bevor sie mit wiegenden Hüften davon schlenderte.

Mackey sank gegen seinen Stuhl zurück und stöhnte. „Was würde ich nicht alles geben, um sie zu reiten."

„Sara ist heiß, aber sie fickt keine Footballspieler", sagte Asher und gab Ketchup über sein Essen. „Nicht einmal einen QB 1, stimmt's, Jase?"

„Sie hat eine zu große Klappe für mich. Ich mag Frauen, die weniger reden und mehr saugen."

„Ja", fügte Mackey hinzu. „Aber stell dir vor, was sie mit diesem Schmollmund alles anstellen kann." Ein verträumter Ausdruck legte sich auf sein Gesicht, er wirkte total entrückt. Grady beugte sich vor und schlug ihm auf den Kopf. „Hol deine Gedanken aus der Gosse. Wir haben ein Spiel, auf das wir uns konzentrieren müssen."

„Kumpel, wir haben Marshall gestern Abend in den Arsch getreten. Ich denke, wir dürfen uns eine kleine Auszeit gönnen."

„Verdammte Zehntklässler", brummte jemand.

„Das habe ich gehört."

„Chill mal", sagte Jase zu Mackey, während er seinen Bell's Special Burger in zwei Hälften schnitt. Das Ding war einfach zu groß, um es im Ganzen zu essen. „Wir haben es verstanden, du bist aufgeregt, aber Kaiden hat recht, das Einzige, worauf du dich konzentrieren musst, sind das nächste und übernächste Spiel, bis zur zehnten Woche. Kapiert?"

„Ja, kapiert", brummte Mackey. „Das heißt aber nicht,

dass ich nicht gucken darf, oder?“ Er schaute zurück zu Sara, die einen anderen Tisch bediente.

Jase und ich tauschten einen amüsierten Blick aus. Wir wussten, wie es war, die rasenden Hormone, der Rausch, Götter unter Männern zu sein. In einer Stadt wie Rixon war es ein Ehrenzeichen, in die Schulmannschaft zu kommen, es öffnete die Türen zu Colleges, zu den Mädchen, zu einer Freikarte und, um ab und zu mal Mist zu bauen. Damit kam auch Druck. Die Erwartung, der Beste zu sein, hart zu arbeiten und alles zu geben. Joel Mackey hatte es bisher nicht verstanden, aber nach einer Saison unter Coach Hasson und seinem Team würde er es verstehen. Diese Jungs machten dich kaputt, bis du nur noch aus Blut und Knochen bestandest, und setzen dich dann wieder zusammen, bis du innerlich und äußerlich abgehärtet warst. Bis kein Team, egal wie groß oder stark oder aggressiv, eine Bedrohung mehr war. Das Football-Programm der Rixon High baute Krieger auf. Es formte junge Männer mit Herz, Mumm und Entschlossenheit. Woran Coach Hasson uns bei jeder Gelegenheit erinnerte: „Großartige Männer werden nicht geboren, sie werden gemacht.“

Und die Rixon High machte nur die Besten.

Aber es war nicht zu leugnen, dass es manchmal eine schwere Last war. Und ab und zu ein bisschen Dampf abzulassen, war die einzige Möglichkeit, es durchzustehen.

„Also, Jase“, meldete sich Grady. „Was ist der Plan für die Rivalitätswoche?“ „Das wirst du schon noch herausfinden.“ Das verruchte Glitzern in den Augen meines besten Freundes hatte meine volle Aufmerksamkeit.

„Oh, komm schon. Es sind nur noch zwei Wochen, du kannst es uns sagen.“

„Meine Lippen sind versiegelt.“

„Aber es wird einen kleinen Trip über den Fluss beinhalten, habe ich recht?"

„Wir sollten zuschlagen und ihnen ein paar Wikinger in ihrem Platzhaus hinterlassen", sagte Kaiden.

„Oder ihre Social-Media-Konten hacken und ein bisschen herumtrollen." Mackey grinste, sichtlich beeindruckt von seiner eigenen Idee.

„Wo wir gerade beim Thema sind, Thatcher postet schon wieder auf Twitter." Kaiden hielt sein Handy hoch. „Seht euch diesen Mist an." Er reichte Jase sein Handy und wir beide schauten auf den Bildschirm.

@THATCHERQB1: **Was ist schwarz und blau und überall kaputt? Die Raiders, wenn wir mit ihnen fertig sind. #wirholeneuch #rivalitätswoche**

JASE SPANNTE SICH NEBEN MIR AN. „Er ist ein verdammter Idiot."

„Wenn er so weitermacht", sagte Kaiden und nahm sein Handy zurück. „wird ihr Coach einschreiten müssen. Snapchat ist eine Sache, aber Twitter ist eine große Nummer."

„Mach dir nichts draus. In zwei Wochen wird der einzige Tweet, den er senden kann, sein: Hashtag #Schmerz."

Die Jungs brüllten alle vor Lachen und ich fragte mich, welches Ass Jason in seinem Ärmel hatte.

Wollte ich es wirklich wissen?

EINE STUNDE später waren wir zum Billardtisch übergegangen. „Chase, du bist dran." Grady bedeutete mir, zu schießen, als mein Handy vibrierte.

„Moment", sagte ich und holte es aus der Hosentasche. „Es ist mein Vater. Ich bin gleich wieder da." Ich ging in den Flur, der zu den Toiletten führte, und nahm ab. „Dad?"

„Hey, Sohn." Er klang müde, seine Stimme flach und leer. Welten entfernt von dem Menschen, den ich vorhin zu Hause gelassen hatte.

Ich war in höchster Alarmbereitschaft. „Ist alles ..."

„Es geht um deine Mutter, sie ..." Ich sackte zusammen, als seine Stimme brach. Er räusperte sich. „Ich rufe dich nur ungern an, wenn du mit den Jungs unterwegs bist, aber wir könnten dich hier wirklich brauchen. Xander ist ..."

„Ich bin gleich da, Dad." Kalte Angst erfasste mich. Dad rief nur selten an.

Wenn er anrief, dann meistens, weil Katie nicht auf Xan aufpassen konnte. Die Tatsache, dass er an einem Samstagabend anrief, wenn ich beim Team war ... Ich wusste, es war schlimm.

Asher kam und sah, wie ich auf mein Handy starrte. „Alles in Ordnung?"

„Ich bin nicht sicher." Ich steckte es in die Tasche und wischte mir mit der Hand über das Gesicht. „Er braucht mich zu Hause."

„Deine Mutter?"

„Ja, ich glaube schon." Meine Gedanken schossen in hundert verschiedene Richtungen, was wohl passiert sein könnte.

„Scheiße, Mann, es tut mir leid. Gibt es irgendetwas, das du ..."

„Nein, es ist alles in Ordnung. Ich bin sicher, es ist alles in Ordnung. Xander hat sich wahrscheinlich wieder aufgeregt." Asher wusste über Mom und ihre

Stimmungsschwankungen Bescheid. Deshalb übernachtete ich manchmal bei ihm, wenn es zu Hause zu heftig wurde.

Vor vier Jahren, als meine Mutter herausfand, dass sie mit Xander schwanger war, waren die Dinge für eine Weile schwierig. Sie und Dad waren nicht bereit gewesen, wieder Eltern zu werden. Ich war vierzehn und mein Leben drehte sich bereits um Football, und sie waren meine größten Unterstützer und verpassten kein einziges Spiel. Nach der Geburt meines Bruders veränderte sich meine Mutter. Die Ärzte sagten, sie hätte eine postpartale Depression. Dad nahm sich eine Auszeit, um im Haus und mit meinem kleinen Bruder zu helfen. Mit einigen Medikamenten und einer Therapie wurde es besser, und als Xander ein Jahr alt wurde, sah es so aus, als würde Mom wieder zu ihrem normalen Selbst zurückkehren.

Aber das tat sie nie, nicht wirklich.

Und seitdem beobachteten wir stumm, wie sie mit ihrem eigenen Verstand kämpfte.

„Sag Jase ...“

„Sag Jase was?“ Er erschien im Flur, die Brauen zusammengezogen, die Arme vor der Brust verschränkt.

„Mein Vater braucht mich zu Hause.“

„Schon wieder?“ Er machte sich nicht einmal die Mühe, seine Missbilligung zu unterdrücken.

„Ja, es ist meine Mutter ...“

„Ich dachte, es ginge ihr besser?“ Ich zuckte zusammen angesichts der Härte in seiner Stimme. Aber ich konnte ihm seinen Mangel an Mitgefühl nicht ganz verübeln. Es war ja nicht so, dass ich die Probleme meiner Familie herumposaunte, und Mom und Dad behielten in diesen Tagen alles für sich. Es war ein sensibles Thema, eines, von dem Mom nicht wollte, dass jeder es wusste.

„Es geht ihr gut, aber es muss etwas passiert sein. Ich

muss los.“ Ich ging um ihn herum, seine Hand schoss vor und drückte gegen meine Brust.

„Bist du sicher, dass alles in Ordnung ist?“ Seine Augen suchten meine und ich wollte glauben, dass er sich sorgte, dass er nicht nur besorgt war, dass dies eine Ablenkung für mich sein würde. Für das Team.

„Ja, Mann. Wir sehen uns morgen.“ Sonntags gingen wir gern ins Fitnessstudio, drüben bei Asher. „Tu mir nur einen Gefallen, ja?“

„Alles was du willst“, sagte er.

„Mach keine Dummheiten, während ich weg bin.“

Jasons Mundwinkel hob sich, während Asher kicherte. „Würden wir das jemals?“

Ich warf den beiden einen strengen Blick zu, in der Hoffnung, dass sie meine Warnung beherzigen würden, bevor ich den Flur hinunterging und durch die Hintertür das Bell´s verließ. So ersparte ich mir eine Menge Fragen der Jungs. Ich wollte Dad glauben, als er sagte, dass es Mom besser ginge, dass dieser neue Arzt sicher sei, dass er helfen könne, aber wir waren in den letzten drei Jahren schon zu oft an diesem Punkt gewesen. Jedes Mal, wenn sich ihre Stimmung stabilisierte und sie begann, sich wieder wie sie selbst zu fühlen, kam eine neue Welle von Migräne, Lethargie und Angstzuständen. Immer, wenn das passierte, verschlimmerte sich der Schweregrad ihrer Stimmungsschwankungen. Manchmal dauerte es nur ein paar Tage, manchmal ging es wochenlang so. Deshalb stellte Dad Katie ein, um auf Xander aufzupassen. Er musste wieder arbeiten, und ich hatte Schule und Football. Ich bot an, mehr zu helfen, das Training aufzugeben und bei meiner Familie zu sein, davon wollte er nichts hören. Keiner von beiden wollte das. Football war meine Eintrittskarte zum College, meine Zukunft. Das verhinderte aber nicht die Schuldgefühle. Ich trug sie mit mir herum wie ein ständiges Gewicht auf der Brust.

Tief im Inneren vermutete ich, dass sich die Dinge dieses Jahr deshalb anders anfühlten. Ich war jetzt in der Abschlussklasse, spielte in meiner letzten Saison. Wenn alles nach Plan verlief, würde ich im kommenden Sommer aufs College gehen. Dad würde Xander großziehen und sich um Mom kümmern. Ich wusste, sie wollten nicht, dass ich mein Leben auf Eis legte, aber ich war kein Kind mehr. Ob jetzt die Zeit gekommen war, in der ich mehr Verantwortung zu Hause übernehmen sollte?

Mein Zuhause war nur ein paar Blocks von Bell's entfernt und bevor ich mich versah, fuhr ich in die Einfahrt. Es war spät, fast 21:30 Uhr. Xander sollte schon schlafen und von Welpen und sprechenden Rennwagen träumen, aber etwas war passiert. Schweren Herzens und mit einem Knoten im Magen vor Sorge, was ich drinnen finden würde, stieg ich aus dem Wagen und ging zum Haus.

„Hey", rief ich und schloss die Tür hinter mir. „Ich bin's."

„Wir sind hier drin", Dads Stimme drang durch den Flur und ich folgte ihr ins Wohnzimmer. Er saß im Sessel mit Xander zusammengerollt in seinem Schoß. Die Augen meines kleinen Bruders leuchteten auf und er lächelte. „Ameron ist hause."

„Hey, Kumpel, komm her." Ich hockte mich hin und öffnete die Arme. Er sprang von Dads Schoß und watschelte zu mir herüber, wobei er seine kleinen Beine so schnell bewegte, wie er konnte. Ich hob ihn hoch und betrachtete sein Gesicht. Er hatte geweint, seine Augen waren geschwollen und brannten. Mein Blick huschte über seine Schulter. Dad zog eine Grimasse und fuhr sich mit der Hand über die Stirn.

„Was ist passiert, kleiner Mann?"

„Mom mich weine macht."

„Sie hat es nicht so gemeint. Ganz sicher nicht" Ich zerzauste sein Haar und er vergrub sein Gesicht an meiner Schulter. „Wie wäre es, wenn ich dich ins Bett bringe und die Geschichte zu Ende erzähle, die wir neulich Abend angefangen haben?"

Xan nickte und weigerte sich, seinen Griff um meinen Hals zu lockern. „Na dann komm, Kumpel. Jetzt gibt's eine Gute-Nacht-Geschichte." Ich trug den kleinen Mann hoch in sein Zimmer, entwirrte seine kleinen Arme und Beine, die er um mich geschlungen hatte, und legte ihn in sein Bett.

„Willst du eine Geschichte?" Er presste die Lippen zusammen und schlug die Augen nieder. Scheiße, ihn so zu sehen, machte etwas in mir kaputt. „Hey, Xan", ich kniete mich neben sein Bett und zog die Decke über seinen kleinen Körper. „Mom liebt dich. Das weißt du doch, oder?"

Er lugte unter seinem braunen Haarschopf hervor und sah mich an. „Weiß."

„Manchmal ist sie einfach nicht sehr gut darin, es zu zeigen, Kumpel." Ich streichelte sein Haar und schob ihm ein paar Strähnen aus dem Gesicht, damit ich seine Augen sehen konnte. „Aber sie liebt dich ganz doll und ich bin mir sicher, dass du ihr Lieblingsmensch bist und es immer sein wirst."

„Ja?" Seine Augen leuchteten auf. „Sie lieb mich."

„Das ist richtig, das tut sie. Sie wird es wieder gut machen, okay?" Das tat sie immer, ob es nun ein Eis bei Ice T's war oder ein Spaziergang im Park. An ihren guten Tagen gab sich Mom Mühe, all die nicht so guten Tage aus dem Gedächtnis meines kleinen Bruders zu löschen.

„Kay, Ameron." Er gähnte, schloss die Augen und kuschelte sich in sein Kissen.

„Okay, Kumpel. Schlaf ein bisschen." Ich küsste ihn auf den Kopf. „Bis morgen früh."

Xander war in Sekundenschnelle eingeschlafen. Ich deckte ihn zu, schlich mich aus seinem Zimmer und zog die Tür hinter mir zu. Ich schaute nach Mom, aber sie schlief ebenfalls. Ihr Gesichtsausdruck war so entspannt, wahrscheinlich waren ihre Träume der einzige Ort, an dem sie in diesen Tagen Trost fand. Der Gedanke löste einen stechenden Schmerz in meiner Brust aus.

Bevor sie mit Xander schwanger wurde, war Mom so lebensfroh, mein größter Fan. Es war schwer, dem kleinen Kerl die Schuld dafür zu geben, denn ich liebte ihn über alle Maßen. Aber manchmal, wenn sie ein Spiel verpasste oder vergaß zu fragen, wie das Training lief, wünschte ich mir, dass alles wieder so wäre wie früher. Bevor sie krank wurde.

Unten fand ich Dad in der Küche, er trank ein Glas Whiskey. „Wie schlimm war es?", fragte ich.

„Ich will nicht lügen, Junge, ich mache mir Sorgen." Er schloss die Augen und machte einen tiefen Atemzug. „Ich habe sie noch nie so gesehen, sie war ..." Der Schmerz in seiner Stimme war unerträglich. Ich ging zu ihm und zog ihn in meine Arme.

„Es wird alles wieder gut, Dad." Ich drückte ihn fest an mich, aber als ich die Worte sagte, wusste ich nicht, ob ich sie selbst glaubte. Wir hatten uns so lange an die Hoffnung geklammert, dass Mom wieder gesund würde, ich glaube, keiner von uns hatte je wirklich an die Alternative gedacht.

Was wäre, wenn nicht?

15

Hailee

NACH ZWEI STUNDEN auf der Party hatten wir es geschafft, uns unter die Leute zu mischen. Toby und Jude sorgten dafür, dass unsere Becher gefüllt wurden und die Unterhaltung weiterlief. Es war erfrischend, inkognito zu sein und mit Teenagern abzuhängen, die mich oder meine Verbindung zu den Raiders nicht kannten. Und als Toby näher an mich heranrückte, sein Arm meinen streifte, wich ich nicht zurück. Er war nett. Er war nicht wie sein Cousin und seine Sportkameraden, die draußen Bierpong spielten, während halbnackte Mädchen im Schwimmbecken um ihre Aufmerksamkeit wetteiferten.

„Das macht doch Spaß, oder?", raunte Flick mir zu, als die Jungs kurz verschwanden.

„Ja." Ich lächelte und nahm einen weiteren Schluck aus meinem Becher. Es war nur Punsch, der bittere Nachgeschmack des Alkohols kaum wahrnehmbar.

„Toby ist süß." Sie grinste. „Schade, dass er der Cousin des Quarterbacks der Eagles ist."

„Still“ zischte ich und ließ meinen Blick hastig durch die Küche schweifen. „Sie dürfen nicht wissen, wer ich bin, noch nicht.“

„Und wenn sie es herausfinden?“ Sie warf mir einen missbilligenden Blick zu.

„Das werden sie nicht.“

Flick wollte gerade etwas erwidern, als um uns herum Explosionen ertönten. Die Leute fingen an zu schreien und die Hölle brach los. Sie packte mich am Arm und zog mich hinter den Tresen, während mir das Blut zwischen den Ohren pochte.

„Was zum Teufel ist das?“ Flick zitterte, als die lauten Knallgeräusche weiter auf das Haus niederprasselten. „Schüsse?“, kreischte sie.

„Das kann nicht sein“, sagte ich atemlos, das Herz schlug mir bis zum Hals. Es war Rixon East, hier wurden keine Leute erschossen. Aber es hörte sich verdammt nach einer Schießerei an.

„Arschgeburten“, brüllte jemand, und eine Gruppe von Typen in rot-weißen Trikots stürmte durch die Küche und durch die Hintertür hinaus. Es roch verbrannt, ein rauchiger Dunst hing in der Luft. Ich späte vorsichtig über den Tresen.

Flick packte mich am Arm. „Hails, was zum ...“

„Glaubst du wirklich, dass sie nach draußen gelaufen wären, wenn da geschossen würde?“

„Das sind Feuerwerkskörper“, sagte jemand, und mein Kopf schwenkte zu einem Mann, der sich den Fenstern näherte. „Mein Bruder benutzt sie ständig.“

Mehr Leute kamen in die Küche, die Neugierde siegte. Ich schüttelte Flick ab und ging zur Hintertür.

„Hailee, was zur ...“ Ich stieß die Tür auf und trat hinaus. Der Lärm hatte inzwischen aufgehört, aber eine Gruppe von Jungs kämpfte auf dem weitläufigen Rasen der

Thatchers.

„Oh, Scheiße", schrie jemand. „Ein Kampf."

Die Leute strömten aus dem Haus, begierig darauf zu sehen, was da vor sich ging. Doch als mein Blick inmitten der Schlägerei auf Jason und Asher landete, keuchte ich. „Jason, was zum Teufel?"

Der Blick meines Stiefbruders fiel auf mich, als einer der Jungs von Rixon East ihm einen Schlag direkt auf das Kinn versetzte. Sein Kopf schnappte zurück, Blut spritzte in die Luft. „Jason!" Meine Stimme schallte über den Hof, als ich mich durch die wachsende Menge drängte.

„Warte", sagte Toby von irgendwo hinter mir. „Du kennst ihn?"

„Ganz flüchtig", murmelte ich und beobachtete, wie Jason zwei Typen abwehrte, während Asher den dritten in den Schwitzkasten nahm. „Er ist mein Stiefbruder." Mit leiser Stimme presste ich die Worte heraus.

„Oh, Scheiße", sagte er und rieb sich das Kinn. „Ich hatte keine Ahnung."

Wie sollte er das auch?

Jason lebte im Rampenlicht, nicht ich. Und er war ein Ford, ich eine Raine. Wenn man uns nicht kannte, würde man nie eins und eins zusammenzählen.

Die Jungs umkreisten sich jetzt gegenseitig, die Menge war aufgeheizt und blutrünstig. Einer der Typen ging auf Jason zu, aber ich schrie: „Stopp".

Ohne nachzudenken, stürzte ich in den Kreis und stellte mich wie ein Schild vor ihn. „Aus dem Weg, Raider-Schlampe", schnauzte der Kerl, und um sein Auge bildete sich ein böser Bluterguss. „Bevor ich …"

„Halt dich zurück, Thatcher, das ist meine Schwester. Willst du wirklich etwas anfangen, von dem du weißt, wie wir es beenden werden?"

Der Typ, Lewis Thatcher, starrte mich an, seine Augen

funkelten interessiert, während er sich das Kinn rieb. Er war ein fies aussehender Typ, groß, gut gebaut, mit scharfem Blick und kurzem, stacheligem Haar. Aber ich steckte immer noch in dem Moment, in dem Jason mich seine Schwester genannt hatte.

Er hatte mich noch nie seine Schwester genannt, es sei denn, es ging mit einer Beleidigung Hand in Hand.

„Ihr habt fünf Minuten, um von hier zu verschwinden." Lewis Thatchers Schultern entspannten sich, als er zurücktrat, seine Freunde taten dasselbe.

„Flick?" Ich winkte ihr zu, zu mir zu kommen. Sie stand am Rande des Kreises aus Partygästen und in ihren Augenwinkeln sammelten sich Tränen. „Lass uns gehen", sagte ich und legte einen Arm um sie.

Jason wischte sich den Mund ab. Er sah wild aus, seine Augen kochten vor Wut, auf seiner Lippe war verschmiertes Blut, das Haar zerzaust. Asher sah nicht besser aus. Die beiden nickten mit dem Kinn zu Lewis Thatcher und seinen Freunden, bevor sie langsam zurücktraten. „Hailee, du und Felicity, ihr wartet unten bei Ashers Jeep."

„Aber ..."

„*Jetzt*, Hailee."

Ich zuckte bei der Strenge in seinem Ton zusammen und Flick zog an meinem Ärmel, um mich wegzuziehen. „Komm schon, Hails", sagte sie zittrig. „Wir sollten gehen."

Ich blickte zurück und sah, dass Jason und Asher den Jungs von Rixon East immer noch kampfbereit gegenüberstanden. Und war überrascht von der Erleichterung, die ich empfand, als sie sich langsam drehten, um uns zu folgen.

Wir erreichten Ashers Jeep, der an der Straße geparkt war. „Steigt ein", sagte er. „Es ist nicht abgeschlossen."

Flick verschwendete keine Zeit und sprang hinein, aber

ich zögerte, mein verzweifelter Blick taxierte Jason. „Steig in den verdammten Jeep, Hailee", knurrte er, seine Augen suchte meine. Er hatte einen tiefen Schnitt in der Lippe und einen dunklen Schatten um seine Wange, aber es waren nicht seine Verletzungen, die meine Aufmerksamkeit erregten. Es waren seine Augen. Sie waren komplett schwarz.

Wild.

„Aber ..."

„Steig. In. Den. Verdammten. Jeep." Er hielt die Tür fest und wartete darauf, dass ich hineinrutschte. Mit einem schweren Seufzer kletterte ich neben Flick hinein. Jason schlug die Tür hinter mir zu. Sie warf mir einen besorgten Blick zu, sagte aber nichts. Die Spannung, als Asher und Jason einstiegen, war so groß, dass ich kaum atmen konnte.

„Nun, das habe ich nicht erwartet", sagte Asher, als er den Motor anließ und auf die Straße fuhr, wobei er zu meinem Stiefbruder schaute. „Das könnte ein Problem werden."

„Nicht jetzt", unterbrach ihn Jason, aber mir entging der stumme Blick nicht, den sie austauschten. Ich wollte ihn fragen, was er damit meinte, was ein Problem sein könnte. Ich wusste, dass mir die Antwort nicht gefallen würde. Niedergeschlagen ließ ich mich in die Ledersitze zurücksinken und starrte aus dem Fenster.

Die Fahrt zurück über den Fluss dauerte nicht lange, aber es fühlte sich wie Stunden an. Keiner sprach. Flick war still, ihre Augen geschlossen, ihr Bein zitterte unruhig. Ab und zu traf Ashers Blick meinen im Rückspiegel, aber ich konnte seinen Gesichtsausdruck nicht deuten. Und Jason hatte sich völlig abgekapselt, er war nur körperlich anwesend. Verloren in der Wut, die von ihm ausging wie ein Kraftfeld.

Er war wütend.

Und irgendetwas sagte mir, dass das alles mit mir zu tun hatte.

AM NÄCHSTEN MORGEN lag ich im Bett, nicht bereit, mich den Nachwirkungen der vergangenen Nacht zu stellen. Als Asher vor unserem Haus angehalten hatte, hatte Jason mir quasi befohlen, ins Haus zu gehen, während die beiden im Jeep blieben, um zu reden. Ich wusste es, weil ich sie von meinem Fenster aus beobachtet hatte. Irgendwas stimmte nicht, aber was es auch war, sie hielten es nicht für nötig, es mir zu sagen. *Arschlöcher*.

Mein Handy erklang mit einem Nachrichtenton und ich beugte mich vor, um es vom Nachttisch zu holen. Ich hatte zwei Nachrichten von Toby.

TOBY: **Bist du gut nach Hause gekommen? Ich war besorgt.**

ICH LÄCHELTE und öffnete die nächste Nachricht.

TOBY: **Guten Morgen, ich wollte nur sichergehen, dass Ford dich auf der Heimfahrt nicht umgebracht hat.**

ICH ROLLTE mich auf den Rücken und meine Finger flogen über das Keyboard.

. . .

ICH: **Mir geht's gut, danke. Das war ziemlich verrückt. Ist das auf East-Partys immer so?**

TOBY: **Nein. Die Dinge werden nur verrückt, wenn dein Bruder auftaucht.**

ES WAR ALSO NICHT das erste Mal, dass so etwas passiert war. Interessant. Ich speicherte diesen Informationsschnipsel für ein anderes Mal.

ICH: **STIEFbruder. Und glaube mir, ich wünschte, er wäre es nicht.**

TOBY: **Ich habe mich gefragt, warum du es nicht erwähnt hast …**

ICH: **Ich wusste nicht, dass es wichtig ist?**

ES WAR NICHT GERADE ROMANTISCH, beim ersten Kennenlernen zu sagen 'Hey, ich bin Hailee Raine, und übrigens, mein Stiefbruder ist Jason Ford'.

TOBY: **Ist es nicht. Aber das nächste Mal sollten wir vielleicht eine Eagles-Party vermeiden …**

. . .

MEIN HERZ MACHTE einen kleinen Purzelbaum bei den Worten 'nächstes Mal'.

ICH: **Das nächste Mal? Du bist ja ganz schön von dir selbst überzeugt.**

ICH GRINSTE.

TOBY: **Ist das ein Ja?**

ICH: **Ich werde darüber nachdenken.**

ALS ICH AUF „SENDEN" drückte, begann mein Handy zu klingeln. „Hey", begrüßte ich Flick, die Stimme noch schläfrig.

„Hey. Also ... letzte Nacht war interessant."

„Ugh. Lass das", stöhnte ich und warf den Arm über mein Gesicht. „Ich kann nicht glauben, dass sie dort aufgetaucht sind."

„Ich kann nicht glauben, dass ich dachte, wir wären mitten in einer Schießerei. Mein Herz hat die ganze Nacht nicht aufgehört zu pochen."

„Ja, es war verrückt. Aber rate mal, wer mir gerade getextet hat?"

„*Von ihm*? Das ist lustig, denn Jude hat mir auch eine Nachricht geschickt." Ihre Stimme hob sich.

„Oh." Plötzlich fühlte ich mich nicht mehr so besonders. „Meinst du, die haben das so geplant?"

„Ist das wichtig?", spottete Flick. „Sie sind heiß und nett

und sie wollen uns. Selbst nachdem sie herausgefunden haben, wer dein Bruder ist."

„Stiefbruder", korrigierte ich sie.

„Als ob das eine Rolle spielt. Jason hat dich von der Party geschleppt, als wäre er dein Vater."

„Bitte erinnere mich nicht daran." Das würde er büßen. *Irgendwann.*

Ich schob die Decke zurück, kletterte aus dem Bett und hörte Flick zu, wie sie mir die Einzelheiten ihrer Nachrichten mit Jude erzählte, die sie hin und her schickten. Offenbar hatten sie sich auf der Party heimlich geküsst und wenn ich es nicht besser wüsste, klang es, als wäre meine beste Freundin verknallt.

Im Badezimmer lauschte ich auf irgendein Lebenszeichen aus Jasons Zimmer. Als es keins gab, schlich ich hinaus in den Flur und die Treppe hinunter. Ich liebte den Sonntagmorgen. Kent und Mom verließen das Haus immer früh, um mit unseren Nachbarn Pärchengolf zu spielen. Wenn Jason da war, tauchte er selten vor zehn auf und dann ging er meist direkt zu Asher rüber. Ich erreichte die unterste Stufe, hörte leise Stimmen aus der Küche und blieb stehen. Die Hand um mein Handy gelegt flüsterte ich „Flick, ich muss auflegen."

„Auflegen? Aber ich wollte dir gerade sagen …"

„Ich glaube, Jason und die Jungs sind hier. Ich rufe dich später an."

„Oh, okay."

Wir verabschiedeten uns kurz und legten auf. Ich schlich auf Zehenspitzen den Flur entlang. Jason redete mit Asher, aber ich konnte sonst niemanden hören. Ich schlich mich weiter und versuchte zu lauschen.

„Er könnte sie gegen dich benutzen", sagte Asher, und ich hörte Jason lachen.

„Als ob mich irgendetwas, was er ihr antun könnte, stören würde."

„Kumpel, du magst sie vielleicht hassen, aber sie gehört immer noch zur Familie. Wenn dein Vater oder ihre Mutter es rausfinden ..." Ashers Stimme verstummte, und mein Rücken versteifte sich. Es dämmerte mir. Sie sprachen von letzter Nacht.

Über mich.

Unüberlegt stürmte ich in die Küche und mein Blick fiel sofort auf Jason und Asher. Und Cameron, der an der Frühstückstheke saß. Jason stöhnte und wischte sich mit der Hand über das Gesicht, während Cameron sich verspannte. Ich ignorierte ihn, um mich auf meinen Stiefbruder zu konzentrieren, und sagte „Warum sollten sie mich gegen dich benutzen?"

„Hailee ..." Es war eine Warnung, seine Stimme tief und kalt. Aber scheiß drauf. Sie spielten genug mit meinem Leben, ich wollte nicht auch noch in ihre Rivalität mit Rixon East hineingezogen werden.

„Fick dich", zischte ich, Frustration und Wut kamen in mir hoch. „Ich habe dich nicht darum gebeten, gestern Abend auf dieser Party aufzutauchen und alles zu ruinieren." Aus dem Augenwinkel bemerkte ich, wie sich Camerons Gesichtsausdruck verhärtete und seine Finger sich um die Kante der Theke krümmten.

Und dann merkte ich, dass ich nur mein dünnes Tank-Top und meinen kurzen Schlafanzug anhatte.

Großartig.

Einfach großartig.

„Du hättest gar nicht erst dort sein sollen. Scheiße, Hailee, das ist Rixon East. Diese Wichser ..."

„Denkst du, das interessiert mich? Für welches Team sie spielen? Dass ich da bin, hat nichts mit dir zu tun."

„Komm schon, *Hails*, du erwartest von uns, dass wir es glauben?" Asher schluckte den Rest hinunter, als ich ihn mit einem harten Blick bedachte.

Ich warf die Hände hoch, bitteres Lachen sprudelte aus mir heraus. „Ihr seht doch nicht mehr klar, niemand von euch." Mit aufgerissenen Augen fixierte ich sie. „Wenn ihr es unbedingt wissen müsst, Flick und ich sind zu dieser Party gegangen, weil ihr verdammt noch mal dafür gesorgt habt, dass wir hier zu keiner Party eingeladen werden. Wir wussten nicht einmal, dass es eine Eagles-Sache war, bis Toby sagte ..."

„Toby, wer zum Teufel ist Toby?" meldete sich Cameron schließlich zu Wort und mein Blick glitt zu ihm.

„Willst du wirklich dasitzen und so tun, als würde es dich interessieren?" Ich schleuderte ihm die Worte geradezu entgegen. In wahrer Arschloch-Manier blieb er äußerlich unberührt, meine Worte prallten an seinem undurchdringlichen Gesichtsausdruck ab.

Stille breitete sich zwischen uns aus, die Luft wurde immer dicker. Mit einem verärgerten Seufzer schaute ich wieder zu Jason. „Warum kümmert es dich so sehr, dass Lewis Thatcher weiß, wer ich bin? Es hat doch noch nie eine Rolle gespielt."

„Weil sie mir durch dich schaden könnten."

Ich lachte höhnisch. Er redete offensichtlich wirres Zeug. Ich war *nichts* für ihn, ein Niemand. Also war der Gedanke, jemand würde mir wehtun, um an Jason heranzukommen, dass Dümmste, was ich je gehört hatte.

„Wenn das der Fall ist", sagte ich, „dann bin ich überrascht, dass du mich nicht freiwillig ausgeliefert hast." Ich sah ihm in die Augen und forderte ihn auf, mir das Gegenteil zu beweisen.

Jasons Kinn versteifte sich und er knallte mit seiner

Faust auf den Tresen, immer und immer wieder. Als würde er die Muskeln in seiner Hand genauso bearbeiten wie das Problem in seinem Kopf.

„Vertrau mir, kleine Schwester“, zischte er. „Du willst nicht in diese Sache hineingezogen werden.“

„Willst du mich verarschen? Ich habe nicht darum gebeten, in irgendetwas hineingezogen zu werden.“ Meine Stimme war schrill. Ich war so was von fertig mit seinem Scheiß. „Ich gehöre dir nicht, Jason. Alle anderen mögen dich für den verlorenen Sohn des Footballs halten, aber: Mir.Bist.Du. Scheiß. Egal.“ Ich kochte vor Wut.

Jason stand auf. „Scheiß auf diesen Mist“, sagte er und stürmte aus dem Zimmer.

„Na, das lief ja gut.“ Asher lächelte mich schief an und ich verdrehte die Augen. Aber er war noch nicht fertig. „Weißt du, er hat recht. Du denkst, wir machen dir das Leben zur Hölle, aber wenn du bei Thatcher und Jase zwischen die Fronten gerätst, könnte es sehr unschön werden.“

„Was hat er getan, dass Thatcher mich benutzen wollen würde, um sich an ihm zu rächen?“

Asher wollte antworten, Cameron fiel ihm ins Wort. „Ash, tu's nicht“, und schüttelte den Kopf.

Mein Blick schnellte zu ihm hinüber. „Wirklich, du willst mich im Ungewissen lassen?“

„Es ist zu deinem eigenen Besten.“

„Oh bitte, als ob *irgendetwas*, das du tust, mir zuliebe wäre.“

„Uuuund, ich bin raus.“ Asher stand auf und sagte im Gehen. „Tu nichts, was ich nicht auch tun würde, Bruder. Obwohl, sie sieht ja schon heiß aus.“ Er sah mich von oben bis unten an, was mir einen unangenehmen Schauer über den Rücken jagte. „Ich würde es dir also nicht verdenken, wenn du es tust.“

„Schwein."

„Hexe." Er verschwand im Flur und ließ mich mit Cameron allein.

Der allerletzte Ort, an dem ich sein wollte.

16

Cameron

„ER IST EIN EKELHAFTES SCHWEIN“, sagte Hailee, nachdem sich die Tür hinter Asher geschlossen hatte.

„Er will dich nur ärgern.“

„Er hat mich eine Hexe genannt.“ Sie warf mir einen spitzen Blick zu, als wolle sie, dass ich widerspreche.

„Ja, aber er hat es nicht so gemeint.“ Asher war kompliziert. Er spielte den verwöhnten Football-Gott besser als die meisten von uns. Ich kannte ihn besser. Und Asher, der Rixon High Football-Gott, war nicht die Person, die ich ohne Maske kannte.

„Ist mir egal.“ Hailee verschränkte die Arme über der Brust und lenkte die Aufmerksamkeit auf ihre weichen Rundungen.

Natürlich musste sie in die Küche stürmen, mit nichts als einem dünnen Schlafanzug bekleidet, ihr seidiges Haar hing ihr vorn über die Schultern wie ein riesiger verdammter Pfeil, der rief „Seht euch meine Titten an“.

Ich zwang mich, wegzusehen, und befahl meinem Schwanz stumm, sich zurückzuhalten. „Bist du okay?“, sagte ich und durchbrach die ohrenbetäubende Stille. Hailees Augen verengten sich, ehe sie zu mir schaute, ihr Ausdruck war mörderisch.

„Ich kann das nicht glauben“, murmelte sie. „Ich bin zu dieser Party gegangen, um diesem ganzen Mist zu entkommen, und jetzt stecke ich dank dieses Arschlochs von Bruder mitten in irgendeiner dummen Football-Rivalität. Also, sag mir, Cameron, wie zum Teufel soll es mir gehen?“

„Wenn es ein Trost ist, ich habe ihnen gesagt, dass sie nichts Unüberlegtes tun sollen.“

„Oh wow, hast du das? Schau, wie gut das geklappt hat.“ Sie grinste. „Gott, ich hätte jetzt wirklich Lust, irgendwas zu malen.“

Stille hüllte uns ein, die Atmosphäre war giftig. Hailee hatte allen Grund, stinksauer zu sein. Verdammt, ich war auch sauer. Ich hatte ihnen gesagt, sie sollten nichts Dummes tun, sie gewarnt, sich von Rixon East fernzuhalten. Ich hätte wissen müssen, dass sie nicht hören würden. Jason machte, was er wollte, wann er wollte, ohne Rücksicht auf Konsequenzen. Aber er musste sich noch nie um jemand anderen als sich selbst und das Team kümmern. Hailees Anwesenheit änderte die Dinge. Und ob er es zugeben würde oder nicht, es machte Jase verwundbar.

„Ich muss los.“ Sie machte Anstalten, aus der Küche zu gehen, aber ich richtete mich von der Theke auf.

„Wir sollten ...“

„Was, Cameron?“ Hailees Blick war so verächtlich, dass ich mich unter ihrem Blick ganz klein fühlte. „Was sollen wir tun? So tun, als ob wir uns tatsächlich ausstehen könnten? Noch eine Runde verbal Schach spielen? Oder willst du mir wieder eine Tüte über den Kopf stülpen und ein weiteres T-Shirt ruinieren?"

Ich hörte ihre Worte, spürte das Gift darin, aber ich war zu sehr von ihren Lippen abgelenkt, um sie wirklich zu wahrzunehmen. Zu sehr konzentrierte ich mich auf die Art, wie sich ihr Mund bei jeder Silbe bewegte.

„Oh mein Gott", kreischte sie. „Du tust es schon wieder. Du starrst total auf meine ..."

Ich verringerte den Abstand zwischen uns, drängte sie gegen die Wand und nahm eine Strähne ihres Haares. Es war ein gewagter Zug, angesichts des hasserfüllten Blicks und der Tatsache, dass ihr Stiefbruder sich im gleichen Haus befand. Aber es war verdammt noch mal unwiderstehlich, sie einfach zu packen und meinen Mund auf ihren zu pressen.

„Hörst du jemals auf zu reden?", fragte ich.

„Hast du je in Betracht gezogen, dir professionelle Hilfe zu holen?" Sie schaute von mir weg, die Arme vor der Brust verschränkt, während sie ein Grinsen unterdrückte.

„Oh, Sonnenschein, das Einzige, was mich verrückt macht, bist du."

„Das ist kein Spiel, Cameron. Das mit uns, das ist keine Anziehung, die du fühlst, es ist Hass. Ich. Hasse. Dich."

Ich beugte mich vor und fuhr mit meiner Nase an ihrem Kinn entlang, sicher, dass ich spürte, wie ihr Körper zitterte und ihr Atem stockte. „Rede dir das nur weiter ein, Sonnenschein."

Ihre Hände drückten gegen meine Brust und sie zu blickte zu mir hoch, aber sie machte mir nichts vor. Hailee war sauer, ja, aber sie war auch erregt. Ihre Pupillen waren geweitet, ihre Haut warm und gerötet. Und ich wollte nichts mehr, als herauszufinden, auf welche Weise ich sie noch zum Erröten bringen konnte.

Aber sie stieß hervor: „Ich werde das nicht noch einmal mit dir machen. Ich werde nicht dieses Mädchen sein." Mit einem kleinen Schubs duckte sich Hailee unter meinem Arm hindurch und ging Richtung Küchentür. „Halt dich fern von mir, Cameron."

Aber als sie ging und mich dort stehen ließ, wusste ich, dass ich bis zum Hals drin steckte.

Denn die Regeln hatten sich geändert und ich wusste, dass ich mich nicht von ihr fernhalten konnte.

Selbst, wenn ich es wollte.

NACHDEM ICH MIR fünf Minuten Zeit gegeben hatte, mich zu beruhigen, fand ich Jase draußen, wo er ein paar Bälle warf. Er sah übel aus, ein tiefer lila Bluterguss um ein Auge und ein schmerzhaft aussehender Schnitt auf seiner Lippe. Wut strahlte von ihm aus, wie ein Warnschild, das sagte: „Bleib verdammt nochmal weg", aber ich war nicht irgendwer. Und wir mussten darüber reden.

„Ich hätte auf dich hören sollen", stieß er hervor, hob den Ball und ließ ihn durch den Reifen fliegen.

Die Arme vor der Brust verschränkt zuckte ich mit den Schultern. „Ich habe dir gesagt, dass es eine dumme Idee ist, aber du konntest ja nicht wissen, dass sie da sein würde."

„Sie hätte nicht dort sein *sollen*, dumme ..."

„Du weißt, dass sie nicht da war, um dir Ärger zu machen."

„War sie das nicht?" Er warf mir einen harten Blick zu. „Wie kann ich sicher sein, dass das nicht alles Teil ihres Plans war, um sich an mir für deinen kleinen Streich bei der Pep-Rallye zu rächen?" Seine Brauen hoben sich. So war Jason, misstrauisch gegenüber allem und jedem. Ich schätze, das gehörte dazu. Je höher man aufstieg, desto weniger konnte man den Leuten um einen herum vertrauen. Jeder wollte ein Stück der späteren Legende.

„Hailee steht vielleicht fast so sehr wie du auf deine Spielchen, aber sie ist nicht du. Außerdem hasst sie das Rampenlicht. Kannst du dir wirklich vorstellen, dass sie auf eine Party in Rixon East geht und sich als Jason Fords Stiefschwester ankündigt?"

Er dachte über meine Worte nach, den Blick fest auf den Boden gerichtet. „Sie hat es mir verdammt schwer gemacht. Mein Vater weiß, dass wir uns nicht ausstehen können, aber wenn er herausfindet, dass ich ... Scheiße." Er ließ die Schultern sinken und ballte seine Fäuste. „Ich habe keine Ahnung, was ich tun soll."

„East weiß jetzt, dass sie zur Familie gehört, also fang an, sie so zu behandeln. Die Rivalitätswoche ist übernächste Woche. Wenn sie irgendetwas versuchen werden, kannst du deinen Arsch verwetten, dass es etwas mit Hailee sein wird."

Jase raufte sich die Haare. „Darauf wird sie sich nie einlassen. Und ehrlich gesagt, bin ich mir nicht sicher, ob ich das kann. Ich kann sie nicht leiden." Er blickte zu mir auf. „Ich werde sie nie mögen."

„Du musst sie nicht mögen." Ich erstickte fast an den Worten. „Aber sie steckt jetzt mit drin, ob es dir gefällt oder nicht."

Sein grimmiger Gesichtsausdruck sagte mir, dass er wusste, dass ich recht hatte. „Sie wird es uns nicht leicht machen", murmelte er frustriert.

„Das muss sie nicht. Ein Semester, wir müssen nur ein Semester überstehen und dann ist die Saison vorbei."

„Ein Semester", wiederholte er, als ob es dadurch klarer würde. „Ich schwöre bei Gott, Mann, wenn sie mir irgendwas vermasselt."

„Das wird sie nicht." Falls Hailee wusste, was gut für

sie war, würde sie den Kopf einziehen und den Ball flach halten, und die Sache mit Thatcher würde sich von selbst erledigen. Und wenn nicht, na ja, darüber wollte ich im Moment nicht nachdenken.

„Scheiße." Jase ließ den Ball fliegen und er traf die äußere Felge des Reifens. Jason warf *nie* daneben.

Er hatte noch nie verfehlt.

Ich sah meinem besten Freund in die Augen und sagte: „Du musst einen klaren Kopf behalten, okay?"

„Ja", murmelte er. „Ich habe nur ..."

„Ich weiß."

Football, dieses Leben war alles, was er kannte. Die Luft, die er atmete.

Und für jemanden wie Jason war es keine Option, auch nur ein Quäntchen Kontrolle zu verlieren.

DER MONTAGMORGEN im Kraftraum war für den Arsch. Der Coach wollte nicht, dass wir nach dem überwältigenden Sieg über Marshall Prep übermütig werden, und ließ uns extra hart arbeiten, was bedeutete, dass das Training doppelt so anstrengend war. Jason und Asher mussten einiges wegen ihres Aussehens einstecken. Die Prügelei hatte ihre Spuren hinterlassen. Aber der Coach stellte keine Fragen, er wollte es nicht wissen. Dass sie fit genug waren, um zu spielen und Direktor Finnigan aus dem Weg gingen, war alles, was zählte.

Die Stimmung in der Umkleidekabine war ansteckend, jeder war noch mit dem Hochgefühl von Freitagabend erfüllt.

„Ich habe gehört, dass Levinson diese Saison gut aufgestellt ist", sagte Layton, einer der neuen Spieler vom

Junior Varsity Team. „Mein Cousin besucht die Schule, und er meinte ..."

„Levinson kann mich am Arsch lecken", grunzte Asher. „Letzte Saison, waren das nicht sechs Niederlagen?"

„Die Dinge ändern sich, Mann. Ich sage dir, sie haben diesen neuen Trainer, und er hat sie im Sommer wirklich hart rangenommen."

Asher zuckte mit den Schultern. „Das glaube ich, wenn ich es sehe."

„Werde nicht übermütig, Ash", mischte sich Jase ein. „Wir behandeln jedes Spiel, als ob wir das verdammte Meisterschaftsspiel spielen würden, hörst du?"

„Ja, ja, kein Stress, Mann. Wir wissen, wie das läuft."

„Oh Scheiße", rief jemand. „Yo, Quaterback, das solltest du dir ansehen." Es war Grady.

Mein Rücken kribbelte, während Jase durch den Raum zu ihm stakste, über die Schulter des Kerls spähte und seine Augen auf den Bildschirm richtete. „Missgeburt", krächzte er und ballte die Hände zu Fäusten.

„Problem?", fragte ich.

„Zeit, an die Arbeit zu gehen, Ladys", dröhnte der Coach. „Und das ist besser kein Handy, was ich da sehe, Grady. Schaff es mir aus den Augen, Junge und geh sofort aufs Feld. Wenn du in zehn Minuten nicht da bist, kannst du die nächsten zwei Stunden damit verbringen, dich totzulaufen. Hast du mich verstanden?"

„J-ja, Coach, verstanden", murmelte Grady, als Jase zurück zu seinem Spind ging. Er sah wütend aus, die Augen schmal, die Nasenlöcher gebläht.

„Was ist los?", fragte ich, aber er schüttelte den Kopf.

„Nicht jetzt", antwortete Jase. „Wir müssen trainieren."

Meine Neugier war geweckt. Was auch immer er auf Gradys Handy gesehen hatte, wühlte ihn auf. Das bedeutete, es war nichts Gutes. Und ich wusste, dass es nur zwei Dinge gab, die meinem besten Freund so unter die Haut gingen.

Lewis Thatcher.

Und seine Stiefschwester.

17

Hailee

„WIR MÜSSEN reden." Flick wartete vor Englischer Literatur auf mich, ihr Gesichtsausdruck war grimmig.

„Okay ..." Ich hob fragend die Augenbrauen.

„Nicht hier." Sie blickte den Flur auf und ab. „Komm schon." Ihre Hand fasste meine, und wir schlängelten uns durch den Strom der Kids, die aus dem Unterricht kamen und zur nächsten Stunde gingen.

„Flick, warte mal, was ist ..."

„Raider-Verräter." Eine Schulter knallte gegen meine und schubste mich nach hinten.

„Wie bitte?" Ich drehte mich um und starrte auf die sich entfernende Gestalt des Mädchens.

„Okay, wir müssen gehen, *jetzt sofort*." Flick packte wieder meine Hand und fing an zu zerren.

„Felicity Giles, würdest du mir bitte sagen, was zum Teufel los ist?"

„Sie denkt, sie ist zu gut für uns, für die Raiders." Die Worte erreichten mein Ohr und mein Blick landete auf einer Gruppe von Mädchen drüben bei der Tür zur Mädchentoilette. Sie brachen alle in einen Kicheranfall aus, als sie bemerkten, dass ich sie beobachtete.

„Was hast du gesagt?" Ich sträubte mich und starrte ihre Anführerin mit schmalen Augen an, aber Flick ließ nicht locker und zog mich weiter in Richtung Haupteingang.

„Du bist eine Schande", spottete eine andere, bis ich merkte, dass alle mich anschauten.

Jede. Einzelne. Person.

Bis wir den Haupteingang erreichten, wurde ich mit jedem nur möglichen Schimpfwort beschimpft, Hure, Schlampe, Bitch, und einige mehr, die ich noch nie zuvor gehört hatte. Wir traten nach draußen und ich holte tief Luft, meine Brust wurde eng, als ich zu den Türen zurückblickte. „Was zum Teufel geht hier vor?"

Flick kaute auf ihrem Daumennagel, sie schaffte es nicht, mir in die Augen zu schauen. „Flick", drängte ich. „Was ist hier los?"

„Okay, keine Panik ..." Ihr Blick hob sich schließlich. „Thatcher hat etwas auf Snapchat gepostet und die Leute haben es geteilt."

„Hat er das?" Ich hatte nicht einmal Snapchat.

Sie nickte. „Es ist schlimm, Hails, wirklich schlimm."

„Okay." Meine Stimme war flach, mein Magen knurrte. „Schlimmer als bei der Pep-Rallye?"

Ihre Lippen pressten sich zu einer dünnen Linie zusammen.

„Zeig her", sagte ich.

„Hails, ich bin nicht sicher."

„Zeig es her." Ich streckte die Hand aus und wartete darauf, dass sie mir ihr Handy gab. Sie wischte ein paar Mal über den Bildschirm, bevor sie es mir reichte. Ein Schnaufen entglitt meinen Lippen, als mein Blick auf einem Foto von mir landete. Nur, dass ich es gar nicht war.

Es war mein Gesicht, das, ziemlich überzeugend, auf den Körper eines Mädchens gesetzt wurde. Wahrscheinlich Photoshop. Sie trug ein Eagles-Trikot und lutschte aufreizend an einem Eis am Stiel.

„Fords Schwester lutscht Eagles Schwanz." Meine Stimme wurde leiser. „Wo kommt das Foto überhaupt her?" Ich lehnte mich näher heran, um es besser sehen zu können. „Oh Gott, ist das eines der Fotos aus dem Jahrbuch vom letzten Jahr?" Jetzt fiel es mir wieder ein. Ich war im Kunststudio gewesen und Denny Marcus, dem Jahrbuchfotograf, war ein Schnappschuss gelungen, während ich über irgendetwas lachte. „Wie zur Hölle sind die überhaupt daran gekommen?", sagte ich, als ob das hier wirklich das Problem wäre.

„Das spielt keine Rolle. Jetzt denkt jeder, dass du ..."

Ich funkelte sie an. „Nicht hilfreich, Flick."

„Tut mir leid, ich wollte nur ... Scheiße, Hails, was willst du tun?"

„Nichts. Ich werde nichts tun." Wenn ich das Feuer nicht schürte, würden die Flammen erlöschen.

„Wenn Jason herausfindet ..."

„Dann was? Fährt er über den Fluss und verteidigt meine Ehre? Ich bitte dich." Es kam schmerzvoll heraus. „Er wird sich nicht für diesen Mist interessieren. Wir sollten wieder reingehen." Ich drehte meinen Kopf zu den Türen.

„Ernsthaft? Ich dachte, wir würden wenigstens den Rest des Unterrichts ausfallen lassen."

„Es ist nur ein Foto. Ich werde mich nicht wegen eines Fotos verstecken." Obwohl ich wie eine Werbung für einen billigen Pornofilm aussah.

„Okay, wenn du das sagst." Flick lief hinter mir her und wir gingen ins Schulgebäude zurück. „Welches Fach hast du jetzt?", fragte sie.

„Mathe."

„Asher ist mit dir im Kurs, nicht wahr?"

Ich runzelte die Stirn, unsicher, worauf sie hinauswollte. „Wenn er sich dazu aufraffen sollte, aufzutauchen, ja. Warum?"

Sie warf mir einen mitfühlenden Blick zu und sagte: „Ich habe das Gefühl, dass es erst schlimmer wird, bevor es besser wird."

FLICK HATTE NICHT UNRECHT. In Mathe erhielt ich vier Hassbriefe, wurde mit zahlreichen Papierkugeln beworfen und einige von Khloe Stemsons Freundinnen verbrachten die gesamte Stunde damit, gegen meine Stuhllehne zu treten.

Wie erwartet, war Asher nicht da, aber ich hatte das Team durch das Fenster auf dem Sportplatz trainieren gesehen.

„Wie war's?" Flick packte mich am Arm, als ich die Klasse verließ, und hielt mich dicht bei sich, während wir gegen das Gedränge ankämpften.

„Macht Mathe jemals Spaß?" Ich schenkte ihr mein bestes Lächeln, und sie erwiderte es mit einem spitzen Blick.

„Okay", räumte ich ein. „Es war schlimm. Für den Spielabend erwarte ich, dass ich gezwungen werde ein Schaumadler-Kostüm zu tragen, und auf das Spielfeld geworfen werde, um eine öffentliche Tracht Prügel von Vinnie dem Wikinger zu erhalten."

Flick unterdrückte ein Glucksen. „Tut mir leid. Ich weiß, es ist nicht lustig, aber das beschwört alle möglichen verrückten Bilder herauf."

„Ach, danke." Ich presste die Lippen zusammen und

verdrehte die Augen, als wir den Flur entlanggingen. Wenn ich mich richtig konzentrierte, konnte ich die Beleidigungen fast ausblenden.

Fast.

„Weißt du, was mich wirklich ankotzt?“, sagte ich, kurz bevor wir unsere Spinde erreichten. „Als Cameron mich gedemütigt hat, hat sich niemand für mich eingesetzt. Aber jetzt denken alle, ich hätte mich mit dem Feind herumgetrieben, und jeder ist auf einer persönlichen Mission, *sie* zu verteidigen. Es ist erbärmlich.“

„Es ist Football“, schoss meine beste Freundin zurück.

Ich tauschte einige Bücher aus und schloss den Spind. Jetzt war Geschichte dran, der einzige Kurs, den ich mit Cameron zusammen hatte. Falls er auftauchte.

„Okay“, verkündete ich vor dem Klassenraum. „Wünsch mir Glück.“

Flick legte ihre Hände auf meine Schulter. „Du schaffst das. Und wenn dich jemand anmacht, sag ihm, dass du die Raiders reitest und den Schwanz der Eagles lutschst. Verdammt, Mädchen, das sind die Ziele einer Cheerleaderschlampe .“ Sie zwinkerte mir zu, bevor sie mich umdrehte und in den Raum schob.

Alle schauten zu mir. Ich ging nach hinten in die Klasse. Ein Platz in der letzten Reihe schien mir die sicherste Lösung zu sein.

„Eagles Hure“, flüsterte jemand, als ich an ihm vorbeiging. Aber ich reagierte nicht. Ich ließ weder den Kopf hängen noch wich ich den Blicken aus.

Ich würde ihnen nicht die Genugtuung geben, mich betroffen zu sehen.

Aber mein Schweigen heizte sie nur an, und die leisen Beleidigungen begannen wie eine ansteigende Welle durch den Raum zu plätschern, bis der Lehrer, Mr. Henson, schließlich eingriff.

„Tut mir leid, dass ich zu spät bin, Sir." Cameron platzte in die Klasse und ich ließ meinen Kopf mit einem gedämpften Stöhnen auf den Tisch fallen. Ich konnte fünfundfünfzig Minuten überleben, in denen ich hörte, dass ich eine verräterische Schlampe war, aber ich konnte nicht damit umgehen, es vor ihm zu hören.

Sein Blick suchte meinen und er kam langsam auf mich zu.

„Mr. Chase." Mr. Henson klang genervt. „Ich möchte, dass Sie Ihren üblichen ..."

„Planänderung, Sir." Er sah den Lehrer nicht einmal an. „Ich brauche einen Platz hier hinten. Jones", sprach Cameron den Schüler neben mir an. „Beweg dich."

Leises Murmeln umgab ihn, als er den Schreibtisch neben mir erreichte. Der Typ, der dort bereits saß, stolperte fast über sich selbst, so schnell wollte er Platz schaffen.

„Also, wenn alle auf ihren Plätzen sitzen", unterbrach Mr. Henson Cameron mit einem strengen Blick, „können wir anfangen."

Zehn Minuten nach Beginn der Stunde klopfte Cameron mit seinem Stift gegen die Kante meines Schreibtisches. „Was?", murmelte ich, unsere leisen Stimmen wurden von der Diskussion zwischen dem Lehrer und ein paar Mitschülern vor mir übertönt.

„Bist du okay?"

„Was denkst du?", flüsterte ich und richtete den Blick wieder nach vorne.

Ich ignorierte Cameron für den Rest der Stunde. Endlich klingelte es und alle fingen an, ihre Sachen zusammenzupacken. Da landete ein Papierprojektil auf meinem Schreibtisch. Ich öffnete es beiläufig und hielt die Hand über die Seite, um zu vermeiden, dass Cameron mir beim Lesen zusah. Jemand kicherte, ich knüllte den abscheulichen Zettel zusammen und stürmte aus dem Raum.

Ich hatte es kaum aus der Tür geschafft, da hörte ich Cameron. „Wer zum Teufel hat das geschrieben?" Die Schärfe von Camerons Stimme hallte in mir nach und ließ mich zusammenzucken, aber ich blickte nicht zurück.

Ich konnte es nicht.

„Hailee, warte", rief er, doch ich drängte mich, so schnell ich konnte, durch die Menge.

Ich dachte, ich könnte damit umgehen. Ich dachte, es wäre egal, was die Leute über mich sagen, die Lügen, die sie erzählen. Aber anscheinend hatte sogar ich eine Grenze. Und diese Grenze war ein detaillierter Bericht darüber, was jemand dachte, dass eine verräterische Hure wie ich verdient hätte.

Verräterische Hure.

Jeder, der mich kannte, der mich wirklich kannte, wusste, dass ich mich nicht mit irgendwelchen Typen verabredete, geschweige denn mit ihnen rummachte.

Tränen brannten mir in den Augen, als ich durch den Haupteingang an die frische Luft stürmte. Aber ich würde nicht weinen. Nicht wegen eines Haufens von Kids, die mich während meiner gesamten Highschool-Zeit nur allzu gerne ignoriert hatten. Außerdem war es Wut, nicht Schmerz, was ich fühlte.

„Hailee, würdest du bitte warten."

„Hau ab, Cameron." Ich winkte ab und lief zum Parkplatz. Dabei ignorierte ich die Tatsache, dass er mich bei meinem Namen genannt hatte und nicht bei diesem dummen Spitznamen, den er sonst so liebte.

„Hey." Seine Hand legte sich auf meine Schulter.

„Was willst du von mir?" Ich wirbelte herum.

„Ich ..." Seine Antwort erstarb, er trat zurück und

brachte etwas Abstand zwischen uns. Er strich sich mit einer Hand über sein kurzes Haar.

„Lass mich in Ruhe, okay?"

Cameron rührte sich nicht. Er tat nichts. Er stand einfach nur da und beobachtete mich, sein Ausdruck war dunkel, sein Blick so intensiv, dass ich mich nackt fühlte. Ich wollte weggehen, aber blitzschnell umklammerte seine Hand mein Handgelenk. „Geht das schon den ganzen Morgen so?"

„Was kümmert dich das?"

Etwas blitzte in seinen Augen auf, aber er gab mir keine Antwort, und ich stieß einen schweren Seufzer aus. „Weißt du", sagte ich. „Alles, was ich wollte, war, das letzte Schuljahr zu überstehen. Ich wusste, dass sich mit Jason nichts ändern würde, wusste, dass er weiter davon besessen sein würde, seine dummen Spiele zu spielen. Aber damit hatte ich kein Problem. Es war eine Sache zwischen uns. Ich konnte immer im Hintergrund bleiben ..."

„Ich werde es geradebiegen", sagte er kryptisch.

„Es geradebiegen?" Meine Stimme war ungläubig. „Du weißt schon, dass es deine Schuld ist, dass ich in dieser Situation bin, oder?"

„Wenn du nicht zu dieser Party ..."

„Du willst mich doch wohl verarschen? Was ist nur los mit dir? Ich bin siebzehn, Cameron. Ich sollte auf Partys gehen, Jungs kennenlernen und mich betrinken. Aber warte, das kann ich nicht, weil du und mein Arschloch-Bruder das verdammt nochmal sichergestellt haben."

Ein paar Kids liefen an uns vorbei, ihre Augen geweitet vor Neugierde. Cameron packte mich am Arm und zog mich zu seinem Truck, bis wir zwischen seinem und dem danebenstehenden Fahrzeug verschwunden waren. „Ich weiß, wir machen dir das Leben schwer, aber es ist besser so."

„Besser?" Ich sog scharf den Atem ein. „Für wen? Für dich? Jason?" Wut vibrierte in meiner Brust, als ich ihn anblitzte.

„Ich ...", hauchte er aus. „Hör zu", Cameron legte seine Hände zu beiden Seiten meines Kopfes auf den Wagen, fixierte mich. „Ich habe das, was ich auf der Pep-Rallye gemacht habe, nur getan, weil Jason bereit war, dich zu zerstören."

„Du hast mich also gerettet? Bitte." Bitteres Lachen stieg in meiner Kehle auf. „Du hast getan, was du getan hast, weil du genau wie er bist. Er sagt, was läuft, und du kommst angerannt wie ein braver kleiner ..."

„Pass auf, Sonnenschein." Er sprach leise, seine Stimme war rau. Als wäre das alles nur ein Spiel für ihn. Aber es war kein Spiel, es war mein Leben. Und es war dabei, auseinanderzufallen, nur ihretwegen und ihrer dummen Rivalität mit Rixon East.

„Sonst noch was?" Mein Rücken drückte weiter gegen die Seite seines Trucks.

„Willst du wirklich die Antwort auf diese Frage wissen?" Camerons Augenbraue hob sich, eine stumme Aufforderung.

Das fühlte sich anders an. Ich war wütend, ja, aber ich konnte nicht leugnen, dass da noch etwas anderes unter meiner Haut brodelte. Etwas Unbekanntes. Eine tiefe Sehnsucht, die ich zu bekämpfen versuchte, mich verzweifelt bemühte, sie zu ignorieren, jedes Mal, wenn Cameron Chase in meiner Nähe war.

„Was ist los, Sonnenschein?" Er beugte sich vor und sein Gesicht näherte sich meinem. „Hat es dir die Sprache verschlagen?"

„Warum?" Das Wort kam mir über die Lippen. „Warum tust du mir das an?"

„Was denkst du, was ich tue?"

Ich schluckte, als seine Augen zu meinem Mund wanderten, so wie sie es im Hausmeisterraum und am Morgen in meiner Küche getan hatten. „Mit mir so zu spielen“, kam es als Flüstern heraus.

„Was, wenn ich dir sage, dass das kein Spiel ist?“

Kein Spiel?

Was hat das zu bedeuten?

„Ich ... ich verstehe nicht.“

Cameron rückte näher, seine Beine streiften meine. Meine Hände flogen nach oben und landeten auf seiner Brust, verzweifelt darauf bedacht, ihn dort zu halten. Aber in dem Moment, in dem ich ihn berührte, schloss er die Augen und ein gieriges Knurren grollte in seiner Brust. Er schluckte und schüttelte den Kopf. Als er meinem Blick wieder begegnete, war seine Iris dunkel geworden.

„Cameron?“

„Gib mir nur eine Minute ...“ Ein Moment verging, und noch einer, Energie knisterte zwischen uns wie ein elektrischer Sturm.

Ich musste gehen. Ich wollte ihn wegstoßen und mich bewegen. Aber ich war wie angewurzelt, verloren in seinen graublauen Augen und all den Dingen, die er nicht sagte. Mein Herz galoppierte in der Brust, der Verstand voll mit verwirrenden Gedanken. Cameron war nicht der nette Junge, das wusste ich. Dennoch konnte ich den Bann, den er über mich gelegt zu haben schien, nicht abschütteln.

Und ich war mir nicht sicher, ob ich es überhaupt wollte.

Was zum Teufel ist los mit mir?

„Cameron“, sagte ich schließlich, um die Spannung zu brechen. „Ich sollte gehen.“

„Du kannst nicht gehen“, antwortete er, seine Stimme kaum hörbar.

„Cameron, ich werde das nicht tun." Worauf *auch immer* das hier hinauslief. „Ich werde nicht ..."

Eine seiner Hände glitt an meinem Schlüsselbein entlang, fuhr den Hals hinauf, sein Daumen streichelte sanft über meine Haut. Ich unterdrückte ein Stöhnen. „Du kannst mich hassen, Hailee. Ich verdiene es, das weiß ich. Aber beleidige mich nicht, indem du so tust, als würdest du das nicht fühlen." Er ließ seinen Kopf auf meinen sinken und atmete tief ein. „Sag mir, dass du es fühlst."

Ich spürte tatsächlich etwas, das sich gegen meinen Oberschenkel drückte.

Ich schluckte schwer und versuchte, zu verarbeiten, was passiert war. Warum mein Herz völlig außer Kontrolle war. Wieso meine Haut kribbelte und mein Blut kochte.

„Du spürst es", flüsterte er wieder, sein warmer Minz-Atem hauchte mir über das Gesicht. „Ich weiß, dass du es tust." Wenn ich das Kinn ein wenig anhob, würden sich unsere Lippen berühren. Wir würden uns küssen. Aber das wollte ich nicht.

Nicht?

„Ich ..." Ich sollte ihm sagen, dass ich es nicht spürte, dass ich keine Ahnung hatte, wovon er sprach. Doch ich fühlte es. Ich fühlte es so sehr. Aber das durfte er nicht wissen. Ich würde es nicht tun.

Stattdessen kam mir „Ich hasse dich" über die Lippen.

Bevor ich die Worte zurücknehmen konnte, umfasste Camerons andere Hand meinen Nacken und er legte seinen Mund auf meinen, seine Zunge teilte sanft meine Lippen und glitt hinein. Er küsste mich langsam und leidenschaftlich, auf dem Schulparkplatz an seinen Truck gelehnt.

Und alles, woran ich denken konnte, war, dass Cameron Chase mich küsste ...

Cameron Chase küsst mich ...

Küsst mich.

Hitze durchflutete meinen Magen und ich presste die Schenkel zusammen, als er mich fester gegen seinen Truck drängte und mich tiefer und härter küsste. Unsere Zungen duellierten sich, kämpften um die Vorherrschaft. Aber er gewann, und ich wurde unter seinen Berührungen sanfter. Die Art, wie er mir in die Lippe biss, mit seinem Mund über mein Kinn und meinen Hals fuhr, saugte und knabberte.

„Cameron." Es sollte eine Warnung sein, ein Signal für ihn, einen Gang zurückzuschalten. Eine Erinnerung daran, wo wir waren und was wir taten.

Eine Erinnerung für mich selbst, mich zusammenzureißen.

Aber die Lust war überwältigend und ich stöhnte leise.

„Fuck, du schmeckst gut", murmelte er, seine Lippen und Hände erkundeten meine Haut, meinen Körper, als könnte er nicht genug von mir bekommen. Was keinen Sinn machte, weil wir uns hassten.

Ich hasste ihn.

„Stopp." Ich löste mich von ihm, und er stöhnte und ließ sein Gesicht in meine Halsbeuge sinken. „Was zum Teufel machen wir hier?" Meine Stimme zitterte, während ich versuchte, die Kontrolle über mich und meine dummen, wankelmütigen Gefühle wiederzuerlangen.

„Cameron", sagte ich und stieß meine Finger in seine Rippen, weil er sich nicht bewegte. „Lass mich verdammt noch mal in Ruhe."

Er trat zurück, seine Lippen kräuselten sich zu einem verstörend sexy Lächeln. „Du machst es mir nicht leicht, Sonnenschein."

„Ich schwöre bei Gott, wenn du mich noch einmal so nennst, werde ich ..."

„Wirst du was? Mich küssen?“ Sein Lächeln verwandelte sich in ein süffisantes Grinsen.

„Ich gehe jetzt“, sagte ich grob. „Bitte folge mir nicht.“ *Denn ich könnte dich um Dinge bitten, nach denen es mich nicht verzehren sollte.* Ich schlüpfte zwischen ihm und seinem Wagen hervor und wollte weggehen, aber er erwischte mich am Handgelenk. „Cameron.“ Sein Name verließ meine Lippen mit einem leisen Stöhnen.

„Sag mir nur eins“, sagte er.

„Was?“ Ich stieß einen frustrierten Seufzer aus. Aber es war nicht nur Cameron, weswegen ich frustriert war.

„Fühlt es sich für dich so gut an, mich zu hassen, wie für mich?“

„Tschüss, Cameron.“ Mein Blick fiel auf die Stelle, wo sich seine Finger um mein Handgelenk schlangen, und er ließ mich los.

„Was immer du sagst, Sonnenschein.“ Er musste das letzte Wort haben. Immer. „Denk dran, Hailee.“ So, wie er meinen Namen sagte, machte mein Magen einen kleinen Hopser. „Du kannst weglaufen, aber du kannst dich nicht verstecken.“

18

Cameron

HAILEE EILTE ZURÜCK in die Schule, aber ich lief ihr nicht nach. Ich brauchte etwas Zeit für mich. Das Mädchen ging mir so unter die Haut, dass ich nicht mehr klar denken konnte.

Als ich ihr hierher folgte, hatte ich nicht vor, sie noch einmal zu küssen. Ich wollte nur reden, um herauszufinden, was zum Teufel los war. Aber dann hatte ich sie an die Seite meines Trucks gezogen und die Versuchung war einfach so verdammt groß. Ihr dabei zuzusehen, wie sie mit sich rang, ob sie zugeben sollte, dass sie diese Sache zwischen uns fühlte, war Wahnsinn.

Scheiße.

Sie hatte mir den Kopf verdreht. Sie brachte mich dazu, Dinge zu wollen, die ich nicht haben konnte. Aber es gab im Moment größere Probleme, wie zum Beispiel, dass ihr jemand im Geschichtsunterricht einen Zettel voller schmutziger, ekelhafter Dinge zugesteckt hatte, die mich dazu brachten, etwas oder jemandem wehtun zu wollen.

Nach dem Training hatte Jase mir das Foto gezeigt, das Thatcher seiner Snapchat-Story hinzugefügt hatte, und ich wäre fast durchgedreht. Womit ich allerdings nicht gerechnet hatte, war, wie der Rest der Schüler reagieren würde. So, wie sie hinten in der Klasse saß, wusste ich, dass etwas los war. Hailee versteckte sich nicht. Normalerweise saß sie vorne, eifrig dabei, Fragen zu beantworten und mitzumachen. Aber sie war still, versteckte sich hinter ihrer Brille, ihre Augen waren ausdruckslos, der übliche Funke fehlte. Und in der Sekunde, in der ich beobachtete, wie sie den Zettel las und sah, wie sich ihr Ausdruck verhärtete, wie das Blut aus ihrem Gesicht wich, wusste ich, dass dies nur die Spitze des Eisbergs war.

Ich schluckte alles herunter, ging zurück in die Schule und steuerte geradewegs auf die Cafeteria zu und war überrascht, dass ich Hailee mit Felicity an ihrem üblichen Tisch sitzen sah.

„Dieser Scheiß, den Thatcher gepostet hat, ist überall“, sagte Asher, der neben mir auftauchte und zu den Mädchen hinübernickte. „Was hat sie in Geschichte gesagt?“

„Nicht viel, aber jemand hat ihr einen Zettel zugesteckt und der war übel.“

„Ich hörte eine Gruppe von Jungs auf dem Flur über sie reden, als wäre sie ...“

„Nicht“, stieß ich hervor.

Er schaute mich an. „Was ist los mit dir? Du wirkst angespannt? Vielleicht solltest du Miley anrufen und sie bitten, dir zu helfen, diese ...“

„Im Ernst, Bruder, ich sagte, lass es.“

„Mensch, da hat jemand seine Tage. Oder ist es diese Scheiße mit Jase und Hailee? Das geht vorbei, weißt du?“ Er klopfte mir auf den Rücken. „Thatcher hat wichtigere Dinge zu tun.“

Ich war mir da nicht so sicher.

Auch wenn das Foto von Hailee ganz offensichtlich manipuliert war, sahen alle, was sie sehen wollten, und dank Thatcher war Hailee zum Staatsfeind Nummer eins geworden. Es spielte keine Rolle, dass ich etwas Ähnliches bei der Pep-Rallye gemacht hatte, denn das hatte sie nicht gegen uns aufgebracht. So beschissen es auch war, für die meisten Mädchen in der Schule wäre es ein Ehrenabzeichen gewesen, wegen eines Raiderschwanzes bloßgestellt zu werden. Aber mit dem Feind zu schlafen, selbst wenn es nur ein Gerücht war, war ein Verbrechen, das unsere Fans nicht verzeihen würden.

„Komm schon, ich könnte ein ganzes Pferd essen." Asher gab mir einen Schultercheck und ging vor mir zur Schlange. Aber er wartete nicht, er schlüpfte direkt nach vorne und schenkte der Bedienung ein breites Grinsen. Sie unterhielten sich über das Spiel am Freitag. Ich legte ihm ein Sandwich auf sein Tablett. Er ließ seinen Charme spielen, bis sie ihm wissend zuzwinkerte und uns an ihr vorbeiließ, ohne zu bezahlen.

Wir schlängelten uns durch die Tische auf Jase zu, der bereits an unserem Tisch saß, während Jenna Jarvis praktisch sein Bein fickte. „Was gibt's?", fragte er kalt.

„Wir haben ein Problem", antwortete ich leise und winkte zu Hailee hinüber.

„Sie wird schon klarkommen." Jase schluckte den Rest hinunter und wir beobachteten, wie sich ein Typ ihrem Tisch näherte. Flick funkelte ihn an, als er sich neben Hailee auf die Bank fallen ließ.

„Vielleicht sollten wir …", begann ich, doch Jase unterbrach mich mit einem Kopfschütteln. „Sie kann auf sich selbst aufpassen", sagte er.

Daran zweifelte ich nicht, aber sie war seinetwegen in dieser Situation. Unseretwegen. Und das passte mir nicht.

Der Typ sagte irgendetwas, während er, mit einem süffisanten Grinsen, näher an sie ran rückte. Zu verdammt nah. Er legte seinen Arm um Hailees Taille. Ich wollte mich gerade einmischen, da schlug sie ihn mitten ins Gesicht. Der Typ brüllte vor Lachen und wich zurück, aber ich sah, wie schockiert er war.

Wir alle konnten es sehen.

Asher pfiff durch seine Zähne. „Scheiße, das Mädchen hat Eier aus Stahl."

„Sie wird sie brauchen", brummte Jase, als ob er wusste, und akzeptierte, dass es nur noch schlimmer werden würde.*Das wird nicht passieren.*

„Es ist so traurig", sagte Jenna und zwirbelte ihr Haar um ihre Finger. „Sie hätte eine von uns sein können, aber stattdessen hat sie sich entschieden, Thatcher zu vögeln."

Jase schubste sie von seinem Schoß und sie landete mit einem Knall auf der Bank neben ihm. „Au, Jase, wofür zum Teufel war das?"

„Du langweilst mich." Seine Stimme war kalt. „Verzieh dich."

„Du Mistkerl." Jennas Wangen glühten vor Verlegenheit. Sie winkte ihren Freundinnen zu, ihr zu folgen, und sie schlenderten davon. Sie versuchte, ihre Würde zu bewahren, und ging erhobenen Hauptes davon. Einige der Jungs brüllten vor Lachen, verstummten aber bald, als Jase sie mit einem harten Blick bedachte.

Meine Augen fanden Hailee, noch immer an ihrem Tisch. Sie hatte den Kopf gesenkt und schob ihren Salat auf dem Teller herum. „Wir sollten rübergehen."

„Wurdest du beim Training ein bisschen zu hart getroffen?", schnaubte Jase.

„Ich sage nur, wenn wir nichts tun, um das zu beenden, wird es noch viel schlimmer werden. Bis der falsche Lehrer etwas mitbekommt, und es auf Finnigans Schreibtisch landet. Und das ist Ärger, den wir nicht gebrauchen können."

Mein bester Freund betrachtete mich eine Sekunde lang, dann legte er die Hände mit der Handfläche nach oben auf den Tisch und vergrub sein Gesicht darin. „Scheiß Mädchen", murmelte Jase und stieß sich von der Bank ab. Er stand auf und blickte zu uns zurück, „Dann komm, ich mach den Scheiß nicht allein."

„Oh, zur Hölle ja, ich bin dabei. Vielleicht kann ich Felic ..."

„Sie ist tabu", schnauzte Jase.

„Ist sie das?" Asher zuckte zurück, als hätte er ihn geohrfeigt. „Aber warum? Ich dachte, alle außer Hailee sind Freiwild?"

„Weil ich es sage, Trottel."

Asher hob kapitulierend die Hände, seine Lippen zuckten.

Wir erreichten den Tisch der Mädchen und Hailee und ihre Freundin starrten zu uns hoch. „Ja?", sagte sie kühl. „Können wir euch helfen?"

„Nein, aber ich denke, wir können euch helfen." Jase ließ sich neben Felicity nieder. Ihre Augen weiteten sich, blickten zwischen ihm und Hailee hin und her.

„Was passiert denn jetzt gerade?"

„Ihr braucht uns", sagte er, als ob es so einfach wäre.

„Hmm, nein", witzelte Hailee. „Nein, tun wir nicht."

„Das ist nicht das, was er denkt." Jase schaute hinüber zu dem Kerl, dem sie eine Ohrfeige verpasst hatte, und der uns rüber starrte. Der kleine Scheißer würde sich gleich einpissen, sein Blick huschte zu Boden, als ich ihm direkt in die Augen starrte.

„Pfft", brummte Hailee. „Ich bin gut mit ihm klargekommen."

„Das bist du, Hails", fügte Asher hinzu und rutschte

neben sie. Ich saß auf ihrer anderen Seite und beobachtete sie aus dem Augenwinkel.

„Nenn mich nicht so", sagte sie mit einem abwehrenden Ton in der Stimme. „Wir sind keine Freunde."

„Ich denke schon." Er grinste.

„Wenn ich mich recht erinnere," Hailee starrte ihn an. „wäre das alles nicht passiert, wenn du nicht auf ihrer Party aufgetaucht wärst und dich mit Thatch geprügelt …"

„Geprügelt?", witzelte Asher, während Jase sich zurücklehnte und sie mit finsterer Miene betrachtete. „Nein, Baby, das war keine Schlägerei, das war nur das Aufwärmen."

Hailee grinste, ihr Blick wanderte schnell zu ihrem Stiefbruder. „Das hat Spaß gemacht, echt, aber du kannst jetzt gehen." Sie wedelte abweisend mit der Hand.

„Ja, ich denke, das war eine blöde Idee. Ich bin raus." Jase stand auf und ging, während Asher mir einen „Was sollen wir jetzt tun?" Blick zuwarf. Bevor ich etwas sagen konnte, richtete Hailee einen kalten Blick auf mich und sagte: „Ich weiß nicht, was das soll. Du brauchst nicht zu tun, als wärst du mein Freund. Ich bin die ganze Zeit gut ohne dich zurechtgekommen, ich denke, ich werde das hier überleben."

„Schön", sagte ich und erkannte, dass Jase recht hatte. Vielleicht war es ein verdammt großer Fehler, hierherzukommen. „Wie du willst, Sonnenschein. Ash, lass uns gehen."

„Aber …" Sein Blick huschte zu Felicity. Ich schüttelte den Kopf und er atmete tief durch. „Gut, ich komme mit. Tut nichts, was ich nicht tun würde, meine Damen. Man sieht sich."

Alle sahen zu, wie wir uns von Hailee und ihrer Freundin verabschiedeten. Wenn sie zu stur war, um zuzugeben, dass sie uns brauchte, dann mussten wir das akzeptieren, vorerst.

„Sie ist ein Häufchen Elend", murmelte Asher und öffnete die Tür. „Aber ihre Freundin ist ziemlich still. Das gefällt mir. Das heißt, sie ist wahrscheinlich ein echter Freak im ..."

„Denkst du immer nur mit deinem Schwanz?"

„Football und Muschis." Er zuckte mit den Schultern, ein träges Grinsen im Gesicht. „Was gibt es sonst noch?"

Ich wollte ihm gern sagen, dass er eines Tages ein Mädchen treffen würde, neben der alles andere zur Bedeutungslosigkeit verblasste. Ein Mädchen, das ihm unter die Haut gehen und seine Seele berühren würde. Aber er war nicht bereit, die Worte zu hören. Und ich war nicht bereit, zuzugeben, dass ich wusste, wovon zum Teufel ich sprach. Also legte ich meinen Arm um seine Schulter und sagte: „Komm, Casanova, wir sollten zum Unterricht gehen."

UNSERE KLEINE EINLAGE beim Mittagessen blieb nicht ohne Wirkung und die bösartigen Gerüchte, die sich in den Fluren verbreitet hatten, beruhigten sich ein wenig. Aber es hielt einige Jungs und Mädchen immer noch nicht davon ab, über Hailee zu reden, als wäre sie die größte Schlampe der Stadt.

„Du musst etwas tun", drängte ich Jase, während wir von der letzten Stunde zum Umkleideraum gingen.

„Hab's versucht, und sie hat abgelehnt."

„Also, sprich mit dem Team, um die Gerüchte zu zerstreuen."

Er starrte mich an. „Warum regst du dich darüber so auf? Es war doch nur ein Foto."

„Und du bist damit einverstanden, dass alle denken, dass Hailee es mit den Eagles treibt? Mit Thatcher?“ Ich hob herausfordernd die Augenbrauen. Ich konnte ihm nicht die Wahrheit sagen, dass jedes Mal, wenn ich mitkriegte, wie jemand sie eine Schlampe oder Hure nannte, ich dessen Gesicht zerschlagen wollte. Er würde es nicht verstehen.

„Du musst dem ein Ende setzen, sofort. Bevor Finnigan etwas hört, das ihm Anlass gibt, diesen Groll zwischen uns und East genauer zu betrachten.“

Jase rollte die Schultern zurück, sein harter Blick erwiderte meinen. Aber er antwortete nicht, er schlenderte einfach in die Umkleidekabine. Ich hing hinter ihm her, direkt zu meiner Bank und begann, mich auszuziehen.

„Ja, ich hätte nichts dagegen, wenn sie mir den Schwanz lutscht.“

Mein Blick fiel auf zwei Junioren, die über einem Handy kauerten. „Was ist das?“, fragte ich und zog mir die Hose an.

Derjenige, der das Handy hielt, wurde blass. „Hmm, nichts, es ist nichts.“ Er ließ das Handy in seine Tasche fallen und presste die Lippen aufeinander.

„Nein, im Ernst, was war es? Weil ich weiß, dass es *nicht* das ist, was ich denke“, stieß ich hervor und ging langsam auf sie zu. „Ich bin sicher, dass du nicht so blöd bist, so über die Stiefschwester deines QB zu reden.“

Es wurde still im Raum, aber ich starrte nur den Junior an, der aussah, als würde er sich gleich in die Hose pissen. „Komm schon, Chase“, stotterte er, um ein schwaches Lächeln bemüht, als ob wir alte Freunde wären. „Es ist nicht so ... Ich war nicht ...“

„Also, sag mir, *was* es ist?“ Ich erreichte ihn und riss das Handy aus seiner offenen Tasche. Er war jetzt weiß wie ein

Gespenst. Ich streckte ihm das Teil entgegen und schnauzte: „Entsperre es."

Mit zittrigen Fingern wischte er über das Display und tippte den Pin ein. „Es tut mir leid, Mann, wir haben nur rumgealbert."

Ich sah zwar Hailees Gesicht auf dem Bildschirm, aber meine Augen blieben auf sein Gesicht gerichtet. Ich konnte diese Scheiße nicht ansehen, nicht schon wieder. Nicht, wenn ich vermeiden wollte, einen verdammt großen Fehler zu machen. Ich packte ihn am Kragen und zog kräftig daran, sodass wir uns gegenüberstanden. „Das ist nicht nur ein Team, es ist eine Familie. Wenn du einen von uns respektlos behandelst, behandelst du uns alle respektlos. Du willst Scheiße über die Schwester deines QBs reden?" Mein Atem ging schwer, als ich ihn anstarrte.

„Ich ... es tut mir leid." Sein Gesicht war blass.

„Chase, beruhige dich." Jasons Worte drangen kaum durch meine Wut, aber ich spürte, wie er hinter mir heranrückte. „Chase." Seine Hand landete auf meiner Schulter, und ich zuckte zurück und schubste den Junior an, sodass er rückwärts stolperte.

„Redest du Scheiße über Hailee?", fragte Jase ihn.

„Es war nicht ..."

„Chase hat recht. Das ist ein Team. Mein. Fucking. Team." Seine Stimme war eiskalt. „Verstehst du mich?"

Der Junge nickte und murmelte eine unzusammenhängende Entschuldigung.

„Das gilt auch für den Rest von euch." Jase schwenkte herum und ließ seine Augen über jeden seiner Teamkollegen gleiten. „Möchte sich noch jemand das Maul über Hailee zerreißen?" Alle schwiegen. „Dachte ich mir schon. Hailee ist tabu. Das war immer so. Wenn einer daran erinnert werden muss, habe ich kein Problem damit, das zu arrangieren. Diese Scheiße mit dem Foto, die hört jetzt sofort auf."

Die Augen meines besten Freundes glitten zu meinen. Seine Lippen waren geschürzt, Ärger strömte aus ihm heraus, aber er nickte mir verständnisvoll zu, und ich erwiderte seinen Blick. Jase wollte sich nicht einmischen, doch ich hatte ihm keine Wahl gelassen.

Ich hoffte nur, dass ich das nicht bereuen würde.

19

Hailee

NACHDEM JASON, Asher und Cameron am Montag beim Mittagessen kurz bei uns gesessen hatten, wurde es ruhiger, und am Ende der Woche war das Foto von mir Schnee von gestern. Stattdessen sprach jeder über das erste Auswärtsspiel der Raiders gegen die Levinson Lions.

„Hi, Hailee", sagte ein Mädchen, das ich kaum erkannte, als Flick und ich zum Mittagessen gingen.

„Hmm, hi", antwortete ich mit zusammengezogenen Augenbrauen, bevor ich meine Freundin anschaute. „Okay, was zum Teufel ist jetzt los?"

Sie warf mir einen süffisanten Blick zu, und ich fragte: „Was?"

„Ich glaube, du bist Rixons neues, heißestes Spielzeug und jeder will mit dir spielen."

„Mach dich nicht lächerlich." Ein paar Leute hatten versucht, mit mir zu reden, und ich war sogar gefragt worden, ob ich mir heute Abend das Spiel ansehen würde. Tat ich natürlich nicht. Aber mein Mangel an Schulgeist qualifizierte mich nicht mehr zur Aussätzigen. Und so ungern ich es auch zugeben wollte, Flick hatte recht. Die Leute *waren* plötzlich an mir interessiert.

Mit einem Kichern schlang sie ihren Arm durch meinen und wir betraten die Cafeteria. „Weißt du, sie sind aus einem bestimmten Grund gekommen, um bei dir zu sitzen."

„Ja, aber ..." Ich zögerte. Ich wusste, worauf sie anspielte, nur es ergab keinen Sinn. „Lass mich das klarstellen. Erst werde ich wie eine Aussätzige behandelt, weil Jason eine Art pauschale Hailee-ist-Tabu-Regel aufgestellt hat. Dann werde ich zur Schulschlampe wegen eines gefälschten Fotos, das Lewis Thatcher in Umlauf gebracht hat. Und was bin ich jetzt? Jetzt will plötzlich jeder mein Busenfreund sein, weil Jason und die Jungs bei uns am Tisch gesessen haben? Für ganze fünf Minuten möchte ich hinzufügen."

„Jason und die Jungs?" Flick grinste und sah mich spöttisch an.

„Ach, verpiss dich", brummte ich. „Du weißt, was ich meine." Es war ein einfacher Versprecher gewesen. Nichts weiter.

„Ich sage nicht, dass es einen Sinn ergibt, ich sage nur, dass ich glaube, dass er etwas damit zu tun hat."

„Etwas damit zu tun?", spottete ich. „Er hat seit Montag kaum zwei Worte mit mir gewechselt." Hier und da hatte er gegrunzt, wenn wir uns zu Hause begegneten, und gestern Abend hatte er sich tatsächlich hingesetzt und mit uns gegessen, sehr zur Überraschung aller. Aber ich machte mir keine Illusionen darüber, dass Jason und ich Freunde werden könnten. Dieser Zug war schon vor langer Zeit abgefahren.

Nicht, dass ich das überhaupt wollte.

Das tat ich nicht.

Flick zuckte mit den Schultern und wir reihten uns in die Essensschlange ein. „Aber eventuell hat er hinter den Kulissen etwas angesprochen. Vielleicht hat er den Leuten gesagt, dass sie ein bisschen netter zu dir sein sollen?" Ihre Augenbraue schoss nach oben.

„Du hast meinen Stiefbruder kennengelernt, richtig? Nett sein liegt nicht in seiner emotionalen Kapazität."

„Er ist ein Mistkerl, das bestreite ich nicht." Ihre Lippen schürzten sich, als ob die Worte einen sauren Geschmack in ihrem Mund hinterließen. „Denk doch mal nach. Er hat nie jemand anderen in deine Nähe gelassen. In dem Moment, als Thatcher das Foto schickte, ist er aber für dich eingetreten."

Für mich eingetreten? *So* nannten wir das jetzt?

„Und ich soll bitte was tun?" Ich flüsterte, wohl wissend um die neugierigen Augen und Ohren in unserer unmittelbaren Umgebung. „Soll ich einfach die letzten sechs Jahre verzeihen und Team Jason beitreten?"

Das würde nie passieren. Ich lud mein Mittagessen auf mein Tablett und folgte Flick zum Serviceschalter.

„Ich schätze, es klingt etwas lahm, wenn man es so ausdrückt."

„Denkst du das?", schoss ich zurück, unfähig, den Unglauben aus meiner Stimme zu halten.

„Und wie geht es meinen beiden Lieblingsdamen?" Asher Bennet tauchte aus dem Nichts auf, schlang seine Arme um uns und führte uns zu unserem üblichen Tisch. Ich entzog mich seiner Umarmung und ließ ihn und Flick zusammen gehen, wobei ich ihr einen strengen Blick zuwarf. Sie zuckte mit den Schultern, so als ob es keine große Sache wäre.

Verräter.

„Also." Er setzte sich neben Flick, als würde er jeden Tag mit uns zu Mittag essen. „Ich habe mich gefragt ..."

„Ganz langsam, davon könntest du Kopfschmerzen bekommen.“ Ich grinste und stach mit meiner Gabel in ein Stück Pasta.

„Autsch. So kratzbürstig, Raine. Jedenfalls, wie ich schon sagte.“ Er schenkte meiner besten Freundin seine Aufmerksamkeit und sie saugte sie auf, hing an seinen Lippen und lauschte jedem seiner Worte. Mein Herz sank. „Habt ihr Lust, morgen Abend auf eine Party zu gehen?“

„Nein“, antwortete ich im selben Augenblick, in dem Flick „Ja“ sagte.

Ein Lachen grollte in Ashers Brust. „Ich sehe, wir müssen diese Dame im Auge behalten“, sagte er zu Flick, schaute aber mich an.

„Du kannst jetzt gehen“, schimpfte ich. Es war schon schlimm genug, dass er an unserem Tisch saß. Aber mit Flick zu flirten? Das reichte, um mich zum Kotzen zu bringen, und ich hatte noch nicht einmal einen einzigen Bissen vom Mittagessen genommen.

„Du solltest kommen. Es gibt keine versteckten Absichten, das schwöre ich“, versprach er im Weggehen. Dabei schaute er ein wenig zu lange auf meine Freundin. Sowie er uns nicht mehr hören konnte, kreischte Flick vor Freude. „Eine Party“, rief sie und senkte ihre Stimme, als ich ihr einen irritierten Blick zuwarf. „Eine Party im Haus von Asher Bennet. Ich kann das nicht glauben.“

„Du willst doch nicht wirklich dahingehen?“

„Hails, komm schon.“ Sie stöhnte und verdrehte theatralisch die Augen. „Wir waren noch nie eingeladen. Und es steht auf meiner Liste.“

„Ich glaube, deine Liste bringt mich irgendwann dazu, meine Seele an die dunkle Seite zu verkaufen.“

„Oh, sei nicht so dramatisch. Es ist nur eine Party. Und wer weiß, vielleicht hast du tatsächlich etwas Spaß.“ Sie beugte sich zu mir über den Tisch. „Außerdem wird

Cameron dort sein.“ Sie hob bedeutungsvoll die Augenbrauen.

„Hör bloß auf …“, warnte ich sie. Ich wollte nicht an Cameron denken, nicht hier, nicht jetzt.

Niemals.

Meine Augen hatten jedoch ihren eigenen Willen und schauten sofort hinüber zu dem Tisch, wo er und der Rest des Teams saßen. Sein Kopf hob sich, seine graublauen Augen fixierten mich, aber ich guckte schnell weg und spürte, wie meine Wangen sich erhitzten.

Ungläubig sagte Flick: „Was?“ Sie blickte mich mit unschuldigen Hundeaugen an.

„Spielt keine Rolle.“

Sie neigte den Kopf und musterte mich. „Es ist okay, ihn zu mögen, weißt du?“

„Ich …“ Ich atmete scharf ein. Ich mochte ihn nicht. „Egal. Können wir über etwas anderes reden?“

Ein leichtes Lächeln stahl sich auf ihren Mund. „Heißt das, du kommst mit?“

„Habe ich eine Wahl?“

„Nein“, ihr Lächeln verwandelte sich in ein breites Grinsen. „Nein, hast du nicht.“

ICH WAR entweder ein totaler Fußabtreter oder die beste Freundin, die ein Mädchen haben konnte, ich konnte mich nicht entscheiden, welches. Ich kippte den Rest meines Drinks herunter, zerdrückte den Becher und warf ihn in einen der Mülleimer, die Asher strategisch in dem riesigen Garten platziert hatte. Auch das Haus war verdammt groß.

„Ich glaube, ich bin betrunken“, erklärte ich.

„Wollen wir uns noch einen Drink holen?“ Flick klang selbst nicht allzu nüchtern, während wir uns durch die

Menschenmassen schlängelten. Sie hatten sich alle versammelt, um den Sieg des Teams gegen die Levinson Lion's am Vorabend zu feiern. Laut jedem, der da war, hatten die Raiders ein leichtes Spiel, das sie einen Schritt näher an die Playoffs brachte.

Ich hatte mich nicht einmal gewehrt, als Flick vorhin mit einer Tasche voller Klamotten und einem Lächeln vor der Haustür auftauchte, dass selbst der hartgesottenste Mensch nicht hätte ablehnen können. Bisher war es gar nicht so schlimm. Wir hatten es geschafft, meinem Stiefbruder und seinen Freunden aus dem Weg zu gehen, oder vielleicht gingen sie uns aus dem Weg. Und wir tranken und tanzten und spielten sogar ein oder zwei Runden Bierpong.

Am Anfang war es seltsam, dass die Leute mich anfeuerten.

Mich.

Hailee. Hailee. Hailee.

Aber ich konnte nicht leugnen, selbst in meinem leicht berauschten Zustand, dass es aufregend war. Ich war aufgeregt, denn die Leute riefen meinen Namen. Oh Gott, ich verwandelte mich in Jason. Die Vorstellung ließ mich erschaudern.

„Was hast du gesagt?" Flicks Kopf schnellte zu mir herum.

„Ich habe nichts gesagt."

„Doch, hast du. Du sagtest, du verwandelst dich in Jason."

„Habe ich nicht." Ich streckte ihr die Zunge raus, und sie runzelte die Stirn.

„Ich muss pinkeln. Verdammt, ich muss so dringend pinkeln." Flick schob mich in einen Gartenstuhl und zappelte dabei hin und her, als hätte sie Ameisen in der Hose. „Bleib genau hier, okay? Ich bin gleich wieder da."

Ich winkte ab, die Welt drehte sich. Ich ließ die Beine über eine Armlehne des Stuhls baumeln und meinen Kopf auf der anderen Seite herunterhängen, bis ich nur noch funkelnde Sterne vor einem riesigen, tintenfarbenen Hintergrund sehen konnte. Es war so friedlich und ruhig, Welten entfernt von der Party, die ich nur noch verschwommen um mich herum hören konnte.

„Bequem?", sagte eine Stimme aus dem Schatten und ein Gesicht, das so atemberaubend war, dass ich einen tiefen Atemzug brauchte, vervollständigte meine Vision. Intensive Augen, gerade Nase und starkes Kinn. Sogar auf dem Kopf stehend war Cameron schön.

Ich lächelte zu ihm hoch und gab einen kleinen Seufzer von mir, dem ein Schluckauf folgte. „Ups." Ich schlug mir eine Hand vor den Mund und unterdrückte mein verträumtes Lächeln. Er gluckste und ließ sich in einen Stuhl neben mir fallen. „Ich habe mich schon gefragt, wohin du verschwunden bist."

„Hast du das?" Ich drehte mich etwas, um ihn besser zu sehen, setzte mich aber nicht auf. Ich mochte das Gefühl auf dem Kopf zu stehen. Schwerelos.

„Ja, ich hatte gehofft, dass ich vielleicht einen Tanz mit dir bekomme."

„Einen Tanz, ja, sicher."

Er lachte nicht. *Warum lacht er nicht?*

„Das ist nicht dein Ernst?" Ich verschluckte mich fast an den Worten.

Er hob die Schultern. „Aber sicher doch." Er klang lässig. „Ich tanze gern."

„Bist du betrunken?"

„Nicht so betrunken wie du."

Ich streckte ihm die Zunge raus und seine Augen blitzten auf wie Blitze in einem Gewitter. „Der *Homecoming* Ball ist schon bald."

Homecoming

Allein bei dem Wort wurde mir übel.

„Ich würde mir lieber heiße Schürhaken in die Augen stecken.“

„Du gehst also nicht?“, fragte er.

„Nein, ich werde nicht zum Homecoming gehen.“ *Oder doch?*

„Sicher gehst du, Sonnenschein. Das ist ein Übergangsritus für Oberstufenschüler, da muss man dabei sein.“

„Flick will gehen.“ Ich faltete meine Hände und ließ sie in den Schoß fallen.

„Flick macht es richtig.“

Ich schaute zu ihm rüber und fragte: „Gehst du zum *Homecoming*?“

Seine Miene verfinsterte sich. „Das gehört irgendwie dazu, wenn du im Footballteam bist.“

„Ahh, Ehrenspiel und Tanz, verstehe.“

Unmutig runzelte er die Stirn. „Es ist nicht wirklich mein Ding, aber der Coach mag es, wenn wir etwas an die Schule zurückgeben und jeder ...“

„Hey.“ Ich hob abwehrend die Hände. „Sag nichts mehr, *Homecoming-King!*“

„Nein, das wird wohl dein Bruder sein.“

„Stiefbruder“, stöhnte ich, und Cameron lachte. Der sanfte Klang schwebte über mir und hüllte mich ein wie eine warme Decke. „Du hast ein schönes Lachen“, sagte ich und meine Augen fielen zu.

„Und du bist betrunkener, als ich dachte. Wie kommst du heute Abend nach Hause?“

„Ich glaube, ich schlafe genau hiiier ein.“ Ich streckte meine Arme über den Kopf und schmiegte mich weiter in den Stuhl, doch dann kippte meine Welt, als starke Hände mich hochzogen.

„Oh nein, das wirst du nicht", sagte Cameron. „Du kannst hier übernachten. Asher wird nichts dagegen haben."

„Flick ... Ich muss es Flick sagen." Die Worte kamen wirr heraus, während er seinen Arm um mich legte und zurück zum Haus führte.

Er schlängelte sich durch das Meer von Körpern und die Leute riefen seinen Namen, riefen auch meinen. Alle tranken und lachten. Aber es war seltsam. Ich hatte nicht das Gefühl, dass sie *über* mich lachten. Nicht dieses Mal. Vielleicht gab mir der ganze Wodka in der Blutbahn falsches Selbstvertrauen. Oder ich war schon eingeschlafen und das alles war nur ein Traum.

So oder so, in Camerons Armen war nicht der schlechteste Ort.

Auch, wenn ich ihn hasste.

„Fast geschafft", sagte er. Wir hatten die oberste Treppenstufe erreicht.

„Asher hat ein schönes Haus", murmelte ich, als er vor einer Tür anhielt. Ich beobachtete mit glasigen Augen, wie Cameron einen Schlüssel aus seiner Brieftasche kramte und die Tür aufschloss. „Das ist überhaupt nicht gruselig."

„Glaubst du, ich lasse jeden in meinem Zimmer übernachten?" Seine Augen verdunkelten sich und mir blieb die bissige Antwort im Hals stecken.

Sein Zimmer?

Er hatte ein Zimmer im Haus der Bennets? Aber warum?

Bevor ich ihn fragen konnte, hob mich Cameron wie ein Baby hoch und trug mich in den Raum. „Was zum ..."

„Entspann dich, Sonnenschein, du kannst fast nicht laufen."

Wirklich?

Jetzt, wo er es erwähnte, fühlte ich mich ziemlich müde und beschwipst.

Eindeutig betrunken.

Meine Finger krallten sich in Camerons Poloshirt und ich atmete ihn ein. „Hmm." Mein Magen krampfte sich zusammen. Er roch gut, zu gut. Wie Seife mit einem Hauch von etwas Bitterem, vielleicht Whisky oder Tequila. So gut, dass ich ihn nicht losließ, nachdem er mich auf das Bett gelegt hatte, und Cameron mit mir herunterzog. Wir landeten auf der leicht wippenden Matratze, die Körper ineinander verwickelt, unsere Gesichter berührten sich fast.

„Scheiße, Hailee, es tut mir leid ..." Er drückte seine Hände zu beiden Seiten meines Kopfes in die Matratze, um sein Gewicht etwas von mir zu nehmen. „Ich wollte nicht ..."

„Schon okay." Ich griff nach ihm und streichelte sein Kinn. Er war so hinreißend, dass es verboten sein sollte. Ich hob den Kopf an und bewegte meine Lippen ganz sanft, kaum fühlbar, über seine und küsste ihn.

Ich hatte Cameron Chase geküsst.

Und es fühlte sich gut an.

So verdammt gut.

Hitze explodierte in meinem Magen, durch alle Nervenenden, ließ meine Haut kribbeln und meinen Körper summen. Ich könnte ihn ewig küssen. Seine Lippen waren so weich und warm, und er schmeckte wie alles, wonach ich mich sehnte und von dem ich nie gewusst hatte, dass ich es wollte.

„Hailee", seine Stimme war rau.

„Nein", flüsterte ich und gab winzige Küsse auf seine Lippen, saugte und knabberte. „Nicht nachdenken." Es spielte keine Rolle, dass wir uns hassten. Nichts zählte in diesem Moment, außer sein Mund auf meinem.

Ich legte den Arm um seinen Hals und zog Cameron

näher an mich heran, wobei ich meine Nase an seine presste. „Fuck", hauchte er und richtete sich über mir auf. Eine seiner Hände glitt meinen Oberschenkel hinauf, und ich schlang ein Bein um seine Hüfte und rieb mich an ihm. Verzweifelt versuchte ich, die schmerzende Sehnsucht zu lindern, die tief in mir wuchs.

Cameron schloss die Augen. Aber dann senkte er den Kopf, drückte einen Kuss in meine Halsbeuge und saugte die empfindliche Haut mit seinen Lippen. Ich schrie auf vor Lust und ließ die Hände über seine Brust zum Saum seines T-Shirts gleiten. Ich musste ihn fühlen. Ihn berühren. Ich wollte mit meinen Fingern über jeden Zentimeter seiner glatten Haut streichen.

Er wiegte seinen Körper gegen meinen, was uns beiden ein Stöhnen entrang. „Cameron, mehr …", keuchte ich. „Ich brauche mehr." Etwas baute sich in mir auf, ein Feuersturm, der durch meinen Bauch fegte und bis in mein Innerstes drang. Mein Mund suchte wieder seinen, küsste ihn leidenschaftlich.

Aber ich merkte schnell, dass Cameron den Kuss nicht erwiderte. Er war angespannt, rührte sich nicht, wie eine Statue. Seine angestrengten Atemzüge waren das einzige Geräusch, das zu hören war. Ich presste meinen Mund wieder auf seinen, nur um sicher zu sein, dass er den Kuss nicht erwiderte.

„Cameron." Ich zog mich zurück und sah ihn an. „Was ist los?"

„Wir können das nicht tun." Seine Stimme klang überzeugend, aber er *wollte* es. Ich wusste, dass er es wollte. Es war in seinen Augen zu sehen. Seine Härte drückte sich an mich, reizte mich, führte mich in Versuchung, all die Dinge zu tun, die ich wollte und nicht sollte.

Ich lehnte mich zurück und küsste ihn noch einmal, weil ich wollte, dass er mich zurückküsste. „Hailee." Er löste sich von mir und starrte auf mich herab, sein Ausdruck war jetzt streng. „Hör auf ..."

Hör auf.

Ich blinzelte zu ihm hoch, sicher, dass ich ihn falsch verstanden hatte. Denn er konnte es unmöglich beenden wollen, nicht wenn es sich so gut anfühlte.

„Wir müssen aufhören", wiederholte er und schickte meinen Magen in den freien Fall.

Das war nicht richtig. Er sollte mehr wollen. Mich so begehren, wie ich ihn begehrte.

Doch er hatte das Wort gesagt, und nun hing es zwischen uns wie ein Gletscher, kalt und unversöhnlich.

Ich wich ruckartig zurück, drückte mich gegen die Matratze und drehte meinen Kopf zur Seite, um seinem entschuldigenden Blick auszuweichen. Er stieß einen schweren Seufzer aus. „Du solltest etwas schlafen. Ich werde Flick suchen und ihr sagen, dass du hier oben bist."

Mit zugekniffenen Augen und Tränen in der Kehle wartete ich darauf, dass er ging.

Ich hatte Cameron geküsst. Ich hatte mich ihm praktisch an den Hals geworfen und er hatte mich nicht gewollt. Die Ablehnung brannte in mir wie Säure, bis mir übel wurde.

Ich wollte ihm gerade sagen, er solle gehen und mich in Ruhe lassen, da spürte ich, wie sich die Matratze senkte und er sich über mich beugte und mir einen Kuss auf den Kopf drückte. „Gute Nacht, Hailee", flüsterte er, und dann war er weg.

Ich schnappte mir ein Kissen, vergrub das Gesicht darin und ließ mich in meiner Demütigung ertrinken, bis ich schließlich einschlief.

Irgendwann später, im Halbschlaf, spürte ich, wie sich die Matratze neben mir senkte. „Cameron?", murmelte ich, kaum wach.

„Nein, ich bin's."

„Flick?" Meine Augen suchten die Dunkelheit ab und ignorierten den riesigen Knoten in meinem Bauch.

„Schlaf weiter, Hails, es ist spät."

„Bist du okay?" Sie klang irgendwie komisch.

„Mir geht es gut", schniefte sie und schlüpfte zu mir unter die Decke. „Schlaf jetzt."

„Nacht, Flick."

„Nacht, Hails."

Während ich wieder einschlief, war ich mir fast sicher, dass ich meine beste Freundin weinen hörte.

20

Cameron

NACH EINER UNRUHIGEN Nacht auf Ashers Couch, kämpfte ich mich schließlich hoch und ging in die Küche, wo ich ihn beim Aufräumen fand.

„Ist etwas zwischen dir und Felicity passiert?“ Ich kam direkt zur Sache.

„Passiert?“ Er blickte über seine Schulter zu mir. „Was zum Beispiel?“

„Hast du mit ihr geschlafen?“

„Nein, ich habe nicht mit ihr geschlafen. Warum? Hat sie etwas gesagt?“ Er fuhr fort, all die leeren Becher und Flaschen einzutüten. Manchmal fragte ich mich, was er mehr liebte, die Party oder den Morgen danach, denn ich hatte noch nie einen Kerl mit so viel Leidenschaft aufräumen sehen wie Ash.

„Nein, aber ich habe sie gesehen, und sie sah betroffen aus.“ Sie hatte nicht darüber reden wollen, und ich wusste, dass Asher ein seltsames Interesse an ihr entwickelt hatte.

Seinem tiefen Stirnrunzeln nach zu urteilen, war ich vielleicht zu voreilig.

„Und du glaubst natürlich, ich hätte etwas damit zu tun?“ Seine Augen weiteten sich ungläubig. „Vielen Dank für den Vertrauensbeweis.“

Ich nahm mir ein Glas Wasser und lehnte mich gegen den Tresen. „Ich dachte nur ... vergiss es.“

„Diese Mädchen haben dich ganz schön im Griff. Ich habe gesehen, wie du Hailee in dein Zimmer getragen hast, und ich war nicht der Einzige.“ Er warf mir einen spitzen Blick zu. „Ich hoffe, du weißt, was du da tust?“

„Sie war betrunken und sie hatten keine Möglichkeit, nach Hause zu kommen. Was hätte ich denn tun sollen? Sie draußen schlafen lassen?“

„Vor der ganzen Scheiße mit Thatcher hättest du genau das getan. Zur Hölle, wahrscheinlich auch viel Schlimmeres.“ Ich strich mir mit einer Hand über den Kopf und den Nacken und stieß einen schweren Seufzer aus. Aber Asher war noch nicht fertig. „Du magst sie, nicht wahr?“

„Ich ...“

„Aspirin.“ Jase stakste ins Zimmer und ich schluckte meine Worte runter. „Ich brauche Aspirin.“

„Ja klar, Mann. Du weißt, wo sie sind.“ Asher warf mir einen Blick zu, der ausdrückte, dass dieses Gespräch noch nicht zu Ende war.

„Mit wem bist du letzte Nacht zusammen gewesen?“, fragte er Jase, der zwei Pillen herunterschluckte und ein Glas Wasser trank, bevor er sich auf einen der Hocker sinken ließ.

„Kayla, oder Kylie oder fuck, wenn ich mich erinnern würde.“

„Ist das wahr? Ich dachte, sie hätte ein Auge auf Cam

geworfen?“ Asher grinste mich an und ich boxte ihm hinter dem Rücken unseres Freundes in die Seite.

Jase zuckte mit den Schultern. „Sie hat sich nicht beschwert, mit meinem Schwanz in ihrem Mund.“

„Also, hmm“, ich räusperte mich. „Du solltest vielleicht wissen, dass Hailee und Felicity oben schlafen.“

„Was zum Teufel?“ Er versteifte sich, seine Stimmung wurde schwärzer als eine Gewitterwolke. „Ich sagte, lade sie zur Party ein, nicht zu einer verdammten Pyjamaparty.“

„Hailee war betrunken, oder, Cam?“

„Ja. Ich habe sie in mein Zimmer gebracht.“

Jasons Augen verengten sich zu tödlichen Schlitzen. „Dein Zimmer?“

„Ganz ruhig, nicht das, was du denkst.“ Ich hielt seinem Blick stand. „Aber ich wusste nicht, was ich sonst mit ihr machen sollte.“

„Und Felicity ist auch da oben?“

Ich nickte, sicher, dass sich der Tonfall in seiner Stimme geändert hatte, als er ihren Namen sagte. „Hast du etwas zu ihr gesagt?“

„Zu wem?“ Er runzelte die Stirn.

„Felicity.“

Jasons Kopf flog hoch, er riss die Augen auf. „Was zum Teufel sollte ich ihr sagen?“

„Ich weiß nicht, sie schien irgendwie betroffen. Ich dachte, vielleicht hat Asher ...“

„Nochmals vielen Dank dafür“, fügte Asher hinzu, während er in der Küche umherging und die Theken abwischte, wobei er irgendeine Melodie pfiff, die zu beschwingt für diese frühe Tageszeit war.

„Nein, ich habe nichts zu ihr gesagt. Ich war zu sehr damit beschäftigt, Kayla über das Bett deiner Mutter und deines Vaters zu beugen.“ Er grinste Asher an, und das Blut wich aus seinem Gesicht.

„Sag mir, dass du das nicht getan hast? Nicht schon wieder, Mann. Du hast es versprochen."

„Entspann dich." Er gluckste dunkel. „Ich habe eines der Gästezimmer benutzt."

„Ist sie noch da oben?"

„Was denkst du denn?"

„Ficken und fallen lassen, Baby." Asher schwang die Hüften und boxte in die Luft. Ich verdrehte die Augen und er fügte hinzu: „Du solltest es auch mal probieren, Cam, sonst bekommt Miley vielleicht den falschen Eindruck und denkt, du suchst nach mehr als dem kleinen Arrangement, das ihr am Laufen habt. Apropos die reizende Miley, ich habe sie gestern Abend gar nicht gesehen?"

„Verpiss dich", murmelte ich.

In diesem Moment schwebte der Klang von Frauenstimmen in den Raum.

„Kann sie bitte jemand loswerden", brummte Jase, aber es war zu spät. Hailee und Felicity erschienen in der Tür.

„Hmm, hey." Sie wich meinem Blick aus und ich wusste, dass sie sich erinnerte. Verdammt. Ich hatte gehofft, dass sie zu betrunken war, um sich zu erinnern.

„Meine Damen, kommt rein, nehmt Platz, das Frühstück wird serviert in ..." Asher rieb sich das Kinn. „Ich nehme nicht an, dass eine von euch Frühstück machen will?"

Hailee kletterte auf einen der Hocker und vergrub ihr Gesicht in ihrem Arm.

„Felicity?" Asher grinste sie an.

„Ähm", brummte sie und ihr müder Blick glitt zu Jase hinüber. Er saß starr da und tat nichts, um seinen Unmut darüber zu verbergen, dass die Mädchen unsere Morgenroutine unterbrachen.

„Gut." Felicity rieb ihre Hände aneinander. „Was hast du?"

„Ich glaube, da sind Eier, Speck und Sachen, um Pfannkuchen zu machen.“ Er winkte sie zum Kühlschrank hinüber und die beiden machten sich an die Arbeit. Es war seltsam. Wir hatten das noch nie gemacht. Wir gingen immer auswärts essen und ich konnte mich nicht erinnern, dass wir jemals Mädchen in unser Morgen-danach-Ritual einbezogen hatten.

„Ich bin draußen. Ich brauche etwas Luft“, Jase verschwand durch die Hintertür und ließ uns vier zurück. Ich griff über den Tresen und stupste Hailees Arm an.

„Bist du am Leben?“, flüsterte ich, und sie blickte zu mir auf. „Gerade noch so.“

„Kaffee?“

Mit einem kleinen Kopfschütteln murmelte sie: „Wasser.“

„Na dann ein Wasser.“ Ich schnappte mir eine Flasche Wasser und achtete darauf, Felicity und Asher nicht in die Quere zu kommen. Die beiden legten alle Zutaten zurecht. Sie kommandierte ihn herum und genoss es viel zu sehr, wenn man dem Funkeln in ihren Augen Glauben schenken konnte.

„Hier.“ Ich schob Hailee die Flasche hin und legte eine Schachtel Aspirin dazu.

„Danke.“ Hailee öffnete ihr Wasser, warf zwei Pillen ein und spülte sie in einem Zug hinunter. „Ich glaube, ich muss meine Grenzen besser im Auge behalten.“

„Es ist okay, ab und zu mal loszulassen.“

„Wenn ich mich recht erinnere, warst du nüchtern.“ Ihre Augen enthielten eine unausgesprochene Frage und es war wie ein Schlag ins Gesicht.

Ich schüttelte es ab und sagte: „Ich hatte ein paar Bier. Der Trainer mag es nicht ...“

„Hör auf, bitte hör auf.“ Sie hob die Hand und vergrub

wieder ihr Gesicht. „Es tut weh." Ihre Worte waren gemurmelt.

„Bist du sicher, dass du weißt, was du tust?", fragte ich Asher. Er hatte einen Mehl-Handabdruck im Gesicht und einen weiteren auf seinem T-Shirt.

„Du sollst den Teig verquirlen, nicht in dein Gesicht schmieren", sagte Felicity und sah von der Pfanne hoch. Der rauchige Duft von Speck wehte zu mir herüber und mein Magen knurrte.

„Ich bin gleich wieder da. Versucht, euch nicht gegenseitig umzubringen." Ich schoss Asher ein amüsiertes Grinsen zu und er streckte mir den Mittelfinger hinter Felicitys Schulter entgegen, während sie versuchte, ihm zu zeigen, wie man richtig quirlt.

Draußen saß Jase in einem der Terrassenstühle. „Sie ist verdammt nervig."

„Wer, Hailee?"

„Nein, Felicity", stöhnte er.

„Ich weiß nicht, so schlimm ist sie nicht."

Jase bedachte mich mit einem harten Blick. „Warum sind sie überhaupt hier?"

„Weil du Asher gesagt hast, er soll sie zu der Party einladen."

„Ist auch egal. Ich will nur nicht, dass sie denkt, dass das etwas bedeutet."

„Warum sollte Felicity denken ..."

„Hailee, Trottel. Benutze dein Gehirn."

„Du hast heute Morgen eine entzückende Laune."

„Ich habe diese Scheiße mit Thatcher einfach satt. Dass er das mit Hailee herausgefunden hat, war das Schlimmste, was hätte passieren können. Jetzt muss ich so tun, als wäre sie mir nicht egal."

„Wenn es dich beruhigt, ich glaube nicht, dass sie in nächster Zeit auf falsche Gedanken kommen wird."

Hailee war nicht wie die meisten Mädchen. Sie bildete sich keine Zeichen ein, die nicht da waren. Wenn überhaupt, dann hatten die Jahre des Hin und Her mit Jason sie abgehärtet. Jetzt war sie anderen gegenüber misstrauisch, hinterfragte immer die Motive der Leute. Tatsächlich waren sie sich viel ähnlicher, als es einem von ihnen bewusst war. Mit dem Unterschied, dass Jasons kühles Äußeres auf sie abgefärbt, sie es aber nicht geschafft hatte, auch nur eine Delle in seine harte Schale zu schlagen.

„Rivalitätswoche." Seine Stimme war flach. „Normalerweise lebe ich für diesen Scheiß, aber dieses Jahr ist etwas anders."

Das brauchte er mir nicht zu sagen. Ich hatte es gespürt, seit wir am ersten Tag des Semesters die Schule betraten. Vielleicht war es, weil es unsere letzte Saison als Raiders war, oder die Erwartungshaltung, die Meisterschaft nach Hause bringen zu müssen. Oder war es die Distanz, die zwischen uns wuchs, weil unsere Leben begannen, unterschiedliche Wege zu nehmen. Ich wollte aufs College. Ich wollte eine College-Karriere und Football spielen. Aber nicht so, wie Jase es gern hätte. Und im Laufe des Sommers, als das Ende des Abschlussjahres immer näher rückte, wurde der Knoten in meinem Bauch größer, bis ich das Gefühl hatte, in zwei Teile zerrissen zu werden.

Ein Teil von mir war immer noch Cameron Chase, Nummer vierzehn, der berühmte Wide-Receiver für die Rixon Raiders, der auf die Zusage eines Division One Teams wartete. Aber der andere Teil wusste nicht mehr, wer er war. Er hatte Angst vor dem Unbekannten, davor, wie die Zukunft seiner Familie aussah, wenn er ging. Und die beiden Teile von mir passten nicht mehr zusammen.

„Wenigstens kommen sie auf unseren Platz. Wir müssen uns keine Sorgen machen, dass sie bei sich am Spielabend irgendwelche Stunts abziehen."

Vor ein paar Jahren, in unserem zweiten Studienjahr und Jasons erstem Jahr als First String QB, hatten wir Unentschieden gegen die Eagles bei ihnen zu Hause gespielt. Es war ein harter Kampf, beide Teams kämpften um den Sieg. Die Spannungen waren groß und die Gemüter gereizt. Jase hatte sich mit zwei ihrer Defensivspieler angelegt, nachdem sie immer wieder schmutzig gespielt hatten. Sie hielten ihn fest und versuchten, seine Gesichtsmaske zu packen. Es kam zu einer regelrechten Schlägerei auf dem Feld.

Jase schlug mit der Faust auf seinen Oberschenkel, sein Bein knallte gegen die Veranda. „Ich will ihn vernichten. Ich will ..."

„Das Frühstück ist serviert." Ashers Stimme hallte zu uns, und Jase stieß sich von seinem Stuhl hoch und stakste hinein.

Er war dabei, durchzudrehen. Aber die Rivalitätswoche war immer eine wichtige Woche im Kalender. Coach Hasson hatte uns bereits gewarnt, uns in der kommenden Woche von East fernzuhalten, eine Warnung, von der wir alle wussten, dass sie von Rektor Finnigan angeordnet war. Das hieß aber nicht, dass Thatcher und seine Jungs uns nicht eins auswischen wollten, und jetzt, wo er von Hailee wusste, war es sehr wahrscheinlich, dass sie ganz oben auf seiner Liste stand.

Ich ging wieder hinein. Der Anblick von Asher und Jase mit Hailee und Felicity friedlich gemeinsam beim Frühstück, ohne zu versuchen, sich gegenseitig umzubringen, war das seltsamste, was ich je gesehen hatte.

„Kumpel, du musst den Speck probieren. Das Mädchen weiß, wie man kocht." Asher schnappte sich mit den Fingern ein weiteres Stück vom Teller, schob es sich in den Mund und grinste zu Felicity hinüber.

„Musst du so ein Schwein sein?" Sie schimpfte mit ihm,

und er wurde tatsächlich rot. Asher Bennets Wangen wurden *knallrot*.

Was zum Teufel passierte da gerade?

„Das sieht toll aus, Felicity, danke", sagte ich und ließ mich auf den Hocker neben Hailee fallen. Sie versteifte sich und mied meinen Blick, während sie das Rührei auf ihrem Teller herumschob.

„Nicht hungrig?", fragte ich und kämpfte gegen ein Grinsen an.

„Verpiss dich", brummte sie und nahm ihre Tellerkunst wieder auf.

„Also", meldete sich Felicity zu Wort, völlig unbeeindruckt von den unterschiedlichen Spannungsgraden, die zwischen uns herrschten. „Rivalitätswoche? Was denkt ihr über das große Spiel am Freitag?"

Jase starrte sie an, als wäre ihr ein zweiter Kopf gewachsen, während Asher gluckste. „Du wirst ein ziemlicher Fan, nicht wahr, Fee?"

„Fee?" Sie verschluckte sich fast an dem Wort.

„Was?" Er zuckte mit den Schultern. „Ich dachte, du brauchst einen Spitznamen, jetzt wo wir alle Freunde sind."

Fee sah nicht überzeugt aus. „Warum nur ist das so?", fragte sie und ihr Blick glitt wieder zu Jase. Was war das mit ihr und meinem besten Freund? „Ich weiß nie, ob ich etwas glauben soll, was aus deinem Mund kommt?"

„Weil man einem Raider nicht trauen sollte", meldete sich Hailee zu Wort.

„Aber, aber, Hails", sagte Asher süffisant. „Ich habe doch nicht gelogen, was die Party angeht, oder?"

„Das hat Spaß gemacht, Leute", Jases Stimme tropfte vor Sarkasmus. „Aber habt ihr beide nicht vor, euch bald auf die Socken zu machen?"

Stille legte sich über die Frühstückstheke der Bennets.

Felicity senkte ihren Blick und kaute betroffen auf ihrer Lippe. Aber Hailee sah nicht überrascht aus. Tatsächlich sah sie seltsam erleichtert aus, als sie seinem eisigen Blick mit ihrem eigenen begegnete. „Es wäre mir ein Vergnügen." Schnell erhob sie sich von ihrem Hocker, wobei die Metallbeine über die Fliesen schabten, und griff nach Felicity. „Kommst du?"

„Ich ... äh, ja. Tschüss." Hailees Freundin winkte kurz und beide flohen aus der Küche.

„Du bist ein Arschloch", stieß Asher hervor und schob seinen Teller von sich.

„Und das merkst du erst jetzt?", schoss Jase zurück und aß weiter sein Frühstück, als hätte er nicht gerade seine Stiefschwester und ihre Freundin wie ungezogene Kinder vom Tisch weggeschickt.

21

Hailee

ICH MARSCHIERTE WÜTEND aus Ashers Haus, Flick hinter mir her. Gott, mein Stiefbruder war ein Arschloch. Er konnte nicht mal 10 Minuten höflich sein, während wir frühstückten. Das Frühstück, das meine *beste Freundin* für ihn gemacht hatte.

Bastard.

„Hails, kannst du mal einen Moment langsamer gehen?“

„Ich muss hier weg, Flick.“ Wut trieb mich vorwärts und ich stapfte die Einfahrt der Bennets hinunter, die Arme an den Seiten schwingend, die Atemzüge in scharfen Stößen kommend. „Das hier, hierherzukommen, war eine schlechte Idee.“

„Er ist ein Idiot, du hast recht. Aber Asher ist ...“

Ich wirbelte herum und starrte sie an. „Bitte sag mir nicht, dass du dich in *Asher Bennet* verknallt hast, derselbe Asher, von dem ich mit Sicherheit weiß, dass er mit dem gesamten Mädchen-Leichtathletik-Team geschlafen hat." *Wahrscheinlich mit allen auf einmal, so wie ich ihn kenne.*

„Nein, er gefällt mir nicht. Mensch, kannst du mal kurz durchatmen?" Sie strich sich das Haar zurück und beruhigte sich. „Ich denke nur, er ist lustig und er mag uns."

„Er mag uns jetzt, Flick. *Jetzt.* Nachdem Thatcher herausgefunden hat, wer ich bin. Verstehst du nicht, wie verkorkst das ist? Wenn wir nie mit Toby und Jude auf diese Party gegangen wären, glaubst du wirklich, wir wären jetzt hier?"

„Nein." Ihre Schultern sanken herab und Schmerz glitzerte in ihren Augen. Ich fühlte mich wie ein Miststück, aber es war zu leichtsinnig, das Gute in Asher zu sehen. Zu geblendet von dem Versprechen, Partys in seinem Haus zu feiern und von ihm in der Cafeteria umschmeichelt zu werden. Flick war in den letzten fünfeinhalb Jahren nicht die Hauptleidtragende ihrer Scherze und gemeinen Streiche gewesen, aber sie war an meiner Seite gewesen, um es mitzuerleben. Die Tatsache, dass sie bereit war, darüber hinwegzusehen, ließ das alles irgendwie trivial erscheinen. Als ob nichts davon wirklich von Bedeutung wäre, weil sie Raider waren. Und wenn sie einem eine Einladung in ihren inneren Kreis aussprachen, nahm man sie an, egal, was vorher passiert war.

„Schau, es tut mir leid, okay." Ich versuchte, meine Verärgerung zu unterdrücken. „Ich weiß, du willst dazugehören. Ich weiß, dass du deine Liste hast und das Abschlussjahr zu einem unvergesslichen Jahr machen möchtest. Aber es kann auch ohne sie Spaß bereiten." Mein Blick huschte über ihre Schulter und zurück zum Haus.

„Was ist mit Cameron?"

„Was ist mit ihm?" Meine Brust schmerzte und ich erinnerte mich daran, wie er mich gestern Abend zurückgewiesen hatte und dann heute Morgen so tat, als wäre nichts passiert.

„Du magst ihn“, fügte sie hinzu. „Ich weiß, dass du ihn magst.“

„Das spielt keine Rolle“, sagte ich leise und fühlte, wie sich meine Brust zusammenzog. „Er ist Jasons bester Freund, Flick, ein Raider. Uns trennen Welten.“ Je schneller ich das in meinen dummen Kopf bekam, desto besser. Cameron war Jason gegenüber loyal, was ihn zum Feind machte. Also war er, trotz jeglicher Anziehung zwischen uns, eine höchst dumme Idee. Wirklich dumm. Denn Cameron Chase würde mich nicht nur verletzen. Wenn er nur eine kleine Chance bekäme, würde er mich komplett ruinieren.

Und das konnte ich nicht zulassen.

Ich würde es nicht tun.

„Aber ...“

„Komm schon.“ Ich unterbrach sie, fertig damit, über ihn zu reden. „Wir können zurück zu dir nach Hause laufen.“

Sie nickte und folgte mir die lange, gewundene Auffahrt hinunter. „Hey, hast du letzte Nacht geweint?“, fragte ich, die vage Erinnerung überflutete plötzlich meinen Verstand.

„Was? Wann?“

„Als du ins Bett kamst? Ich dachte, ich hätte dich weinen gehört.“

„Nein.“ Es kam etwas zu schnell über ihre Lippen, und ich sah sie aus dem Augenwinkel an. „Wenn Asher dir wehtut, Flick ...“

„Hails, ich weiß nicht, was du glaubst, gehört zu haben, aber du hast dich getäuscht. Mir geht es gut. Es ist alles in Ordnung. Und was Asher angeht, wie ich schon sagte, ich mag ihn, aber nicht so.“ Ich kannte Flick, seit wir zwölf waren. Ich kannte ihre Sprüche. Die kleinen Dinge, die sie tat, wenn sie nicht ganz ehrlich war.

Und in diesem Moment wusste ich, dass sie gelogen hatte.

Aber wenn Asher nicht derjenige war, der sie verärgert hatte, wer dann?

AM DONNERSTAGMORGEN FÜHLTE es sich endlich so an, als würden die Dinge zur Normalität zurückkehren. Ich hatte die Rivalitätswoche fast überlebt. Es gab keine weiteren Social-Media-Posts über mich von Thatcher. Er war zu sehr damit beschäftigt, Klatsch und Tratsch für das morgige große Spiel zu posten. Jason, Asher und Cameron ließen uns größtenteils in Ruhe. Ich wusste, dass Flick durch Ashers kürzlichen Sinneswandel, was ihre aufblühende Freundschaft betraf, niedergeschlagen war. Aber sie ließ sich nicht aus der Bahn werfen und konzentrierte sich auf zwei Dinge, ihre Liste und die Frage, was sie zum *Homecoming* am nächsten Wochenende anziehen sollte. Dasselbe *Homecoming* bei dem sie trotz der jüngsten Ereignisse darauf bestand, dass wir hingingen.

„Freust du dich auf das Spiel am Freitag?", fragte mich Kent, als ich die Küche betrat. Kaum wach, schnappte ich mir eine Tasse Kaffee und setze mich dann auf einen der Hocker.

„Spiel, welches Spiel?"

„Ich weiß, dass du nicht unter einem Stein lebst, Hailee. Es ist Rivalitätswoche. Nicht einmal du kannst das ignorieren."

„Oh, ich werde nicht gehen."

„Natürlich wirst du das. Es ist eine große Sache für

Jason und das Team, und wir haben Karten für den Familienbereich."

„Wen musstest du bestechen, um extra Tickets zu bekommen?" Die Spieler bekamen je zwei Tickets für ihre Familien und Ersatzkarten waren wie Gold.

„Coach Hasson", gestand er und zerrte an seiner Krawatte, als wäre das Ding zu verdammt eng.

„Geht Mom hin?"

„Ja. Sie würde es um nichts in der Welt verpassen."

Nein, natürlich nicht. Ich schluckte die Worte hinunter.

„Ich weiß, dass es zwischen dir und Jason nicht immer einfach war, aber ich hoffe wirklich, dass jetzt, wo wir verheiratet sind, die Dinge ..."

„Guten Morgen." Mom kam in die Küche und sah viel zu gut gelaunt aus für sieben Uhr dreißig morgens.

„Guten Morgen, Ehefrau." Kent packte sie, als sie an ihm vorbeiging, und küsste sie mit mehr Gefühl, als ich mit ansehen konnte.

„Macht es euch was aus, ein Zimmer zu nehmen?", schnaubte ich.

Moms verträumter Blick glitt zu mir. „Morgen, Baby." Ihre Wangen waren gerötet und sie klang ein wenig atemlos. *Ekelhaft.* „Wie geht es dir?"

„Mir ging es gut, bis du reinkamst und anfingst, Kents Gesicht zu lecken."

„Hat er dir die guten Neuigkeiten erzählt?" Sie strahlte, löste sich aus seinen Armen und ging rüber zur Kaffeemaschine.

„Du lässt mich zu meinem achtzehnten Geburtstag nach New York fliegen?"

„Netter Versuch, aber nein, Schätzchen. Wir haben Karten für das morgige Spiel."

„Oh, das." Ich biss die Zähne zusammen.

„Hailee, es ist wichtig, dass ..."

„Jason. Ja, ja, ich habe schon ein sehr überzeugendes Argument von Kent gehört. Wenn ich zustimme, mitzukommen, würdest du dann wenigstens darüber nachdenken, mich nach New York reisen zu lassen?" Einer meiner Lieblingskünstler hatte demnächst eine Ausstellung im Met, die ich unbedingt sehen wollte.

Meine Mutter und Kent tauschten einen Blick aus und er nickte leicht. „Gut", sagte sie. „Wenn du am Freitag zum Spiel kommst und zu dem Essen, das Coach Hasson danach gibt, dann ja, dann denken wir darüber nach."

Abendessen bei Coach Hasson? Mit dem ganzen Team und ihren Familien. Ich würde Verstärkung brauchen. „Gibt es eine Ersatzkarte für Flick?"

„Ich bin mir durchaus bewusst, dass ihr beide als ein Paket kommt, Hailee." Kent schenkte mir ein warmes Lächeln. „Sag ihr, dass wir sie vor dem Spiel abholen werden."

„Gut, dann haben wir einen Deal."

Ein Footballspiel und ein Abendessen bei Coach Hasson, im Austausch für eine Reise nach New York zu meinem Geburtstag.

Ein Preis, den zu zahlen ich bereit war.

SPÄTER AN DIESEM TAG hatte ich eine Freistunde, also ging ich ins Studio. Ich war gerade mal eine Viertelstunde dort, als Mr. Jalins Stimme durch den Raum hallte. „Ah, Hailee."

Ich ließ den Pinsel auf die Staffelei fallen, drehte meinen Stuhl zu ihm hin und schob meine Brille auf den Kopf. „Hallo, Sir."

„Schön." Sein Blick schweifte über meine Leinwand. „Das sieht wirklich gut aus, Hailee. Mir gefällt besonders, was du mit den breiten Strichen gemacht hast." Er kam näher und fuhr mit den Fingern die dicken Pinselstriche nach, wobei er darauf achtete, mir nicht zu nahezukommen. „Wirst du das für deine finale Abgabe verwenden?"

„Ich denke schon."

„Gute Wahl." Er schenkte mir ein beruhigendes Lächeln. „Ich denke, du wirst das gut machen."

„Danke, Sir."

„Nun zum eigentlichen Grund meines Hierseins." Die Hände hinter dem Rücken verschränkt, betrachtete mich Mr. Jalin mit einem reservierten Blick. „Du bist eine sehr talentierte Künstlerin, Hailee. Eine der besten, die ich je durch die Türen der Rixon High habe kommen sehen. Coach Hasson und ich haben uns unterhalten, und er hat sich gefragt, ob wir dieses Jahr für die Seniors-Night-Präsentation etwas anderes ausprobieren."

„Tu … Tut mir leid, ich verstehe nicht ganz?" Die Erwähnung des Football-Trainers hatte mir ein wenig die Sprache verschlagen.

„Jedes Jahr überreicht Coach Hasson seinen Senior-Spielern gerne ein Andenken. Normalerweise ist es ein Foto, das sie an ihre Zeit bei den Raiders erinnert. Aber dieses Jahr dachten wir, es wäre schön, ein Gemälde zu verschenken."

„Sie wollen, dass ich … das Team *male*." Ich schluckte, mein Mund war plötzlich trocken.

„Nun, ja, es sei denn, es gibt ein Problem?"

„Nein, nein, Sir, ich wollte nur …" Ich wischte mir die klammen Hände an der Schürze ab, hundert Gründe, warum das eine schlechte Idee war, überfluteten meinen Verstand. Aber trotz der inneren Stimme, die mich anschrie, es nicht zu tun, war alles, woran ich denken konnte, dass Mr. Jalin, Rixons Direktor der Künste, *und* Coach Hasson mich darum baten.

Mich.

„Die Seniors Night ist in etwas mehr als zwei Monaten“, fuhr er fort, während ich noch versuchte, zu verarbeiten, was das bedeutete, sollte ich zustimmen. „Es wird eine Menge Stunden bedeuten und du wirst einige Zeit mit den älteren Spielern verbringen müssen, rausgehen und ihnen beim Training zusehen, aber ich denke, du kannst es schaffen.“

„Gibt es einen bestimmten Stil, den Coach Hasson im Sinn hat?“ Meine Gedanken schossen in eine Million Richtungen. „Möchte er etwas eher Traditionelles wie ein realistisches Porträt oder vielleicht etwas Fließenderes wie ein impressionistisches Porträt? „Oder habe ich freie Hand?“

„Das hängt ganz von dir ab, natürlich im Rahmen der Möglichkeiten.“ Seine Miene wurde ernst. „Das ist nichts, was man auf die leichte Schulter nehmen sollte, Hailee. Dieses Projekt könnte dir wirklich helfen, dir vor Ort einen Namen zu machen.“

Das brauchte er mir nicht zu sagen. Für ein Kleinstadtmädchen aus Rixon war es das Äquivalent zu einem Angebot für eine Ausstellung im Penn Museum oder im Philly Museum of Art.

„Ich werde es tun“, sagte ich mit Überzeugung. Um die Feinheiten würde ich mir später Gedanken machen müssen, wenn ich herausgefunden hatte, in welche Richtung ich gehen wollte. „Danke, Sir, dass Sie an mich gedacht haben.“

„Denke daran, es muss ein Erfolg werden, Hailee. Ich kämpfe schon seit Jahren mit der Schulbehörde, um mehr Geld in unsere Kunstabteilung zu leiten. Das könnte der Beginn einer für beide Seiten vorteilhaften Beziehung zwischen uns und der Sportabteilung sein.“

„Ich verstehe.“ *Also ganz ohne Druck.*

„Coach Hasson würde dich gerne weiter einweisen, wenn du so schnell wie möglich ein Treffen mit ihm vereinbaren könntest." Mr. Jalin nickte mir kurz zu, bevor er mich allein ließ. Es war fast so, als ob die Sterne gutstehen würden. Mom und Kent bestanden darauf, dass ich morgen Abend zum Abendessen in Coach Hassons Haus kam, und jetzt hatte ich einen triftigen Grund, dort zu sein.

Aber während ich auf mein Bild starrte und mich in den blauen und grauen Strudeln verlor, vibrierte nervöse Energie durch mich. In der Nähe von Coach Hasson zu sein, bedeutete, in der Nähe des Teams zu sein. Und in der Nähe des Teams zu sein, bedeutete, in der Nähe von Cameron zu sein. Etwas, das ich um jeden Preis vermeiden wollte. Aber das war eine zu gute Gelegenheit, um sie auszuschlagen, und es würde sich gut in meinem Lebenslauf machen, wenn ich in Stamps angenommen würde. Ich hatte schon an der einen oder anderen örtlichen Ausstellung teilgenommen und einige Stücke in der Schule ausgestellt, aber das könnte ein großer Schritt nach vorn für mich sein.

Es gab nur eine entscheidende Hürde bei dem Plan; Jason dazu zu bringen, lange genug mitzuspielen, damit ich das Projekt abschließen konnte.

22

Cameron

DAS GEBRÜLL der Menge war ohrenbetäubend. Das war es schon das ganze Spiel über, das sich als brutal herausstellte, genau wie jeder erwartet hatte. Die Eagles erzielten einen Touchdown, wir ebenfalls. Sie stoppten unseren QB, wir brachten Thatcher doppelt so hart zu Fall. Wir waren erschöpft, mental und körperlich gebrochen, doch, obwohl die Eagles besser spielten, führten wir mit fünf Punkten Vorsprung. Wir waren nahe am Ziel, mit noch elf Sekunden auf der Uhr, was bedeutete, dass wir Zeit für einen letzten Spielzug hatten.

Und wir mussten punkten.

„Time Out", rief der Trainer über das Feld und wir folgten seinen Anweisungen. „Okay", sagte er. „Sie haben uns in der Zange. Ihr wisst das. Aber dieses Spiel hätte schon in der zweiten Halbzeit uns gehören müssen. Jase, was denkst du, Junge?"

Wir schauten zu unserem QB und Kapitän, kaum

überrascht, dass der Coach ihm die Kontrolle überließ. Er vertraute Jase blind. Das taten wir alle.

„Wir sollten die rote 59 Counter-Arrow laufen", sagte er ruhig, trotz des Feuers in seinen Augen. Er wollte diesen Sieg nicht nur, er brauchte ihn.

„Vierzehn?" Der Trainer sah mir in die Augen. „Bist du bereit dafür?"

„Auf jeden Fall." Ich nickte.

„Das ist es, was ich hören wollte. Jetzt geht da raus und macht sie fertig. Raiders auf Eins."

Unser Schlachtruf schallte über das Feld und trieb uns an. Er gab uns die Kraft, die wir für einen letzten Spielzug brauchten.

„Bist du bereit?" Jase joggte zu mir rüber.

„Lass sie uns vernichten." Verständnis herrschte zwischen uns, als er mir ein seltenes Lächeln schenkte.

„Zeig's ihnen, Bruder."

Wir brachten uns alle hinter der Line of Scrimmage in Position und warteten auf Jasons Aufruf. Er spulte den Spielzug ab, bevor er „Hut" signalisierte. Grady, unser Center, warf ihm den Ball zu und er täuschte links an. Ich rannte los, schob mich am Safety vorbei. Mein bester Freund ließ sich zurückfallen, hob den Arm und warf den Ball, direkt auf die Endzone und mein Ziel zu. Ich stemmte meine Beine in den Boden und sprintete so schnell wie noch nie in meinem Leben. Wir mussten gewinnen, ich musste den Ball in die Hände bekommen.

Es ging nicht nur um Football, es ging um Hailee. Darum, das selbstgefällige Grinsen von Thatchers Gesicht zu wischen, wenn wir sie schlugen. Aber es ging schnell, zu schnell. Oh, Scheiße. In einer riskanten Bewegung stieß ich mich vom Boden ab und machte einen Ausfallschritt nach vorne, streckte die Finger, bis ich spürte, wie meine Muskeln rissen und der Schmerz durch die Schulter schoss.

Aber es zahlte sich aus, ich spürte das vertraute glatte Leder an meinen Fingern.

„Touchdown", schrie der Ansager, als mein Körper auf dem harten Boden aufschlug. Die Menge tobte, während ich dalag und zu den Lichtern hinauf starrte. Meine Muskeln schmerzten und die Lunge brannte. Ich war mir ziemlich sicher, dass ich mir etwas gezerrt hatte. Aber das war egal. Wir hatten es geschafft.

Ich hatte es geschafft.

Jase und Ash waren die Ersten, die mich erreichten und auf die Beine zogen. Dann war der Rest der Jungs auf uns, drängelte uns herum, als hätten wir das Meisterschaftsspiel gewonnen. Aber Jase feierte nicht mit uns, er starrte über das Feld, seine Augen direkt auf Thatcher gerichtet.

„Komm schon, Mann." Ich drängte mich durch die Menge und schlang den Arm um seine Schulter. „Nicht hier, nicht jetzt", raunte ich ihm zu.

„Eines Tages", stieß er hervor, seine Stimme war unheimlich ruhig. „Eines Tages."

ZWEI STUNDEN SPÄTER, immer noch im Rausch des Sieges gegen Rixon East, waren wir in Coach Hassons Haus für das jährliche Rivalitätswoche-Dinner. Es war ein Haus im Ranch-Stil mit Blick auf den Fluss und genug Platz, um die Mannschaft und ihre Familien zu beherbergen.

„Hmm, Bruder, warum sind Hailee und Fee hier?" Asher stupste mich am Arm an und neigte seinen Kopf in Richtung der Mädchen, die gerade hereinkamen und beide wie Rehe im Scheinwerferlicht aussahen.

„Da bin ich überfragt." Ich nahm einen langen Zug von

meiner Limo und spürte den tiefen Schmerz in der Schulter.

Später, nach dem Abendessen, würde der Coach ein Auge zudrücken, wenn wir alle seine Kühlbox mit dem Bier plünderten. Aber jetzt, wo die Familien des Teams anwesend und nüchtern waren, erwartete er Anstand.

„Sie sind mit meinem Vater und Denise gekommen", grunzte Jase und gesellte sich zu uns. Mein Blick wanderte zu dem Bier in seiner Hand.

„Ernsthaft?", fragte ich und zog die Brauen hoch.

„Was?" Er zuckte mit den Schultern. „Ich brauchte eins."

Ich verdrehte die Augen und unterdrückte ein Grinsen. Jason befolgte die Regeln nicht, er machte sie. Und ich wusste, dass ihm niemand einen Anschiss dafür geben würde.

„Ich wusste, dass sie bei dem Spiel waren", fügte Asher hinzu und starrte immer noch zu ihnen hinüber. „Aber ich hatte keine Ahnung, dass sie hierherkommen würden. Ich glaube, sie stalken mich."

Ich prustete Limonade in die Luft und kicherte über die lächerliche Aussage. „Das ist nicht dein Ernst?"

„Aber klar", scherzte er und verschränkte die Arme vor der Brust, während sein Blick sich auf Hailee und ihre Freundin legte. Aber sie blickten nie auch nur in unsere Richtung.

Es war die ganze Woche so gewesen. Nach dem katastrophalen Morgen in Ashers Haus und der Party hatte Hailee mich gemieden wie die Pest. Und ich gab ihr Freiraum, denn was hätte ich sonst tun sollen? Sie hatte mich geküsst. Sie wollte viel mehr und ich hatte sie zurückgewiesen. Ich bedauerte nicht, dass ich mich in dieser Nacht zurückgezogen hatte. Sie war betrunken und Jase war direkt im Zimmer nebenan und vergrub seine Eier tief in einer der Turnerinnen. Aber es tat mir leid, wie die Dinge zwischen uns gelaufen waren.

Ich wusste nur nicht, wie ich es in Ordnung bringen konnte, oder ob ich es überhaupt versuchen sollte.

„Da ist er", ertönte Mr. Fords Stimme über den Lärm hinweg. „Der Mann der Stunde. Glückwunsch, mein Sohn." Er kam direkt auf mich zu und klopfte mir auf die Schulter. „Das war ein Moment für die Ruhmeshalle."

„Danke, Sir", sagte ich und mein Blick wanderte zu Jase. „Ohne meinen QB hätte ich das nicht geschafft."

„Richtig, natürlich. Gutes Spiel, mein Sohn." Mr. Ford hielt Jase die Hand hin, der sie mit leichtem Zögern schüttelte.

„Danke, Dad." Seine Worte waren abgehackt, und wir alle spürten die Spannung zwischen Vater und Sohn.

„Jason", platzte Hailees Mutter in unser kleines Gedränge. „Das war ... Ich bin so stolz auf dich, mein Schatz." Sie versuchte, ihn in eine Umarmung zu ziehen, aber er wich aus. Denise zog sich zurück und überspielte seine Abfuhr mit einem breiten Lächeln. „Wir sind alle sehr stolz auf euch, auf jeden von euch. Und wenn man bedenkt, dass du dieses Jahr das große Los ziehen könntest."

Wir alle unterdrückten unser Lachen über ihren falschen Enthusiasmus, selbst Jase kämpfte mit einem verwirrten Grinsen.

„Okay, Darling." Mr. Ford schlang einen Arm um seine Frau. „Lassen wir die Jungs ihren Spaß haben. Ich will mit Henry reden."

Henry, oder Coach Hasson, wie wir ihn kannten, stand draußen an seinem riesigen Grill, eine Rauchwolke waberte in die Luft.

„Das ist dein Jahr, mein Junge, wir zählen alle auf dich", waren Mr. Fords Abschiedsworte, als sie uns *unserem Spaß überließen*.

Dreißig Minuten später hatten wir uns alle auf Anweisung des Trainers draußen versammelt. Er und seine Frau servierten uns Burger und Hot Dogs, Steak und Rippchen. Es war gut, aber ich vermisste meine Eltern. Sie waren nicht beim Spiel gewesen, um zu sehen, wie wir die Eagles schlagen, und sie waren auch jetzt nicht hier, um mit uns zu feiern.

Und ich hasste es.

Das war die wichtigste Saison meines Lebens, und sie waren nicht hier, um es zu sehen, um es mit mir zu teilen. Es war verdammt scheiße, aber ich hatte keine andere Wahl, als gute Miene zum bösen Spiel zu machen und mit meinen Teamkollegen zu feiern.

Nachdem alle gegessen hatten, stand Coach Hasson auf und forderte Ruhe.

„Rede", brüllte einer der Kerle und eine Welle von Gelächter erfüllte die Luft.

„Ruhig, ruhig", sagte der Trainer. „Es gibt ein paar Dinge, die ich sagen möchte, also habt Geduld mit mir. Zuerst möchte ich meiner Frau Sandra danken." Er blickte die Frau neben sich warmherzig an. „Ohne sie wäre ich nicht halb der Mann, der ich bin. Und ich bin dankbar, dass sie mich euch alle Jahr für Jahr in unserem Haus willkommen heißen lässt."

Alle jubelten daraufhin und hoben ihre Gläser und Flaschen in die Luft, um auf Mrs. Hasson anzustoßen. „Nun zu meinen Jungs." Sein Blick schweifte über jeden Einzelnen von uns. „Ihr habt heute Abend hart gekämpft. Ihr habt nicht aufgegeben, als es schwierig wurde, ihr habt euch wacker gehalten und weitergemacht. Ich bin wirklich verdammt stolz auf euch. Nicht nur, dass ihr den Jungs auf der anderen Seite des Flusses gezeigt habt, wie wir Football spielen, sondern auch darauf, dass ihr einen kühlen Kopf bewahrt und euch nicht von ihnen habt provozieren lassen, euch auf ihr Niveau herabzulassen.“ Sein Blick landete auf mir, Asher und Jason und vermittelte eine unausgesprochene Botschaft. „Die Rivalitätswoche ist vorbei. Wir haben gewonnen. Wir ziehen hier die Grenze, hört ihr?“

Wir alle nickten ihm unmerklich zu, Jase tat, als würde er zustimmen. Er respektierte den Coach, befolgte seine Anweisungen auf und neben dem Feld, aber wir wussten alle, dass die Sache zwischen ihm und Thatcher persönlich war. Auch wenn wir heute Abend gewonnen und Thatcher den Arsch versohlt hatten, war klar, dass es noch nicht vorbei war.

Bei weitem nicht.

Der Coach fuhr sich mit der Hand über das Gesicht und schluckte schwer. „Ich werde das alles in ein paar Wochen bei der Seniors Night wiederholen, also werde ich nicht mehr allzu lange darauf herumreiten. Aber eins solltet ihr wissen, die Raiders zu coachen ist ein Privileg, das ich nicht auf die leichte Schulter nehme. Und dieses Jahr ist unser Jahr. Ich spüre es in meinen alten Knochen, dieses Jahr holen wir den Pokal nach Hause.“Im Hof brachen alle in Jubel aus, wobei meine Teamkollegen den größten Teil des Lärms verursachten, als wir johlten und jubelten. Er wartete, bis sich alle beruhigt hatten, bevor er fortfuhr: „Und schließlich habe ich eine Ankündigung zu machen. Wo ist Miss Raine?“ Er suchte die Menge ab, und meine Augen entdeckten Hailee, deren Wangen vor Verlegenheit glühten, während sie eine Hand hochhielt. „Miss Raine hat sich freundlicherweise bereit erklärt, in dieser Saison mit dem Team an einem spannenden Kunstprojekt zu arbeiten. Ich möchte, dass ihr alle ihr den Respekt entgegenbringt, von dem ich weiß, dass ihr dazu fähig seid.“

Ein Gemurmel antwortete ihm, während Asher und ich einen verwirrten Blick austauschten. „Was zum Teufel?“, maulte er, und ich versuchte, zu verarbeiten, was der Coach sagte.

Hailee sollte mit dem Team arbeiten? An einem Kunstprojekt?

Was hat das zu bedeuten?

Aber was viel wichtiger war: Warum zum Teufel hatte sie überhaupt zugestimmt?

FÜR DEN REST des Abends sah ich Hailee nicht mehr. Bis ich hereinging, um mir noch ein Getränk zu holen, und direkt in sie hineinlief. „Scheiße." Ich griff ihre Schultern, um sie festzuhalten. „Das tut mir leid."

„Alles okay." Sie zuckte mit den Schultern, strich sich das Haar aus dem Gesicht und steckte es hinter ein Ohr. „Ich wollte nur ..." Hailee deutete über mich hinweg auf die Hintertür und begann, um mich herumzugehen.

„Warte", stieß ich hervor und packte ihren Arm. Ihr Blick fiel auf die Stelle, an der sich meine Finger um ihr Handgelenk schlangen, dann begegnete sie meinem Blick, sie runzelte ärgerlich die Stirn.

„Entschuldige, ich wollte nur, können wir reden?"

„Du willst reden, hier?" Sie klang ungläubig und ich konnte es ihr nicht verdenken. Nicht nach dem letzten Wochenende. Aber ich musste die Sache zwischen uns klären, denn die ganze Woche über hatte es sich angefühlt, als drückte ein schweres Gewicht auf meine Brust.

Eine Idee kam mir in den Kopf und ich lächelte sie an. „Hast du jemals den Trophäenraum des Trainers gesehen?"

„Du weißt, dass ich das nicht habe." Ihr Mund verzog sich zu einem Grinsen.

„Na, dann darfst du dir diese Gelegenheit nicht entgehen lassen." Ich wartete und ließ sie die Entscheidung treffen. Es war ein Risiko, da ihre Familie hier war, aber alle waren draußen und genossen den warmen Abend und die gute Gesellschaft.

„Das ist nur zu Forschungszwecken“, sagte Hailee leise und senkte den Blick.

„Forschung?“

„Für die Sache mit der Seniors Night.“

„Oh, ja, das.“ Ich fuhr mir mit einer Hand über das Gesicht. Ich hatte die Ankündigung des Trainers, dass Hailee die Senior-Spieler malen würde, fast vergessen. Aber nur, weil ich, als mir klar wurde, dass das bedeutete, etwas Zeit mit ihr allein zu verbringen, an nichts anderes denken konnte, sie und ich. Zusammen. Allein.

„Cameron?“

Ich blinzelte zu ihr hinunter und schüttelte die Gedanken aus meinem Kopf. „Hmm, ja, komm schon“, sagte ich, bevor ich das Vernünftigere tat und losging. „Es ist gleich hier unten.“

23

Hailee

ICH FOLGTE Cameron den Flur hinunter in einen großen Raum, meine Augen weiteten sich angesichts der Reihen von Trophäenschränken und Regalen. „Wow." Ich wusste nicht, wo ich zuerst hinschauen sollte. „Ich hatte keine Ahnung."

„Ja." Er ging auf eine der Vitrinen zu. „Der Coach war eine große Nummer zu seiner Zeit."

„Was du nicht sagst." Ich ließ meine Augen über die Sammlung von Silberpokalen gleiten. „Was ist das?", fragte ich und zeigte auf eine kleine Bronzefigur.

Cameron gab ein sanftes Glucksen von sich. „Das ist der Heisman."

„Oh, ich glaube, ich habe davon gehört."

Seine Augen weiteten sich vor Belustigung. „Es ist eine ziemlich große Sache."

„Hat etwas mit College-Football zu tun, richtig?" Leise murmelnd wiederholte er meine Worte. „Wie kommt es, dass du seit sechs Jahren mit Jason und seinem Vater zusammenlebst und immer noch nichts von diesem Zeug weißt?"

„Ich habe ausgezeichnete Ausweichfähigkeiten." Er warf mir einen spitzen Blick zu, und ich spürte, wie ich errötete. „Ich meinte nicht ..."

„Du meinst, du bist mir also *nicht* die ganze Woche aus dem Weg gegangen?"

Die Luft im Raum verdichtete sich und Camerons graublaue Augen beobachteten mich aufmerksam.

Ich räusperte mich und schaffte es, hervorzustoßen: „Ich glaube, nach letztem Samstag war es ziemlich klar ..." Er tat einen Schritt nach vorne, und ich schluckte, wich zurück und achtete darauf, die Trophäenschränke nicht zu berühren. „Cameron", seufzte ich.

„Ja, *Sonnenschein*?" Sein Mundwinkel hob sich.

„Du hast versprochen, dass das nur zu Forschungszwecken ist."

„Nennen wir es so?" Der Schalk tanzte in seinen Augen, während er weiter auf mich zukam, und obwohl ich wusste, dass ich fliehen sollte, verlor ich mich in seinem hungrigen Blick.

UNSANFT STIESS ich mit dem Rücken gegen die Wand, die Erschütterung war in jedem Knochen zu spüren. Ich presste die Handflächen gegeneinander, um mich davon abzuhalten, nach ihm zu greifen. Aber Cameron beugte sich vor, seine Stirn berührte meine, und überwältigte mich völlig. „Ich kann nicht aufhören, an dich zu denken", gab er zu, so leise, dass es mehr wie ein Hauch warmer Luft war als Worte. „Letzten Samstag habe ich das Richtige getan, Hailee. Du warst betrunken und ich ..."

„Du willst nur, was du nicht haben kannst." Meine Augen brannten vor Trotz, ich wollte stark bleiben.

„Ich wünschte, es wäre so einfach." Er atmete tief ein.

„Was tun wir, Cameron?" *Was tust du, Hailee,* fügte ich leise hinzu, während ich seinen Duft inhalierte.

Die ganze Woche hatte ich mir eingeredet, dass es das Beste sei, ihn zu meiden, dass ich mich von Cameron und seinen Psychospielchen fernhalten müsse. Es war einfach, wenn ich ihn mit dem Team sah, die ständige Traube von Mädchen, die um seine Aufmerksamkeit buhlten. Cameron Chase, Wide Receiver, Nummer vierzehn, gehörte zu Rixon. Er gehörte ihnen, sie beteten ihn an, sie liebten ihn. Aber es gab Momente mit ihm, wenn wir nur zu zweit waren, in denen es sich anfühlte, als ob er mir gehörte. Als würde er mir ein Stück von sich anbieten.

Und alles, was ich tun musste, war, die Hand auszustrecken und es zu nehmen.

Aber ich wollte die Reste nicht. Ich war nicht nur eine weitere Trikotjägerin, die nahm, was sie bekommen konnte. Ich wollte alles von ihm oder nichts. Etwas, von dem ich wusste, dass er es mir nie geben würde.

„Sag mir, was du denkst", sagte er und zog mich weiter in seinen Bann.

Es war aber genau das. Ein Bann. Und wenn er gebrochen wäre, wäre ich wieder Hailee Raine, Jasons Stiefschwester, und er wäre Cameron Chase, der beste Freund meines Bruders.

Egal wie sehr ich ihn wollte, *oh ja, ich wollte ihn.* Endlich konnte ich es zugeben und zwang die Worte heraus. „Ich denke, das mit uns, das kann niemals funktionieren."

Trotz glitzerte in seinen Augen, als er seinen Mund auf den meinen senkte. „Weißt du das nicht inzwischen, Sonnenschein? Ich bin ein Raider und Raider geben niemals auf."

Cameron küsste mich und mein Magen schlug

Purzelbäume. Nicht, weil das Gefühl seiner Lippen, die sich auf meinen bewegten, sich nicht gut anfühlte, das tat es. Es fühlte sich an, als stünde mein ganzer Körper in Flammen, und jedes Streicheln seiner Zunge ließ die Flammen höher und höher schlagen, bis ich vor Verlangen brannte. Aber, weil er mir recht gegeben hatte. Er war ein Raider, er würde immer ein Raider sein. Und eines Tages würden er und mein Stiefbruder gemeinsam in den Sonnenuntergang reiten und mir und dem Rest von Rixon keine andere Wahl lassen, als am Rande zu stehen und zuzusehen.

Und was würde dann aus mir werden?

„Cameron", hauchte ich gegen seine Lippen, während sie mich verschlangen. Er küsste mir jeden rationalen Gedanken aus dem Kopf.

„Gib mir nur das hier, Hailee, *bitte*." Er stockte, sein Mund schwebte über meinem, seine Augen hielten mich fest. „Ich brauche das, bitte." Die Art, wie er diese Worte sagte, hatte etwas so Verletzliches an sich, dass mir das Herz wehtat. Ich lehnte mich zurück und brachte schließlich meine Hände zu seinem Gesicht, erlaubte mir, ihn zu berühren.

Mir selbst – ihm – diesen Moment zu schenken.

Meine Finger glitten über sein stoppeliges Kinn und zeichneten die scharfen Kanten seines Gesichts nach. Ich ließ die andere Hand auf seinen Bizeps fallen und strich über das Tattoo, das unter seinem Ärmel hervorlugte. „Das gefällt dir, oder?", fragte er, und ich nickte.

„Es ist wunderschön." Ich hatte Tattoos noch nie wirklich ansprechend gefunden, aber als ich die Kirschblüte und den Kolibri auf Camerons Arm sah, bekam ich Lust, auf seine Haut zu zeichnen. Ihn mit meinem eigenen Zeichen zu brandmarken.

„*Du* bist wunderschön." Seine Finger umfassten sanft

mein Kinn und zwangen mein Gesicht zurück zu seinem. Diesmal zögerte Cameron nicht und fuhr mit seiner Zunge den Rand meiner Lippen nach. Seine Hände glitten meinen Körper hinunter, hielten meine Taille und zogen mich dicht an ihn heran. Ein leises Keuchen entrang sich mir, als ich den Umriss seiner Härte an meinem Bauch spürte. Ich glaube nicht, dass ich mich jemals an die Tatsache gewöhnen würde, dass Cameron mich wollte. Es machte mich trunken vor Verlangen. Es erregte mich auf eine Weise, wie ich es noch nie erlebt hatte.

Aber vor allem ließ es die Erinnerungen an seine Komplizenschaft bei Jasons Spielen verblassen.

„Ich will dich spüren", murmelte er zwischen Küssen. „Lass mich dich berühren, Hailee." Die rohe Verzweiflung in seiner Stimme ließ das Herz in meiner Brust wild flattern. Eine seiner Hände fand den Streifen nackte Haut zwischen dem Pullover und dem Bund der Jeans. Fast wäre ich gestorben, genau dort, vor seinen Augen.

„Cam" Meine Stimme war zittrig, meine Atemzüge kamen in kurzen, knappen Stößen.

„Sag mir, was du willst, Hailee ..."

Meine Finger krallten sich in sein Trikot und ich zog ihn näher an mich heran, küsste ihn noch fester. Camerons Hand arbeitete sich tiefer und knöpfte gekonnt meine Jeans auf. Er tauchte seine Hand hinein und streifte mein feuchtes Höschen.

„Oh mein Gott", stöhnte er, löste sich aus dem Kuss und sah mich an. Er sagte nichts, sah mich nur an, während er meine Klitoris durch den dünnen Stoff rieb. Meine Knie knickten ein, mein Bauch krampfte sich vor Verlangen zusammen, ich schluckte ein Stöhnen hinunter. „Ich muss dich spüren, Hailee ..."

Ich nickte und ließ den Kopf zurück an die Wand sinken. Cameron schob mein Höschen zur Seite ein und seine Finger glitten durch meine Nässe, was meinen Lippen eine Reihe von winzigen Seufzern entlockte. Seine Augen waren wild. Dunkel und verschleiert, brodelnd vor purer Lust.

„Hailee", er schluckte schwer. „Ich"

„Yo, Chase, bist du ..." Asher stürmte ins Zimmer und seine Augen weiteten sich, als sein Blick auf mir und Cameron landete, die wie ein Liebespaar im Dunkeln aneinander gekuschelt waren. Ich geriet in Panik und versuchte, Cameron wegzuschieben, aber er drückte mich fester gegen die Wand, schirmte mich ab, seine Finger waren immer noch in mir.

„Hmm, der Coach sucht nach dir, aber ich sehe, du bist beschäftigt."

„Ash", knurrte Cameron.

Er warf die Hände hoch. „Ich habe gar nichts gesehen", trällerte er mit beschwingter Stimme Sein Humor. Ich wollte, dass sich der Boden öffnete und mich verschluckte. „Du solltest dich vielleicht ... beeilen." Asher neigte seinen Kopf in Richtung Flur.

„Ja, gib mir eine Minute." Cameron klang jetzt kalt, und das Feuer in mir erstarb. Ich versuchte wieder, mich zu befreien, aber er war zu stark und weigerte sich, mich loszulassen.

„Hails", grinste Asher. „Du siehst gut aus." Er drehte sich um und ging, wobei er die Tür hinter sich zuzog.

„Oh mein Gott", rief ich und kniff meine Augen zusammen.

„Asher wird nichts sagen." Cameron zog schließlich seine Finger zurück und zog sich von mir zurück. Ich schaute zu ihm auf, aber er sah durch mich hindurch.

Mein Herz sank, während ich an meinem Jeansknopf herumfummelte. „Ich sollte gehen", presste ich hervor und wollte, dass er etwas sagte.

„Hailee, es tut mir leid. Es ist nur ...“

Das waren nicht die Worte, die ich hören wollte, also schnitt ich ihm das Wort ab. „Ja, mir auch“, flüsterte ich.

Und dann rannte ich raus, ohne mich umzudrehen.

„WO ZUM TEUFEL hast du gesteckt?“ Flick eilte zu mir herüber und schob ihren Arm durch meinen. „Du warst ungefähr dreißig Minuten weg.“

Nur? Es fühlte sich an, als wäre ich länger mit Cameron zusammen gewesen. In Coach Hassons Trophäenraum hatte die Zeit aufgehört, zu existieren. Aber ich kam mit einem lauten Knall auf die Erde zurück, nachdem Asher hereingeplatzt war.

Er hatte uns gesehen.

Gott, was für ein Schlamassel.

Ich glaubte Cameron, das Asher nichts sagen würde, aber das machte die Tatsache, dass er es wusste, nicht leichter zu ertragen.

„Bist du okay? Du siehst, ich weiß nicht, erhitzt aus.“

Was mich natürlich nur noch mehr erröten ließ.

„Mir geht es gut, ich bin nur Cameron begegnet.“

„Oooh.“ Ihre Augen blitzten aufgeregt. „Und?“

„Und was?“ Ich runzelte die Stirn.

„Und worüber habt ihr beide gesprochen?“

„Nichts Wichtiges.“ Ich zuckte mit den Schultern, Schuldgefühle überfluteten mich.

Sie warf mir einen seltsamen Blick zu. „Du verheimlichst etwas, Hailee Raine.“ Flick lehnte sich näher heran und senkte ihre Stimme. „Hast du ihn ins Bad geschleppt und ihn wieder geküsst?“

So etwas in der Art. „Ernsthaft?“ Ich sah sie scharf an. „Wir sind bei Coach Hasson zu Hause, umgeben von der gesamten Mannschaft, ganz zu schweigen von ihren Familien.“ Obwohl, jetzt wo ich darüber nachdachte, hatte ich Cameron nicht mit seinen Eltern zusammen gesehen. Ich hatte von Jason gehört, dass sie nicht mehr zu seinen Spielen kamen, seit seine Mutter vor ein paar Jahren seinen kleinen Bruder bekommen hatte.

„Ja, ich schätze, das könnte peinlich werden, wenn Jason oder deine Mutter hereinkämen.“ Sie unterdrückte ein Kichern. „Aber ihr müsst euch daran gewöhnen, in der Nähe des anderen zu sein, wenn ihr das Projekt für die Seniors Night macht?“ *Stimmt.*

Ich stöhnte leise auf und fragte mich, ob ich einen schrecklichen Fehler gemacht hatte, dem Projekt zuzustimmen.

„Ich kenne diesen Blick.“ Flick führte uns wieder nach draußen auf den riesigen Hof.

„Welchen Blick?“, neckte ich sie.

„Du verliebst dich in ihn.“

„Mach dich nicht lächerlich.“ Ich gab ein ersticktes Lachen von mir, aber innerlich lachte ich nicht. Denn sie konnte nicht recht haben, durfte nicht recht haben.

Ich verliebte mich nicht wirklich gerade in Cameron Chase?

Oder doch?

24

Cameron

„DU HAST BESUCH", flüsterte Asher, während wir auf das Feld joggten. Mein Blick folgte seinem Finger, und ich sah Hailee, die allein auf der Tribüne saß.

„Sie beginnt wohl mit ihrem Kunstprojekt."

„Kunstprojekt, richtig", murmelte er. „Nennen wir es so? Denn wenn das Projekt beinhaltet, ihr so nahezukommen, wie ich euch beide am Freitagabend im Trophäenraum gesehen habe, dann melde ich mich …"

„Im Ernst, du musst aufhören so viel zu reden", stieß ich hervor und suchte das Feld nach Jase ab. Asher bemerkte es und unterdrückte ein Lachen.

„Keine Sorge, er arbeitet mit dem Coach an ein paar neuen Spielzügen."

Ich warf ihm einen harten Blick zu, aber das schürte nur seine Neugierde. „Also, worum geht's? Seit wann bedeutet, auf sie aufzupassen, dass man seine Finger tief in …"

„Ash, ich schwöre bei Gott, wenn du …"

„Herrje.“ Seine Hände flogen in die Höhe. „Ein Scherz, ein Scherz. Aber ich fange an zu glauben, dass diese Sache mit ihr kein Spiel ist. Du magst sie.“

„Tu ich nicht …“

Er warf mir einen spitzen Blick zu. „Oh, verdammt, das tust du, du magst sie total. Jase wird …“

„Er darf das nie herausfinden, hörst du? Es war ein Fehler.“

„Ja, ja, was immer du sagst, Mann.“ Asher klopfte mir auf die Schulter. „Sei nur vorsichtig. Die Tussi ist verrückt. Und diese Sache mit ihr, Jase und Thatcher wird nur noch schlimmer werden.“

Das ist genau das, worüber ich mir Sorgen machte.

Wir hatten alle erwartet, dass Thatcher sich während der Rivalitätswoche rühren würde, aber es passierte nichts. Das bedeutete nicht, dass er nicht zurückschlagen würde, es hieß nur, dass er seine Zeit abwartete. Er wartete darauf, zuzuschlagen.

„Chase, Bennet, bewegt eure Ärsche hierher, Ladys, wir haben Übungen zu absolvieren“, rief einer der Assistenztrainer. Mit einem letzten Blick auf die Tribüne und Hailee verdrängte ich alle Gedanken, die mir durch den Kopf gingen, und konzentrierte mich auf die bevorstehende Aufgabe. Der Defense in den Arsch zu treten.

NACH EINEM ZERMÜRBENDEN Training blieb ich zurück, während der Rest der Jungs in die Umkleidekabine schlenderte. Der Coach unterhielt sich mit Hailee. Sie hatte einen Skizzenblock in der Hand und ein Lächeln auf dem Gesicht, während sie ihm zeigte, woran sie gearbeitet hatte.

„Chase, komm her, Junge“, dröhnte seine Stimme über

das Feld und ich riss mir den Helm vom Kopf und joggte zu ihnen hinüber. „Was gibt's, Coach?" Meine Augen streiften Hailees Gesicht, während ich mir mit einer Hand durch die feuchten Haare fuhr, aber sie hielt ihren Blick fest auf den Block in ihrer Hand gerichtet.

„Kannst du Miss Raine den Lagerraum zeigen? Sie möchte einige der alten Fotoalben durchwühlen zur ..." Er schaute sie an, und sie lächelte.

„Inspiration".

„Inspiration, genau." Der Coach presste die Lippen zusammen. „Kann ich dir vertrauen, dass du es ihr zeigst?"

„Natürlich, Sir."

„Und wenn Sie noch etwas brauchen, fragen Sie einfach." Er nickte ihr zu und ließ uns allein.

„Hey." Ich schenkte ihr ein Lächeln. „Wie geht es dir?"

„Mir geht's gut, danke." Sie mied meinen Blick.

„Hör zu, ich wollte mit dir reden, wegen dieses Abends."

„Lass uns das nicht tun", sagte Hailee und drückte den Skizzenblock wie einen Schild an ihre Brust. Als ob sie eine Rüstung gegen mich bräuchte. Die Erkenntnis traf mich wie ein Schlag in den Magen. „Ich muss mich auf dieses Projekt konzentrieren, wenn ich es rechtzeitig fertigstellen will, und ich kann mir keine ... Ablenkungen leisten."

„Ist es das, was ich bin?" Ich grinste schief. Eine Ablenkung für sie zu sein, klang nach etwas, mit dem ich mich anfreunden könnte.

„Cameron, ich meine es ernst." Sie warf mir einen strengen Blick zu, aber ich war mir sicher, dass ich ein Funkeln in ihren Augen sah.

„Keine Ablenkungen." Ich hielt meine Hände hoch. „Ich verspreche es. Komm, ich zeige dir, wo der Lagerraum ist, aber ich sollte dich vielleicht warnen, es riecht da drin nach alten Sportschuhen." Sie rümpfte die Nase, und ich lachte. „Dachtest du, das Team zu malen wäre glamourös, oder was?"

„Ich weiß nicht, was ich dachte." Sie klammerte sich immer noch an ihr Schild. „Um ehrlich zu sein, fühle ich mich hier ein wenig überfordert."

„Lass mich sehen, was du hast."

„Hmm, ich weiß nicht." Ihre Finger umklammerten den Block fester. „Im Moment ist es nur eine grobe Skizze. Ich wollte dich in Action erwischen." Eine sexy Röte breitete sich in ihrem Nacken und auf ihren Wangen aus, und mir entging nicht, wie sie sich bei dem Wort „Action" fast verschluckte. „Ich denke an eine weniger traditionelle Komposition, etwas, das die Essenz des Sports einfängt und nicht nur den Spieler."

„Klingt kompliziert." Ich hatte keine verdammte Ahnung von Kunst und Kompositionen oder solchem Zeug.

„Ist es nicht, nicht wirklich. Aber ich brauche genug Rohmaterial, mit dem ich arbeiten kann."

„Also, kann ich ..." Ich streckte meine Hand aus, in der Hoffnung, dass sie nachsichtig mit mir sein würde. Hailee blickte mit wachsamen Augen zu mir auf, ihre Finger tippten sanft auf den Skizzenblock. Eine peinliche Stille breitete sich vor uns aus.

„Es ist okay", begann ich nach einer gefühlten Ewigkeit. „Du musst nicht ..." Mit einem leisen Seufzer reichte Hailee mir schließlich den Block und ich klappte ihn auf.

„Heilige Scheiße, Hailee, das ist unglaublich." Sie hatte Grady, einen der anderen Senior-Spieler, mitten im Drill erwischt, wie er seinen Körper gegen den Blockierschlitten warf. Es war nur grob, aber die Linien und Schattierungen fingen den Aufprall auf eine Weise ein, die ich nie für möglich gehalten hätte. „Du bist wirklich talentiert." Ich wollte zu einer anderen Seite blättern, aber sie griff nach dem Block.

„Okay, das reicht."

„Warte mal, ich will mehr sehen." Ich nahm es ihr ab, hielt es außerhalb ihrer Reichweite und blätterte eine weitere Seite um. Mein Mund klappte auf, die Luft wurde mir aus den Lungen gesaugt.

„Wie ich schon sagte", ihre Stimme war leise und unsicher, „es ist im Moment nur eine grobe Skizze. Etwas, mit dem ich arbeiten kann, sobald ich im Studio bin."

Meine Augen saugten jedes Detail in sich auf. Die Biegung meines Arms, als ich mich auf den Wurf vorbereitete, meine breite Haltung und mein verengter Blick, mit dem ich meinen Teamkollegen auf der anderen Seite des Feldes suchte. Und erst die komplizierte Schattierung um die Vierzehn auf meinem Trikot, die die Illusion erweckte, dass sich das Material im Luftstrom bewegte.

„Cameron?" Ihre Stimme war leise, aber sie hallte bis in meine Seele wider.

„Ja, tut mir leid." Ich schloss den Skizzenblock und reichte ihn ihr zurück.

„Die finale Abgabe wird viel besser sein." Hailee strich sich die Haare hinters Ohr.

Ich wusste, dass ich wahrscheinlich etwas sagen sollte, aber ich war sprachlos. „Komm mit", schaffte ich herauszupressen, und wir gingen den Rest des Weges in beklommenem Schweigen.

Ich wollte nicht, dass sie dachte, ich würde die Skizze nicht mögen. Ich mochte sie sogar sehr, aber sie hatte etwas in mir berührt. *Sie* hatte etwas in mir berührt.

Und ich wusste nicht, wie ich es rückgängig machen konnte, falls ich es überhaupt wollte.

„Okay, hier ist es", sagte ich und öffnete die Tür zum Lagerraum. Hailees Blick fiel auf die staubigen Kisten.

„Hier gibt es eine Menge Zeug."

„Yup. Der Coach ist ein ziemlicher Hamsterer. Viel Glück damit." Ich schenkte ihr ein Lächeln, aber sie erwiderte es nicht.

Scheiße, ich war ein Arsch. „Also, *Homecoming* ist diese Woche." Ich versuchte, den Kurs zu ändern. „Hast du ein Date?"

„Ein Date?" Die Worte blieben ihr in der Kehle stecken.

„Ja, weißt du, ein Kerl bittet dich um ein Date, du ziehst dich hübsch an, er bringt dir Blumen und du posierst für peinliche Fotos." *Hör. Auf. Zu. Reden. Arschloch.*

„Ist das nicht der Prom-Ball?"

„Das ist doch das Gleiche." Ich zuckte mit den Schultern und fühlte mich plötzlich wie ein kompletter Idiot. „Und? Hast du ein Date?" Warum forcierte ich das noch? Ich wollte nichts über Hailee und ihr Date hören.

„Das habe ich tatsächlich."

Wirklich?

Scheiße.

„Flick." Hailee runzelte die Stirn und beobachtete mich mit einem seltsamen Ausdruck. „Ich gehe mit Flick."

„Oh, ach so." Erleichterung durchflutete mich und löste die Enge in meiner Brust. „Das ist ... nett." *Nett?*

„Geht es dir gut, du verhältst dich etwas seltsam?"

„*Ich*? Mir geht es gut." Ich zuckte mit den Schultern und trat zurück, dabei stieß ich gegen die Ecke von einem Stapel Kartons. „Scheiße." Meine Hände schossen nach vorne und ich schaffte es gerade noch, die Kartons vor dem Sturz zu bewahren. Hailees Mundwinkel zuckten.

„Also, ich sollte, äh, gehen. Ich sollte gehen." Was zum Teufel war los mit mir?

Es war die verdammte Skizze. Sie hatte Voodoo-Kräfte oder so etwas, denn etwas hatte mich völlig aus dem Gleichgewicht geworfen.

„Okay.“ Sie sah zu, ihr Gesichtsausdruck war viel offener als noch vor fünf Minuten.

„Wir sehen uns?“ Meine Stimme hob sich am Ende und ließ es wie eine Frage klingen, und ich wollte nur noch mit dem Kopf gegen die Wand schlagen. Aber bevor Hailee zu dem Schluss kam, dass ich völlig unzurechnungsfähig war, winkte ich zum Gruß und machte mich aus dem Staub.

25

Hailee

„BIST DU DIR DA SICHER?" Ich holte tief Luft und fuhr mit den Händen über das blass-silberne Kleid, auf das Flick bestanden hatte. Es war das erste Kleid, das ich anprobiert hatte, und sie sprang vor Freude kreischend vom Bett und hatte erklärt, es sei „dieses oder keines". Aber selbst jetzt, in meinen Stöckelschuhen und mit dezentem Make-up, war ich mir nicht sicher.

„Ich glaube, ich muss mich übergeben", sagte ich und fasste mir an den Bauch, als wir uns der Turnhalle näherten.

„Hails." Flick wirbelte herum, die Lagen ihres eigenen Kleides fächerten sich auf wie ein kaskadenartiger Wasserfall. „Du hast es erfasst. Das ist nicht die neunte Klasse. Du wirst da nicht reinspazieren und das Gespött der Schule sein. Es ist das Abschlussjahr. Wir sind in der Abschlussklasse und wir verdienen das. Okay?" Sie lächelte mich beruhigend an.

„Okay", antwortete ich, obwohl mein Verstand schrie: „*Nein, nein, nein*".

„Wobei es viel mehr Spaß gemacht hätte, wenn wir ein Date gehabt hätten", fügte sie hinzu, und ich stieß ihr den Ellbogen in die Rippen. „Ich bin dein Date."

„Ich weiß, und ehrlich gesagt, würde ich es nicht anders haben wollen, Sista." Sie grinste mich an. „Also, was sagst du, gehen wir erhobenen Hauptes da rein und haben ein bisschen Spaß?"

„Bist du sicher, dass du nicht schwänzen und stattdessen mit Jude und Toby abhängen willst?" Sie hatte erzählt, dass sie einen Text von ihm bekommen hatte. Toby hatte mir auch ab und zu ein paar Nachrichten geschickt, nur hatte ich den Eindruck, dass er jetzt, da er wusste, wer mein Stiefbruder war, ein wenig vorsichtig war. Wahrscheinlich das Beste so. Toby war nett, und wir hatten uns gut verstanden, aber er löste keine Legion von Schmetterlingen in meinem Bauch aus. *Er* war nicht der Typ, der jeden meiner Gedanken verschlang.

Mein Körper pulsierte jedes Mal vor nervöser Energie bei dem Gedanken, Cameron wiederzusehen. Die ganze Woche über waren wir umeinander herumgetänzelt, hatten uns in der Cafeteria beobachtet, in Geschichte nahe beieinandergesessen, ohne uns zu berühren. Es hatte einen weiteren magischen Moment gegeben, Mittwoch nach dem Training, hatte ich ihn dabei erwischt, wie er mir auf den Mund schaute. Was auch immer diese Sache zwischen uns war, sie entwickelte sich. Sie wuchs mit jedem Tag zu etwas mehr. Ich wusste, es war gefährlich, sich mit ihm einzulassen; er war Jasons bester Freund. Und ich war nicht so naiv zu glauben, dass Jason jemals damit klarkommen würde. Aber ich konnte mich auch nicht zurückhalten. Ich sehnte mich nach ihm. Ich sehnte mich nach dem Gefühl, das er mir gab. Dem Nervenkitzel bei der Vorstellung, erwischt zu werden.Ich konnte es nicht mehr leugnen, ich war Hals über Kopf in Cameron Chase verliebt. Und er war da drin und sah zweifelsohne anbetungswürdiger denn je aus. Er hatte mehr als einmal darüber gescherzt, dass ich ihm einen Tanz aufheben würde. Zugegeben, wir würden wahrscheinlich nicht in der Lage sein, diesen besagten Tanz miteinander zu tanzen, wegen meines Arschloch-Bruders, aber nur zu wissen, dass er mit mir tanzen wollte, war genug.

Das war es doch, oder?

Flick ergriff meine Hand und zog mich zur Tür. Mit jedem Schritt spiegelte der Takt der Musik meinen eigenen Herzschlag wider. Bumm. Bumm. Ba-Bumm. „Du bist nervös." Sie beobachtete mich.

„Nein, bin ich nicht. Ich bin nur angepisst, dass du mich dieses Kleid tragen lässt."

„Das Kleid sieht heiß aus, genau wie deine Haare und dein Make-up. Jetzt hör auf, dir Sorgen zu machen. Es ist ein Tanzabend. Es soll Spaß machen."

Ach ja, Spaß. Ich konnte Spaß haben, wenn ich wollte.

Aber als wir hineintraten, war ich wieder vierzehn und sah zu, wie mein Date ein anderes Mädchen küsste. Nur dass Cameron das Mädchen, mit dem er sprach, nicht küsste. Sie kamen sich aber ziemlich nahe, ihre Hand auf seinem Arm, sie lächelte über etwas, was er sagte. Flick bemerkte das und zog mich in die andere Richtung, ein amüsiertes Lächeln umspielte ihre Lippen.

Wir fanden die Bar, in Wirklichkeit war es nur ein langer Tisch und Mr. Henderson im Smoking, der ein paar komisch aussehende Drinks zubereitete, und bestellten zwei Cocktails, dann setzten wir uns an einen leeren Tisch am Rande der Tanzfläche. Khloe Stemson und der Rest der Schlampentruppe waren über ihre Dates drapiert wie billige Bettvorleger, aber unter ihnen war kein einziger Football-Spieler zu sehen.

„Ich schätze, sie sind immer noch im Clinch mit Jason und dem Team“, vermutete Flick und nippte an ihrem alkoholfreien Mojito.

„Und das Turnteam ist auch noch da.“ Ich drehte meinen Kopf zu der Stelle hinüber, wo Jason Jenna Jarvis an die Wand gedrückt hatte und ihren Hals mit seinem Mund attackierte.

„Sie ist so ein Flittchen“, sagte Flick kühl.

„Wer klingt jetzt eifersüchtig?“

„Ich meine, sieh sie dir nur an. Sie weiß, dass er sich nicht binden will, und trotzdem wirft sie sich ihm bei jeder Gelegenheit an den Hals.“

„Vielleicht ist es nur Sex.“

„Ja, genau. Mädchen haben nicht nur Sex. Das reden sie sich ein, damit sie sich besser fühlen. Aber Sex ist für Mädchen mit Gefühlen verbunden. Das ist einfache Biologie.“

„Hmm.“ Ich hielt einen Finger hoch. „Ich hatte Sex ohne Gefühle.“

„Das ist etwas anderes.“ Sie verzog das Gesicht. „*Du* bist anders gestrickt.“

„Hey.“ Ich schlug ihr auf den Arm. „Ich hätte leicht Gefühle für Austin entwickeln können, aber nach dem Sex war mir klar, dass ich es nicht eilig hatte, das wieder zu tun.“ Ihr mürrischer Gesichtsausdruck verschwand, als ich sie mit einem verschmitzten Lächeln anschaute.

„War es wirklich so schlimm?“

„Es war nicht gut, das ist sicher.“

„Also, warum hast du es getan?“

„Ich weiß es nicht.“ Ich zuckte mit den Schultern. „Ich schätze, ich wollte es einfach hinter mich bringen. Und Austin hatte damals einen netten Eindruck gemacht.“ Flick lachte darüber. „Wir sind eine Katastrophe. Du wirfst Cameron Todesblicke zu, weil er mit einem Mädchen redet, und ich sitze hier und rede über Sex, obwohl ich es kaum bis zur dritten Base mit einem Typen geschafft habe." Sie stöhnte und ließ ihren Kopf auf den Tisch fallen.

„Komm schon, es ist nicht alles schlecht. Vielleicht werden du und Jude ..."

„Meine Damen, ihr seid gekommen." Asher Bennet beugte sich über mich, ein böses Funkeln in den Augen. „Und ihr seht beide verstörend heiß aus."

„Verstörend, wirklich?" Ich rümpfte die Nase. Es war ein Wunder, dass überhaupt jemand auf seinen Charme hereinfiel, oder eher den Mangel daran. Obwohl nicht einmal ich leugnen konnte, dass er gut aussah in seiner anthrazitfarbenen Anzughose und dem engen weißen Hemd mit den hochgekrempelten Ärmeln, das dunkelblonde Haar auf seine typische lässige Asher-Bennet-Art zerzaust. „Ist das alles, was du kannst?"

„Kratzbürstig wie immer, wie ich sehe, Raine."

Flick schaute vom Tisch auf und starrte ihn an. Ein langsames Grinsen breitete sich auf seinem Gesicht aus. „Du und ich, Giles, lass uns gehen."

„Gehen? Wohin gehen?"

„In meinem Jeep ficken, was denkst du denn?"

„Oh mein Gott", hauchte sie und ich dachte einen Moment lang, sie würde in Ohnmacht fallen.

„*Tanzfläche*, Felicity." Asher wies mit dem Kopf auf die Menge der tanzenden Schüler. „Lass uns tanzen."

„T-Tanzen?", hauchte sie verständnislos und ich starrte sie mit großen Augen an.

„Geh, das ist doch, was du wolltest, oder? Tanzen und Spaß haben." Und *ich* hatte nicht vor, mich vor unserer ganzen Klasse zum Narren zu machen.

Mit tiefroten Wangen ließ Flick sich von Asher

hochziehen und sie gingen Hand in Hand zur Tanzfläche. Letztes Jahr hätte sie ihn oder Cameron oder meinen Stiefbruder nicht zweimal angeschaut. Dieses Jahr war sie anders.

Vielleicht waren wir das beide.

Ich sah zu, wie Asher Kreise, buchstäblich Kreise, um sie herumtanzte, sie lachte, ihre Augen funkelten vor Glück. Es dauerte nicht lange, bis ihm die gesamte Tanzfläche zuschaute und im Mittelpunkt ihrer Aufmerksamkeit stand meine beste Freundin in ihrem wunderbarsten Moment.

Mein Blick wanderte hinüber zu der Stelle, an der ich Cameron zuvor gesehen hatte. Er war jetzt allein und beobachtete Asher und Flick, mit einem seltsamen Ausdruck auf seinem Gesicht. Ich fühlte mich mutig, stand auf und ging zu ihm hinüber. Kurz bevor ich ihn erreicht hatte, umarmte ihn ein Mädchen, und er hielt sie liebevoll und lächelte auf sie herab. Das gleiche Lächeln, das er mir mehr als einmal geschenkt hatte. Ich duckte mich in den Schatten an der Wand, bis die Dunkelheit mich ganz verschluckte. Was habe ich mir nur dabei gedacht? Dass ich heute Abend hierherkommen würde und Cameron tatsächlich mit mir tanzen wollte? Zeit mit mir verbringen? *Dummes, dummes Mädchen.*

Ich schluckte meinen Stolz herunter und marschierte zurück zu meinem Tisch, nur um festzustellen, dass Flick nicht mehr mit Asher tanzte. Ich scannte den Raum, in meiner Handtasche vibrierte es.

TOBY: **Was geht?**

ICH: **Bin bei der Homecoming Party und es ist irgendwie scheiße.**

. . .

TOBY: **Du solltest mit uns feiern … es ist keine Football-Sache, versprochen.**

NOCH EINE PARTY MIT TOBY? Wollte ich das wirklich? Meine Finger schwebten über der Antworttaste und dann tippte ich.

ICH: **Okay**

ICH DRÜCKTE AUF SENDEN, bevor ich kneifen konnte. Ich wollte nicht wirklich gehen, aber das Letzte, was ich tun wollte, war hierzubleiben und Cameron und irgendeinem Mädchen beim Tanzen und Rummachen zuzusehen.

In diesem Moment erhaschte ich einen flüchtigen Blick auf Flick. Ich eilte zu ihr hinüber und verengte meinen Blick, als ich ihren grimmigen Ausdruck sah. „Was ist passiert?“, fragte ich.

„N-nichts.“ Sie wischte über ihr Make-up und verwischte die Schlieren der Wimperntusche in ihrem Gesicht.

„Flick, ich weiß, dass du geweint hast.“

„Nicht hier, okay?“, sagte sie und ihre Augen huschten um mich herum, wie, wenn sie nach etwas suchte. Oder jemanden. „Können wir einfach gehen?“

„Toby hat mir einen Text geschickt, er lädt uns zu einer Party …“

„Das klingt perfekt.“ Sie ergriff meine Hand und begann, mich zur Tür zu ziehen.

„Gut“ gluckste ich. „Weil ich irgendwie schon ja gesagt habe.“

Ich hatte eine weitere Nachricht von Toby, die besagte, dass er in unserer Nachbarschaft sei und etwa zehn Minuten brauchen würde.

„Bist du sicher, dass es dir gut geht?“, fragte ich Flick erneut, die ihre Arme um sich geschlungen hatte und sich weigerte, mir in die Augen zu sehen. „Hat Asher etwas getan?“

„Mir geht es gut, Hails. Ich verspreche es.“

„Ich schwöre bei Gott, wenn er dir wehtut, bringe ich ihn um.“ Sein Interesse an meiner besten Freundin wurde immer größer. Das Problem war nur, dass ich nicht herausfinden konnte, ob das alles nur ein mega Scherz war oder ob er sie wirklich mochte. Asher Bennet würde sie bei lebendigem Leib verspeisen, was ich nicht zulassen wollte.

„Es ist nicht Asher.“

„Nicht?“

„Nein.“

„Aber es ist ein Kerl?“ Denn mein Bauchgefühl sagte mir, dass es ein Kerl war. Irgendetwas war mit meiner besten Freundin los, ich wusste nur nicht, was.

Ihr Blick glitt langsam zu mir, und sie presste die Lippen zusammen und nickte leicht. „Ich will nicht darüber reden.“

Die Tatsache, dass sie das Gefühl hatte, nicht mit mir reden zu können, tat weh. Aber ich war auch nicht gerade ehrlich wegen Cameron gewesen. Also schenkte ich ihr ein warmes Lächeln und sagte: „Okay, aber wenn du bereit bist, werde ich da sein.“

„Danke.“ Flick schniefte. „Ugh, der Tanzabend ist scheiße.“

„Das hätte ich dir gleich sagen können.“

„Ich dachte nur ...“ Ein schwerer Seufzer entkam ihren

Lippen. „Ich weiß nicht, vielleicht ist diese ganze Liste dumm."

Ich rückte näher zu ihr und drückte ihre Hand. „Es ist nicht dumm. Es ist mutig. Und ich bin stolz auf dich, Felicity Giles."

„Ja?" Ihre Augen leuchteten auf.

„Ja. Du hättest zusehen können, wie ich dein letztes Schuljahr zertrample, aber das hast du nicht." Das grelle Licht der Scheinwerfer blendete uns beide und ich hob die Hand über die Augen, um das herankommende Auto besser sehen zu können.

„Es ist Toby, komm schon." Flick ergriff meine Hand und zerrte mich zu ihm hin.

„Du bist aber eifrig", murmelte ich und sie warf mir einen vernichtenden Blick über ihre Schulter zu.

„Die Homecoming-Party ist Mist, doch die Nacht ist noch jung, und ich habe nicht umsonst dieses Kleid angezogen."

„Du siehst wirklich ziemlich heiß aus", stimmte ich zu.

„Verdammt richtig, das tue ich. Jude wird nicht wissen, wie ihm geschieht." Verschwunden war das traurige Mädchen, das ich Minuten zuvor gefunden hatte.

„Flick", flüsterte ich. „Du musst nicht ..."

„Nein, ich höre nicht zu. Ich brauche das, Hails." Ich war mir nicht genau sicher, worauf sie sich bezog, aber das Funkeln in ihren Augen sagte mir, dass ich nicht widersprechen sollte.

Toby kurbelte sein Fenster herunter, sein Blick schweifte an meinem Körper hinunter, die Augen verdunkelten sich vor Lust. „Hey." Er schenkte mir ein aufreizendes Lächeln.

„Hi."

„Hey Toby." Flicks Augen blickten an ihm vorbei ins Auto.

„Du siehst gut aus, Felicity“, driftete Judes Stimme zu uns herüber und ein breites Lächeln zog sich über ihr Gesicht.

„Bereit zu gehen?“, fragte Toby, und sie nickte eifrig und kletterte auf den Rücksitz. Ich zögerte und ließ meinen Blick zur Turnhalle hinüberschweifen.

„Hailee?“

„Ja. Ich komme.“ Ich duckte mich hinein und verdrängte alle Gedanken an die Party und Cameron Chase aus meinem Kopf.

„WARUM SO MÜRRISCH, Sista?“ Flick nippte an ihrem Drink und wiegte ihren Körper zu dem Beat. Auf der letzten Party, zu der Toby uns mitgenommen hatte, waren wir underdressed gewesen, aber heute Abend fielen wir aus anderen Gründen auf.

So viel zum Thema Entkommen.

„Ich fühle es einfach nicht“, sagte ich und scannte den Raum. Die Leute waren in jeden Zentimeter des Hauses gequetscht. Es war nicht annähernd so groß wie das Haus von Lewis Thatcher, aber ich hatte auch keine East-Football-Spieler gesehen, das sprach also für das Haus.

„Toby scheint scharf auf dich zu sein.“ Flick nickte in Richtung der Jungs, als sie uns allen eine weitere Runde Getränke holten.

„Sieht so aus.“

Die Augen meiner besten Freundin wurden schmal, sie packte meinen Arm und zog mich an sich. „Du bist schlecht gelaunt.“

„Nein. Ich ...“ *Denke überhaupt nicht daran, wie gut Cameron heute Abend aussah.*

„Du hättest einfach hingehen und mit ihm reden

sollen." Flick stieß einen verärgerten Atemzug aus, aber ich antwortete nicht. „Na schön. Sei ein Spielverderber. Bitte verdirb mir nicht den Spaß. Ich brauche das, Hails. In der Tat", sagte sie verschwörerisch. „Ich denke, ich werde es heute wahrscheinlich tun."

„Es tun?" Ich starrte sie ausdruckslos an.

„Sex, Hails. Ich habe vielleicht Sex."

Meine Hand schoss hervor und drückte ihr den Mund zu. „Herrgott, Flick, sprich leiser."

„Was?" Sie grinste. „Es ist okay, die Worte zu sagen."

„Bist du betrunken?" Wir hatten nur zwei Drinks.

„Nein, ich bin nicht betrunken. Ich ergreife lediglich diese Gelegenheit. Jude ist heiß und er sendet mir die richtigen Signale."

„Das hat also nichts damit zu tun, was vorhin passiert ist?" Meine Augenbraue hob sich.

„Es war nichts."

Oh, es war schon etwas, sie wollte nur nicht zugeben, was.

Meine Augen fanden Jude und Toby hinter ihr. Sie kamen zu uns herüber. „Triff nur keine voreiligen Entscheidungen. Jude scheint ein netter Kerl zu sein, aber dein erstes Mal sollte mit jemandem sein, den du magst ... wirklich magst."

„Wie bei dir."

„Ist einer davon für mich?", sagte ich und machte Flick so auf die Tatsache aufmerksam, dass die Jungs zurück waren. Sie grinste mich verschmitzt an, bevor sie sich umdrehte und Jude ihr neues Getränk abnahm. „Willst du tanzen?", fragte sie.

Er zuckte mit den Schultern, aber Flick ließ sich nicht beirren. Sie ergriff seine Hand und führte sie in den nächsten Raum, wo getanzt wurde.

„Ich mag sie“, sagte Toby. „Sie hat wirklich … Charakter.“

„Ist das deine höfliche Art zu sagen, dass sie aufdringlich ist?“ Ich lachte und er lächelte.

„Sie holt sich, was sie will, daran ist nichts falsch.“ Seine Augen verdunkelten sich, als sie auf mir verweilten, und ich senkte meinen Blick, weil ich ihm keine falschen Hoffnungen machen wollte.

Toby war nett. Ein guter Kerl. Er erkundigte sich ständig, ob es mir gut ging, holte mir Drinks und brachte mich zum Lachen. Und es schien ihn nicht so sehr zu stören, dass mein Stiefbruder Jason Ford war, wie ich zuerst gedacht hatte. Aber trotz allem, was er zu bieten hatte, hatte Toby meine Welt nicht in Brand gesetzt. Mein Herz klopfte nicht wild in meiner Brust, wenn ich ihn ansah, und ich spürte nicht dieses lustvolle Prickeln in mir. Er war süß. Freundlich und aufmerksam. Genau das, was ich mögen wollte.

Alles, was ich hätte mögen *sollen.*

Es gab nur ein kleines Problem.

Er war nicht Cameron Chase.

26

Cameron

„WILLST du das Ding die ganze Nacht tragen?", fragte ich Jase und blickte amüsiert auf die billige Plastikkrone auf seinem Kopf.

„Ich hatte bereits drei Angebote, meinen Schwanz zu lutschen, und Lisa Tenby ließ sich von mir auf der Mädchentoilette fingern, also ja, ich trage das die ganze Nacht. Warum hast du eigentlich so einen Stock im Arsch?"

„Habe ich nicht. Alles gut." Meine Augen suchten das Meer von Körpern ab, in der Hoffnung, Hailee zu entdecken. Aber ich konnte sie nicht sehen.

Ich hatte sie seit Stunden nicht mehr gesehen, nur, als sie und Flick angekommen waren.

Jase starrte mich an, sein harter Blick brannte sich in mein Gesicht, während er an seinem Drink nippte. „Sicher, dass es dir gut geht?"

„Ja." Ich nickte und schaute wieder in die Menge. Ich mochte Schulbälle nicht, hatte sie nie gemocht, aber wenn man ein Raider war und für Coach Hasson spielte, hatte man keine andere Option. Man erwartete von uns, dass wir auftauchten, lächelten und den Leuten gaben, was sie wollten. Die meisten Jungs genossen es, die Chance, für eine Nacht König zu sein. Aber ich nicht.

„Miley sieht heiß aus", sagte Jase. „Was geht bei euch?"

„Es ist was Lockeres." Ich hob die Schultern in einem leichten Achselzucken.

„Kein Scheiß. Komm schon, Mann, magst du sie? Ich habe gesehen, wie sie dich anschaut."

„Wir sind nur Freunde, Jase." Nicht mehr. Und nicht weniger. Aber er sah nicht überzeugt aus.

„Ja, gut, lass es dabei. Das Letzte, was wir brauchen, sind Ablenkungen. Und ich kann ihr ansehen, dass sie Ärger bedeutet. Ich gehe mal pinkeln." Er bahnte sich seinen Weg durch den Raum und teilte das Meer von Besuchern, als wäre er der verlorene Sohn.

Und vielleicht war er das auch.

Für eine Stadt wie Rixon war Jason die Garantie dafür, dass ihr Name in den nationalen Zeitungen auftauchte. Die Leute konnten den Tag in fünf Jahren kaum erwarten, an dem sie sagen durften, dass sie den neuen Star der NFL persönlich kannten.

Ich entdeckte Asher drüben bei den Türen, er telefonierte. Sorgenfalten waren in sein Gesicht gezeichnet und ich richtete mich auf, mein Rückgrat kribbelte. Aber bevor ich hinübergehen und herausfinden konnte, ob es ihm gut ging, entdeckte er mich auf der anderen Seite des Raumes und er zog eine Grimasse.

Wir trafen uns auf halbem Weg, er beendete den Anruf gerade. „Alles in Ordnung?", fragte ich ihn, während er auf sein Handy starrte.

„Ich, hmm, das war Fee."

„Fee? Du meinst Felicity?"

„J-ja." Er schluckte und fuhr sich mit einer Hand durchs Haar. „Sie, äh, sie hat mich gebeten, dass du sie *sofort* anrufen sollst."

„Ich, aber warum sollte ich – Hailee." Die Luft zischte aus meiner Lunge. „Hast du ihre Nummer?"

Natürlich tat er das, sie hatten gerade telefoniert. Aber alles war ein bisschen verschwommen, mein Herz donnerte in meiner Brust.

„Ich habe meine Nummer in ihr Handy eingegeben, als sie das Frühstück gemacht hat. Du solltest sie anrufen, sie klang panisch. Als ich fragte, was los sei, sagte sie, es sei keine Zeit für Erklärungen ...", fügte er hinzu und ich schaute ihn fragend an.

„Schick mir ihre Nummer und sag Jase, dass ich gehen musste."

„Scheiße", hauchte er. „Was soll ich ...?"

„Sag ihm, es ist meine Mutter oder so." Es spielte keine Rolle. Ich musste nur zu Hailee kommen. Wenn Felicity Asher angerufen hatte ...

„Cam?" Ashers Stimme riss mich aus meinen Gedanken.

„Ja?"

„Ich sagte, bist du sicher, dass du weißt, was du tust? Vielleicht ist das keine gute Idee."

„Schick mir einfach ihre Nummer."

„Scheiße, ja, ja. Okay." Er fing an, an seinem Handy herumzufummeln, ich wartete auf die eingehende Nachricht und dann machte ich mich aus dem Staub.

Sobald ich den Tanzsaal hinter mir gelassen hatte, zog ich mein Handy heraus und rief Felicity an.

„Cameron?", stieß sie hervor. „Bist du das?"

„Was ist passiert?"

„Ich ... sie ... Mist, das ist schlimm, Cameron. Ich weiß nicht, was ..."

„Langsam. Wo seid ihr?“ Ich war fast bei meinem Truck.

„Auf einer Party, auf der anderen Seite des Flusses.“

Scheiße.

„Okay.“ Ich unterdrückte meine Wut. „Kannst du mir einen Text mit der Adresse schicken? Ich brauche etwa eine Viertelstunde.“ Wenn ich das Tempolimit überschreiten würde.

„J-ja. Und danke. Ich wusste nicht, wen ich sonst anrufen sollte.“

„Danke mir noch nicht“, sagte ich, bevor ich auflegte. Als ich meinen Wagen erreichte, riss ich die Tür fast aus den Angeln.

Eine Ost-Party.

Sie hatten den Schulball verlassen und waren zu einer Party in der Oststadt gegangen. Asher hatte recht. Ich hatte keine Ahnung, was ich da tat. Denn das war der letzte Ort, an den ich gehen sollte. Besonders ohne Verstärkung. Aber Hailee war da, und der Verzweiflung in Felicitys Stimme nach zu urteilen, war das, was passiert war, nichts Gutes.

Verdammt.

Als ich rückwärts aus der Parkbucht fuhr und aufs Gaspedal trat, durchströmte mich unruhige Energie. Hailee brauchte mich. Okay, in Wahrheit brauchte Felicity mich, aber das waren unwichtige Details.

Ich konnte nicht leugnen, dass ein kleiner Teil von mir sauer war. Ich hatte den größten Teil der Nacht damit verbracht, Hailee zu suchen, in der Hoffnung, noch einen Blick auf sie zu erhaschen, und die ganze Zeit war sie auf einer Party im Osten gewesen, mit diesem Deppen Toby, ohne Zweifel. Ich umkrampfte das Lenkrad. Ich hatte immer gewusst, dass Hailee Ärger bedeutete. Aber wenn Jason das herausfand, würde die Kacke am Dampfen sein.

Ich konnte sie nicht dort lassen, denn Hailee Raine war mir unter die Haut gegangen.

Und was noch schlimmer war, dass es mir gefiel.

„WAS ZUM TEUFEL IST PASSIERT?“ Ich sprang aus dem Truck und direkt zu Felicity, die Hailees schlaffen Körper in meine Arme übergab.

„Ich ... sie ... ich weiß es nicht. Gott.“ Ihre Stimme zitterte. „Das ist so ein Chaos.“ Felicity weinte, als ich meine Hände unter Hailees Schenkel schob, sie hochhob und sie an mich drückte. Sie stöhnte, ihr Kopf rollte zur Seite.

„F- Flick?“ Es war ein fast unverständliches Gemurmel.

„Pst, ich habe dich“, sagte ich mit belegter Stimme. Ich sah zum Haus hinüber, es war offensichtlich, dass die Party drinnen noch tobte.

„Cameron, wir müssen gehen. Sie braucht ...“

„Ja.“ Mein Blick fiel wieder auf Felicity. „Okay.“

Felicity öffnete die Hintertür des Trucks und half mir, Hailee auf die Rückbank zu legen. Ich ging um die Fahrerseite herum und kletterte hinein, meine Hände umklammerten das Lenkrad und ich beobachtete sie im Rückspiegel. Sie sah aus wie eine Stoffpuppe, das Haar hing ihr in Strähnen ins Gesicht, das Make-up war um ihre Augen verschmiert. Ihr Brustkorb hob und und senkte sich nur mühsam.

Felicity rutschte neben mich und atmete tief aus. „Es tut mir leid“, sagte sie. „Ich wusste nicht, wen ich sonst anrufen sollte.“

„Sag mir, was passiert ist.“ Ich hatte den Schlüssel noch immer nicht ins Zündschloss gesteckt, Adrenalin floss durch meine Adern.

„Fahr los, und ich sag's dir." Felicity bedachte mich mit einem Blick, der mir sagte, dass sie genau wusste, was ich dachte. „Cameron ...", fügte sie in der nächsten Sekunde hinzu. „Wir müssen weg, bevor dich jemand hier sieht."

„Okay" stieß ich hervor. „Okay."

Ich ließ den Motor an, fuhr rückwärts aus der Einfahrt und bog auf die Straße. „Okay rede", sagte ich. Das Haus im Rückspiegel verschwand in der Ferne.

„Toby hat ihr einen Text geschrieben, als wir beim Oberstufenball waren und uns zu einer anderen Party eingeladen. Ich hatte den Eindruck, dass Hailee sauer auf dich war, also sind wir gegangen."

Sauer ... auf mich?

Es wäre nicht das erste Mal gewesen, aber ich hatte beim Tanz nicht einmal mit ihr gesprochen.

„Hat er ...?" Die Worte blieben mir im Hals stecken, Wut stieg in meiner Brust auf.

„Was? Gott, nein. Toby ist ein guter Kerl, Cameron. Ich schwöre es. Aber *etwas* ist passiert. Wir haben das Gleiche getrunken und mir ging es gut, aber Hailee fing an, sich wirklich seltsam zu verhalten. Ich wollte, dass wir nach Hause gehen, aber sie sagte, sie wolle bleiben und Spaß haben. Plötzlich war sie verschwunden. Wir haben überall nach ihr gesucht."

„Wir?"

„Ja, ich, Jude und Toby."

Toby.

Ich war es schon leid, den Namen dieses Arschlochs zu hören.

„Was ist passiert?"

„Wir konnten sie nirgends finden, aber dann sagte jemand, er hätte sie ins Poolhaus gehen sehen, das Poolhaus, von dem alle sagten, es sei tabu ...", ihre Stimme verstummte.

„Und …"

„Und wir fanden sie so, fast ohnmächtig auf der Couch. Sie war völlig weggetreten. Toby und Jude gingen los, um ihr etwas Wasser zu holen und um herauszufinden, was passiert ist, dann rief ich dich an und schaffte es, sie da raus zu schleifen."

„Warum hast du nicht einfach gewartet, bis sie zurückkommen?"

„Ich schätze, ich bin in Panik geraten. Ich meine, sieh sie dir an. Das ist nicht Hails, sie sah nicht so aus, als ich sie das letzte Mal sah. Was, wenn jemand …?"

Ich schaute zu Felicity hinüber und ihr Blick huschte weg. „Was, wenn jemand *was*, Felicity?" Es kam grob heraus.

Sie atmete heftig ein. „Was, wenn ihr jemand etwas gegeben hat?"

Mein Blick ging zurück zum Rückspiegel. Sie hatte recht, Hailee war nicht betrunken, sie war völlig *daneben.* „Glaubst du, man hat ihr was ins Getränk getan?"

„Ich denke schon, ja."

„Scheiße." Ich spannte mich an, mein Rücken prickelte vor Wut. Ich wollte den Truck wenden, zurück zur Party fahren und jemanden verprügeln, bis ich herausfand, was genau heute Abend passiert war. Aber ich wusste, das würde die Situation nicht lösen. Und im Moment würde es auch Hailee nicht helfen.

„Sollen wir sie ins Krankenhaus bringen?"

„Ich glaube, ihr wird es bald wieder gut gehen", sagte ich und sah wieder nach ihr. „Sie muss nur ihren Rausch ausschlafen."

„Sie sollte eigentlich bei mir schlafen, aber wenn meine Eltern sie so sehen, werden sie …"

„Es ist okay, sie kann bei mir bleiben." Die Worte sprudelten heraus, bevor ich sie stoppen konnte. Ich behielt meine Augen auf der Straße, spürte aber, dass Hailees Freundin mich beobachtete.

„Du magst sie, nicht wahr?“

Ich weiß nicht, warum, aber die Tatsache, dass es keine wirkliche Frage zu sein schien, irritiert mich.

„Ich werde dazu nichts sagen“, sagte ich kühl.

„Okay.“ Felicity unterdrückte ein Lächeln. „Ich werde kein Wort mehr sagen.“

„Gut.“ Es war kaum ein Grunzen, aber ich wollte nicht darüber reden, nicht hier. Nicht mit ihr.

Die Fahrt über den Fluss war schnell vorbei. Bevor ich mich versah, hielt ich vor Felicitys Haus. „Bist du sicher, dass du auf sie aufpassen wirst?“, fragte sie leise. Ich warf ihr einen verärgerten Blick zu und sie schluckte und fügte hinzu: „Sie ist meine beste Freundin und du bist nicht immer nett zu ihr gewesen. Ich musste einfach fragen.“

„Ich werde dafür sorgen, dass es ihr gut geht.“ Hoffentlich schliefen alle, sodass ich heute Abend unangenehme Gespräche vermeiden konnte.

„Sie tut so, als wäre sie hart, aber all das hier, eure dummen Spielchen ... sie ist nicht so hart, wie du denkst, Cameron.“

Ich wusste nicht, was ich darauf antworten sollte, also nickte ich Felicity nur zu und wartete darauf, dass sie ausstieg.

Zehn Minuten später hielt ich bei mir zu Hause. Hailee schlief immer noch tief und fest auf dem Rücksitz und murmelte ab und zu leise. Ich kletterte aus dem Wagen und öffnete die Hintertür. Ich hob sie hoch und ging ins Haus, um sie direkt in mein Zimmer zu bringen. Ihr Körper war wie leblos vom Schlaf und was auch immer sonst noch in ihrem Körper war.

„F- Flick, was ist passiert?“ Sie begann sich zu rühren, als ich sie auf mein Bett legte.

„Pst." Ich schob ihr die verirrten Haarsträhnen aus dem Gesicht. „Ich hole dir etwas Wasser."

„C- Cameron?" Hailees Augenlider flatterten und sie starrte zu mir hoch, Verwirrung zeichnete sich auf ihrem Gesicht ab. „Was ist ... oh Gott." Sie schlug sich die Hand vor den Mund und erbrach sich.

„Scheiße, okay, hoch mit dir." Ich half ihr aus dem Bett und trug sie halb in das kleine Bad, das an mein Zimmer grenzte. Hailee sackte auf dem Boden zusammen und umklammerte die Kloschüssel, gerade rechtzeitig, um ihren Mageninhalt weiter zu erbrechen. Ich hockte mich hin und strich ihr die Haare aus dem Gesicht. Sie wirkte so klein und zerbrechlich, ganz und gar nicht wie das starke, sture und rücksichtslose Mädchen, als das ich sie kannte.

Jemand hatte ihr das angetan.

Der Gedanke war wie ein Schlag in die Magengrube.

Sie tastete nach der Spülung, schaffte es, sie zu ziehen, und lehnte sich mit einem schmerzerfüllten Stöhnen gegen mich. „Fühlst du dich besser?", fragte ich.

„Ich weiß nicht, was ich im Moment fühle." Ihre Stimme war angeschlagen, ihre Worte kamen nur schleppend.

„Komm, lass uns dich sauber machen." Ich suchte ihr eine Ersatzzahnbürste und ein Handtuch, bevor ich ihr beim Aufstehen half. „Nimm dir ein paar Minuten Zeit. Ich kann dir ein altes T-Shirt rauskramen, wenn du willst?" Ihr Kleid war zerknittert und fleckig, aber ich sah nur, wie schön sie auf dem Tanzboden ausgesehen hatte.

„Ich, äh ... ja, das wäre gut, danke." Sie sah mich nicht an, und das stach. Mehr als es sollte.

Über den Kloß in meinem Hals hinweg nickend, ließ ich sie allein und ging los, um ein altes Football-Trikot zu finden, das sie anziehen konnte. Es war eine dumme Idee, über die sie mich zweifellos anschnauzen würde, wenn sie sich besser fühlte, aber ich konnte nicht leugnen, dass die Vorstellung, sie in meinen Teamfarben zu sehen, zu verlockend war, um es nicht zu tun.

Ich klopfte an die Badezimmertür und schob sie einen Spalt breit auf. „Hier, bitte."

Hailee schnappte sich das Trikot und schloss die Tür wieder. Ich ließ mich auf den Stuhl in der Ecke meines Zimmers fallen und rieb mir die Schläfen. So hatte ich mir den Abend nicht vorgestellt. Ich dachte, ich würde zum Ball gehen, mit den Jungs abhängen, Hailee von der anderen Seite des Raums aus beobachten und mir vorstellen, mit ihr zu tanzen, sie für mich zu beanspruchen, genau dort, vor unserer gesamten Klasse. Aber dann hatte mich Miley quasi in die Ecke gedrängt.

Ich war nur erleichtert, dass Flick Asher angerufen hatte. Hätte sie es nicht getan, wäre es jetzt vielleicht Toby, der auf Hailee aufpasste, und nicht ich. Bei dem Gedanken wurde mir das Herz schwer. Zumal ich nicht sicher sein konnte, dass nicht er es war, der ihr etwas untergepfuscht hatte. Scheiße, sie hätte nicht dort sein dürfen, im Osten der Stadt. Thatcher hatte klargemacht, dass er es auf sie abgesehen hatte. Das hier war ganz nach seinem Geschmack. Ich war nur erleichtert, dass Flick sie gefunden hatte, bevor ... Scheiße. Ich wollte nicht einmal daran denken. Der Gedanke, dass jemand Hailee anfasste, ihr wehtat, war kaum zu ertragen. Ich atmete scharf ein, legte den Kopf in den Nacken und schloss die Augen. Es fühlte sich wie eine Ewigkeit an, bis das Knarren der Badezimmertür mich dazu brachte, sie zu öffnen. Sie stand da in meinem alten Football-Trikot und ihrem Slip ... und mir wurde klar, dass mein Plan nach hinten losgegangen war. Denn sie fühlte sich in meinem Trikot pudelwohl und sie sah verdammt sexy aus.

„Ich, äh ..." Ihre Wangen erröteten in einem tiefen Rosa

und sie zerrte am Saum des Trikots. „Also, ich habe ein bisschen auf mein Kleid gekotzt und versucht, es abzuwaschen, und jetzt ist es ganz nass, und ich konnte nicht ..."

„Alles okay." Ich stand auf, verringerte den Abstand zwischen uns und sagte mir, dass ich irgendwo anders hinschauen sollte, und nicht auf ihre langen, glatten Beine. „Wie fühlst du dich?"

„Als wäre ich von einem Laster überfahren worden. Aber ich werde es überleben." Sie blickte zu Boden und strich sich die Haare hinters Ohr. „Ich wünschte, ich wüsste, was passiert ist."

„Wir glauben, dass dir jemand etwas ins Getränk gegeben hat."

„Wir?" Ihr Blick traf meinen, und meine Brust zog sich zusammen.

„Ja, Felicity und ich."

„Sie hat dich angerufen, oder?" Ein unsicheres Lächeln spielte auf ihren Lippen. „Was wirklich seltsam ist, denn ich hatte keine Ahnung, dass ihr beide eure Handynummern ausgetauscht habt." Hailee stieß ein ersticktes Lachen aus.

„Sie hat Asher angerufen."

„Asher? Flick hat Ashers Nummer? Wie konnte ich das nicht wissen?" Sie runzelte die Stirn. „Sie hat also Asher angerufen, und warum genau?"

Jetzt war ich an der Reihe, zu Boden zu schauen. Ich spielte Football gegen einige der größten Abwehrspieler. Mit Jungs, die doppelt so breite Schultern hatten wie ich, zu Boden gerissen zu werden, gehörte zum Alltag. Doch Hailee, ein Mädchen, das halb so groß war wie ich, entwaffnete mich völlig.

„Sie hat Ash angerufen und ihn gebeten, dass ich sie anrufen soll."

„Aber warum sollte sie das tun? Und vor allem, warum hast du sie zurückgerufen?"

Meine Augen verengten sich leicht. „Hailee, komm schon ..."

„Warum, Cameron?" Ihre Augen fixierten mich auf der Stelle.

„Weil du das alles nicht verdienst", gab ich zu. „Und ich habe mir Sorgen gemacht."

„Aber ..."

„Komm schon." Ich unterbrach sie. „Es ist spät, du solltest dich etwas ausruhen." Ich deutete mit dem Kopf auf das Bett, und ihre Augenbrauen zogen sich hoch. Ich fügte hinzu, „Ich werde auf dem Boden schlafen."

„Cameron." Mein Name auf ihren Lippen klang gut. Zu verdammt gut. „Ich werde dich nicht zwingen, auf dem Boden zu übernachten." Röte kroch ihren Hals hinauf und in ihre Wangen. Hailee ging mich herum, legte sich auf das Bett und schlüpfte unter die Decke. Ein Teil von mir hatte erwartet, dass sie sich wehren würde, dass sie darauf bestehen würde, nach Hause gebracht zu werden.

Aber das hatte sie nicht.

Und ich Trottel wollte glauben, dass es etwas bedeutete.

Ich zog mein T-Shirt aus und begann, meine Jeans aufzuknöpfen. Hailee bemühte sich, nicht zu gucken. Aber ich spürte ihre Augen mehr als einmal auf mir. Ich kroch auf das Bett neben ihr, vorsichtig, um ihr nicht zu nahezukommen. Ich tastete nach dem Lichtschalter und der Raum versank in Dunkelheit.

„Also, das ist überhaupt nicht peinlich", flüsterte Hailee. Und obwohl es dunkel war und ich sie kaum sehen konnte, war ich mir ihrer Nähe zu allzu bewusst. Das leise Geräusch von jedem ihrer Atemzüge, der warme Strom, der zwischen uns floss. Die Art, wie meine Haut kribbelte und mein Puls raste, obwohl ich sie nicht einmal berührt hatte.

Ich drehte mich auf die Seite und zeichnete das Profil ihres Gesichts nach. „Schlaf etwas." Ich würgte die Worte heraus, um mich davon abzuhalten, etwas Dummes zu tun. Wie, ihr zu sagen, dass es sich für mich überhaupt nicht peinlich anfühlte.

Dass es sich fast perfekt anfühlte.

„Nacht, Cameron."

„Nacht, Sonnenschein."

Ein Moment der Stille verging, und dann durchbrach ihre verschlafene Stimme das Schweigen. „Cameron?"

„Ja?"

„Danke dir." Während ich spürte, wie der Schlaf mich langsam einholte, war mein Geist ein Wirrwarr von Gedanken. Über mich und Hailee. All die Gründe warum das eine verdammt schlechte Idee war. Aber ein Gedanke ragte aus all den anderen heraus. Es war das erste Mal, dass ich mit einem Mädchen in meinem Bett eingeschlafen war.

Und es gefiel mir.

Es gefiel mir sogar sehr gut.

27

Hailee

„AMERON, Ameron hause.“ Die Stimme ließ mich aufschrecken, und ich riss ein Auge auf, um mich zu orientieren, während ich das andere fest zukniff. *Wo zum Teufel bin ich?* Ich suchte in meinem Gehirn nach einer Erklärung, als ein dunkelhaariger, pausbäckiger Junge in mein Blickfeld kam.

„Du nicht Ameron“, sagte er, und ein niedliches kleines Stirnrunzeln zierte sein kleines Gesicht.

Ameron?

Ich stöhnte und strich mir die Haare aus dem Gesicht. Was zur Hölle …

Alles stürzte auf einmal auf mich ein. Der Ball. Die Party mit Toby. Cameron hielt mein Haar, während ich mir die Seele aus dem Leib kotzte. Die Toilette im Badezimmer neben seinem Zimmer.

Sein Zimmer.

Oh Gott, ich war in Camerons Schlafzimmer.

In.

Seinem.

Bett.

Ich schaute hinüber und tatsächlich, da lag Cameron, auf dem Bauch, den Arm unter den Kopf gelegt, und schnarchte leise.

„Wer bist du?“, fragte der Junge, kletterte auf das Bett und ließ sich zwischen mir und Cameron nieder.

„Ich bin Hailee.“

„Ailee? Ich bin Ander.“

„Schön, dich kennenzulernen.“ Ich schenkte ihm mein schönstes Lächeln, trotz der Panik, die in meiner Brust aufstieg „Hmm, Cameron?“, zischte ich. „Cameron, wach auf. Wir haben Besuch.“

„Xan?“, sagte Cameron mit müder Stimme. „Scheiße, Xander?“ Er richtete sich auf und rieb sich die Augen. Sein Blick suchte meinen, alarmiert, und ich kicherte und duckte mich unter die Bettdecke.

„Hast du eine Freundin, Ameron?“

„Was, ich ... äh, nein, Kumpel. Das ist eine ... Mitschülerin.“

„Ailee.“ Er nickte. „Ist hübsch.“

„Okay, Kumpel, Zeit für dich zu gehen.“ Cameron hob das Kind hoch und kletterte aus dem Bett, ohne sich die Mühe zu machen, sich etwas anzuziehen. „Ich bin gleich wieder da“, murmelte er über seine Schulter und ich nickte und spürte, wie meine Wangen rot wurden.

Die beiden verschwanden aus dem Zimmer, ich drückte mich in die Kissen und stöhnte. Ich wollte im Boden versinken. Ich war in Camerons Bett.

Camerons Bett.

Und wir waren gerade von dem süßesten Kleinkind erwischt worden, das ich je gesehen hatte.

Gerade als ich dachte, mein Leben könnte nicht noch verrückter werden.

Zwei Minuten später trat Cameron wieder in den Raum. „Das tut mir leid." Er fuhr sich mit einer Hand über den Kopf, er mied meinen Blick.

„Dein Bruder ist hinreißend", sagte ich und zog die Laken um meinen Körper herum, wohl wissend, dass ich nur mit seinem Footballtrikot und meinem Slip bekleidet war und er nichts außer seinen engen schwarzen Boxershorts trug. *Schau in sein Gesicht, Hailee. In. Sein. Gesicht.*

„Ja, obwohl er ein echter Wirbelwind ist."

„Er ist ein süßer Junge."

„Lass dich nicht täuschen." Er lachte und wir teilten ein seltenes Lächeln. „Wie fühlst du dich?" Cameron saß am Ende des Bettes, sein Blick brannte in mich hinein.

„Ich komme schon klar, denke ich. Ich kann immer noch nicht glauben, dass mir das jemand angetan hat." Mein Kopf tat weh, und meine Muskeln waren wie Blei, ganz zu schweigen davon, dass sich mein Magen anfühlte, als wäre da drin etwas gestorben. Aber ich hatte im Moment wichtigere Dinge, über die ich mir Sorgen machen musste, wie die Tatsache, dass Cameron fast nackt neben mir stand; die festen Muskeln seines Körpers bettelten nur darum, berührt zu werden.

Gott, ich wollte ihn anfassen.

Was zum Teufel war mit mir los?

„Ja, nun, die Leute tun alle möglichen verrückten Dinge im Namen des Footballs."

„Du auch?" Meine Augenbraue hob sich, ich senkte den Kopf und sah ihn durch meine Wimpern an.

„Ich habe einige Dinge getan, auf die ich nicht stolz bin, ja." Cameron schluckte, die Worte schienen ihm schwer zu fallen.

„Nun, du hast mich gestern Abend gerettet, also danke."

„Das war doch nichts."

Aber es war nicht nichts, es *war* etwas.

Die Ereignisse der letzten Nacht waren verschwommen. Aber ich erinnerte mich mit vollkommener Klarheit daran, dass Cameron nach Flicks SOS-Ruf angerannt kam.

Er kam näher und setzte sich zu mir. Ich fühlte mich plötzlich ein wenig benommen. „Woran kannst du dich von der Party erinnern?", fragte er sanft.

„Ich ..." Ein schwerer Seufzer entkam meinen Lippen. „Nicht viel, um ehrlich zu sein. Wir verließen den Ball und Toby kam, um uns abzuholen. Er sagte, es sei keine Football-Sache, also dachte ich ..." Meine Stimme verstummte, ich blickte zu Boden.

„Warum bist du vom Ball weg?"

Ich schaute zu ihm, aber antwortete nicht. Was sollte ich denn sagen? Dass ich fort wollte, weil ich ihn mit einem Mädchen gesehen hatte? Achselzuckend zupfte ich an seinen Laken. „Ich wollte Flick nur bei Laune halten, sie schien sich über etwas aufzuregen, also sind wir los."

„Komisch." Seine Augenbraue hob sich leicht. „Weil sie sagte, du seist gegangen, weil du sauer auf mich warst."

Meine Wangen flammten auf. „Sie muss lernen, ihren Mund zu halten." Ich wollte sie umbringen.

„Ich habe dich gesucht: Ich dachte, ich könnte diesen Tanz einlösen." Sein Mund verzog sich zu einem schiefen Lächeln. „Aber du warst schon weg."

„Ja, nun, du schienst mir ziemlich beschäftigt zu sein, also dachte ich, es wäre keine große Sache." Ich schlang die Arme um mich und senkte meinen Blick wieder.

„Hailee", seine Stimme besänftigte etwas in mir. „Was ist ... Miley ..." Er stieß einen verzweifelten Atemzug aus. „Du hast mich mit Miley reden sehen."

„Ich habe dich mit niemandem reden sehen, Cameron,

lass es einfach gut sein.“ Ich wollte mich nicht so fühlen, weil er mit einem anderen Mädchen sprach. Es war irrational. Unlogisch. Es war völlig erbärmlich. Aber ich konnte nicht leugnen, dass mich Eifersucht durchströmte, als er ihren Namen sagte.

„Miley ist nur eine Freundin, du musst dir keine Sorgen um sie machen.“

„Ist mir egal.“ Ich konnte seinem Blick nicht begegnen.

„Warum bist du so?“, fragte er.

Schließlich blickte ich zu ihm auf. „Wie was?“

„Zickig.“

„Was für eine perfekte Erinnerung, dass du nicht der nette Junge von nebenan bist“ Ich warf die Decke zurück und sprang aus dem Bett. „Ich sollte gehen.“

„Hey, mach mal langsam, Hailee. Wir sollten reden.“

„Wir haben nichts zu bereden“, rief ich. Ich ging in sein Badezimmer und hoffte, dass mein Kleid trocken genug war, um es anzuziehen, sonst wäre es peinlich, Mom und Kent zu erklären, warum ich nur in meinem Höschen und einem von Camerons alten Footballtrikots steckte.

„Gott sei Dank“, hauchte ich, als ich mein Kleid weitgehend sauber und trocken vorfand. Ich warf mein Kleid über den Handtuchhalter, spritzte mir etwas Wasser ins Gesicht und versuchte, meine Haare zu bändigen, indem ich mit den Fingern durch sie fuhr. Es war nicht perfekt, aber es würde reichen. Dann klaute ich einen Klecks Zahnpasta, um meinen Atem aufzufrischen. Ich blickte in den Spiegel und sah ein Paar verärgerte graue Augen.

„Raus“ schnauzte ich Cameron an, der die Tür blockierte und mich mit finsterer Miene anstarrte.

„Zwing mich.“

„Cameron, komm schon. Du hast letzte Nacht etwas

Anständiges getan, aber lass uns das nicht zu etwas machen, das es nicht ist."

„Und was soll das sein, Sonnenschein?"

„Weißt du, was das Problem mit dir ist?" Ich drehte mich um und starrte ihn an. Ich war müde, durstig, nicht ganz sicher, ob ich mit dem Kotzen fertig war, und hatte die Nase voll von den ständigen Spielchen.

Das Hin und Her.

Das Schubsen und Ziehen.

All diese unwillkommenen Gefühle, die ich jedes Mal fühlte, wenn er mich ansah.

„Oh, ich würde gerne alles darüber hören, was du denkst, was mit mir nicht stimmt." Er lehnte sich gegen den Türrahmen und versperrte mir den Ausgang. Nicht, dass ich bereit gewesen wäre, zu gehen; ich musste mich noch anziehen.

„Du hast ein Recht darauf", sagte ich. „Du bist es gewohnt, dass man dir jeden Wunsch erfüllt. Wenn du den Unterricht schwänzen willst, ist das okay, weil du ein Raider bist. Du willst Mädchen ficken und sie dann rausschmeißen und keinen Ärger dafür kriegen, cool, du bist ein Raider. Du machst mir jahrelang das Leben zur Hölle, und wenn du mal was *Nettes* tust, was soll ich dann tun? Meinen Schlüpfer fallen lassen und dich ..." Ich verschluckte die Worte, als Camerons Gesichtsausdruck hungrig wurde, seine Lippen zu einem wütenden Grinsen verzogen.

„Ärgert dich die Vorstellung, dass ich andere Mädchen ficke, Sonnenschein?" Er trat vor und drängte mich zurück ins Bad.

„Cameron, komm schon, das ist ..." Aber er kam näher, bis mein Hintern auf den Marmortresen traf. Ich stützte mich mit den Händen ab, er gluckste.

„Weißt du, was ich denke?", sagte er. „Ich denke, du

urteilst zu schnell. Du weißt nichts über mich und mein Leben. Du siehst nur das Spiel. Du kannst einfach deinen Kopf nicht lange genug aus dem Arsch ziehen, um zu sehen, was hier vor sich geht."

Ich keuchte. „Ich bin nicht ..."

„Aber willst du wissen, was ich wirklich denke?" Cameron neigte den Kopf und drückte mich weiter gegen den Tresen, bis die raue Kante in meine Haut stach. „Du hasst nicht mich, du hasst dich selbst. Ich bin alles, was du verabscheust, aber du willst mich trotzdem."

„Ich ..."

Sein Mund schwebte über meinen Lippen, so nah, dass ich seinen warmen Atem spüren konnte. Mein Körper begann zu zittern, mein Magen verkrampfte sich so sehr, dass mir ein wenig schwindelig wurde.

„Warum tust du das immer wieder?" Ich flüsterte, kaum fähig zu sprechen. Cameron war zu überwältigend. Sein Blick so unnachgiebig, sein Körper so nah an meinem. Seine Hände ... *Gott*, seine Hände begannen, meine Seiten zu streicheln, was es schwer machte, klar zu denken, geschweige denn zu atmen.

„Ich will nur, dass du es zugibst." Er stupste meine Nase mit seiner an. „Gib zu, dass du mich willst, dann lasse ich dich in Ruhe."

„Wirst du das?" Ich schluckte, mein Verstand zerfloss wegen *Cameron Chase*.

Er nickte langsam, seine Augen waren immer noch auf meine gerichtet. Ich hatte es nie zuvor bemerkt, oder vielleicht wollte ich es einfach nicht sehen, aber sie waren von einem dunklen Blauton mit silbergrauen Flecken durchzogen. Sie erinnerten mich an Blitze an einem stürmischen Himmel. Das passte wirklich, wenn man bedenkt, wie gefährlich Cameron für mein sorgfältig aufgebautes Leben wurde.

„Ich warte, Sonnenschein", sagte er, als ich nicht antwortete.

„Gut. Wenn es bedeutet, dass du mich in Ruhe lässt … Ich will dich", sagte ich mit so wenig Emotionen wie möglich. „Es ergibt keinen Sinn, geht gegen alles, wofür ich stehe, und um ehrlich zu sein, bin ich enttäuscht von mir selbst, aber es ist die Wahrheit. Bist du jetzt zufrieden?"

„Sonnenschein?" Ein langsames Lächeln zupfte an seinen Mundwinkeln.

„J-ja?"

„Halt die Klappe."

Und dann küsste er mich. Cameron Chase hob mich hoch, als würde ich nichts wiegen, setze mich auf den Tresen und küsste mich.

„Cameron, warte." Meine Finger umklammerten seine Schultern und hielten ihn zurück, als ich mich losreißen konnte. „Was machen wir hier?"

Er gab ein kehliges Stöhnen von sich. „Sagen wir, wir klären unsere Differenzen." Eine seiner Hände glitt über die Rundung meiner Hüfte und unter sein Trikot und entlockte meinen Lippen ein leises Stöhnen. „Denk nicht zu viel nach, Hailee."

Denk nicht zu viel nach.

Richtig.

Das könnte ich tun.

Ich könnte total …

Cameron stürzte sich wieder auf mich. Er verflocht die Finger in meinem Haar, zog mich näher heran und fuhr mit seiner Zunge an meinen Lippen vorbei und in meinen Mund. Und *verdammt sei er*, ich machte freiwillig mit. Ich hatte mich so lange gewehrt, war in der Defensive gewesen. Ich konnte nicht leugnen, dass es sich ausnahmsweise gut anfühlte, loszulassen. Zur Abwechslung mal in die Offensive zu gehen.

Aufhören, zu denken und einfach fühlen.

Meine Beine schlangen sich um seine Hüften, und Cameron zog meinen Körper an den Rand des Tresens und drückte sich an mich. Er war immer noch halb nackt und ich konnte nicht widerstehen, nach seiner Brust zu greifen und seine Bauchmuskeln mit meinen Fingern zu ertasten. Sein Körper war perfekt, das stundenlange Training und die Konditionierung zeigten sich in seiner harten Brust, den gestählten Muskeln im Nacken, den Schultern und den dicken Bizepsen.

„Fuck, das fühlt sich gut an", röchelte er in meinen Mund, während ich weiter Muster auf seine Haut malte. Das Wissen, dass ich ihn so erregte, wie er mich erregte, war mächtig. *Berauschend.*

Und ich wollte mehr.

Ich schlang meinen anderen Arm um seinen Hals und küsste ihn heftiger. Ich hatte schon andere Jungs geküsst. Typen aus dem „Alley" und von der einen oder anderen Party, die wir besucht hatten. Aber ich hatte noch nie jemanden so geküsst. Es war wie Feuer und Eis. Zwei Gegensätze, die zusammenkamen, mit gefährlichen Folgen.

Cameron presste sich an meine Mitte, seine Härte traf die richtige Stelle. „Oh Gott", stöhnte ich, eine Welle des Verlangens überrollte mich. Er hatte recht. Ich wollte ihn.

Ich wollte Cameron Chase.

Irgendetwas stimmte nicht mit mir, wenn ich wollte, was ich hasste. Aber vielleicht hatte Flick recht gehabt. Vielleicht hatte das alles zu diesem Punkt geführt.

„Nicht Gott, Sonnenschein", er kniff mich ins Ohr, „nur vierzehn".

Ich packte sein Kinn und starrte in Camerons stürmische Augen. „Du hast dich nicht gerade mit deiner Teamnummer bezeichnet?"

„Ich bin nur ein arroganter Sportler, schon vergessen?"

Er wölbte die Augenbraue, als wollte er mich herausfordern, zu widersprechen. Aber ich hatte keine Lust auf eine weitere Runde verbales Schach mit ihm, also presste ich die Lippen auf seine und verlangte mehr. Ich *brauchte* mehr.

Camerons Finger glitten meine Oberschenkel hinauf bis zum Rand meines Höschens, und ich erstarrte. Küssen war eine Sache, aber ihn mich berühren zu lassen ... das war etwas ganz anderes.

„Ich muss dich spüren", sagte er heiser. „Und ich weiß, dass du es willst. Du reitest ja praktisch mein Bein."

Mein Kopf stieß gegen den Spiegel, als ich den Kopf hob und ihm einen harten Blick zuwarf. Er lachte leise und zog mir sanft das Höschen aus, bis es auf dem Boden lag. Der Marmor fühlte sich kühl an meinen Schenkeln an, aber als Cameron wieder zwischen meine Beine trat und ich sah, wie seine Boxershorts spannten, vergaß ich alles. „Bist du feucht für mich, Hailee?"

„Warum findest du es nicht heraus?", sagte ich und überraschte uns beide. Cameron grinste, beugte sich wieder zu meinen Lippen und drückte seine Zunge mit einem hungrigen Knurren gegen meine. Seine Finger glitten durch meine Nässe, spielten mit mir.

Cameron brach den Kuss ab, legte seinen Kopf an meinen, seine Augen glühten fast vor Lust, während er langsam einen Finger in mich einführte. Ich wollte mich bewegen, seinem intensiven Blick entkommen. Aber er hatte mich gefangen. Gefesselt. Und als er seinen Finger beugte, war ich fertig. Cameron Chase besaß mich jetzt, und ich hatte mich ihm bereitwillig ausgeliefert.

„Fuck, du bist so eng", presste er hervor, fügte einen zweiten Finger hinzu und dehnte mich.

Ich schloss die Augen, es folgte lange, langsame

Streicheleinheiten, wobei er mit dem Daumen über meine Klitoris fuhr.

„Augen auf", verlangte er. „Ich will dich ansehen, wenn du kommst."

Ich schluckte die bissige Antwort, die mir auf der Zunge lag, herunter und stöhnte stattdessen, weil mein Körper zu zittern begann. „Ich ..." Mir verschlug es die Sprache, intensive Wellen der Lust bauten sich in mir auf. „Weiter" hauchte ich.

Camerons andere Hand glitt meinen Bauch hinauf und strich über die Seite meiner Brust. Ich wölbte mich ihm entgegen, presste meine Brust gegen seine, wollte mehr.

Ich *brauchte* mehr.

„So begierig", flüsterte er gegen meine Lippen.

„Ich werde ... oh Gott." Sein Finger rollte meine Brustwarze und schickte einen Hitzewall durch mich hindurch. Ich konnte kaum atmen, aber das war egal. Cameron hatte mich in seinen Feuersturm hineingezogen und das Brennen machte mir nichts aus.

Ich *wollte* brennen.

Ich wollte mich direkt in die Flammen werfen.

„Ich kann es spüren, Sonnenschein." Seine Stimme erklang irgendwo am Rande meiner Sinne, ich ertrank in Lust. „Du bist ganz nah dran."

Ich nickte, ein leises Stöhnen nach dem anderen kam über meine Lippen. Cameron tat etwas mit seinen Fingern, etwas Tieferes, Intensiveres, und meine Welt explodierte in winzige weiße Sterne. Und dort, in Camerons Bad, geschüttelt von lustvollen Wellen und schwer atmend, wurde mir klar, dass er nicht nur auf dem Spielfeld gefährlich war.

Cameron Chase war eine Gefahr für mein Herz.

28

Cameron

HAILEES KÖRPER schmolz unter meinen Händen dahin, ihr Atem ging schnell und ihre Haut war erhitzt. Mann, sie sah so gut aus, in nichts als meinem Trikot. Ich hatte noch nie ein Mädchen meine Nummer tragen lassen, aber ich hatte das seltsame Verlangen, sicherzustellen, dass sie sie nie ausziehen würde. *Chase, reiß dich zusammen.*

„Ich ... Cameron", hauchte sie und kämpfte gegen ein Lächeln an. „Ich kann meine Beine nicht spüren."

Ich löste mich von ihr und wich zurück, um ihr etwas Platz zu machen. Sie war komplett an mich geschmiegt und ich wollte meine Finger an die Lippen legen und sie ablecken, aber Hailee war in Panik. Ich sah es in ihrem Gesicht geschrieben.

„Bist du okay?", fragte ich und ignorierte den pochenden Ständer, der in meinen engen Boxershorts unmöglich zu verstecken war.

„Ich ... das war ..."

Ich machte mich auf eine klugscheißerische Antwort gefasst, aber stattdessen überraschte sie mich völlig unvorbereitet.

„Unglaublich" seufzte sie verträumt.

„Ja?" Ich klang viel zu selbstzufrieden und zuckte zusammen.

Aber sie war auch zufrieden.

Hailee ließ einiges von dem anderen Mist verschwinden. Der ständige Druck. Die Sorge um meine Mutter. Das Aussuchen eines Colleges. Und obwohl mir nichts mehr Spaß machte als das Hin und Her zwischen uns, genoss ich auch einfach *sie*.

Die ruhigen Momente.

In Hailees Nähe zu sein, war wie ein frischer Wind, und ich sehnte mich bereits nach einer weiteren Brise.

„Ich gebe dir Zeit, dich fertig zu machen." Mein Mund verzog sich zu einem Grinsen. Ich konnte es nicht verhindern. Zu wissen, dass sie mit mir einen Höhepunkt erlebt hatte, berührte etwas in mir. Etwas Tieferes. Etwas, mit dem ich nicht gerechnet hatte.

„Okay." Sie schenkte mir ein schwaches Lächeln und ich verließ das Bad.

Wenn wir nicht bald auftauchten, würde Xander uns suchen kommen. Er würde eine Menge Fragen über meine *Schulkameradin* haben. Haufenweise Fragen, und ich wusste, dass ich ihm nicht trauen konnte, vor Mom und Dad zu schweigen. Also brachte ich ihn in die Küche und gab meinen Eltern eine kurze Erklärung, warum Jasons Stiefschwester an einem Samstagmorgen in meinem Schlafzimmer war.

Sicher hatten sie nicht erwartet, dass ich meine Finger tief in ihr drin und meine Zunge in ihrer Kehle vergraben würde.

Als Hailee wieder herauskam, war sie bekleidet, wenn man das Tragen meines Trikots über ihrem Kleid als *bekleidet* bezeichnen konnte. „Ich, hmm, ist das okay?“ Ihr Blick senkte sich auf den Boden. „Ich wollte das Haus nicht nur in meinem Kleid verlassen.“

„Schon gut, du kannst es dir ausleihen, ich habe noch mehr davon.“ Hailee sog scharf den Atem ein und ich wich zurück. „Ich wollte nicht ... das kam falsch rüber.“

„Es ist okay.“ Sie bewegte sich, um sich auf mein Bett zu setzen. „Also ...“

„Hör zu Hailee, ich ...“

Xanders Schreie durchdrangen die Luft und mein Körper spannte sich an. „Scheiße.“ Mein Herz schlug mir bis zum Hals. „Ich muss gehen. Bleib hier, ich bin gleich wieder da.“

„O-okay.“

Ich verließ das Zimmer und rannte die Treppe hinunter, wobei ich zwei Schritte auf einmal machte. „Mom, Mommy.“ Xander schrie, ich betrat die Küche und meine Welt implodierte.

Mom lag auf dem Boden, Pfannkuchenteig überall auf die Schränke gespritzt, auf den Fliesen und auf ihrer Bluse.

„Dad“, schrie ich und eilte an ihre Seite. „Mom, Mom, kannst du mich hören?“ Ich rüttelte sie sanft an den Schultern. Sie war bewusstlos, aber ich sah das sanfte Heben und Senken ihrer Brust. Sie atmete. Gott sei Dank, sie atmete noch.

Ich rollte sie auf die Seite und schaute zu Xander zurück. „Hey, Kumpel, wo ist Dad?“

„Sirup aufen.“

„Er ist weggefahren, um Sirup zu kaufen?“

Xander nickte, seine Augen waren groß und tränenüberströmt. „Mommy geht gut?“

„Mom wird es gut gehen, Kumpel. Alles gut." Während ich die Worte sagte, verkrampfte sich mein Magen. Mom ging es überhaupt nicht gut.So ganz und gar nicht gut.

„Oh Gott." Beim Klang von Hailees Stimme, sog ich scharf die Luft ein. „Ist sie okay?"

„Ailee", kreischte Xander.

„Hi Kumpel." Sie ging zu ihm und streichelte sein Haar.

„Ich weiß, das ist wahrscheinlich zu viel verlangt." Ich begegnete ihrem besorgten Blick. „Aber kannst du ihn aus seinem Stuhl holen und ihn in das andere Zimmer bringen?"

„Natürlich. Sollen wir den Notarzt rufen?" Ihr Blick wanderte zu Moms leblosem Körper.

„Ich will nicht ..."

„Cameron?" Dad trat durch die Hintertür ein. „Was ist passiert?" Er ließ die Tüte mit den Lebensmitteln auf den Boden fallen, wobei die Einkäufe überall verstreut wurden, und eilte zu mir hinüber.

„Ich weiß nicht, ich hörte Xander schreien und fand sie so."

Dad schob mich aus dem Weg und untersuchte Mom. „Karen, Liebling, kannst du mich hören?" Seine Finger fuhren sanft über ihr Gesicht und sie begann sich zu rühren, und eine Erleichterung, wie ich sie noch nie erlebt hatte, überkam mich.

„C... Clarke? Was ist passiert?" Mom versuchte, sich aufzusetzen, sackte aber zurück auf den Boden. Dad schob seinen Arm unter ihren Hals und legte ihren Kopf in seinen Schoß. „Du bist ohnmächtig geworden, Liebes."

„Wi-Wirklich?" Tränen sammelten sich in Moms Augenwinkeln und ich war mir vage bewusst, dass sich Hailees Blick in meinen Hinterkopf brannte. „Ist Xander ..."

„Xander geht es gut, Mom“, beruhigte ich sie und ließ meinen Blick zu Hailee gleiten. Sie nickte mir kurz zu, mein Bruder klammerte sich an sie wie ein Klammeraffe.

„Warum bringst du und Hailee ihn nicht ins Wohnzimmer, während ich Doktor Kravis rufe?“

„Bist du sicher?“

„Cameron, *jetzt*, mein Sohn.“ Dad schaute auf Mom hinunter und mir wurde klar, dass er Moms Privatsphäre und Würde schützen wollte.

„Sicher, wenn du mich brauchst, ruf einfach.“ Ich ging zu Hailee und Xander. „Komm, zeigen wir Hailee dein Spielzeug.“

In dem Moment, in dem wir ins Wohnzimmer traten, zappelte Xander aus Hailees Armen und ließ sich auf den Boden plumpsen. „Komm schon, Ailee. Du mag Aze?“

„Aze?“, sagte sie fragend.

„Blaze und die Monstermaschinen“.

„Ich, äh, den kenne ich nicht.“

Ich lächelte und beobachtete, wie Xander ihre Hand ergriff und sie weiter in den Raum zog. Und mir wurde klar, dass ich nicht der Einzige war, der sich in Hailee Raine verliebt hatte. Sie hörte geduldig zu, während Xan sie in Sachen Blaze auf den neuesten Stand brachte. Als er in das Spiel vertieft war, schlich Hailee sich weg und kam zu mir herüber. „Wird es deiner Mom gut gehen?“, fragte sie.

Ich ging zur Couch und wartete darauf, dass sie sich zu mir setzte. „Ehrlich gesagt“, gestand ich, „weiß ich es nicht.“

„Was ist los mit ihr?“

„Sie leidet unter postpartaler Depression und Angstzuständen.“

Hailee runzelte die Stirn und ich wusste, was sie dachte. „Aber ich bin mir nicht sicher, ob das alles ist“, gab ich zu. „Dad sagte, sie werden ein paar Tests machen.“

„Welche Tests?“

„Ich bin mir nicht sicher." Ich vergrub mein Gesicht in den Händen, rieb mir die Augen mit den Handballen und atmete zittrig aus. Ich hatte Mom öfter ausrasten sehen, als ich zählen konnte, ich hatte sie in Tränen ausbrechen sehen, über etwas so Triviales wie das Anbrennen des Abendessens. Manchmal kam sie tagelang nicht aus dem Bett, weil sie sich beschwerte, sie sei zu erschöpft. Aber ich hatte sie noch nie erlebt, dass sie einfach umgefallen war.

„Hey." Hailees Finger streiften meinen Arm und brachten mich dazu, ihrem Blick zu begegnen. „Wenn du reden willst, ich bin hier."

Ich starrte sie an, ohne Worte. Sie hatte angeboten, für mich da zu sein, einfach so. Ohne zu urteilen. Keine Fragen oder Hintergedanken.

Es war mehr, als ich verdiente. Ich wollte es annehmen. Ich *wollte* diesem Mädchen mein Herz ausschütten.

„Cameron?" Dad erschien in der Tür. „Kann ich dich für eine Sekunde ausleihen?" Sein Blick ging zu dem Mädchen neben mir. „Es tut mir leid, wie unhöflich von mir. Ich bin Camerons Vater, Clarke. Du bist Jasons Schwester, Hailee, nicht wahr?"

„Ja, Sir. Es ist schön, Sie kennenzulernen."

„Ich wünschte, es wäre unter anderen Umständen. Mein Sohn sagte, dass du gestern Abend in eine kleine Klemme geraten bist, und er hat dir da rausgeholfen?"

„Das hat er", antwortete sie leise.

„Nun, ich bin froh, dass es dir gut geht. Cameron?" Sein Blick huschte zurück zu mir und ich stand auf und folgte ihm in den Flur.

„Ist sie okay?"

„Doktor Kravis will, dass wir direkt ins Rixon General Hospital fahren. Katie kommt vorbei, um Xander abzuholen …"

„Dad, ich kann aufpassen."

„Du solltest Hailee nach Hause bringen und dann rüber zu den Bennets gehen, okay?" Er fasste meine Schulter und drückte sie sanft. „Ich rufe dich an, sobald wir etwas wissen."

„Okay." Ich fuhr mir mit einer Hand übers Gesicht. „Ich werde Xanders Tasche packen."

Er nickte. „Sie wird wieder gesund, mein Sohn." Dad gab einen kleinen Seufzer von sich und lief den Flur hinunter. Ich ging zurück ins Wohnzimmer und fand Hailee auf dem Boden, wo sie mit Xander mit Rennautos spielte. Ich beobachtete sie vom Türrahmen aus, meine Brust fühlte sich zu eng an. Sie lächelte und ließ zu, dass mein kleiner Bruder sein rotes Auto über ihre Beine fuhr.

Als ob sie spürte, dass ich sie anschaute, blickte sie zu mir und lächelte. „Hi", murmelte sie.

„Hey." Ich ging auf sie zu. „Weißt du was, Kumpel? Katie kommt und holt dich ab."

„Atie, toll." Er klatschte in die Hände und begann, den Autostapel aufzuräumen. Hailee half mit und im Handumdrehen gab es keine Spuren mehr von ihrem Spiel.

Ich hob Xander hoch und warf ihn mir über die Schulter, Kleinkinderlachen erfüllte den Raum und linderte etwas den Schmerz, den ich empfunden hatte, Mom so zu sehen. „Ist es okay, wenn wir auf Katie warten, die ihn abholt, und ich dich dann nach Hause fahre?"

„Okay." Ein seltsamer Ausdruck huschte über ihr Gesicht, aber ich hatte weder Zeit noch Energie, um zu versuchen, ihn zu entziffern.

DIE FAHRT zu Hailees Haus verlief schweigend. Ich war in meine Gedanken versunken, machte mir Sorgen um meine Mutter, fühlte mich schuldig, weil Xander mit Katie zusammen war, statt mit seiner Familie. Anstatt mit mir. Und etwas hatte sich mit Hailee verändert. Es war nicht, was sie sagte, sondern alles, was sie *nicht* sagte.

Zum Teufel, wem wollte ich etwas vormachen? Sie bereute es wahrscheinlich schon, dass ich sie geküsst und sie so berührt hatte. Sie hatte sich bei mir zu Hause erweichen lassen. Hatte ihre Deckung fallen lassen. Aber jetzt saßen wir in meinem Wagen und fuhren zu ihr nach Hause und es kam mir vor, als wäre die letzte Nacht, dieser Morgen, nur ein Traum gewesen. Ein schöner Traum, von dem man aufwacht und feststellt, dass die tollen Erinnerungen gar keine Erinnerungen sind, sondern eine alternative Realität, die der Verstand erschaffen hat, um einen zu verhöhnen.

Meine Gefühle brachen wie ein Tsunami über mich herein und meine Finger krallten sich um das Lenkrad.

„Cameron?" Hailees Stimme brachte mich zurück auf die Erde und ich blickte zu ihr hinüber.

„Ja?"

Das Piepen meines Handys zerriss den Moment und ich schaute auf die Konsole hinunter, um Jases Namen auf dem Bildschirm aufblitzen zu sehen.

„Scheiße", murmelte ich. Hailee musste seinen Namen auch gelesen haben, denn sie drehte sich zum Fenster und beobachtete, wie wir an Rixon vorbeifuhren.

Alles ging den Bach runter, und ich konnte keinen Weg finden, es zu richten. Ich wollte, dass wir reden. Um herauszufinden, was dieser Morgen für sie bedeutete. Für *uns*. Aber dafür war jetzt keine Zeit.

Hailees Haus kam in Sicht und ich stellte erleichtert fest, dass Jasons Auto nicht in der Einfahrt stand. „Er muss schon bei Asher sein", sagte ich.

„Scheint so."

Ich hielt neben Mr. Fords Truck und sah Hailee an. Sie schaute nicht mehr aus dem Fenster, aber sie schaute mich auch nicht an.

„Hailee"

„Cameron"

Wir kicherten beide, ihre Augen funkelten mich an. „Du zuerst", sagte sie.

Wo fange ich an? Es gab so viel, was ich sagen wollte. Aber ich konnte meine verworrenen Gedanken nicht sortieren, also sagte ich das Erste, was mir einfiel. „Du weißt, dass wir Jason nichts davon erzählen dürfen."

Schmerz blitzte in ihren Augen auf. „Richtig, natürlich." Hailee packte den Türgriff und wollte hinausklettern.

„Warte, Scheiße ... das kam falsch rüber. Ich habe es nicht so gemeint, wie es geklungen hat."

„Es ist in Ordnung." Sie mied meinen Blick. „Ich weiß, es hatte nichts zu bedeuten. Wir haben lediglich über unsere Differenzen geredet, nicht wahr?" Sie schaute mich an. Sie war stinksauer. Und sie hatte jedes Recht dazu. Aber ich konnte nicht klar denken.

„Hailee, das ist nicht ..."

„Ich hoffe, deiner Mutter geht es bald wieder gut, wirklich. Tschüss, Cameron", sagte sie, bevor sie die Tür öffnete und aus meinem Truck verschwand. Frustration wuchs in mir. Sie war auf der Flucht. Sie konnte so tun, als wäre es meine Schuld, aber mein Fehler war nur eine Ausrede, der Ausweg, den sie suchte, um vor mir wegzulaufen. Schon wieder.

„Es ist noch nicht vorbei, Hailee", sagte ich und sah ihr in die Augen, als sie mich wieder anschaute. Würde sie es leugnen und mir dabei in die Augen sehen? Ihre Lippen öffneten sich, sie wollte etwas sagen. *Sag etwas*, flehte ich leise.

Aber in letzter Sekunde schüttelte sie den Kopf, drehte sich um und ging davon.

29

Hailee

NACHDEM CAMERON mich nach Hause gefahren hatte, verbrachte ich den Tag in meinem Schlafzimmer und arbeitete an dem Kunstprojekt für die Seniors Night. Ich hatte es geschafft, genug Fotos von den Oberstufenspielern in Aktion in dem Lagerraum zu finden, die ich verwenden konnte. Es gab insgesamt neun sehr brauchbare Fotos. Was neun individuelle Gemälde bedeutete. Mr. Jalin hatte recht, es würde jede Menge Stunden im Atelier bedeuten, aber ich freute mich darauf.

Nach diesem Morgen in Camerons Haus brauchte ich eine Ablenkung. Etwas, das mich ablenkte, um nicht jede wache Minute damit zu verbringen, daran zu denken, wie er mich geküsst hatte, wie mein Körper bei seiner Berührung zum Leben erwacht war. Meine Haut begann zu kribbeln, mein Magen verkrampfte sich, als ich die Erinnerungen über mich hinwegspülen ließ. Frustriert über mich selbst, schüttelte ich die aufdringlichen Gedanken ab und konzentrierte mich auf meine Aufgabe.

Das Zeichnen war für mich schon immer die beste Möglichkeit, mich zu entspannen. Ich konnte abschalten und mich im Rauschen eines Pinsels auf einer frischen Leinwand oder dem Kratzen eines fein gespitzten Bleistifts auf einer leeren Seite in meinem Skizzenblock verlieren. Ich hatte das Zeichnen immer geliebt. Schon als Kind habe ich ständig gekritzelt und ausgemalt und Mom dazu gebracht, Formen in Kartoffeln zu schnitzen, damit ich verrückte Bilder machen konnte. Aber als wir bei Jason und seinem Vater eingezogen sind, wurde es für mich viel mehr als nur ein Hobby. Es war eine Möglichkeit, mich auszudrücken, meine Frustrationen zu verarbeiten.

Und es war etwas, das nur mir gehörte.

Ich brauchte kein Team hinter mir, das mich anfeuert, oder ein Publikum, das meinen Namen schrie. Die Kunst war so weit vom Sport entfernt, wie es nur ging, und die Ironie war mir nicht entgangen.

Ich liebte es nicht nur, ich war auch gut darin.

Als ich auf die Skizze von Cameron hinunterstarrte, konnte ich mir ein Lächeln nicht verkneifen. Ich hatte seine Kraft und seinen Körperbau perfekt eingefangen. Ohne es zu merken, begannen meine Finger über sein Gesicht zu fahren, das von seinem Helm verdeckt wurde. Heute Morgen in seinem Bett aufzuwachen, war ein Schock gewesen, aber es war nicht so unangenehm, wie ich erwartet hätte.

Wie es hätte sein *sollen*.

Tatsächlich hatte es Momente gegeben, in denen es sich überhaupt nicht seltsam anfühlte.

„Hailee, kannst du bitte herunterkommen?“ Moms Stimme durchbrach meine Gedanken und ich stieß einen schweren Seufzer aus.

„Ich bin beschäftigt“, rief ich und fügte mehr Schatten um Camerons Helm hinzu.

„Es ist wichtig."

Ich gab nach, schloss den Skizzenblock und ging nach unten. „Ja?" Ich schleppte mich in die Küche.

„Attitüde, junge Dame." Mom schenkte mir ein verspieltes Lächeln.

„Tut mir leid, ich habe gearbeitet." Ich zog einen Hocker hervor und ließ mich darauf plumpsen. „Diese Kunstgeschichte, um die mich Mr. Jalin und Coach Hasson gebeten haben."

„Oh ja", sagte Kent. „Wie läuft das?"

„Okay, denke ich. Das ist nicht gerade mein Ding."

„Es ist nur Football, Hailee, es ist nicht das Werk des Teufels."

„Kent", sagte Mom leise.

Er schüttelte seine Zeitung aus und lächelte mich entschuldigend an.

„Du wolltest etwas von mir?" Ich versuchte, das Thema zu wechseln, da ich nicht auf all die Gründe eingehen wollte, warum ich Football verabscheute.

„Kent und ich haben uns unterhalten. Und da du mit uns zum Spiel und danach zu Coach Hassons Dinner gekommen bist", sie nahm ein weißes Kuvert vom Tisch, „hat Kent ein paar Fäden gezogen, und na ja, frühzeitig alles Gute zum Geburtstag, Baby."

Ich riss ihr den Umschlag aus der Hand, mir war vor Aufregung flau im Magen, als ich ihn aufriss und den Inhalt herauszog. „Ihr habt mir die Tickets besorgt", kreischte ich.

„Das haben wir."

„Danke", strahlte ich, sprang vom Hocker herunter und warf meine Arme um sie. „Ich danke euch so sehr."

„Gern geschehen." Mom umarmte mich zurück und lachte leise. „Aber ..."

„Kein Aber, Mom." Ich löste mich von ihr und schmollte. „Ich bin achtzehn."

„Du bist noch zweieinhalb Wochen lang siebzehn, Hailee. Und New York ist eine dreieinhalbstündige Reise, das ist …“, ihre Stimme verstummte und sie blickte zu Kent hinüber.

„Was deine Mutter zu sagen versucht, ist, dass wir uns viel besser fühlen würden, wenn du nach New York fährst …, wenn Jason dich begleitet.“

Mein Magen drehte sich. „Nein.“

„Hailee, sei vernünftig“, schimpfte Mom. „Wir haben vier Karten für die Ausstellung. Wir dachten, du könntest Flick mitnehmen, und Jason könnte Asher oder Cameron fragen.“

„Glaubst du wirklich, dass sie mit mir an meinem Geburtstag in einer Kunstausstellung abhängen wollen?“

Dieser Tag konnte kaum schlimmer werden. Erst ruinierte Cameron einen der besten Momente meines Lebens, und jetzt wollten meine Mutter und mein Stiefvater, dass ich mit Jason glückliche Familie spielte, und dass an meinem achtzehnten Geburtstag.

„Dann fahre ich lieber nicht“, sagte ich und verschränkte die Arme vor der Brust.

„Wohin?“ Jason stürmte ins Zimmer und ich stöhnte leise auf.

„Wir haben Hailee Karten für eine Ausstellung im Met Museum in New York besorgt, die sie gern sehen möchte“, sagte Mom, und er starrte sie verblüfft an.

„Du lässt sie nach New York fahren? Alleine?“

Meine Nackenhaare sträubten sich und meine Zähne knirschten unwillkürlich.

„Nun, nein. Felicity würde mit ihr gehen, und wir hofften …“ Mom sah wieder zu Kent, und er legte endlich seine Zeitung weg. „Wir hätten gern, dass du und einer der Jungs sie begleiten.“

„Wann ist es?“

Ich weiß nicht, wer mehr überrascht war, ich, Mom oder Kent. „Was denn?", fügte Jason hinzu, als wir ihn alle anstarrten. „Ich darf kein Spiel verpassen, aber wenn es eine spielfreie Woche ist, sollte es okay sein."

„Es ist der neunzehnte Oktober", sagte Mom.

„Geht klar."

„Dann ist das ja geklärt", sagte sie. „Sind das nicht tolle Neuigkeiten, Hailee?"

„Großartig", brummte ich und schoss Jason einen düsteren Blick zu. Seine Augen wurden schmal, aber ich fand darin keine Bosheit.

Was zum Teufel passierte gerade?

„Ich glaube, Ashers Vater hat eine Wohnung, wo wir bleiben können, ich frage ihn."

„Du willst übernachten?", platzte ich heraus. Das wurde einfach immer verrückter.

„Nun, ja, es sei denn, du hast vor, im Auto zu schlafen?"

Kent erhob sich vom Tisch und ging an Jasons Seite. „Das ist eine tolle Idee, mein Sohn. Ich bin sicher, wir würden uns beide besser fühlen, wenn wir wüssten, dass ihr an einem Ort übernachtet, für den Neil bürgen kann." Sein Blick suchte den meiner Mutter und sie nickte mit einem Lächeln.

„Aber nur die eine Nacht."

Eine Nacht in New York ... mit meinem Stiefbruder und seinen Freunden.

Töte mich jetzt.

„Und keine Partys", fügte sie mit angespannter Miene hinzu. Jason nickte und stimmte ihren Bedingungen zu, aber ich sah das Glitzern in seinen Augen.

„Wir sollten uns wahrscheinlich auf den Weg machen, wenn wir die Happy Hour im Royal erwischen wollen", sagte Kent und sah auf seine Uhr.

„Kommt ihr beide zurecht?“ Mom schaute zweifelnd zwischen uns hin und her. „Es liegt Geld auf dem Tresen, um etwas zu bestellen, und ich habe ein paar Snacks dagelassen.“

„Ich denke, wir kommen klar, Denise.“ Jasons Lippen zuckten, was ihm einen strengen Blick von seinem Vater einbrachte. Er geleitete Mom aus der Küche und ließ uns beide alleine.

„Warum?“ Ich verschwendete keine Zeit mit der Frage.

„Warum was?“ Jason ging zum Kühlschrank und holte sich ein Bier.

„Warum hast du zugestimmt, mit nach New York zu kommen?“

„Brauche ich einen Grund?“ Er öffnete die Flasche, lehnte sich am Tresen zurück und nahm einen langen Zug.

„Die Met ist …“

„Glaubst du, dass ich tatsächlich vorhabe, zu irgendeiner blöden Kunstausstellung zu gehen?“

„Aber Mom sagte …“

„Lass deine Mutter und meinen Vater denken, was auch immer sie denken müssen, um glücklicher zu sein. Wir können zusammen dorthin fahren und wenn wir ankommen, kann jeder sein eigenes Ding machen.“

Natürlich, *das* war sein Plan.

Arschloch.

„Und ich dachte schon, du hättest einen anständigen Knochen im Leib.“

Er trat vor, die Lippen zu einem arroganten Grinsen geschwungen. „Nur weil ich dich wegen dieser Scheiße mit Thatcher tolerieren musste, heißt das nicht, dass wir Freunde sind. Das wird nie passieren, Hailee.“

„Fick dich, Jason“, stieß ich hervor und spürte, wie sich mein Kinn anspannte.

Seine Augen funkelten, aber ich blieb nicht in der

Nähe, um herauszufinden, warum, weil ich genug von ihm hatte.

So genug davon.

AM SONNTAGMORGEN WAR meine Stimmung nicht viel besser. Dank Mom und Kent saß ich auf den Karten für eine Ausstellung fest, die ich unbedingt sehen wollte. Aber nur in Begleitung von Jason sehen durfte. Gott, er hatte gestern Abend so selbstgefällig ausgesehen, als er seinen großartigen Plan verriet. Er hatte im Grunde meinen Geburtstag missbraucht, damit er und seine Freunde eine Nacht in New York verbringen konnten, denn obwohl Mom vier Karten besorgt hatte, machte ich mir keine Illusionen darüber, dass wir zu fünft reisen würden.

Ich war gerade dabei, meine Haare abzutrocknen, da piepte mein Handy. Ich ignorierte es, da es wahrscheinlich Flick war. Aber als es wieder piepte und wieder, griff ich schließlich über den Schreibtisch und nahm es in die Hand. Ich entsperrte den Bildschirm und runzelte die Stirn, als ich die Anzahl der Nachrichten von meiner besten Freundin sah. Ich öffnete die letzte Nachricht und spürte, wie mir das Blut aus dem Gesicht wich.

FLICK: **Ruf mich an. Jetzt!**

BEVOR ICH ANTWORTEN KONNTE, blitzte Flicks Name auf dem Bildschirm auf, ihr Klingelton durchbrach die Stille. „Was zur Hölle?", murmelte ich, als ich abnahm.

„Hails?", sie klang ein wenig atemlos.

„Ja?"

„Ich bin draußen."

„Draußen?" Ich ging zum Fenster, und tatsächlich, neben dem Bürgersteig stand ihr gelber Käfer. „Warum stehst du vor meinem Haus?" Meine Stimme zitterte leicht und in meinem Hinterkopf schrillten die Alarmglocken.

„Nimm einfach deine Sachen und komm. Oh", fügte sie hinzu. „Und versprich mir, dass du nicht auf Snapchat guckst."

„Ich habe kein Snapchat, das weißt du."

„Gut, das ist gut", sagte sie und klang abgelenkt, während ich meine Füße in ein Paar Ballerinas schob.

„Ich bin gleich unten." Mein Herz schlug heftig in meiner Brust.

„Okay." Flick atmete erleichtert auf. „Und Hails?"

„Ja."

„Ich liebe dich und es tut mir leid. Es tut mir so verdammt leid." Die Leitung war tot, und ich starrte auf mein Telefon hinunter, meine Finger zitterten. Bevor ich wusste, was ich tat, hatte ich den App Store geöffnet und das Snapchat-Symbol gefunden. Versprich mir, dass du nicht guckst, hatte sie gesagt. Mit einem frustrierten Stöhnen schob ich das Handy in die Hosentasche und griff nach meiner Handtasche.

Was auch immer es war, es konnte nicht schlimmer sein als Thatchers letzter Photoshop-Streich.

Oder doch?

Sowie ich Flicks grimmigen Gesichtsausdruck sah, wusste ich, dass ich falsch lag.

Ich habe nur nicht erwartet, wie falsch.

30

Cameron

XANDER KRABBELTE ÜBER MEINE BEINE, ließ sein kleines Auto auf und ab fahren und machte dabei alle Geräusche, die dazugehörten. „Warte mal, Kumpel", sagte ich und spürte, wie meine Tasche vibrierte. Ich schaffte es, mein Handy herauszuholen, ohne sein Spiel zu unterbrechen.

ASHER: **Das musst du dir ansehen.**

ES WAR EIN WEBLINK. Ich drückte auf „Öffnen" und meine Welt brach zusammen.

„Ameron?" Die Stimme meines Bruders ließ mich aufschrecken.

„Hmm, sorry, Kumpel, ich muss ..." Ich schluckte über den verdammt großen Kloß in meinem Hals hinweg und schob ihn von meinen Beinen, damit ich aufstehen konnte. „Ich bin gleich wieder da, okay?"

„Kay, o", sagte er. Er hatte dank Asher ein neues Wort gelernt, aber da Xan seine b's oder r's noch nicht sehr gut aussprechen konnte, wurde aus „Bro" ein „o".

Ich ging zum anderen Ende des Wohnzimmers und rief Asher an. „Was zum Teufel sehe ich da?" Ich zischte so leise in den Hörer, wie es mir möglich war.

„Ich bin mir nicht ganz sicher. Thatcher hat den Link in seiner Snapchat-Story gepostet. Es sah dubios aus, also habe ich es überprüft."

„Es ist ... sie", ich verschluckte mich fast an den Worten. „Es ist Hailee."

„Scheiße", sagte Asher. „Ich meine, ja, ich dachte ... aber, Scheiße."

„Hat Jase das schon gesehen?"

„Ich weiß es nicht, er ist auf dem Weg hierher."

„Halte ihn dort fest. Ich meine es ernst, Ash, lass ihn nicht weg."

„Komm schon, Mann, du weißt, dass er durchdrehen wird, wenn er das sieht. Wenn er es nicht schon gesehen hat."

Mein Handy begann, wie verrückt zu vibrieren, das ständige Piepen machte es schwierig, sich zu konzentrieren.

„Scheiße, es ist überall", ließ Asher einen langen Atemzug aus. „Meine Benachrichtigungen spielen total verrückt."

„Meine auch", sagte ich leise und schaute zu Xander hinüber, der immer noch mit seinem Spielzeug beschäftigt war. „Ich muss gehen."

„Was hast du vor?"

„Ich weiß es nicht, aber Hailee ..."

„Scheiße, sie wird ausrasten."

Das ist genau der Grund, warum ich zu ihr gehen

musste. „Ich rufe dich später an. Sorge nur dafür, dass Jase bei dir bleibt, okay?“

„Ja, ja, ich habe es verstanden.“

„Hey Kumpel.“ Ich ging zu Xander und nahm ihn in den Arm. „Lass uns Mom und Dad suchen, ja?“ Sie hatte gestern den ganzen Tag zur Überwachung im Krankenhaus verbracht, aber am Ende hatten sie sie entlassen, und heute Morgen schien es ihr besser zu gehen.

„Ich bin Aze, die Monster Aschine.“ Er schlängelte sich durch die Luft, während ich ihn den Flur hinunter in die Küche trug, wo Mom und Dad am Frühstückstresen saßen und einige Papiere überflogen.

„Alles in Ordnung?“, fragte ich.

„Es ist alles in Ordnung.“ Mom schenkte mir ein warmes Lächeln, das ihre Augen nicht ganz erreichte, während sie die Papiere zu Dad schob und die Arme nach Xander ausstreckte. „Und wie geht es meinem kleinen Lieblingsmann?“

„Mom, ich bin Aze“, kreischte er vor Freude.

„Sicher bist du das, Baby.“ Sie zerzauste sein Haar und drückte ihr Gesicht näher an ihn.

„Ich muss kurz weg, kommt ihr zurecht?“

„Uns geht es gut, mein Sohn.“ Dad hatte die Papiere inzwischen auf einen Stapel gesammelt. „Du tust, was immer du tun musst. Wir werden mit dem kleinen Monster Eis essen gehen und dann in den Park, aber wir würden uns gerne später hinsetzen, um mit dir über ein paar Dinge zu reden, okay?“

Mir wurde flau im Magen. „Was für Dinge?“ Ich schaute von Mom zu Dad und versuchte, zwischen den Zeilen zu lesen. Aber als Mom ihren Blick senkte und sich hinter meinem Bruder versteckte, wusste ich es. Und die Grube in meinem Magen klaffte weit auf.

„Ich kann bleiben", sagte ich. „Wenn es wichtig ist, kann ich …"

„Geh", stand Dad auf, kam zu mir und drückte meine Schulter. „Das kann bis später warten. Sag den Jungs, ich gratuliere ihnen zum Sieg am Freitagabend."

„Ich, hmm … ja, okay." Mein Blick huschte wieder zu Mom und Xander hinüber, und sie schenkte mir ein schwaches Lächeln. Irgendetwas stimmte nicht, etwas, worüber sie sich mit mir zusammensetzen und es mir erzählen wollten. Ich fühlte mich erschöpft. Ich hatte wochenlang darauf gewartet, und jetzt, an dem Tag, an dem sie beschlossen, dass ich bereit war, die Wahrheit zu erfahren, musste ich zu Hailee gehen.

Scheiße.

„Es wird alles gut", fügte Dad hinzu, als ich mich nicht bewegte. „Alles wird wieder gut, mein Sohn."

Aber ich glaubte ihm nicht mehr.

FÜNFZEHN MINUTEN später fuhr ich vor Felicitys Haus vor und stellte den Motor ab. Ich wollte ihr einen Text schreiben, um herauszufinden, wo Hailee war, da sie mir zuvorgekommen war. Ich schickte schnell einen Text an Asher, um ihm mitzuteilen, dass ich bei Hailee war. Sofort kam seine Antwort.

ASH: **Jase ist hier, er ist bereit, zu töten. Ich brauche vielleicht Verstärkung.**

EINE VERRÜCKTE IDEE schoss mir durch den Kopf, aber etwas sagte mir, dass sie es tun würde. Felicity würde alles für ihre beste Freundin tun.

ICH: **Ich schicke Felicity**

ASH: **Hast du deinen verdammten Verstand verloren? Er kann sie nicht ausstehen!**

ICH: **Lass sie einfach rein, wenn sie da ist**

ASH: **Ich hoffe, du weißt, was du tust …**

ICH WAR MIR NICHT SICHER, ob ich überhaupt noch etwas wusste. Also ignorierte ich seinen Text, atmete tief ein und kletterte aus meinem Truck und ging zu Felicitys Haus. Die Tür schwang auf und Felicity blickte mich finster an. „Sie ist oben." Ihre Stimme war flach, als sie zur Seite trat, um mich vorbeizulassen. „Sie will nicht mit mir darüber reden. Und ich weiß, es ist nicht meine Schuld, aber ich kann mir nicht helfen, wenn ich auf der Party mehr getan hätte, dann …" Schluchzen dämpfte ihre Worte und sie vergrub ihr Gesicht in den Händen.

„Hey", sagte ich und fühlte mich verdammt unbeholfen. „Es ist nicht deine Schuld."

Felicity schaute zu mir hoch. „Du hast recht. Das ist alles deine Schuld." Ihre Lippen verzogen sich zu einer grimmigen Linie. „Na ja, Jasons Schuld. Aber das macht dich schuldig durch Mittäterschaft."

„Felicity, komm schon …"

„Nein, hör zu, Cameron. Jemand hat sie unter Drogen

gesetzt, sie nackt *ausgezogen* und sie *gefilmt* ..." Sie schluckte, eine neue Welle von Tränen lief ihr Gesicht hinunter. „Es ist zu weit gegangen. Ich habe ihr gesagt, sie soll aufhören, sagte ihr, sie solle mit dieser Sache mit Jason aufhören. Ich habe ihr gesagt ..."

Aber es hätte keine Rolle gespielt. Thatcher wollte Rache. Er wollte Jason so demütigen und verletzen, wie er es mit ihm getan hatte.

Und Hailee war das perfekte Ziel.

„Du musst etwas für mich tun", sagte ich.

„Ich?" Ihre Stimme zitterte, ihre grünen Augen sahen mich ungläubig an.

„Ich weiß, es ist viel verlangt, aber du musst rüber zu Ashers Haus gehen und ihm helfen, Jase davon abzuhalten, etwas Dummes zu tun."

Das Blut wich aus ihrem Gesicht. „Du willst, dass ich *was* tue?" Sie umklammerte ihre Kehle.

„Ich weiß, er kann ... schwierig sein. Aber das Letzte, was wir jetzt gebrauchen können, ist, dass Jase über den Fluss fährt und etwas tut, das alles nur noch zehnmal schlimmer macht." *Ganz zu schweigen davon, seine ganze Zukunft zu gefährden.*

„Cameron, ich weiß nicht ..."

„Bitte. Es gibt sonst niemanden, den ich fragen kann." Und da war etwas an ihr. Die Art, wie sie an jenem Morgen in Ashers Küche die Kontrolle übernommen und uns allen Frühstück gemacht hatte, als hätten wir ihre Freundlichkeit tatsächlich verdient.

„Gut. Na schön. Aber du schuldest mir was. Und du findest besser einen Weg, dass in Ordnung zu bringen, denn meine beste Freundin ist da oben, und sie ist am Boden zerstört. Zerstört, Cameron. Und ich hasse es. Ich hasse es, sie so zu sehen."

Ich fuhr mir mit einer Hand über das Gesicht, das Blut

pochte in meinen Schläfen. Felicity hatte recht, natürlich hatte sie recht. Jason, Asher, sogar ich, wir hatten alle unsere Finger im Spiel gehabt, um Hailee in diese Scheiße hineinzuziehen.

Felicity war damit beschäftigt, sich die Schuhe anzuziehen, als sie sagte: „Mein Zimmer ist das letzte auf der linken Seite. Ich schicke dir einen Text, wenn wir Jason beruhigt haben. Und mach dir keine Sorgen wegen meiner Eltern, die sind über Nacht weggefahren."

Ich lächelte sie an. „Danke."

„Und auf dem Tresen in der Küche steht eine Schachtel mit Brownies." Sie zeigte in den Flur. „Die isst sie am liebsten."

„Brownies, kapiert."

„Und noch eine Sache: Tu ihr nicht weh. Ich weiß, ihr zwei habt diese komische Sache laufen, wo ihr beide vorgebt, dass ihr kein Interesse am anderen habt. Aber du bedeutest ihr etwas. Hailee mag dich Cameron, sie ist nur zu verdammt stur, um es zuzugeben. Und ich denke, sie bedeutet dir auch etwas. Also warne ich dich, als ihre beste Freundin, wenn du sie verletzt, werde ich einen Weg finden, dich zu *zerstören*. Ich spreche von Rache im Stil von *Carrie*."

Ich schluckte hart. „Mein Gott", murmelte ich.

„Ich meine es ernst, Cameron." Ihre Augen verengten sich gefährlich.

Oh, daran zweifelte ich nicht. Asher hatte recht, es waren die Stillen, vor denen man sich in Acht nehmen musste.

Felicity nickte mir knapp zu und glitt zur Tür hinaus, und ich stieß den Atem aus, den ich angehalten hatte. Alles war so ein verdammtes Chaos, und das Schlimmste daran war, dass es noch nicht vorbei war. Wenn morgen die Schule wieder losging, würde jeder das Video von Hailee gesehen haben. Und sie würde durch die Flure der Schule laufen müssen, mit dem Wissen, dass sie es gesehen hatten.

Ich ballte die Fäuste, als ich das Brüllen, das sich in meiner Kehle aufbaute, herunterschluckte. Ich konnte meine Emotionen nicht die Oberhand gewinnen lassen, nicht so lange Hailee oben war. Also beruhigte ich mich, machte mich auf die Suche nach der Schachtel Brownies und dann nach Hailee.

DIE BROWNIES IN DER HAND, das Herz in der Hose, klopfte ich mit dem Fingerknöchel gegen die Tür, aber als Antwort kam nur Stille. „Hailee, ich bin's. Cameron." *Gut gemacht, Arschloch.*

Stille.

„Hailee?" Ich spähte durch die angelehnte Tür. „Kann ich ..."

„Nein", schnauzte sie und begegnete meinem Blick kaum.

„Zu schade, Sonnenschein, du hast mich jetzt am Hals." Ich trat ein, schloss die Tür und war mir bewusst, dass diese Aktion die ganze Luft aus dem Raum zu saugen schien.

Hailee saß in der Mitte von Felicitys Bett, den Rücken gegen das Kopfteil gepresst, die Knie angewinkelt, ein rosa, flauschiges Kissen umarmend. Stille Tränen liefen ihr über die Wangen. Sie sah so zerbrechlich und traurig aus, ein völliger Gegensatz zu dem Mädchen, mit dem ich sonst zu tun hatte. Und ihr Anblick machte mich fertig, meine Brust wurde so eng, dass ich dachte, ich würde ohnmächtig werden.

„Es tut mir so verdammt leid." Ich rückte näher, meine Augen huschten zwischen dem Ende des Bettes und dem Schreibtischstuhl hin und her. Ich entschied mich für die sicherste Variante, ließ die Schachtel mit den Brownies auf den Schreibtisch fallen und nahm den Stuhl.

„Du ... du hast das Video gesehen?“ Sie erbleichte, eine neue Welle von Tränen drang in ihre Augen. „Hat ... hat Jason es gesehen?“

Ich presste die Lippen aufeinander und fragte mich, was zum Teufel ich hier tun sollte.

„Oh Gott“, stöhnte sie.

„Hey, es wird alles gut. Wir werden dafür sorgen ...“

„Die ganze Schule hat es wahrscheinlich schon gesehen. Du kannst die Leute nicht davon abhalten, es zu sehen, Cameron.“

Nein, das konnte ich nicht. Aber ich könnte jedem Wichser, der versuchte, es zur Sprache zu bringen, unter Androhung einer kräftigen Tracht Prügel verbieten, diesen Scheiß jemals in den Gängen der Schule zu erwähnen.

„Ich versuche mich immer wieder zu erinnern, was passiert ist“, sagte Hailee mit leiser Stimme. „Ich versuche immer wieder, ihre Gesichter zu sehen, ihr Lachen zu hören ... aber da ist nichts. Das ist es, was ich am meisten hasse. Dass sie mir das angetan haben, und ich habe es nicht einmal gemerkt. Ich meine, was, wenn sie ...“ Sie würgte und das Geräusch war so voller Schmerz, dass es mir das Herz zerriss. „Was, wenn sie versucht hätten ... mehr zu tun.“

„Mehr?“

Ihr Blick traf meinen, ihre Augen weiteten sich bedeutungsvoll. „Nein“, sagte ich, nicht bereit, es zu glauben. „Thatcher ist abgefuckt, aber er würde nicht ... warum, glaubst du, dass jemand dich verletzt hat?“ Die Worte blieben mir in der Kehle stecken.

Ich war davon ausgegangen, dass das Video schon das Schlimmste war, aber was, wenn es das nicht war? Was, wenn jemand ihr tatsächlich auch körperlich etwas angetan hatte?

Galle schoss mir die Kehle hoch, während ich durch die Nase einatmete und versuchte, nicht die Fassung zu verlieren.

„Nein, ich ... Ich glaube nicht, dass es so ist. Ich habe nichts gefühlt ... weißt du?“ Sie zuckte ein wenig mit den Schultern, als wäre es keine große Sache.

Aber es war eine verdammt große Sache.

„Scheiße“, stieß ich hervor und umklammerte meinen Nacken. „Und ich ... wir ...“ Ich hatte sie gestern Morgen berührt. Nachdem jemand vielleicht ... Ich sprang auf und lief hin und her.

„Cameron“, sagte Hailee, aber ich konnte nicht klar denken. Ich bekam das Bild von ihr nicht aus dem Kopf, wie sie da lag, während ihr jemand das Kleid vom Körper riss, lachend, flüsternd und höhnisch, wie sehr sie es wollte, wie leicht sie zu haben war.

Mir wurde übel. Auf dem Video war niemand zu erkennen gewesen, der Winkel der Kamera war auf Hailee gerichtet. Ihren Körper.

Hailees Hand schlang sich um meinen Arm und ich erstarrte, mein Herz hämmerte in meiner Brust. „Es ist okay. Mir geht's gut. Ich würde es wissen, wenn etwas passiert wäre, und das ist es nicht.“

Aber was, wenn Flick sie nicht gefunden hätte.

Langsam drehte ich mich zu ihr um. Hailees Augen waren rot und geschwollen, und ihr Lächeln erreichte sie nicht. „Nichts von alledem ist okay“, sagte ich leise. „Wenn ich daran denke, dass sie dir das angetan haben ..., dass sie dir möglicherweise wehtun wollten, ich ...“ Ich schluckte, legte einen Arm um ihre Taille und verschmolz mit ihr. Ich ließ meinen Kopf auf ihren fallen und atmete ihren Duft ein.

„Es war nur ein grausamer Scherz, Cameron." Hailee umklammerte jetzt meine Arme mit beiden Händen, aber ich wusste nicht, ob sie mich enger an sich drückte, oder versuchte, mich in sicherer Entfernung zu halten. „Jason wird ..."

„Pst." Ich legte meinen Daumen auf ihre Lippen. „Jase ist die letzte Person, über die ich im Moment reden will." Diese Scheiße mit Thatcher, zwischen ihm und Hailee, das musste ein Ende haben.

Es hätte schon lange vorher enden müssen.

Ihre Augen blitzten vor Überraschung, während sie einen zittrigen Atemzug einsog. „Warum bist du hier, Cameron? Warum bist du gekommen?"

Das war die Frage, die ich mir auf der Fahrt hierher mehr als einmal gestellt hatte. Aber in der Sekunde, in der ich den Link geöffnet hatte, konnte ich an nichts anderes mehr denken, als zu ihr zu gelangen.

„Weil du mir wichtig bist, Hailee", gestand ich. „Du bist mir so verdammt wichtig."

Zögernd sah sich mich an, dann vergrub sie ihr Gesicht in meiner Brust und schluchzte in mein T-Shirt. Meine Hände glitten in ihr Haar und brachten ihr Gesicht zurück zu meinem. „Ich bringe das in Ordnung, ich verspreche es."

Ich wusste noch nicht wie, aber ich würde es tun. Es war zu weit gegangen. Hailee hatte das nicht verdient. Sie hatte nie irgendetwas davon verdient.

Und ich war jedes Mal ein zu großer Feigling gewesen, um es zu verhindern.

Tränen sammelten sich in ihren Augenwinkeln, und ich ließ eine Hand über ihr Gesicht gleiten und wischte sie mit meinem Daumen weg. „Nicht weinen, Sonnenschein", sagte ich. *Ich kann es nicht ertragen.*

Hailees Mund verzog sich. „Ich hasse es wirklich, wenn du mich so nennst."

„Und ich liebe es, wie du rot wirst, wenn ich das tue."

„Was tun wir hier, Cameron?" Ihre Augen fixierten mich, suchten nach Antworten. Antworten, die ich ihr geben wollte. Ich war mir nicht sicher, ob sie bereit war, sie zu hören.

„Was wir schon vor langer Zeit hätten tun sollen", presste ich hervor, mein Griff um sie wurde fester.

Und dann küsste ich sie.

31

Hailee

„CAMERON, warte." Ich ließ meine Hände über seine breite Brust gleiten, ganz sanft. Er zuckte zurück, seine Augen glühten vor Lust und etwas anderem, das ich nicht wahrhaben wollte. „Wir können nicht …"

„Doch können wir", sagte er, ohne zu zögern. „Sag mir, dass du das nicht willst, Hailee. Sieh mir in die Augen und sag mir, dass du mich nicht willst."

Ich will dich.

Ich will dich so sehr, dass es mir Angst macht.

Aber die Worte blieben mir im Hals stecken, und ich konnte nur zurückstarren.

„Hailee, ich habe genug davon, mich zu verstellen", hauchte Cameron und senkte seinen Kopf auf meinen. „Ich will dich. Ich will dich seit dem ersten Tag, an dem ich dich gesehen habe."

„Wir waren noch Kinder." Ich verdrehte die Augen. Das konnte er auf keinen Fall ernst meinen.

Oder doch?

Camerons Hände glitten meine Arme hinauf und legten sich auf meine Schultern. „Ich will dich, Hailee Raine. *Dich*." Seine Augen brannten sich in mich hinein und entfachten ein Feuer in meinem Bauch.

„Aber wir ... wir hassen uns." Es war ein sinnloser Versuch. Diese Dinge galten nicht mehr, wenn es um mich und Cameron ging. Das verriet mir das Grinsen, das sich auf seinem Mund breitmachte.

„Nein, Sonnenschein, es ist kein Hass, es ist ..."

Ich presste meine Lippen auf seine. Ich wollte nicht hören, was diese Sache zwischen uns war, noch nicht. Ich wollte nur fühlen. Um zu vergessen. Ich wollte, dass er mir half, der Scheiße zu entfliehen, in die sich mein Leben verwandelt hatte, nur für eine kleine Weile.

Cameron stöhnte auf, als ich meine Zunge in seinen Mund schob und meinen Körper gegen seinen presste. Aber das war nicht genug. Ich brauchte mehr.

Ich brauchte *alles* von ihm.

Ich legte meine Arme um seinen Hals und zog, bis wir ineinander verschlungen auf Felicitys Bett landeten.

„Scheiße ... Flick", stieß ich hervor. „Wir sollten nicht ..."

„Sie ist nicht hier." Cameron starrte auf mich herab, sein Gewicht erdrückte mich auf eine wundervolle Weise. „Ich habe sie losgeschickt, um sich um Jase zu kümmern."

„Ernsthaft?" Meine Augenbraue hob sich, unsicher, wie ich mich dabei fühlen sollte.

„Wenn du aufhören willst ..." Er begann, sich zurückzuziehen, aber meine Finger gruben sich in seine Schultern.

„Ich will nicht aufhören", hauchte ich, mein Herz schlug heftig in meiner Brust.

„Gott sei Dank." Ich spürte seine Erleichterung. Cameron senkte seinen Kopf, er küsste meine Wange, mein

Kinn, und rutschte tiefer, um an meiner Halsmulde zu saugen. Ein leises Stöhnen bahnte sich seinen Weg meine Kehle hinauf und entlud sich als ein verlangender Seufzer. Er wippte zurück. „Setz dich."

Ich setzte mich auf, ließ ihn mein T-Shirt über den Kopf ziehen und zitterte, wo seine Finger über nackte Haut strichen. Cameron zog sein eigenes T-Shirt aus und meine Augen sogen jeden Zentimeter der gebräunten Muskeln auf. Unsere Blicke trafen sich, er glitt wieder über mich und drückte mich in die Matratze. „Ich möchte dich berühren, Hailee." Sein Blick enthielt eine stumme Frage, und ich nickte, mein Mund trocken, mein Verstand umwölkt von Verlangen.

Vorfreude vibrierte in mir, als er sich nach vorne beugte und einen Kuss auf die Wölbung meiner Brust drückte. Camerons Hände glitten unter meinen Rücken, fummelten am Verschluss des BHs, und der Stoff fiel von meinem Körper, als er ihn öffnete und ein kühler Lufthauch tanzte über meine empfindliche Haut. Seine Augen verdunkelten sich vor Lust, seine Finger streichelten meine Haut. „Perfekt", flüsterte er, bevor er einen der rosa Nippel in seinen Mund nahm.

Ich wölbte mich ihm entgegen und unterdrückte ein Stöhnen. „Gefällt dir das, Sonnenschein?" Cameron sah durch dunkle Wimpern zu mir auf. Ich presste die Lippen aufeinander und kämpfte gegen ein Lächeln an, aber er durchschaute mich und senkte seinen Kopf noch einmal, um der anderen Brust die gleiche Aufmerksamkeit zu schenken. Das Gefühl seines heißen Mundes, die Berührung seines stoppeligen Kinns auf meiner Haut, ließ mein Herz so wild flattern, dass ich seinen Namen keuchte.

Cameron saugte und knabberte sich einen Weg von meinen Brüsten hoch zum Schlüsselbein in die Halsbeuge.

„Was willst du, Hailee?“, flüsterte er an meinem Ohr und jagte mir Schauer über den Rücken.

„Dich“, gab ich schließlich zu. „Ich will dich, Cameron.“

Sein ganzer Körper schien sich zu entspannen und er lächelte zu mir herab. Diesmal war es nicht arrogant oder selbstgefällig, es war echt. Warm. Und etwas tief in mir veränderte sich.

„Was denn?“, fragte er, immer noch über mich gebeugt.

„Ist das echt?“ Ich kaute auf meiner Lippe, ein unruhiges Gefühl hielt mein Herz gefangen.

„Es ist echt.“ Cameron küsste mich, tief und ohne Eile, seine Zunge spielte mit meiner, während er seine Hüften gegen mich drückte. Es war nicht zu leugnen, dass er mich begehrte. Ich hoffte, er wollte nicht nur diesen einen Moment.

Aber ich war schon viel zu weit gegangen, um mich jetzt um die Konsequenzen zu sorgen. Ich brauchte ihn. Ich brauchte ihn auf eine Weise, die mich verwirrte und erregte. Er küsste mich immer wieder und versicherte mir ohne Worte, dass es echt war. Dass ich nicht die Augen öffnen und feststellen würde, dass alles nur ein Traum war.

Ich strich mit meinen Händen über seine Brust weiter zum Bund seiner Jeans und öffnete den Knopf und den Reißverschluss, ließ eine Hand hineingleiten und griff nach ihm. Sein Glied war so hart, sein Körper reagierte auf meine Berührung.

„Fuck, Hailee“, presste er hervor. „Das fühlt sich …“ Cameron schluckte und küsste mich erneut.

Aber dann griff seine Hand nach meiner und legte sie neben meinen Kopf. „Du bist dran.“ Er grinste und drückte mir einen schnellen Kuss auf die Lippen, bevor er vom Bett aufstand. Cameron schob sich Jeans und Boxershorts von den Hüften und zog sie aus, anschließend befreite er mich aus den Leggings und meinem Slip.

„Daran könnte ich mich gewöhnen", sagte er. Sein hungriger Blick glitt über mich. Ich hatte nur Augen für ihn. Sein durchtrainierter Körper und seine breiten Schultern, seine schmale Taille, die das köstliche V betonte, von dem die meisten Mädchen nur träumten.

Er kletterte zurück aufs Bett und kniete sich zwischen meine Beine. Mit seinen Händen fuhr er meine Waden hinauf und schickte winzige Stromstöße durch mich hindurch. Er ließ sich über mich sinken, griff sich selbst und stupste mit seiner Erektion gegen meinen Kitzler. „Cam", keuchte ich. „K-Kondom."

„Warte", sagte er, seine Stimme war belegt. „Lass mich einfach ..." Er rieb sich wieder an mir, glitt durch meine Nässe und schickte köstliche Wellen, die mich fast um den Verstand brachten. „Du fühlst dich so gut an, Hailee."

„Mehr" keuchte ich und krallte die Finger in den Laken. „Ich brauche ..." Mein Kopf fiel zurück, und ich hörte das Reißen der Folie wie durch ein Rauschen, Camerons Hände zwischen uns. Und dann war er da, drang in mich ein und ich atmete mit einem lustvollen Laut tief und schwer ein.

„Fuuuuck", stöhnte er und ließ sein Gesicht an meinen Hals sinken. Warme Lippen küssten mich, saugten und schmeckten, während ich mich an seine Schultern klammerte. Seine Arme legten sich um meine Hüfte, zogen mich näher heran und er begann, in mich zu stoßen. Erst langsam, er berührte eine Stelle tief in mir, die meinen Atem in der Kehle stocken ließ.

„Oh Gott", schrie ich, als Cameron sein Tempo erhöhte und mich mit tiefen, harten Stößen nahm. Ich kam ihm bei jedem Stoß entgegen, hob die Hüften, bis nur das Geräusch von Haut auf Haut und unser Stöhnen den Raum erfüllte.

„Scheiße, Hailee, ich kann nicht …“, murmelte er gegen meinen Mund, unsere Küsse wurden immer unkontrollierter, mit Zähnen und Zunge und heißer Verzweiflung, während wir beide auf die Klippe zustürmten.

Es begann wie eine sanfte Welle, die ans Ufer rollte, und brach dann über mich herein wie ein mächtiger Tsunami, der mich umwarf und mich atemlos zurückließ, während ich ihn umklammerte.

„Scheiße“, stöhnte Cameron und vergrub sein Gesicht in meinem Nacken, saugte so fest an der Haut, dass sie einen blauen Fleck hinterlassen würde, und kam in mir.

„Das war …“, hauchte er, noch auf den abklingenden Wellen der Lust.

Keine Worte schienen dem gerecht zu werden, was ich fühlte. Mit Cameron zusammen zu sein, war unglaublich gewesen. Es hatte sich richtig angefühlt. Wie eine Auslöschung der Vergangenheit. Aber vor allem hatte es *alles* verändert.

Und ich war mir nicht sicher, ob ich jemals wieder zurückgehen könnte.

„ALLES OKAY?“, fragte Cameron mich. Wir lagen nebeneinander und die Geräusche unserer rasenden Atemzüge normalisierten sich endlich wieder.

„Ja“, sagte ich und zog das Laken an meinem Körper hoch. „Flick wird mich allerdings umbringen.“

Er rollte sich auf die Seite, seine Augen auf mich gerichtet. „Nein, wird sie nicht. Wir können ihr neue Laken kaufen.“

Ich unterdrückte ein Lachen. „Ich kann nicht glauben, dass wir das getan haben.“

„Glaube es einfach, Sonnenschein." Cameron beugte sich vor und drückte mir einen Kuss auf die Nasenspitze. „Und das ist erst der Anfang."

Der Anfang?

Er meinte doch nicht ...

„Schau nicht so besorgt."

„Was ist mit Jason?" Ich blickte zu ihm auf.

„Was ist mit ihm?" Cameron klang cool, aber ich bemerkte das leichte Zucken in seinem Kinn, bei der Erwähnung des Namens meines Stiefbruders.

„Nach allem, was wir wissen, war er derjenige, der Thatcher dazu gebracht hat ..."

„Er kann ein Arschloch sein, Hailee, das weiß ich. Aber er ist immer noch dein Stiefbruder, das würde er nie tun. Außerdem, dass er und Thatcher irgendetwas gemeinsam machen würden, das glaube ich nicht ..." Cameron brach ab und ich runzelte die Stirn.

„Cameron, was ist los?" Seine Stirn war umwölkt, sein Blick irgendwie abwesend.

„Bereust du es?" Er beugte sich vor, um einen Kuss zu stehlen.

„Was bereuen?"

„Das ... uns." Verletzlichkeit blitzte in seinen Augen auf und meine Brust zog sich zusammen.

„Nein, tue ich nicht." Ich bereute nichts von dem, was in diesem Jahr zwischen uns passiert war, denn es führte alles an diesen Punkt. Hier in seinen Armen zu liegen, mich sicher und geschätzt zu fühlen. „Warum?", fragte ich. „Bereust du es?"

Ein kleines Lächeln spielte um seine Mundwinkel. „Das Einzige, was ich bereue, ist, dass ich es nicht früher getan habe."

Ich schlug ihm gegen die Brust, aber Cameron fing mein Handgelenk und zog mich auf die Seite.

„Ich schätze, Flick hatte die ganze Zeit recht."

„Was genau hat Fee gesagt?" Er sah mich verschmitzt an.

„Sie schien zu denken, dass das alles, die Streiche und so, eine Art seltsames Vorspiel war."

„Ich schätze, man könnte sagen, das war es."

„Cameron, komm schon ..."

Er zuckte mit den Schultern und fuhr mit seiner Nase an meinem Kinn entlang. Ich sog scharf die Luft ein, meine Augen flatterten, hunderte von Schmetterlingen flogen in meinem Bauch. „Ich habe dich nie gehasst, Hailee. Ich habe es gehasst, dass ich dich nicht haben konnte. Aber Jase ..."

„Nicht", drängte ich. „Mach das nicht kaputt." Jede Erwähnung meines Stiefbruders hätte die vorübergehende Glücksblase, die wir uns geschaffen hatten, zum Platzen gebracht.

„Weißt du, wir müssen darüber, über uns, irgendwann reden", sagte er.

„Ich weiß. Ich will nur ..., dass es noch ein bisschen länger uns alleine gehört."

Cameron nickte und beugte sich vor, um wieder meine Lippen zu erobern. „Kann ich dir etwas sagen?", fragte er schließlich und zog sich zurück.

„Alles." Ich löste mich von ihm, um ein bisschen Abstand zwischen uns zu bringen, und sah ihm in die Augen. „Du kannst mir alles sagen."

„Ich habe Angst, Hailee. Ich habe so eine verdammte Angst, dass mit meiner Mutter etwas nicht stimmt."

Oh Gott, seine Mutter. Ich hatte gar nicht daran gedacht, zu fragen, wie es ihr geht, weil ich mit meiner eigenen Krise beschäftigt war. „Ist sie ..."

„Es geht ihr gut. Sie haben sie gestern nach ein paar Stunden Überwachung entlassen, aber ich habe sie vorhin dabei überrascht, wie sie all diese Papiere durchgesehen haben, und sie haben sich beide sehr verschlossen verhalten. Dad sagte, dass sie heute Abend mit mir reden wollen, dass alles in Ordnung sein wird, doch ich habe das Gefühl ..." Seine Stimme brach, und es zerrte an meinem Herzen. Ich schlang die Arme um ihn und zog Cameron an mich. „Dieses Jahr sollte mein Jahr sein, Hailee. Ich sollte mich auf das College freuen, auf die Zukunft. Und alles, woran ich denken kann, ist, was ist, wenn es etwas Schlimmes ist, etwas wirklich schlimmes ..."

„Es ist okay", sagte ich leise. „Ich bin sicher, es wird alles gut."

„Und das Schrecklichste daran ist", Cameron zog sich zurück und sah mich an, sein Gesichtsausdruck war niedergeschlagen, „ich kann es niemandem sagen. Ash weiß ein paar Sachen, aber Jase kapiert es nicht. Er versteht es nicht, weil Football alles für ihn ist. Das Endziel. Ich muss an Xander denken, an meine Familie. Dad will, dass ich mich auf Football konzentriere, darauf, die Meisterschaft zu gewinnen, nur zu was für einem Menschen macht mich das?"

„Cameron, du bist achtzehn. Es ist das Abschlussjahr, ich bin sicher, wenn die Dinge ... nun, ich bin sicher, dein Vater würde es dir sagen, wenn er mehr Hilfe bräuchte."

Er lächelte schwach, doch das Lächeln erreichte seine Augen nicht. „Ich weiß gar nichts mehr", seufzte er. „Football, das Team ... Jase, das schien immer so wichtig zu sein, aber jetzt ist Mom vielleicht krank, wirklich krank, und du bist im Kreuzfeuer dieser Sache mit Thatcher gefangen und ich weiß einfach nicht ..."

„Scht." Ich presste meine Lippen auf seinen Mundwinkel. „Ich bin hier, ich bin genau hier." *Ich werde so lange hier sein, wie du mich brauchst.*

Cameron hielt sich an mir fest, als wäre ich ein Rettungsboot und er am Ertrinken, und mir wurde klar, dass hinter dem arroganten Kerl, den ich kannte, so viel mehr steckte. Er schulterte das Gewicht der Welt, den Druck und die Erwartungen des Teams gegen die Situation seiner Familie. Und jetzt, aus Gründen, die ich immer noch nicht ganz verstand, hatte er auch meine Sorgen auf sich genommen.

Ich hatte fast sechs Jahre damit verbracht, ihn zu hassen. Dafür, dass er Jasons Handlanger war. Dafür, dass er meinem Stiefbruder beigestanden, ja sogar geholfen hatte, mir das Leben zur Hölle zu machen. Ich hasste ihr blödes Footballteam, das hatte sich nicht geändert. Ich hasste, wofür sie standen, was sie repräsentierten. Die Art, wie die Leute den Boden, auf dem sie liefen, anbeteten und ihr beschissenes Verhalten entschuldigten, weil sie ein blau-weißes Trikot trugen. Ich hasste die ganze verdammte Institution.

Aber ich konnte auch nicht leugnen, dass, obwohl ich die Rixon Raiders mit jeder Faser meines Seins verabscheute, ich mir ziemlich sicher war, dass ich mich in einen von ihnen verliebt hatte.

32

Cameron

ICH LIESS Hailee in Felicitys Bett einschlafen. Sie war erschöpft. Nachdem wir geredet, uns geküsst und überall berührt hatten, nickte sie immer wieder weg. Also sagte ich ihr, sie solle sich ausruhen und dass ich später nach ihr sehen würde. Ich brauchte etwas Luft. Nicht von Hailee, sie war perfekt. Alles, was ich benötigte, und ich hatte es nicht einmal bemerkt. Aber sie hatte etwas gesagt, etwas, das ich nicht abschütteln konnte.

Auf dem Weg zu Ashs Haus war ich kaum überrascht, Felicity auf dem Weg nach draußen zu begegnen, Asher ihr dicht auf den Fersen. „Will ich es überhaupt wissen?“, fragte ich ihn, während wir beide ihr dabei zusahen, wie sie aus dem Haus stürmte, die Fäuste an ihren Seiten geballt.

„Jase war sein normales Arschloch-Ich.“ Er zuckte mit den Schultern. „Ich sehe mal nach, ob es ihr gut geht.“

Ich nickte ihm zu und er lief ihr hinterher. Wenigstens hatten wir jetzt das Haus für uns. Ich fand Jase in der

Küche, wo er einen komisch aussehenden Proteindrink trank.

„Hast du etwas damit zu tun?“ Ich sah ihn an und betete zu Gott, dass Hailee sich irrte.

„Was hast du da gesagt?“ Jases Augen verengten sich gefährlich und er streckte sich zu seiner vollen Größe.

„Sag mir, dass du es nicht warst? Sieh mir in die Augen und sag mir, dass du die ganze Sache nicht eingefädelt hast, um sie fertig zu machen?“

Ich hatte es nicht einmal in Betracht gezogen, bis Hailee den Samen gepflanzt hatte. Aber als ich da lag und sie ansah, wie sie schlief, schlug es Wurzeln und wuchs zu etwas Hässlichem heran. Etwas, das ich nicht aufhalten konnte.

Allerdings ziemlich weit hergeholt. Jason hasste Thatcher, dass sie sich zusammentaten, um Hailee zu schaden, war eher unwahrscheinlich. Besonders, wenn man die Geschichte zwischen den beiden berücksichtigte. Aber ich konnte nicht anders, ich musste wissen, ob er seine Finger irgendwo im Spiel hatte, dass alles so ablief, wie es abgelaufen war.

„Du denkst, ich hätte etwas mit ...“ Er fuhr sich mit einer Hand über das Gesicht und stieß einen schweren Seufzer aus. „Nein, ich habe nichts damit zu tun. Ein Teil von mir wünscht sich, ich hätte es getan. Ist es das, was du hören willst?“

„Aber Aimee ...“

„Aimee hat nichts mit der Sache zu tun.“

„Du hast Thatchers Schwester gefickt und ihm ein Video von euch beiden geschickt.“ Das war abgefuckt, sogar für meinen besten Freund, und es hatte den Einsatz in ihrem Krieg erhöht. Aber er hatte seine Gründe gehabt. So verkorkst es auch war, Jase handelte nie ohne Motivation oder Provokation und Aimee hatte ihn auf eine Weise verletzt, wie es nur wenige je getan hatten.

„Ja, sie war eine hinterhältige Schlampe, die bekam, was sie verdiente."

„Mit dir stimmt etwas nicht, das weißt du doch, oder?" Ich hatte nicht gewusst, was er mit Aimee vorhatte, aber selbst wenn, hätte man ihn nicht aufhalten können. Er hatte sie an sich herangelassen, und sie hatte ihn verarscht. Und in seiner verdrehten Logik war alles, was Jason danach getan hatte, lediglich zwei Fliegen mit einer Klappe zu schlagen.

„Fick dich, Chase. Du hast keine Ahnung, wie es war."

„Verdammt nochmal. Dir liegt diese ganze gottverdammte Stadt zu Füßen. Aber das bedeutet nicht, dass du die Leute einfach so treten kannst, Jase. Es gibt Konsequenzen für deine Handlungen. Nur weil du nicht den Auslöser betätigt hast, heißt das nicht, dass man nicht deine Fingerabdrücke überall findet. Hättest du die Sache mit Thatcher nicht begonnen, wäre Hailee nie ins Kreuzfeuer geraten."

„Denkst du, das interessiert mich einen Scheiß?" Er verschränkte die Arme vor der Brust und hob eine Braue. „Du hast keine Ahnung, wie es ist, mit ihr zu leben. So zu tun, als wäre alles in Ordnung, obwohl es nicht in Ordnung ist, verdammt. Meine Mutter ist ihretwegen gegangen."

„Hailee?" Ich runzelte die Stirn, verwirrt. „Deine Mutter ist nicht wegen Hailee gegangen. Sie ging, weil dein Vater seine Vergangenheit nicht loslassen konnte." Er war mit dem Spiel verheiratet, mit der Zukunft, die er verloren hatte, mit der Zukunft, die Jase jetzt in greifbarer Nähe hatte.

Wut flammte in seinen Augen auf, der Muskel in seinem Kinn pulsierte. „Ich spreche von Denise,

Schwachkopf. Sie hatten sich ausgesprochen und vertragen, bis *sie* auftauchte." Er spuckte das Wort geradezu aus.

„Jase, komm schon, es war vorbei." Die Dinge zwischen seiner Mutter und seinem Vater, waren schon lange bevor Denise auf der Bildfläche erschien, schwierig gewesen. „Diese Sache mit Hailee, das ist nicht fair. Sie ist nicht ihre Mutter. Du kannst sie nicht bestrafen ..."

„Du denkst, ich *bestrafe* sie?", brüllte er, ein böses Glitzern in den Augen. „Ich bestrafe Hailee nicht, ich kann sie nur verdammt noch mal nicht leiden. Sie denkt, die Sonne scheint aus dem Arsch ihrer Mutter. Sie hat keine Ahnung, was für eine zerstörerische Schlampe sie ist, dass sie Familien ruiniert. Wusstest du, dass sie hinter ihm her war? Sie ist meinem Vater monatelang hinterhergelaufen, als er und Mom versuchten, die Dinge zu klären. Ich habe mitbekommen, wie sie ihn angerufen hat, einmal hätte sie ihn sogar fast gevögelt, und ich habe gehört, wie Mom ihn darauf angesprochen hat."

„Scheiße, Mann, das wusste ich nicht ..."

„Nein, das wusstest du nicht." Sein Gesicht war verschlossen.

„Du hast nie etwas gesagt?" Aber das war nicht wirklich eine Überraschung. Jase war für jeden um ihn herum ein versiegeltes Buch. Mich eingeschlossen.

„Was hätte ich denn sagen sollen? Mein Vater, der Held der Stadt, ein Mann, den alle verehrten, war ein betrügerischer Mistkerl, der sich mehr darum sorgte, seinen Schwanz in irgendeine Hure stecken zu können, als seine Ehe zu reparieren?"

„Weiß er, dass du es weißt?"

„Was denkst du denn?", knurrte er.

Mr. Ford hatte keine Ahnung. Wenn er es wüsste, würde Jase auf keinen Fall noch unter seinem Dach leben, dann wären die Dinge schon längst eskaliert.

„Du hättest mit deiner Mutter weggehen, nach Pittsburg ziehen und die Schule wechseln können?"

„Und meine ganze Zukunft riskiert?"

Selbst jetzt, wo die Wahrheit vor ihm lag, ging es immer noch nur um Football. Ich konnte ihm nicht verübeln, dass er Hailees Mom verabscheute. Sie sogar hasste. Aber Hailee war nicht ihre Mutter. Sie trug keine Schuld. Sie war nur ein weiteres unschuldiges Kind, gefangen in dem Schlamassel, den ihre Eltern verursacht hatten.

Und sie hatte keine Ahnung von der wahren Situation.

„Ich verstehe es", gab ich zu. „Ich würde sie auch hassen. Aber Hailee ist ..."

„Hailee ist eine scheinheilige Schlampe, die denkt, sie sei besser als ich. Das hat sie schon immer. Wusstest du, dass ihr alter Herr ein großer, heißer Footballspieler am College war?" Ich schüttelte den Kopf, und die Art, wie er über sie sprach, machte mich rasend vor Wut. Aber ich wollte nichts anfangen, von dem ich nicht sicher war, ob ich es beenden konnte.

Jase fuhr fort: „Ja, er spielte als Runningback für Rutgers. Er schwängerte Denise im Junior-Jahr und ließ sie mit dem Baby zurück, weil er lieber dem Football und den Muschis folgte."

„Ich hatte keine Ahnung." Aber es erklärte einiges von Hailees Einstellung zum Football, zu uns. Dem Team.

Sie war ohne Vater aufgewachsen, weil er das Spiel, das Leben, über sie und ihre Mutter gestellt hatte.

„Wenn du sie so sehr hasst, warum hast du ihr nicht die Wahrheit gesagt?"

Jasons Augen verdunkelten sich, aber ich sah das Zögern darin. Als er nicht antwortete, fügte ich hinzu: „Willst du wissen, was ich denke? Ich denke, du schlägst um dich, weil du Denise nichts anhaben kannst. Tief im Innern weißt du, dass dein Vater Denise gewählt hat, weil er sie liebt, und dass Menschen im Namen der Liebe verrückte Dinge tun. Und das macht dir Angst."

Ich kannte Mr. Ford schon seit meiner Kindheit, und ich hatte ihn niemals so mit Mrs. Ford umgehen sehen, wie er es mit Denise tat. Er liebte sie nicht nur, er betete sie an. Und zum ersten Mal war Jason nicht ständig die Nummer 1 im Leben seines Vaters.

„Du weißt nicht, wovon du redest, verdammt."

„Tue ich das nicht?" Ich wusste, dass ich recht hatte. Jason war immer noch nur ein zwölfjähriges Kind, das herausgefunden hatte, dass sein Vater sich in eine andere Frau verliebt hatte.

„Nein", schnitt Hailees Stimme durch den Raum und mein Magen rebellierte. Scheiße, sie sollte nicht hier sein. Sie sollte in Felicitys Haus sein, wo ich sie schlafend zurückgelassen hatte.

„Was zum Teufel tust du hier?", knurrte Jase.

„Ich bin gekommen, um Flick zu suchen, sie ist nicht an ihr Handy gegangen."

Er grummelte etwas und er wirkte irritiert, aber Hailee fügte hinzu: „Du machst Witze, nicht wahr? Was du über meine ... meine Mutter gesagt hast, ist nur ein grausamer Scherz?"

Der Schmerz in ihrer Stimme bohrte sich bis in meine Seele. Ich wollte mich umdrehen und etwas sagen, um sie zu trösten, um die Sache in Ordnung zu bringen, aber ich war wie angewurzelt, unfähig, mich zu bewegen, ihr scharfer Blick brannte sich mir in den Rücken.

„Es ist die Wahrheit, kleine Schwester", sagte Jase spöttisch, und ich wollte ihm die Faust ins Gesicht schlagen, nur um ihn zum Schweigen zu bringen. „Deine Mutter ist nicht die anständige Frau, für die du sie hältst."

„Nein ...", flüsterte sie, ihre Stimme war gebrochen. „Ich

glaube dir nicht, du lügst. Du versuchst nur, mir wehzutun."

„Jetzt bist du nicht mehr so selbstgefällig, was?" Jase lachte bitter auf. „Du hasst mich, hasst alles, wofür ich stehe, weil dein Vater ein Stück Scheiße war, der nicht dageblieben ist und die Verantwortung für seine Fehler übernommen hat. Aber das hat deine Mutter nicht davon abgehalten, sich an meinen Vater ranzumachen. Sie hat ihn praktisch angefleht, sie zu ficken. War bereit, ihre Beine zu spreizen wie eine ..."

„Du solltest aufhören." Ich stellte mich vor Jason und schirmte Hailee vor ihm ab.

Seine Lippen kräuselten sich zu einem bösartigen Grinsen, als die Erkenntnis in seinem dunklen Blick dämmerte. „Ich wusste es. Ich wusste, dass du scharf auf sie warst. All die Jahre hast du meinen Scheiß mitgemacht, das Spiel mitgespielt, aber es war nicht meinetwegen, oder? Es war ihretwegen. Du hast sie beschützt. Du hast sie über mich gestellt."

„Ich habe dich gewählt, erinnerst du dich?" Ich warf ihm einen spitzen Blick zu, die Fäuste an den Seiten geballt, während ich mich zwang, ruhig zu bleiben, um nicht in sein bösartiges Spiel hineingezogen zu werden.

„Nein, Mann." Jase schüttelte den Kopf. „Du hast dich nicht für mich entschieden. Du hast sie gewählt. Fickst du sie?"

Hailees harsches Einatmen ließ mich zusammenzucken. Aber ich drehte mich nicht um, um sie anzusehen, ich konnte es nicht.

„Ich habe dich etwas gefragt." Er starrte mich herausfordernd an und wartete auf eine Antwort.

„Nein", log ich und hasste mich selbst. Ich schaute meinem besten Freund direkt in die Augen und log. Ich wusste, wenn ich gestehen würde, würde das schlimm enden. Weitaus schlimmer, als es ohnehin schon war.

„Aber du willst es doch, oder?"

„Jase, Mann, komm schon. Tu das nicht."

„Was tun? Meinen besten Freund fragen, ob er die ganze Zeit vorhatte, mir in den Rücken zu fallen, und dass wegen irgendeiner selbstgerechten Schlampe?" Sein Blick huschte über meine Schulter zu Hailee, und mein Rücken versteifte sich.

„So ist es nicht, und das weißt du." Ich biss die Zähne zusammen und versuchte, die Wut, die in meinen Adern kochte, in den Griff zu bekommen. Aber so sehr ich sie auch beschützen wollte, Hailees Ehre vor Jason und seiner grausamen Zunge verteidigen wollte, so sehr musste ich seine Augen von ihr weg und auf mich richten.

„Nein, ich weiß gar nichts mehr." Er legte den Kopf schief und rieb sich das Kinn. „Ich habe dir vertraut. Ich habe dir mit meinem Leben vertraut. Es waren du und ich, Bruder. Wir würden unaufhaltsam sein. Nichts sollte jemals zwischen uns kommen, erinnerst du dich?" Jase verkürzte den Abstand zwischen uns, bis wir auf Augenhöhe waren und starrte mich an, als würde er mich nicht mehr erkennen. Er rammte mich mit der Schulter und sagte: „Ich hoffe, sie ist es wert", und dann stürmte er aus dem Raum.

Ich stieß den Atem aus, den ich angehalten hatte, und drehte mich langsam zu Hailee um. Sie war blass, ihr Gesicht voller Traurigkeit. Stille Tränen liefen über ihre Wangen. „Hailee, ich ..."

„Sag nichts, okay." Ihre Stimme zitterte, als sie sich zurückzog. „Lass es einfach."

„Es tut mir leid. Es tut mir so verdammt leid."

Stille umhüllte uns. Dick und erstickend. Aber ich

wusste nicht, wie ich das in Ordnung bringen sollte. Sie sollte nicht hier sein, sie sollte nichts von alledem hören.

Nach ein paar Sekunden brach Hailee schließlich die Spannung. „Ist es wahr? Hat er die Wahrheit gesagt?"

„Ich ... ich denke schon." Ich schluckte, meine Kehle war trocken. Jason war vieles, aber er war kein Lügner. Wenn er etwas tat, stand er jedes Mal zu dem Scheiß.

„Meine Mutter würde das nicht ... sie würde das nicht tun." Hailee schlang zitternd ihre Arme um sich. „Nicht nachdem mein Vater ..."

„Auch Erwachsene machen Fehler, Hailee."

„Und Jason, was hat er damit gemeint, dass du mich gewählt hast?"

Scheiße.

Scheiße!

„Ich, hmm ..." Ich räusperte mich und versuchte, den riesigen Klumpen, der dort feststeckte, loszuwerden. „Lass uns ein anderes Mal darüber reden ..."

„Nein, ich denke, wir sollten jetzt darüber reden." Sie starrte mich an und ich wollte, dass sich der Boden öffnete und mich ganz verschluckte. Nichts an dieser Unterhaltung würde gut ausgehen, nicht nach Jases Offenbarung. Aber sie schaute mich mit ihren honigbraunen Augen an, entlockte mir all meine Wahrheiten, und ich wusste, dass ich gestehen musste.

„In der 6. Klasse, als du bei Jase und seinem Vater eingezogen bist ..."

„Ich erinnere mich. Ich dachte, du wolltest mit mir befreundet sein." Traurigkeit überkam sie, schon wieder.

„Das wollte ich." Meine Brust zog sich zusammen. „Ich mochte dich. Du warst wie ein frischer Wind, hast Jason immer die Stirn geboten und dich geweigert, seinen Scheiß hinzunehmen. Ich bewunderte dich."

„Was hat sich geändert?", sagte sie kühl, der Biss in ihrer Stimme ließ mein Blut zu Eis gefrieren.

„Jason begann eifersüchtig zu werden. Er hat nie etwas gesagt, aber ich habe gemerkt. Je öfter ich mit dir geredet habe", *und ich hatte viel mit ihr gesprochen*, „desto mehr hat er dich verspottet. Kurz vor den Sommerferien stellte ich ihn zur Rede, und er sagte mir, ich müsse mich entscheiden. Er oder du."

Schmerz blitzte über ihr Gesicht. „Und du hast ihn gewählt."

„Ich weiß, es ergibt keinen Sinn, Hailee, ich habe nicht ihn gewählt, sondern dich. Ich sah, wie Jason dich ansah. Er hat dich gehasst. Es war verkorkst und ich verstand es nicht, aber ich wusste, wie grausam er sein konnte. Ich wusste, er würde dich nie in Ruhe lassen, wenn ich die Wahrheit zugebegeben hätte."

„Die Wahrheit?"

„Ich mochte dich. Schon damals, obwohl ich noch zu jung war, um Mädchen oder so was zu verstehen. Ich wusste, dass du anders warst. Du warst das erste Mädchen, mit dem ich zusammen sein wollte, dass ich kennenlernen wollte."

„Du hast mir in dem Sommer das Leben zur Hölle gemacht."

„Ich weiß." Schuldgefühle verknoteten meinen Magen, als die Erinnerungen mich überspülten.

Wir hatten einen ganzen Sommer damit verbracht, sie zu verspotten, Streiche zu spielen, Sachen zu stehlen und ihr das Leben zur Hölle zu machen. Es war, als würde Jason mich testen, mich dazu bringen, meine Loyalität zu beweisen. Und ich hatte mitgemacht, weil ich hoffte, wenn ich seine Spielchen mitmache, würde er sich zurücknehmen und sie in Ruhe lassen. Aber das tat er nicht. Als ich schließlich merkte, dass er es nicht tun würde, war es schon zu spät. Eine Mauer war zwischen uns gezogen worden. Hailee auf der einen Seite, Jason, ich und Asher auf der anderen. Im Laufe der Jahre redete ich mir ein, dass es das Beste wäre, wenn ich zugäbe, was ich für sie empfand, aber das würde nur Öl ins Feuer gießen. Also hielt ich mich fern. Ich spielte Jasons Spiele mit und irgendwann gefielen sie mir sogar. Denn sie zu provozieren, sie zu einer Gegenreaktion zu drängen, war meine Chance, Aufmerksamkeit von ihr zu bekommen.

Es war die einzige Möglichkeit, ein Stück Hailee Raine in meinem Leben zu behalten.

„Soll ich wirklich glauben, dass du die ganze Zeit seine dummen Spiele mitgemacht hast, weil du ... mich mochtest?" Der Zweifel in Hailees Augen war genug, um mich zu Eis gefrieren zu lassen, aber ich sah ihr aufrichtig in die Augen und nickte.

„Es ergibt keinen Sinn ..."

„Da hast du verdammt recht, das tut es nicht", herrschte sie mich an. „Wir sind keine Kinder, Cameron. Das ist nicht mehr die Junior High. Das ist mein Leben. Und für dich war das alles nur ein großes Spiel. Ich war ein großes Spiel."

„Was?" Panik krallte sich in meine Kehle. „Es hat nicht ... das ist nicht ..."

„Ich muss gehen." Sie drehte sich auf dem Absatz um und ging zur Tür, aber ich eilte zu ihr hinüber und hielt ihr Handgelenk fest. „Warte", presste ich hervor. „Wir müssen darüber reden."

Es gab zu viel, was ungesagt blieb. Zu viel, dass ich versuchen musste zu erklären. Hailee schaute mich an und ich sah ich die Verzweiflung in ihren Augen.

„Weißt du", sagte sie leise, ihr flacher Tonfall zerriss mir das Herz. „Ich wusste immer, dass ich mit dir richtig lag. Ich kann dir nicht trauen." Sie zuckte mit den Schultern und floh aus dem Zimmer, wobei sie ein Stück meines gebrochenen, blutenden Herzens mitnahm.

Vorhin war einer der besten Momente meines Lebens gewesen. Es hatte sich nicht wie ein Verrat oder ein Spiel angefühlt. Es war echt.

Richtig.

Es hatte sich so angefühlt, als wäre es längst überfällig gewesen.

Aber jetzt, im grellen Licht des Tages, war alles den Bach runtergegangen. Und ich musste mir selbst die Schuld darangeben.

33

Hailee

„HAILEE, Schätzchen, ist alles in Ordnung?“ Moms Stimme drang durch den Türspalt, aber ich ignorierte sie, so wie ich es die letzten drei Male getan hatte, als sie gekommen war, um nach mir zu sehen.

Nachdem ich Jasons und Camerons Streit belauscht hatte, war ich aus Ashers Haus geflohen und hatte mich in meinem Schlafzimmer verkrochen. Alles, was ich zu wissen glaubte, war eine Lüge. Mom und Kent hatten sich nicht erst nach der Trennung von Jasons Mutter kennengelernt. Mom war die *andere Frau.* Und die ganze Zeit über hatte Jason es gewusst.

Er wusste es und hatte nie ein Wort darüber verloren.

Es war kein Wunder, dass er meine Mutter hasste, oder mich. Ich war immer so voreingenommen ihm und den Raiders gegenüber. Gebeutelt von meinen eigenen Erfahrungen, ohne Vater aufzuwachsen, wegen Football. Gary Broker war ein aufsteigender Stern in der NCAA gewesen. Er hatte keine Zeit, ein Baby aufzuziehen, mit dem Mädchen, das er versehentlich geschwängert hatte, glückliche Familie zu spielen. Er hatte Besseres mit seiner Zeit anzufangen, der endlose Kreislauf von Mädchen und Partys und Aufmerksamkeit, und alles, was ich hatte, waren ein paar verpixelte Fotos von ihm und keine einzige gute Erinnerung. Selbst nach meiner Geburt wollte er immer noch nichts mit mir zu tun haben. Es gab eine Handvoll unangenehmer Begegnungen in meiner Kindheit, aber die hielten nicht länger als bis zu meinem siebten Geburtstag, weil er endlich erwachsen wurde und sich mit seiner anderen Familie niederließ, derjenigen, die ihm tatsächlich etwas bedeutete.

Mom hatte mir jahrelang eingebläut, dass man Typen wie ihm nicht trauen kann. Athleten. Sportlern. Jungs, die sich mehr auf ihre Karrieren konzentrierten als auf Mädchen. Aber es war alles eine Lüge. Denn wir waren nach Rixon gezogen und sie hatte es geschafft, Kent Ford aufzuspüren. Ein lokaler Football-Held und fast eine Legende, wenn sein Unfall nicht seine Karriere beendet hätte.

Gott, ich war so naiv.

Die ganze Zeit hatte ich Jason gehasst.

„Hailee“, ihre Stimme riss mich aus meinen Gedanken. „Ich komme jetzt rein, Baby.“ Sie erschien in der Tür, ein besorgtes Lächeln im Gesicht. „Du bist schon seit Stunden hier oben, du hast das Abendessen verpasst.“

„Mir ist gerade nicht nach Essen zumute.“

„Ist etwas passiert ... mit Jason?“ Sie schürzte die Lippen, als wäre sie schon sicher, dass es um ihn ging. „Er verhält sich mürrischer als sonst.“

Natürlich vermutete sie, dass er es war. Denn jahrelang stand sie an der Seitenlinie, während wir uns duellierten, und hatte nicht ein einziges Mal versucht, das Chaos zu bereinigen.

Das Chaos, das *sie* angerichtet hatte.

„Wolltest du es mir jemals sagen?“ Die Worte sprudelten nur so heraus.

„Dir was sagen?“, sagte sie und hockte sich auf die Kante meines Bettes. „Wovon in aller Welt redest du?“

„Wie hast du Kent kennengelernt, Mom?“

Sie verlor ganz kurz die Fassung, aber sie erholte sich schnell wieder. „Du kennst die Story, Baby. Wir sind nach Rixon gezogen, und Kent war so nett, mir mit einem platten Reifen auszuhelfen, und der Rest ist, wie man so schön sagt, Geschichte.“

„Ich weiß es.“

„Du weißt was?“ Sie legte den Kopf schief. „Hailee, ich bin mir nicht sicher ...“

„Jason hat es mir erzählt.“ Sie atmete scharf ein, das Geräusch durchstach die Luft und mein Herz. Aber sie sagte nichts. Versuchte nicht, mir zu sagen, dass ich mich irrte, dass sie keine Ahnung hatte, worauf ich mich bezog. „Du wusstest, dass er es weiß?“

Ich hatte gehört, wie Jason zu Cameron sagte, dass er nicht glaubte, dass sein Vater es wusste, also nahm ich an, dass sie genauso ahnungslos war.

„Ich vermutete, dass er etwas ahnte, ja.“ Mom senkte ihren Blick, aber ich sah das Bedauern darin, die Scham, die ihre Wangen färbte.

„Also, es ist wahr? Ihr hattet eine Affäre?“

„Baby.“ Sie griff nach mir, aber ich zog meine Hand zurück. „Herzensangelegenheiten sind nie so einfach.“ Mom stieß einen kleinen Seufzer aus.

„Herzensangelegenheiten?“ Ich lachte bitter auf. „Du hast ihre Ehe zerstört, Mom. Du hast Jasons ...“

„So einfach ist das nicht.“ In ihrer Stimme schwang jetzt Panik mit. „Kent und Maryanne hatten Probleme, er war einsam ...“

„Also, da dachtest du, du würdest was tun? Eine Schulter zum Ausweinen anbieten? Ein warmes Bett für die Nacht. Einen Ort, wo er seiner beschissenen Ehe entfliehen kann?“

„Hailee Raine“, schimpfte sie, ihre Miene verhärtete sich. „Ich weiß, dass du verärgert bist, aber ich bin immer noch deine Mutter.“

Das war ja eigentlich auch der Sinn der Sache. Erwachsene sollten mit gutem Beispiel vorangehen und ihre Kinder tadeln, wenn sie Fehler machten. Nicht andersherum.

„Du hast gelogen“, sagte ich. „All diese Jahre hast du gelogen. Ich hatte jahrelang Ehrfurcht vor deiner Stärke, Mom. Du hast mich allein großgezogen, hast Dad nie um etwas gebeten. Ich bewunderte dich dafür, dass du es dir nicht leicht gemacht hast, dass du dich nicht mit irgendeinem alten Kerl zufriedengegeben hast.“ *Und davon gab es einige.* „Und ich musste von Jason erfahren, dass alles eine Lüge war.“

„Hailee, bitte, lass es mich erklären ...“ Tränen rollten über ihre Wangen, aber ich wollte sie nicht trösten.

Ich konnte es nicht.

„Du hast mich nach deinem Vorbild erzogen, Mom. Du hast mich an meinen Selbstwert glauben lassen, daran, mich nie mit weniger zufriedenzugeben, als ich verdiene. Aber du hast mich auch abgehärtet. All die Geschichten, die mich vor Typen wie Dad gewarnt haben, haben mich verwirrt. Und dann hast du mich in eine Stadt gebracht, in der Football wichtiger ist als alles andere, und bist mit der Football-Legende der Stadt zusammengezogen. Und ich habe mich nie beschwert. Nicht ein einziges Mal. Weil ich mich für dich gefreut habe. Weil es Zeit war für dich, das Leben zu genießen, glücklich zu sein. Und jetzt finde ich heraus, dass das alles eine Lüge ist. Dass du dich an Kent herangemacht hast, obwohl du wusstest, dass er eine Frau und eine Familie hat."

„Raus", sagte ich kühl.

„Hailee, jetzt warte doch mal einen Moment ..."

„Ich sagte, verschwinde. Ich kann dich im Moment nicht einmal ansehen."

„Hailee Raine." Sie errötete.

„Raus", schrie ich. „RAUS. RAUS. RAUS!" Die Worte schossen aus meiner Kehle wie eine hässliche Explosion. Mom schluchzte in ihre Hände und flüchtete aus dem Zimmer. Ich hatte nicht vor, die Fassung zu verlieren, aber ich konnte sie nicht ansehen. Ich konnte nicht hier sitzen und mir ihre leeren Ausreden anhören.

Sie hatte gelogen.

Tag für Tag hatte sie mir in die Augen gesehen und mir dieses schmutzige, unverzeihliche Geheimnis vorenthalten. Ich hatte fast sechs Jahre lang mit Jason gelebt, seinen Schwachsinn toleriert, für sie. Weil sie glücklich war. Weil sie einen Mann hatte, der sie so behandelte, wie sie es verdiente.

Ich schnappte mir das nächstgelegene Kissen, vergrub mein Gesicht darin und schrie vor Frust. Ich war ohne Vater aufgewachsen, aber ich hatte nie das Gefühl gehabt, dass mir etwas fehlte. Mom war zugleich Mutter und Vater für mich. Sie hielt mich, wenn ich Schmerzen hatte, weinte mit mir bei traurigen Filmen, half mir bei wissenschaftlichen Projekten und Hausaufgaben. Wo mein Dad bei jedem Meilenstein abwesend war, war Mom da. Einhundertzehn Prozent. Sie waren das komplette Gegenteil voneinander.

Aber am Ende stellte sich heraus, dass sie eine Gemeinsamkeit hatten.

Sie hatten mich beide betrogen.

EINIGE ZEIT später wachte ich durch das Geräusch von lauten Stimmen auf. Desorientiert setzte ich mich auf und rieb mir die trockenen, schmerzenden Augen. Ich hatte so sehr geweint, dass ich mir nicht sicher war, ob überhaupt noch Tränen übrig waren.

„Du hast sie gevögelt, lange bevor Mom gegangen ist", brüllte Jason, und die Wut in seiner Stimme war sogar in meinem Schlafzimmer zu hören.

Ich schlich in die schwach beleuchtete Halle hinaus. „Jason, du musst dich jetzt zügeln", Kent klang ruhig und gefasst. „Du hattest kein Recht, es ihr zu sagen."

„Wie oft muss ich es dir noch sagen? Ich habe es ihr nicht gesagt. Sie hörte zufällig ein Gespräch zwischen ..."

„Denkst du, es interessiert mich, wie sie es herausgefunden hat, Sohn? Das war nicht der richtige Weg ..."

„Glaubst du, es gibt einen richtigen Weg, um herauszufinden, dass deine Mutter eine Ehebrecherin ist?" Das Geräusch von Klatschen auf Haut durchdrang die Luft, und ich zuckte zusammen und ging auf Zehenspitzen die Treppe hinunter.

„Fass mich noch *einmal* an ..." Die Stimme meines Stiefbruders war tief. Tödlich. Und für den Bruchteil einer Sekunde fürchtete ich um Kents Wohlergehen. Aber so sehr Jason auch ein Arschloch war, ich glaubte nicht, dass er seinem Vater etwas antun würde.

„Jason, ich habe nicht ... es tut mir leid. Ich möchte nicht, dass du so über Denise sprichst. Es ist ein Chaos, Sohn. Wenn du nur früher zu mir gekommen wärst ..."

„Dann hättest du was? Es beendet? Versucht, die Dinge mit Mom in Ordnung zu bringen?"

„Das ist nicht ..."

„Dachte ich auch nicht", stieß Jason hervor. „Mom ist gegangen. Sie ist deinetwegen gegangen. Ihretwegen. Und du wunderst dich, warum ich sie verdammt noch mal nicht ausstehen kann."

„Genug", schnappte Kent. „Denise ist meine Frau, Jason. Nichts, was du gesagt oder getan hättest, hätte das jemals ändern können. Ich liebe sie. Und es tut mir leid, dass die Dinge so gelaufen sind, wie sie gelaufen sind, wirklich, aber das Leben ist nicht immer einfach, mein Sohn. Es ist chaotisch und hart und manchmal tut es weh."

Ich stand wie angewurzelt da, die Finger um das Geländer geschlungen. Ich hatte Jason und seinen Vater noch nie streiten hören. Sie waren nicht immer herzlich zueinander, aber ich dachte, das läge an Jason. Er war distanziert, gefühllos. Aber jetzt wurde mir klar, dass in meinem Stiefbruder viel mehr steckte, als man auf den ersten Blick sieht, und so sehr ich auch kein Mitleid mit ihm empfinden wollte, tat ich es doch.

Ich kannte die Wahrheit seit ein paar Stunden, er hatte jahrelang mit ihr gelebt.

Warum hatte er es mir also nie gesagt? Es konnte nicht sein, um mich zu schützen, das ergab keinen Sinn. Er hatte seine Verachtung für mich bei jeder Gelegenheit zum Ausdruck gebracht. Aber ich fragte mich, ob er mir den Schmerz ersparen wollte, der mit dem Wissen kam.

Eine Tür schlug zu und riss mich aus meinen Gedanken. Ich rannte wieder nach oben und schloss mich in meinem Zimmer ein. Ich empfand vielleicht Mitleid für Jason empfinden, aber Flick hatte recht, ich war abgebrüht. Denn obwohl ich wusste, dass er litt, obwohl ich wusste, dass er wahrscheinlich jemanden so sehr brauchte wie ich im Moment, konnte ich nicht dieser Mensch für ihn sein.

Ich konnte ihm nicht verzeihen.

AM MONTAGMORGEN WAR ICH ERSCHÖPFT. Ich hatte letzte Nacht kaum geschlafen. Mein Gespräch mit Mom und das, das ich zwischen Jason und Kent mitgehört hatte, wiederholte sich in meinem Kopf immer wieder, bis meine Träume zu einer verzerrten Realität wurden. Lügen und Wahrheiten versponnen zu einem verworrenen Netz der Unsicherheit. Jason war nicht nach Hause gekommen, und ich nahm an, dass er bei Asher oder seiner letzten Liebhaberin übernachtet hatte. Ich hatte mitbekommen, wie Kent Mom versicherte, dass alles vorübergehen würde, als ob es etwas wäre, das wir unter den Teppich kehren und ignorieren könnten. Was immer sie sich einreden mussten, um ein leichtes Leben zu haben.

„Guten Morgen, du siehst scheiße aus." Flicks Brauen zogen sich zusammen. „Was ist passiert?"

„Es ist eine lange Geschichte."

„Ich habe genau", sie schaute auf die Uhr am Armaturenbrett, „elf Minuten. Schieß los."

Also erzählte ich ihr, was passiert war, von der Sekunde an, seit Cameron gestern bei ihr auftauchte, bis zu dem Moment, als ich Jason und Kent am Abend streiten hörte.

„Okay, damit ich das richtig verstehe", sagte sie, während sie auf den Schulparkplatz fuhr. „Du hattest heißen, köstlichen Sex mit Cameron, hast herausgefunden, dass deine Mom und Kent hinter Mrs. Fords Rücken eine Affäre hatten, was ihre Ehe praktisch beendet hat, und Jason wusste es die ganze Zeit?"

„Vergiss nicht den Teil, dass Cameron all die Jahre ein Idiot zu mir war, weil mein Stiefbruder ihn gezwungen hat, zwischen uns zu wählen." Meine Lippen verzogen sich zu einer schmalen Linie.

„Ich weiß gar nicht, wo ich anfangen soll. Fangen wir

mit dem Sex an." Ihre Augen funkelten vor Vergnügen. „Ja, damit sollten wir auf jeden Fall beginnen, obwohl du mir *so viel* dafür schuldest, dass du Sex in meinem Bett hattest. Ich meine, ernsthaft? Ich musste da drin schlafen." Sie rümpfte die Nase.

„Flick, konzentriere dich." Ich stöhnte und vergrub mein Gesicht in den Händen, teils aus Verlegenheit, teils aus Frustration, dass wir überhaupt darüber sprachen. „Hast du gehört, was ich gerade gesagt habe? Cameron hat mich im Grunde all die Jahre wie Scheiße behandelt, weil ..."

„Er hat dich offensichtlich beschützt", sagte sie, ohne zu zögern, und verdrehte die Augen.

„Mich beschützt, ja klar."

„Komm schon, Hails." Sie beugte sich vor und zog mir die Hände vom Gesicht weg. „Du kannst nicht leugnen, dass es eine gewisse romantische Poesie hat."

„Romantische Poesie", murmelte ich, öffnete die Tür und stiege aus ihrem Auto. „Nun, romantisch oder nicht, ich bin mir nicht sicher, was ich von dem Ganzen halten soll."

„Ihr werdet also kein Wiedersehen im Stil von Romeo und Julia in der Cafeteria haben?" Sie wackelte mit den Augenbrauen und ich schürzte meine Lippen.

„Du weißt schon, dass beide gestorben sind?" Gespielt entsetzt starrte ich sie an und sie unterdrückte ein Lachen. „Das wird nicht passieren, Flick. Außerdem scheinst du ein ganz kleines Detail vergessen zu haben – ich muss *das* erst einmal überleben." Ich deutete auf die versammelte Menge, die alle in meine Richtung starrten.

„Scheiße", pfiff sie zwischen den Zähnen. „Vielleicht sollten wir den Unterricht heute schwänzen. Ich bin mir nicht sicher ..."

„Nö." Ich hängte mir die Tasche um die Schulter und

ging vorwärts, den Chor der Beleidigungen ignorierend.

Schlampe.

Hure.

Eagles-Schlampe.

Ich biss mir auf die Innenseite der Wange, um die aufsteigenden Tränen zu unterdrücken. „Ich werde nicht zulassen, dass Lewis Thatcher oder irgendjemand anders mich von der Schule vertreibt", sagte ich mit schwankender Überzeugung.

Sie hatten also alle das Video von mir gesehen, auf dem ich ohnmächtig und nackt bin? Schande über sie, dass sie es überhaupt angeschaut hatten. Ich hatte jetzt wichtigere Dinge, über die ich mir Sorgen machen musste. Wie meine Mutter, die unser Zuhause zerstörte, und meine widersprüchlichen Emotionen zu einem Stiefbruder, den ich den größten Teil der letzten sechs Jahre gehasst hatte.

Ganz zu schweigen von dem Kerl, der jeden meiner wachen Gedanken verschlang und dessen Bild mich auf Schritt und Tritt verfolgte.

Flick schmiegte sich an meine Seite und hakte sich bei mir ein. „Du bist entweder sehr mutig, Hails", flüsterte sie, wobei ihr harter Blick Warnungen an ein paar Mädchen in der Nähe sandte, die unverhohlen auf mich zeigten und kicherten. „Oder sehr dumm."

„Ja", hauchte ich aus und spürte die abschätzigen Blicke meiner Klassenkameraden auf mir, als wir in die Schule gingen. „Ich lass es dich wissen, wenn ich es selbst herausgefunden habe."

Was ich wirklich wollte, war, mich umzudrehen und zu rennen, um weit, weit weg von ihnen zu kommen. Aber ich würde nicht klein beigeben. Nicht heute. Nicht wegen des Videos. Ich war besser als das.

Besser als sie.

Und es brauchte mehr, um mich zu Boden zu zwingen.

34

Cameron

„REISST EUCH ZUSAMMEN, LADYS“, brüllte der Coach über das Feld, weil ich den Ball zum dritten Mal an diesem Morgen verfehlte. „Vierzehn“, rief er. „Haben wir ein Problem, Junge?“

„Nein, Sir“, erwiderte ich und fluchte vor mich hin.

„Und was ist mit dir, QB? Hast du mir etwas zu sagen?“

„Nein, Sir“, wiederholte Jase meine Worte und starrte mich über das Feld hinweg an.

Ich hatte ihn nicht mehr gesehen, seit er gestern losgestürmt war. Aber das war in Ordnung für mich, ich hatte wichtigere Dinge, um die ich mich kümmern musste.

„Okay macht es noch mal.“ Coach Hasson klang sauer, und ich konnte es ihm nicht verdenken. Wir waren unkonzentriert, die Spannung zwischen mir und Jase lag auf dem Feld wie ein Sturm am Horizont.

„Wie wäre es, wenn du diesmal versuchst, ihn zu fangen?“ Jemand kicherte, aber ich ließ es an mir abperlen und ging in Position für das Spiel.

„Hut“, hallte Jases Stimme um uns herum, als Grady ihm den Ball zuwarf, und ich lief los, schlängelte mich hinter ihn und die rechte Seite des Feldes hinunter. Er ließ den Ball fliegen und ich verfolgte seine Bahn, aber dann sah ich sie.

Hailee.

Sie saß auf der Tribüne, die Brille im Gesicht, den Skizzenblock balancierte sie auf ihren Knien.

„Mutter Gottes“, schrie der Coach, während meine Finger das Leder streiften und der Ball außer Reichweite rollte. „Bring ihn in die Offensive. Jetzt.“

Ich stieß einen schweren Seufzer aus und joggte zur Seitenlinie hinüber, aber Jase stellte sich vor mich hin. „Was zum Teufel ist heute los mit dir?“, sagte er durch zusammengebissene Zähne und ich warf ihm einen harten Blick zu. „Willst du das wirklich wissen?“, schnauzte ich zurück.

„Vielleicht will ich das. Wenn wir den ganzen Mist zwischen uns klären, schaffst du es vielleicht sogar, ein oder zwei verdammte Pässe zu fangen.“ Er stand jetzt auf Augenhöhe mit mir, unsere Schultern waren angespannt, die Augen aufeinander gerichtet.

Das ganze Feld war still, Spannung knisterte in der Luft, während alle darauf warteten, was passieren würde.

„Verzieh dich, Chase“, sagte er kühl.

„Verzieh du dich, verdammt.“

„Wenn ihr beide nicht in den nächsten zwei Sekunden hier rüberkommt“, dröhnte der Coach, „werde ich eure gottverdammten Köpfe zusammenschlagen.“

Jase stieß einen schweren Seufzer aus und schüttelte den Kopf, als könne er nicht glauben, was gerade zwischen uns vorgefallen war, und dann tat er etwas, das ich nie erwartet hätte.

Er ging weg.

Ich zwang mich, tief durchzuatmen und mich zu beruhigen, dann folgte ich ihm und schloss mich dem Haufen an.

„Bin ich in einem alternativen Universum aufgewacht, in dem mein Wide Receiver den verdammten Ball nicht fangen kann und mein Quarterback seine Teamkollegen anknurrt, anstatt mit ihnen mit dem gottverdammten Respekt zu reden, den sie verdienen?" Seine Augen bohrten sich in mich und Jase, als wir Schulter an Schulter standen, trotz des riesigen Grabens zwischen uns.

„Tut mir leid, Coach", brummte Jase. „Es waren ein paar harte Tage." Seine Augen glitten zu meinen.

„Bitte, was hast du gesagt?" Coach Hasson fasste ihm ans Ohr. „Weil es sich anhörte, als wäre dir über Nacht eine Muschi gewachsen, Ford. Es ist die fünfte Woche. Wir haben die Hälfte der Strecke hinter uns, Ladys. Glaubt ihr, wir können es uns leisten, den Ball jetzt fallen zu lassen, Chase? Die Play-offs sind zum Greifen nah, aber wir müssen einen kühlen Kopf bewahren. Habt ihr mich verstanden?"

„Ja, Sir", murmelten ein paar von uns.

„Tut mir leid, ich habe euch nicht gehört."

„Ja, Sir." Unsere Stimmen verschmolzen zu einer.

„Gut, jetzt geht da raus und spielt wie das Team, von dem ich weiß, dass ihr es seid. Chase, Junge, auf ein Wort."

Jase schaute zu mir und ich blieb zurück, während alle anderen in Position gingen. „Muss ich mir Sorgen machen?" Der Coach redete nicht um den heißen Brei herum. „Du fummelst am Ball, verpatzt Spielzüge und ich weiß, dass du heute Morgen zu spät zum Training gekommen bist. Gibt es etwas, das du mir sagen willst, mein Sohn?" Sein Blick wurde sanfter, er wartete auf eine Antwort.

Antworten, die ich nicht hatte.

Denn während um mich herum alles den Bach runterging, konnte ich es ihm nicht sagen.

Ich könnte die Worte nicht aussprechen, selbst wenn ich es wollte.

„Mir geht es gut, Coach", presste ich hervor und fühlte das Gewicht der Lüge schwer auf meiner Brust. „Es wird alles okay sein."

Seine Augen verengten sich misstrauisch. „Dann lass uns gehen. Wir haben am Freitag ein Spiel zu gewinnen." Der Coach klopfte mir auf den Rücken, und ich zuckte zusammen, wobei mein Blick zu der Stelle hinübersprang, wo Hailee saß. Ich wollte zu ihr hinübergehen. Mich für gestern entschuldigen und alles erklären, aber was sollte das bringen? Sie hatte mich den ganzen Morgen kaum angeschaut, ihre Mauern waren höher als je zuvor.

Ich hatte endlich meinen Moment mit ihr bekommen, nur um ihn in einem Wimpernschlag zu zerstören.

Und es war ätzend.

„Chase, los geht's", schnauzte der Coach, und ich schüttelte den Kopf, um die Gedanken zu vertreiben. Ich wollte Hailee. Ich wollte sie so sehr. Aber ich wollte eine Menge Dinge. Das College. Ein Football-Stipendium. Eine strahlende Zukunft.

Manchmal gingen Träume nicht in Erfüllung.

Dann gingen sie in Flammen auf und man konnte nichts anderes tun, als zu versuchen, Verbrennungen zu vermeiden.

„OKAY, ich muss fragen, was zum Teufel läuft da zwischen dir und Jase?" Ash knallte seine Hand gegen den Spind neben meinem und versperrte mir den Weg.

„Ich bin nicht in der Stimmung", sagte ich und warf ihm einen harten Blick zu.

„Pech gehabt, denn ich habe versucht, ihn zu fragen, und er hat mir fast den Kopf abgebissen. Also frage ich jetzt dich. Und, komm mir nicht mit diesem 'alles ist in Ordnung'-Scheiß. Ich war beim Training. Ich habe gesehen, wie du den Ball wie ein Anfänger befummelt hast. Nicht zu vergessen die Tatsache, dass ihr beide ausgesehen habt, als würdet ihr gleich aufeinander losgehen."

„Ich sagte, ich will nicht darüber reden." Ich entdeckte Hailee aus dem Augenwinkel und lehnte mich mit dem Rücken an den Spind, während ich ihr mit den Augen folgte. Sie sah mich nicht an, das musste sie auch nicht. Ich spürte ihre 'Bleib verdammt noch mal weg von mir'-Vibes von dort, wo ich stand.

„Was ist denn da los?" Ashs Stimme schnitt durch meine Trance. „Ich spüre eine ernsthafte dunkle Gefahr von ihr ausgehend."

„Da bin ich überfragt." Ich zuckte mit den Schultern, ging um ihn herum und folgte Hailee in den Flur.

„Also, ihr beide seid ..."

„Nichts." Ich zuckte zusammen, meine Brust schmerzte. Wir waren nicht *nichts*. Wir waren etwas.

Nur war ich mir nicht mehr sicher, ob wir das waren.

„Mensch, Antworten von dir zu bekommen ist, als würde man Mackey von Khloes Titten lösen."

„Dann hör auf zu fragen."

„Komm schon, Mann, ich bin es. Ich weiß, dass zwischen dir und Jase etwas vorgefallen ist, und ich würde mein Erbe darauf verwetten, dass es mit ihr zu tun hat." Er zeigte mit dem Finger auf Hailees sich entfernende Gestalt.

„Es ist nicht meine Geschichte, also kann ich sie dir nicht erzählen." Ich lief schneller.

„Was zum Teufel soll das bedeuten?“, rief er mir hinterher, aber ich war zu sehr auf das Mädchen vor mir konzentriert. Sie bog nach links ab, weg vom Strom der Schüler, die auf die Cafeteria zusteuerten, und ging auf die Kunstabteilung zu.

„Hailee“, rief ich, als sie gerade durch die Türen verschwinden wollte.

„Geh weg, Cameron.“ Sie sah mich nicht einmal an. Sie hätte mir genauso gut das Herz herausreißen und darauf herumtrampeln können.

„Ich will nur reden, bitte.“ Ich *musste* reden.

„Ich bin beschäftigt. Ich muss an dem Projekt arbeiten.“

Scheiß auf das verdammte Projekt, wollte ich sagen. *Ich brauche dich.*

„Bitte“, meine Stimme ließ mich im Stich, aber es erregte ihre Aufmerksamkeit. Langsam drehte sich Hailee zu mir um, die Brauen zusammengezogen. „Was, Cameron?“

„Ich ...“, die Worte blieben mir im Hals stecken. „Es tut mir leid.“

„Das ist es, was du mir sagen wolltest?“, spottete sie. „Ich habe keine Zeit für so was. Ich hatte einen wirklich beschissenen Morgen.“

„Was ist los?“

„Ernsthaft, Cameron? Hast du das Video vergessen, das Thatcher überall in den sozialen Medien verbreitet hat?“ Der Schmerz brannte in ihren Augen.

Scheiße.

„Ich habe nicht ... Ich meine, natürlich hatte ich nicht ...“ Aber ich hatte es. Ich war so beschäftigt gewesen, dass ich es ganz vergessen hatte. Da war das Gewichtstraining, dann das Training auf dem Feld, und mein Kopf war nach dem Wochenende völlig durcheinander. *Gut gemacht, Trottel.* Aber jetzt, wo sie es erwähnte, bemerkte ich die

Blicke, das leise Geflüster einer Gruppe von Kids, die vorbeikamen.

„Was zum Teufel glotzt du so?", fuhr ich ihn an und spürte, wie sich meine Muskeln anspannten.

„Cameron, hör auf." Hailees Warnung durchdrang kaum den roten Nebel, der sich über mich senkte.

„Überrascht, dass er Thatchers Schlampe will ..."

Innerhalb einer Sekunde war ich auf dem Kerl. Die Luft zischte aus seinen Lungen, als er mit dem Rücken gegen die Wand schlug, und das Geräusch hallte um uns herum wider. „Was zum Teufel hast du da gesagt?" Meine Finger schlossen sich um seine Kehle, das Blut tropfte aus seinem Gesicht.

„ICH ... ICH ..." Stotterte der Junge.

„Cameron, das ist nicht hilfreich." Hailee kam in meinen Blickwinkel.

„Du glaubst, du kannst so über sie reden?"

„Hör einfach auf." Die schiere Verzweiflung in Hailees Stimme brachte mich dazu, meinen Griff zu lockern, und der Typ rutschte hustend und stotternd die Wand hinunter.

„Verpiss dich", presste ich heraus, den Blick auf Hailee gerichtet und nicht auf ihn.

Er huschte davon und ich atmete tief durch. „Das war schon den ganzen Morgen so?"

Hailee starrte mich an, als ob sie mich nicht erkennen würde, und meine Brust schmerzte.

„Was war das?" Sie kochte vor Wut. „Ich brauche dich nicht, um mich zu beschützen, Cameron. Ich kam gut zurecht ohne ..."

„Hailee, bitte." Ich überbrückte den Abstand zwischen uns, drückte sie gegen die Wand und umschloss sie mit meinen Händen an beiden Seiten ihres Kopfes. „Es tut mir leid, okay? Ich wollte nur ..." Scheiße. Ich war im Begriff, alles zu vermasseln. Aber ich konnte nicht klar denken.

„Ich muss gehen." Hailee stieß einen verzweifelten Atemzug aus, ihre Schultern sackten herab. Ich wollte etwas sagen, um es in Ordnung zu bringen, um *uns* in Ordnung zu bringen. Aber sie war nicht mehr die Einzige, die am Boden zerstört war. Ich versuchte zu sprechen, aber meinen Lippen entkam nur ein schwerer Seufzer.

„Man sieht sich, Cameron." Sie lächelte schwach, schlüpfte zwischen mir und der Wand hervor und verschwand durch die Schwingtüren. Und ich konnte nur zusehen.

IM LAUFE der Woche wurden die Dinge nur noch schlimmer. Jase und ich konnten kaum noch zusammen in einem Raum sein, ohne dass die Spannung den Siedepunkt erreichte. Asher wusste nicht, auf wessen Seite er stehen sollte oder warum er überhaupt Partei ergriff. Und ich wollte jedes Mal jemanden umbringen, wenn er das Video von Hailee erwähnte. Zum Glück waren wir uns einig, dass das Video nicht mehr erwähnt werden durfte, und wir unterbanden jede Erwähnung davon in der Schule.

„Guten Morgen." Dad kam in die Küche geeilt.

„Hey." Ich rührte den Löffel mit wenig Begeisterung durch mein Müsli.

„Großes Spiel morgen?"

„Ich denke schon."

„Cameron, mein Sohn, alles wird wieder gut."

„Ich kann das nicht." Ich schob die Schüssel weg und stand auf. „Ich kann nicht so tun, als wäre alles in Ordnung, es ist nicht alles in Ordnung, verdammt."

„Sohn, sieh mich an." Dad kam zu mir und legte seine Hände auf meine Schultern. „Wir werden das durchstehen, mein Sohn, wir alle. Aber was ich im Moment von dir brauche, was ich und deine Mutter brauchen, ist, dass du ganz normal weitermachst. Geh zur Schule, konzentriere dich auf Football und mach uns stolz."

„Aber wie könnt ihr ..." Die Worte erstarben auf meiner Zungenspitze. „Ich weiß nicht, wie ich das machen soll, Dad, nicht wenn sie ..."

„Ganz ruhig, mein Sohn, ganz ruhig." Er zog mich in eine Umarmung und hielt mich fest. „Wir werden es durchstehen, ich verspreche es. Du musst nur stark sein. Kannst du das für mich sein?"

Zu erstickt, um zu antworten, nickte ich fast unmerklich. Dads Arm legte sich um meine Schultern, verweilte, er brauchte diesen Augenblick genauso wie ich. Als er sich zurückzog und mich ansah, sah ich meine eigene Angst auch in seinen Augen. „Alles wie gehabt, für den Moment, okay?"

Ich schluckte. Dad legte seinen Kopf auf meinen, er seufzte schwer. Diesmal sagte er nichts, das musste er auch nicht. Nichts war in Ordnung und alles stand auf dem Spiel. Und ein Teil von mir war sauer, dass sie es mir vorenthalten hatten. Aber sie waren die Erwachsenen, die Entscheidungsträger. Sie durften entscheiden, wie und wann sie es ihren Kindern sagten. Natürlich war Xander zu jung, um das zu verstehen. Er wusste nur, dass seine Mom manchmal krank wurde, sie schrie und weinte und ihn dann in den Armen hielt und sich immer wieder entschuldigte. Und es war verkorkst, aber ein Teil von mir beneidete ihn. Auf gewisse Weise würde ihn seine Unschuld vor den Dingen schützen, die kommen würden.

„Ich muss los", stieß ich hervor und löste mich aus Dads Umarmung.

„Cameron ..."

„Mir geht's gut, Dad. Ich brauche nur etwas Luft." Und ich konnte nicht ertragen, dass er mich so ansah. Als ob das

Schlimmste schon passiert wäre. „Ich habe nach der Schule Training, also werde ich spät nach Hause kommen."

„Xander wird bei Katie sein. Ich und deine Mom werden ..."

„Jepp, verstanden." Ich schnappte mir meine Tasche und die Schlüssel und winkte ihm zu. Es war eine blöde Idee. Aber ich wusste nicht, wie ich damit umgehen sollte, wie ich mit der Wut und der Angst, die in mir brodelte, zurechtkommen konnte. Ich wusste nicht, wie er von mir erwarteten konnte, zur Schule zu gehen und Football zu spielen, als wäre alles wie immer.

Wenn doch in Wahrheit nichts mehr so sein würde, wie es einmal war.

WIR WAREN alle um Coach Hasson versammelt, um seine Motivationsansprache vor dem Spiel zu hören. Die letzten 24 Stunden war ich wie betäubt, mein Verstand war nur mit zwei Dingen beschäftigt: Mom und dieser Mist mit Jase, Thatcher und Hailee. Sie hatte mich die ganze Woche nicht ein einziges Mal angeschaut und ich fühlte mich verloren. Es war verrückt, wie das eine Mädchen, das ich den größten Teil von sechs Jahren auf Abstand gehalten hatte, zu dem einen Mädchen wurde, das ich mehr als alles andere an meiner Seite haben wollte. Ich überlegte, noch einmal mit ihr zu reden, es ihr zu erklären, aber ich wusste nicht, was ich sagen sollte. Und wenn sie mich wieder zurückwies, war ich mir nicht sicher, ob ich es verkraften würde.

„Vierzehn, ist dein Kopf richtig angeschraubt, Junge?"

„Klar, Coach." Mein Helm baumelte von meiner Hand und ich nickte.

„St. Odell hat einige großartige Spieler. Halt die Augen offen und den Kopf bedeckt, hörst du?"

Eine Runde Grunzen erfüllte den Umkleideraum. „Das ist es, meine Damen. Wenn wir gewinnen, kann uns niemand aufhalten. Wir sind die, die man einholen muss, die man schlagen muss." Seine stählernen Augen überflogen jeden von uns. „Versammelt euch, Raiders, auf eins."

Die Umkleidekabine stand unter Strom, als wir uns darauf vorbereiteten, auf das Feld zu laufen. Ich konzentrierte mich auf das große blau-weiße „R", das neben die Tür gemalt war, unser Glücksbringer, eine Erinnerung daran, wer wir waren und wohin wir gingen.

„Hey", Jase schloss zu mir auf, nachdem sich der Kreis aufgelöst hatte. „Geht's dir gut?" Es war das erste Mal seit drei Tagen, dass er versuchte, außerhalb des Trainings mit mir zu reden.

„Wenn du dir Sorgen machst, dass ich den Job nicht erledige", stieß ich hervor. „Keine Bange, das werde ich."

„Chase." Er griff nach meinem Handgelenk und ich sah ihn an. „Komm schon, das ist nicht ..." Ein schwerer Seufzer entkam seinen Lippen. „Dieser Scheiß zwischen uns, es fühlt sich nicht richtig an."

„Ja, nun, vieles ist nicht mehr *richtig*." Ich zuckte mit den Schultern und schloss mich meinen Mannschaftskameraden an und wir strömten unter den grellen Freitagabendlichtern auf das Feld. Im Stillen betete ich, dass ich die nächste Stunde überstehen würde.

35

Hailee

„ICH KANN NICHT GLAUBEN, dass ich mich von dir dazu überreden ließ", flüsterte ich Flick zu, als wir eingekeilt in einem Meer aus Blau und Weiß saßen.

„Nenne es Forschung." Sie schenkte mir ein drolliges Lächeln.

„Eher ein langsamer und schmerzhafter Tod."

„Wirklich, Hails? Möchtest du mir sagen, dass nicht einmal ein winziger Teil von dir hier sein will, um ihn anzufeuern?" Ihre Augenbraue hob sich, ihr Blick zweifelnd.

„Wen anfeuern?"

Sie schenkte mir ein wissendes Grinsen. „Wenn du auch nur eine Sekunde lang glaubst, dass ich glaube, dass diese Sache zwischen dir und", meine beste Freundin lehnte sich näher heran, um sicherzugehen, dass niemand um uns herum etwas hören konnte, „Vierzehn vorbei ist, dann bist du noch dümmer als ich ... oh, da kommen sie."

Imagine Dragons dröhnten über die

Lautsprecheranlage und der Sound peitschte die Menge in einen Rausch. Aber das Adrenalin in meinen Adern war nicht mehr da. Ich hatte die letzte Woche damit verbracht, meinen Mitschülern aus dem Weg zu gehen, was schwer war, wenn man fast sieben Stunden des Tages mit ihnen zusammen sein musste. Als ob das nicht genug wäre, war die Atmosphäre zu Hause giftig. Und Cameron hatte mich die ganze Woche kaum angeschaut. Inmitten von viertausend Raider-Fans zu sitzen und das Team zum Sieg anzufeuern, war also nicht gerade meine Vorstellung davon, dem ganzen Scheiß in meinem Leben zu entkommen.

Aber Flick war sehr hartnäckig, und wenn ich so tat, als ob ich Cameron *nicht* auf dem Feld suchen würde, konnte ich mir irgendwie einreden, dass ich nur zu Forschungszwecken hier war.

Na ja, fast.

ZU BEGINN des vierten Viertels war das Spiel unentschieden. Man konnte es kaum mit ansehen. Irgendetwas stimmte nicht im Lager der Raiders, alle spürten es. Mein Stiefbruder war sauer, schrie seine Mitspieler jedes Mal an, wenn sie den Ball verloren oder den Spielzug nicht schafften, und Coach Hasson sah bei mehr als einer Gelegenheit aus, als würde er gleich in die Luft gehen.

„Das hätte ein Kinderspiel für sie sein sollen“, brummte Flick neben mir. Sie hatte ihren Platz als neuester Fan des Teams gefunden, die blau-weiße Kappe saß stolz auf ihrem Kopf. „Komm schon“, rief sie, während unsere Defense einen der Offense-Spieler der St. Odell Saints ausschaltete; die Menge reagierte mit einem wilden Gebrüll.

Die Spieler wechselten, meine Augen verfolgten die

Nummer vierzehn, wie er auf das Feld joggte und sich in Position brachte. Jason rief den Spielzug, und es schien ein kollektives Einatmen im Stadion zu geben, als er den Ball zu Cameron warf, der das linke Feld hinunterlief, genau unter der Flugbahn. Die Menge war außer sich, ein Knistern der Erwartung lag in der Luft. Cameron hob den Arm, bereit, den Ball zu fangen. Es war ein guter Pass, ein noch besserer Fang, und die Menge tobte, der Lärm war ohrenbetäubend.

„Los, los", schrie Flick, und ihre Fingernägel gruben sich so fest in meinen Arm, dass ich sicher war, dass sie mir den Blutfluss absperrte.

Aber ich jubelte nicht, ich konnte es nicht. Meine Augen waren zu sehr auf Cameron fixiert, auf die Art, wie er durch die Luft schnitt, seine starken Beine, die die Yard-Markierungen auffraßen. Dreißig ... zwanzig ... zehn.

„Oh Gott", hauchte meine beste Freundin, als die Welt langsamer wurde. Wie aus dem Nichts erschien ein Saints-Lineman, der auf Kollisionskurs mit Cameron ging.

„Flick", meine Stimme bebte, während ich gemeinsam mit dem Rest der Menge beobachtete, wie der riesige Abwehrspieler in Cameron hinein pflügte und ihn in die Luft schleuderte. Sein Körper segelte nach hinten und er landete hart. Der ganze Platz zuckte zusammen, das viertausendfache Zischen des Atems ließ mir die Haare zu Berge stehen, Angst staute sich in meinem Magen.

Es war nicht mein erstes Spiel. Ich hatte gesehen, wie andere Spieler einen Treffer einstecken mussten. Ich hatte zugesehen, wie Körper wie Stoffpuppen über das Feld gestreut wurden, aber ich hatte den Aufprall noch nie *gespürt*.

„Flick." Meine Stimme klang nicht mehr wie meine eigene. Ich klammerte mich an meine Freundin und beobachtete, wie die Spieler um Camerons leblosen Körper herumstanden.

„Ihm geht's gut", sagte Flick, und ihre Stimme bebte. „Alles wird gut. Spieler stecken immer wieder solche Treffer ein."

Aber er sah nicht gut aus.

Er stand nicht auf und schüttelte es ab, wie es Spieler normalerweise tun. Er lag einfach da, unbeweglich.

Totenstill.

Die Angst überflutete mich und mein Herz, das heftig gegen meine Brust schlug, drohte zu brechen. Die Sanitäter waren jetzt auf dem Feld und kümmerten sich um Cameron, der sich immer noch nicht bewegt hatte. *Warum bewegt er sich nicht?* Jason riss sich den Helm vom Kopf und begann, neben seinem besten Freund auf und abzugehen. Dabei fuhr er sich mit einer Hand durch sein feuchtes Haar, immer hin und her, immer wieder, während Asher mit dem Rest ihrer Teamkollegen zusah.

„Steh auf", hauchte ich.

Warum steht er nicht auf?

Nach einer gefühlten Ewigkeit setzte sich Cameron langsam auf, und das ganze Stadion nahm diesen ersten Atemzug mit ihm. „Gott sei Dank", keuchte ich, kaum in der Lage, die Worte über den Kloß in meinem Hals hinaus zu bekommen.

Zwei Assistenten halfen Cameron auf die Beine, Jason und Asher flankierten ihn und geleiteten ihn in den Mannschaftsbereich an der Seitenlinie. Ein langsamer Applaus bildete sich auf der Tribüne, bis alle auf den Beinen waren und für ihre geliebte Nummer vierzehn klatschten.

Das Spiel wurde schnell wieder aufgenommen, als ob meine Welt nicht fast untergegangen wäre, und die Saints nahmen ihre offensive Position ein. Aber ich war zu sehr damit beschäftigt, Cameron zu beobachten. Er hatte jetzt seinen Helm abgenommen, er ließ den Kopf tief hängen, einer der Assistenztrainer war bei ihm und das medizinische Personal untersuchte ihn.

„Irgendetwas stimmt nicht", sagte ich und griff nach Flick, weil Cameron aufsprang, seinen Helm wegwarf und weglief. Jason lief hinter ihm her, die beiden lieferten sich ein Wortgefecht, während Cameron ihn anfunkelte und dann etwas murmelte, das ich nicht entziffern konnte. Ich war zu weit weg, um seine Lippen zu lesen.

„Ist er ...?" Flick verschluckte ihre Worte und wir beide beobachteten, wie Cameron ohne einen Blick zurück vom Spielfeld stakste.

„Er ist gegangen", sagte ich, das Offensichtliche aussprechend. „Er ist einfach weg."

„Vielleicht solltest du ihm nachgehen", schlug Flick vor.

„Was?" Ich blinzelte sie an. Ich konnte nicht klar denken. Irgendetwas fühlte sich nicht richtig an. Er war verletzt, ja, aber er schien in Ordnung zu sein, als er das Feld verließ, also was zur Hölle war in den wenigen Minuten passiert, die zwischen seinem Hinsetzen und dem Losstürmen lagen?

Dann begriff ich.

Seine Mutter.

Oh Gott, was, wenn etwas mit seiner Mutter passiert wäre?

Er war den ganzen Abend nicht auf der Höhe, hatte Pässe verbockt und Spielzüge falsch verstanden. Selbst ein Neuling wie ich konnte sehen, dass Cameron nicht bei der Sache war.

„Es sind nur noch ein paar Minuten auf der Uhr." Flick stupste mich an. „Wenn du dich jetzt rausschleichst, musst du nicht durch die Massen. Er ist wahrscheinlich in der Umkleidekabine."

„Flick, ich kann nicht einfach ..." Sie warf mir einen

spitzen Blick zu und ich schüttelte den Kopf, kaum in der Lage, die nächsten Worte aus meinem Mund zu glauben.

„Kommst du zurecht?“, fragte ich.

Ein schiefes Lächeln spielte um ihre Lippen. „Bitte, dafür wurde ich geboren.“ Sie neigte den Schirm ihrer Mütze. „Außerdem will ich sehen, wie sie es den Saints zeigen.“

„Okay.“ Ich atmete tief ein. Sollte ich wirklich versuchen, in die Umkleidekabine der Raiders einzudringen?

Ja, ja, das wollte ich.

Denn wenn Cameron verletzt war, wollte ich für ihn da sein. Ich wollte ihn so trösten, wie er mich getröstet hatte.

Mit einem Nicken entschuldigte ich mich bei den Leuten in unserer Reihe, während ich mich bis zum Ende durchquetschte. Am Ende der Tribüne war ich atemlos und etwas desorientiert, aber ich fand mich schnell zurecht und betrat das Stadion, um zu den Umkleiden zu gelangen. Die Menge tobte über mir, die Vibrationen hallten durch den ganzen Ort und ließen meinen Puls in die Höhe schießen. Anhand der Heftigkeit des Gebrülls wusste ich, dass die Raiders gepunktet hatten, noch bevor die Lautsprecheranlage die Ansage machte.

Als ich endlich die blauen Türen erreichte, hielt ich inne. Ich konnte da nicht einfach reinplatzen. Was, wenn Cameron gerade duschte? Oder medizinisch versorgt wurde?

Was, wenn er mich nicht sehen wollte?

Plötzlich fühlte ich mich überfordert und lehnte mich an die Wand direkt gegenüber der Tür. Das Spiel würde in ein paar Minuten zu Ende sein, was bedeutete, dass es nicht mehr lange dauern würde, bis der Rest des Teams dort drin sein würde.

„Entschuldigen Sie, Miss.“ Ein Wachmann kam auf mich zu. „Sie dürfen nicht hier unten sein.“

„Ich ... hmm, ich bin Hailee Raine.“ Erkennen blitzte in seinen Augen auf, aber er ließ mich ausreden. „Die Stiefschwester von Jason Ford. Ich muss ihn sehen.“ Das war das Erste, was mir in den Sinn kam.

„Ja, natürlich.“ Er lächelte warm bei der Erwähnung von Jason. „Dein Bruder hat heute Abend ein tolles Spiel gemacht. Go Raiders.“ Seine Augen leuchteten auf und er boxte in die Luft. Als er seinen momentanen Ausrutscher bemerkte, räusperte er sich, und seine professionelle Maske glitt wieder an ihren Platz. „Sie können nicht dort reingehen, aber ich sage ihm gern, dass Sie hier draußen warten.“

Scheiße, das war nicht das, was ich wollte.

„Danke schön.“

Er nickte höflich, ehe er durch die unzugänglichen Türen glitt. Ich sank auf den kalten Boden und zog die Knie an. Ich hätte mich hineinschleichen sollen, bevor das Team zurückkam. Aber jetzt war es zu spät. Ich würde warten müssen.

Und ich musste einfach hoffen, dass Cameron, wenn er auftauchte, mit mir reden würde.

WÄHREND ICH DORT AUF dem harten Boden saß, lernte ich etwas Neues über Footballspieler. Sie ließen sich verdammt viel Zeit beim Duschen. Fünfunddreißig Minuten, nachdem sich das Stadion geleert hatte, begannen die Spieler endlich herauszuströmen, wobei sie mich kaum beachteten, zu sehr auf die Party konzentriert, zu der sie zweifellos unterwegs waren. Aber als Asher und Jason auftauchten, sprang ich auf und trat vor.

„Hails, was für eine Überraschung." Ash schenkte mir ein leichtes Lächeln, mir entging die Frage in seinen Augen nicht.

„Ich, hmm ..." Das war überhaupt nicht peinlich. „Ich bin gekommen, um zu sehen, ob ..."

„Er ist weg." Jasons Stimme war kalt, seine Augen hart, als sie mich beobachteten. Aber überraschenderweise hatte ich ausnahmsweise nicht das Gefühl, dass seine Verachtung auf mich gerichtet war.

„Weg?", presste ich hervor.

Aber ich hatte hier über vierzig Minuten gewartet. Es sei denn ... *Mist.* Cameron musste hierher zurückgekommen sein, seine Sachen geschnappt und das Stadion sofort verlassen haben. In diesem Fall hätte ich ihn gerade verpasst.

„Dann lasse ich euch mal reden." Asher nickte, bevor er seine Tasche über die Schulter warf und sich an Jason wandte. „Ruf mich später an, wenn du abhängen willst." Er verschwand den langen Flur hinunter, und Jason stieß einen schweren Seufzer aus und lehnte sich an die Wand neben der Tür, direkt mir gegenüber.

„Ich hätte nie gedacht, dass ich mal in dieser Situation sein würde." Er brach das Schweigen.

„Das geht mir ähnlich." Ich zuckte mit der Schulter und trat mit dem Fuß gegen den Boden.

„Ich habe ihn noch nie so gesehen, nicht in all den Jahren, in denen ich ihn kenne. Es ist, als wäre er gar nicht auf dem Feld gewesen ..."

„Ich glaube, etwas stimmt nicht."

„Etwas stimmt nicht?"

„Ja." Ich schluckte und fragte mich, wie viel ich ihm sagen sollte. „Mit seiner Mutter."

„Sie hat Depressionen oder so einen Scheiß. Ich glaube, Xander zu bekommen, war zu viel für sie."

„Jason“, schimpfte ich und wünschte, ich wüsste, was ihm geschehen war, das ihn so gemein gemacht hatte. „Es geht um mehr als das. Vielleicht, wenn du nicht so ...“ Die Worte blieben ungesagt. Ich war nicht hier, um mit ihm zu streiten. Ich wollte nur für *Cameron* da sein.

„Na los, sag es. Du denkst, ich bin zu sehr im Football engagiert, um zu sehen, was hier wirklich vor sich geht.“

„Bist du das nicht?“, fragte ich verblüfft.

„Ich ... verdammt.“ Jasons Gesichtsausdruck verhärtete sich, wurde dann aber sanfter, als er einen verärgerten Atemzug ausstieß. „Ist wirklich etwas mit seiner Mutter passiert?“

Ich nickte. „Ich glaube schon. Er hat mir ein paar Dinge erzählt.“

„Welche Dinge?“ Jetzt war er sehr aufmerksam.

Ich presste meine Lippen trotzig aufeinander. Es stand mir nicht zu, Camerons Geheimnisse zu verraten.

„Er hat nie etwas zu mir gesagt“, fügte Jason hinzu, weil ich keine Erklärung anbot.

„Bist du sicher? Vielleicht hat er die ganze Zeit versucht, es dir zu sagen, und du hast einfach nicht zugehört?“ Meine Stimme hob sich, die Spannung zwischen uns stieg mit ihr.

Er fuhr sich mit einer Hand durch sein widerspenstiges braunes Haar, seine Augen verdunkelten sich. „Du solltest ihm nachgehen.“

„Wie bitte?“

„Denke nicht, dass das bedeutet, dass ich mit euch beiden einverstanden bin. Bin ich nicht. Aber wenn es stimmt, was du sagst, dann braucht Chase im Moment jemanden, und ich bin wahrscheinlich die letzte Person, die er sehen will.“

„Jason“, seufzte ich. „Du bist sein bester Freund.“

„Ein ziemlich beschissener“, brummte er.

Ich war fassungslos und sprachlos. Nicht ein einziges Mal hatte ich gehört, dass Jason seine Unzulänglichkeiten zugab. Er war immer so arrogant und kalt. Unantastbar. Doch heute Abend sah er völlig verloren aus, das Feuer in seinen Augen eher eine sterbende Flamme.

„Er wird wieder zu sich kommen", sagte ich, ohne den geringsten Zweifel. Denn das Band zwischen den dreien überstieg Recht und Unrecht, Gut und Böse. Sie waren Brüder. Verbunden durch unsichtbare Fäden, die ich nie wirklich verstehen würde.

„Sag ihm einfach, dass es mir leidtut", sagte er, und etwas passierte in diesem Moment zwischen uns. Ein gegenseitiges Verständnis, von dem ich nie geglaubt hatte, dass wir es einmal haben würden. „Kannst du das für mich tun?"

Zu betroffen, um zu antworten, nickte ich.

„Und Hailee?" Er war noch nicht fertig. „Was Thatcher getan hat, ging zu weit, und das tut mir leid."

Ich starrte ihn an, unsicher, ob ich richtig gehört hatte. Dies würde für immer als einer der surrealsten Momente meines Lebens in die Geschichte eingehen.

Aber ich erkannte es an.

Wenn es endlich bedeutete, nicht länger mit Jason auf gegenüberliegenden Seiten zu stehen, würde ich es annehmen.

FLICK WAR EINVERSTANDEN, mich an Camerons Haus abzusetzen. Die Fahrt dorthin war ruhig. Ich war zu sehr in meinen Gedanken versunken, um eine ihrer Fragen zu beantworten. Und davon gab es viele. Ich dachte über die seltsame Unterhaltung mit Jason nach. Abgelenkt durch die Befürchtungen, die in meinem Magen aufgewühlt waren.

Schließlich hielt sie die Klappe und akzeptierte die Stille als Soundtrack für die kurze Fahrt.

„Bist du dir sicher?", sagte Flick schließlich, kurz bevor wir vor seinem Haus anhielten.

„Nein, aber ich habe ein wirklich schlechtes Gefühl." Spieler stürmen nicht einfach ohne guten Grund vom Feld, nicht Raiders. Und schon gar nicht ein Star-Wide-Receiver.

„Soll ich warten ..."

„Nein", sagte ich. „Ich schaffe das." Außerdem, wenn der schlimmste Fall eintraf und Cameron mir die Tür vor der Nase zuschlug, würde ich nicht wollen, dass jemand Zeuge davon wurde.

„Okay, dann schnapp sie dir, Tiger." Flick reichte mir die Hand, ich drückte sie und sie schenkte mir ein beruhigendes Lächeln. Ich stieg aus und ging zur Tür der Chases. Das Haus war in Dunkelheit gehüllt, kein Anzeichen von Leben. Camerons Truck war in der Auffahrt geparkt, aber das Auto seines Vaters war verschwunden. Ich wusste nicht, ob das ein gutes Zeichen war oder nicht.

Ich atmete tief durch und warf einen Blick zurück zu Flick, die mir einen Daumen hoch gab, bevor sie abfuhr und in der dunklen Nacht verschwand.

„Du schaffst das", flüsterte ich mir Mut zu. Ich wollte gerade klopfen, da merkte ich, dass die Tür einen Spalt offenstand. „Cameron?" Ich schaute zur Tür hinein und wurde mit Stille begrüßt.

„Cameron?" Das Blut pochte zwischen meinen Ohren. Es war still, der Ort in Dunkelheit getaucht. Aber die Tür war offen gewesen. „Hallo?", rief ich erneut, doch nur das Geräusch meines eigenen Herzklopfens antwortete mir. Ich ließ meine Hand in meine Tasche gleiten und umklammerte das Handy, nur für den Fall, während ich weiter in das Haus hineinging. „Cameron?" Diesmal war es ein Flüstern, ein Zischen. Aber das Haus schien verlassen zu sein. Und dann hörte ich es. Ein sanftes Murmeln. Ich rannte den Flur entlang, stürmte in die Küche und blieb dort stehen. „Cameron?"

Er hatte sich zu Boden sinken lassen und saß an einen der Tresen gelehnt, das Gesicht in den Händen vergraben. Langsam hob er den Blick zu mir, und was ich dort in seinen graublauen Augen sah, brach mir das Herz. Cameron Chase, Wide Receiver der Raiders, war am Boden zerstört. Seine Augen waren rot und geschwollen, ohne ihr übliches Funkeln, und seine Fäuste waren blutig und zerschrammt.

„Cameron." Ich ließ mich auf die Knie fallen und rutschte näher an ihn heran, nahm seine Hände in meine und begutachtete seine Verletzungen. „Was hast du getan?"

„Es spielt keine Rolle", seine Stimme zitterte und er ließ seinen Kopf zurück gegen den Tresen fallen.

„Die müssen gereinigt werden, hast du einen Erste-Hilfe-Kasten?"

Seine Augen schlossen sich, er tat einen zittrigen Atemzug, den ich bis in meine Seele hinein spürte. Ich wollte ihn trösten, meine Arme um ihn schlingen und ihn fragen, was los war, aber etwas hielt mich zurück.

„Cameron, ein Erste-Hilfe-Kasten?", sagte ich und lenkte ihn und mich ab.

„Ich, äh, ja, da ist einer in dem Schrank da drüben." Er schüttelte den Kopf, sein Blick blieb an meinem hängen. Die Intensität in seinem Blick war fast zu viel, um sie zu ertragen.

Ich fand den Erste-Hilfe-Kasten, eilte zu ihm zurück und kniete mich zwischen seine ausgestreckten Beine. „Das könnte brennen." Er zischte, als ich das Blut von seinen

Fingerknöcheln wischte, die Haut war gerissen und zerfetzt. „Ich hoffe, den anderen Kerl hat es schlimmer erwischt."

„Ich bin mir ziemlich sicher, dass die Wand gewonnen hat", sagte er flach.

„Okay, nächste Hand." Stille senkte sich über uns und ich fuhr fort, seine Wunden zu reinigen. Cameron sprach nicht, das musste er auch nicht, sein Schmerz wirbelte um uns herum wie ein wütender Sturm. Ich war fertig, legte den Erste-Hilfe-Kasten beiseite und strich mit meinen Fingern sanft über seine Wange „Willst du darüber reden?", fragte ich leise und ließ meine Worte zwischen uns schweben.

„Reden?", antwortete er mit bitterem Ton. „Ich bin mir nicht sicher, ob es noch etwas zu sagen gibt, Hailee."

Meine Brust zog sich zusammen. „Versuche es", sagte ich mit einem Anflug von Trotz. Denn gerade jetzt brauchte Cameron jemanden. Und ich wollte diese Person für ihn sein.

Ich wollte ihm den Schmerz nehmen und ihn zu meinem eigenen machen.

36

Cameron

„WAS MACHST DU HIER, Hailee?“ Es war beschissen, so etwas zu sagen, nachdem sie extra hierhergekommen war, meine kaputten Knöchel gereinigt und keine Gegenleistung verlangt hatte. Aber jetzt stellte sie Fragen und ich war mir nicht sicher, ob ich Antworten hatte.

Alles brach um mich herum zusammen. Die ganze Woche hatte ich es kaum geschafft, mich zusammenzureißen, den Kopf über Wasser zu halten. Und dann, heute Abend, auf dem Spielfeld, war etwas zerbrochen.

Ich war ausgerastet.

„Ich ...“ Sie rang die Hände, ihr Blick huschte überall hin, nur nicht zu mir. Sie war nervös. „Ich habe mir Sorgen um dich gemacht.“ Es kam leise heraus, als sie endlich ihren Blick auf mich richtete. „Du wurdest hart getroffen und ich wusste nicht, ob ... und dann sah ich, wie du da rausgestürmt bist, und mir wurde klar, dass ich dich nie gefragt habe, wie es deiner Mutter geht, und ich dachte ...“

„Sie hat einen Hirntumor." Mein Herz stand still, die Wahrheit presste mein Herz wie ein Schraubstock zusammen. Ich atmete ein und versuchte, mehr Luft in die Lungen zu bekommen. Ich hatte nicht vorgehabt, es ihr zu sagen, aber als ich Hailee in die Küche eilen sah, die Sorge in ihren Augen flackernd, zerbrach etwas in mir. Oder vielleicht hatte es etwas geheilt.

Ich wusste gar nichts mehr.

„Einen Hirntumor?" Sie wurde blass. „Cameron, es tut mir so leid." Hailee warf die Arme um mich und zog mich in eine Umarmung. Es fühlte sich so verdammt gut an. Wenn mich jemand sehen könnte, würden sie denken „was für ein Weichei". Aber das war mir egal. Seit ich Mom und Dad vor fünf Nächten gegenübersaß und sie versuchten, mir zu erklären, was passiert war, lief ich wie benommen herum. Unfähig, die Wahrheit zu verarbeiten, meine neue Realität.

Mom war nicht depressiv, sie hatte einen Tumor. Vier Jahre lang hatten wir zugesehen, wie sie sich in den Stimmungsschwankungen, den Hochs und Tiefs und der lähmenden Lethargie verlor. Aber es war gar nicht ihre Psyche, die die Probleme verursachte. Es war ein Eindringling, ein mehrere Zentimeter großer Tumor, der auf ihren Frontallappen drückte.

Hailees Hände rieben meinen Rücken, während ich mich an sie klammerte und gegen die Tränen ankämpfte, die sich seit Samstag angestaut hatten. „Cameron", ihre Stimme war leise. „Schau mich an." Sie schob mich sanft weg und hielt mich auf Armeslänge. „Ich bin hier. Sag mir, was du brauchst. Sag mir, was ich tun kann."

Die Erleichterung war sofort da und brach über mich herein wie eine unaufhaltsame Flutwelle. Die ganze Woche hatte ich mit Hailee reden wollen, mich ihr anvertrauen.

Um einfach bei ihr zu sein. Es war, als watete ich jeden Tag durch Treibsand und wurde immer weiter nach unten gezogen, drohte in meiner Wut und Trauer und Verwirrung zu ertrinken.

Ich hätte nicht in der Schule sein sollen und ich hätte heute Abend definitiv nicht auf dem Feld sein sollen. Aber ich musste Mom und Dad versprechen, dass ich ganz normal weitermachen würde.

Normal.

Sie wollten, dass ich stark war, dass ich die Last trug und nicht unter ihr zusammenbrach. Aber ich war nicht stark; ich zerbrach. Langsam löste ich mich auf. Und in den Armen des Mädchens, dem mein Herz schon länger gehörte, als ich zugeben durfte, ließ ich mich schließlich fallen.

„Sei bei mir, Hailee", ich presste die Worte aus einer Kehle, die von all den Tränen, die ich geweint hatte, rau war. „Sei einfach bei mir."

„Das bin ich." Sie schenkte mir ein unsicheres Lächeln, aber es war genug.

In diesem Moment bedeutete es alles für mich.

Ohne weitere Worte stand ich auf, zog Hailee mit mir und führte sie hoch in mein Zimmer. Mom und Dad hatten sich Zeit für ein Date genommen. Doktor Kravis hatte ihre Operation für nächste Woche angesetzt. Dad bestand darauf, dass sie etwas Zeit miteinander verbrachten. Nur für den Fall der Fälle.

Für den Fall der Fälle.

Scheiße.

„Cameron?", fragte Hailee, als ich erstarrte.

„Entschuldigung, ich ..."

„Hey, ist schon okay." Sie drückte meine Hand, bevor sie vor mir herging und mich sanft in Richtung meines

Zimmers zog. Wir erreichten die Tür und Hailee zögerte nicht, hineinzugehen. Die Luft war dick um uns herum, die Ereignisse der letzten paar Wochen lasteten schwer auf uns beiden.

„Cameron“, sagte sie, ließ meine Hand los und drehte sich zu mir um. „Ich …“

„Komm her.“ Ich ergriff ihre Hand und zog sie an mich, bis ich in ihre honigbraunen Augen blickte, in denen nichts als Mitgefühl und Verständnis glitzerte. „Du hast keine Ahnung, was es mir bedeutet, dass du hier bist.“

„Ich ging in die Umkleidekabine“, gab sie zu. „Gleich nachdem du das Feld verlassen hast. Ich ging, um dich zu suchen. Aber du warst schon weg.“

„Ich brauchte Abstand. Als der Blocker mich angegriffen hat, war es, als würde alles auf mich einprasseln. Mom. Diese Sache mit dir und Thatcher. Xander. Es klingt dumm, aber mein Leben zog an mir vorbei und ich …“ Ich habe geschluckt. Es klang verrückt. Aber Hailee sah nicht erschrocken aus.

Nicht einmal ein kleines bisschen.

„Es ist nicht dumm“, sagte sie. „Du warst verletzt und angesichts der Umstände … ist es verständlich, Cameron. Du stehst unter einer Menge Druck und …“

„Aber das ist es ja gerade.“ Ich fuhr mir schnell mit der Hand über den Kopf. „Ich stehe unter Druck, wegen des Footballs, wegen der Mannschaft. Trotz allem, was passiert ist, haben meine Mom und mein Dad so sehr darauf bestanden, dass ich weiterspiele, dass ich weitermache, als hätte sich nichts geändert, obwohl sich in Wirklichkeit alles geändert hat. Meine Mutter muss operiert werden, sie könnte …“ Der Schmerz überwältigte mich. Hailees Finger krallten sich in mein Poloshirt und sie lehnte sich an mich.

„Sterben“, zwang ich das Wort heraus. „Sie könnte

sterben, Hailee." Mein Kopf sank auf ihren, die Last dieser Wahrheit zerbrach mich fast.

„Es tut mir leid. Es tut mir so, so leid", wiederholte sie immer wieder, ihr Gesicht streifte meines, als sie sanft meinen Mundwinkel küsste. Sie konnte das nicht in Ordnung bringen, niemand konnte das. Wir mussten die Verantwortung an die Ärzte im Rixon General übergeben und in Gott vertrauen, beten, dass sie den Tumor entfernten und uns Mom in einem Stück zurückgeben konnten.

Ich hatte nicht gemerkt, dass ich wieder weinte, bis Hailee meine Wangen küsste. Scheiße, ich konnte nicht weinen. Ich war Cameron Chase, einer der besten Wide Receiver im ganzen Land. Ich trat gegen einige der größten und stärksten Defensivspieler des Landes an. Aber Hailee verstand es, auf einer gewissen Ebene verstand sie es. Und ich hatte bis zu diesem Moment nicht erkannt, wie sehr ich jemanden brauchte.

„Scht", flüsterte sie, ihre Stimme war eine sanfte Liebkosung. „Ich bin hier, Cameron. Ich bin hier bei dir." Hailee fuhr mit ihren Fingern meine Lippen nach, zeichnete die Konturen mit ihrem Mund, bis wir uns küssten. Kleine, unsichere Küsse. Meine Hände glitten in ihr Haar, sodass ich ihr Gesicht zu mir drehen konnte, den Kuss vertiefte, die Zunge gegen ihre gleiten ließ, das Bedürfnis, näher zu sein.

Ich brauchte mehr.

Sie küsste mich heftig, verlangte meine Nähe, zog mich heran, sodass unsere Körper miteinander verschmolzen. Ich fühlte mich immer noch hohl, der Schmerz über das, was kommen würde, lag schwer in meiner Magengrube, aber Hailee füllte etwas von der Leere. Jedes Streicheln ihrer Zunge tröstete mein geschundenes Herz ein wenig, jede

Berührung ihrer Lippen war wie ein Pflaster für meinen Kummer.

„Ist das okay?", murmelte sie gegen meine Lippen, ihre Hände tauchten unter mein T-Shirt und fuhren über meine warme Haut. Ich nickte, zu aufgeregt, um zu reden. Ich brauchte das.

Ich brauchte *sie*.

Mehr als ich je für möglich gehalten hätte.

Hailee malte Muster über meine Haut, nahm sich Zeit, meine Bauchmuskeln nachzuzeichnen. Es war wie das erste Mal, als ich sie berührte. Mein Verstand war umwölkt von zu vielen Emotionen, zu vielen Gedanken. Mein Körper wollte sie, mein Schwanz drückte schmerzhaft gegen die Jeans, aber sie verdiente es, dass ich hundertprozentig anwesend war. „Hailee, warte ..." Ich konnte nicht glauben, dass ich diese Worte aussprach.

Sie lehnte sich zurück, schaute zu mir hoch, und ihr Ausdruck wurde sanfter. „Es ist okay."

Sie nahm meine Hand, zog mich zum Bett hinüber und schob mich sanft hinunter. Ich stützte mich auf meine Ellenbogen und betrachtete sie. Hailee zog sich langsam aus. Ihr Pullover kam zuerst dran und enthüllte ihre samtige Haut, gefolgt von ihrer Jeans.

„Fuck, du bist wunderschön", flüsterte ich und ließ meine Augen über jeden Zentimeter ihres Körpers wandern. Sie kniete sich auf das Bett und griff nach dem Knopf meiner Jeans, bevor sie sie mir die Beine herunterzog und mich anstupste, meine Füße anzuheben, um sie ganz ausziehen.

Ich konnte nicht aufhören, sie anzusehen, die weiche Kurve ihrer Lippen, ihre samtweiche Haut.

„Hast du ein Kondom?", fragte sie, und ich nickte zum Nachttisch, meine Kehle trocken und meine Haut heiß. Hailee stand auf, ging zur Schublade und holte eine

Packung heraus, während ich mein T-Shirt auszog. Dann öffnete sie ihren BH und ließ ihn auf den Boden fallen, bevor sie die Finger in ihr Höschen hakte und es über ihre Hüften schob.

„Komm her", sagte ich, unfähig, die schiere Lust in meiner Stimme zu verbergen. Sie kam bereitwillig und kletterte über meine Beine, sodass sie sich rittlings auf mir befand. Sie beugte sich zu mir runter. Eine Hand auf ihrem Rücken, die andere vergrub ich tief in ihren Haaren, während ich ihre Lippen mit meinen bedeckte. Heiße, feuchte, verlangende Küsse. Hailee stöhnte meinen Namen und mein Schwanz zuckte. Ich wollte sie bewundern, meine Zeit damit verbringen, jede Vertiefung und jede Kurve ihres erstaunlichen Körpers kennenzulernen. Aber ich konnte nicht warten. Nicht heute Abend. Nicht jetzt.

„Ich brauche dich", flüsterte ich an ihren Lippen.

„Dann nimm mich", erwiderte sie und schaute mich an, Lust und Liebe lag in ihrem Blick.

Liebe?

Die Emotionen stürzten auf mich ein und raubten mir den Atem.

Liebte Hailee mich wirklich?

Scheiße, das war nicht möglich.

War es das?

Noch wichtiger: Liebte ich sie?

Was für ein Unsinn, ich liebte sie nicht.

Warum zum Teufel war meine Kehle so trocken und mein Herz schlug so heftig, dass ich dachte, es würde aus meiner Brust platzen?

Hailee lehnte sich leicht zurück, riss die Verpackung auf und rollte das Kondom über meinen Schwanz. Mein Kopf fiel mit einem Stöhnen zurück. Scheiße, ihre Berührung war wie Kryptonit. Aber das war nichts im Vergleich zu dem Gefühl, wie sie auf mich herabsank.

„Cam“, hauchte sie, ihr Körper ein bebendes Chaos.

„Ich weiß, Baby, ich weiß.“ Ich schlang meine Hand um ihren Nacken, nahm ihr Haar in meine Faust und hielt sie still, ich musste den Moment auskosten. Das Gefühl, wie sie sich eng an mich schmiegte, ihre Haut an meiner, ihre Kurven, die sich um meine harten Linien formten. Aber Hailee war ungeduldig, schaukelte gegen mich, die Intensität der Stellung ließ uns beide aufstöhnen.

„Ich kann nicht anhalten“, schrie sie, ihre Augen glasig, die Haut gerötet.

Meine Hand grub sich in die Wölbung ihrer Hüfte, während sie mich ritt, härter und immer härter, die ganze Dunkelheit verdrängte, bis es nur noch uns gab. Die Geräusche unserer Körper, die sich gegeneinander bewegten, unsere rauen Atemzüge und leises Stöhnen.

Ich spürte das vertraute Kribbeln und begann, nach oben zu stoßen, kam Hailee bei jedem Stoß ihrer Hüfte entgegen. „Härter Cam, härter …“, stöhnte sie, ihre Nägel strichen über meine Brust, das Stechen brachte mich näher an die Klippe. Es erinnerte mich daran, dass ich lebendig war, dass ich in diesem Moment hier war und dass ich kämpfen musste.

Für meine Mutter.

Meine Zukunft.

Meine Familie.

Hailees Schreie wurden lauter, ihr Tempo beschleunigte sich und sie verlor die Kontrolle. Ich zog sanft an ihren Haaren, um ihren Kopf zu mir zu ziehen, saugte an der Vertiefung ihres Halses, knabberte an der Haut dort und trieb sie näher an den Höhepunkt.

„Cam“ Mein Name war auf ihren Lippen, als sie zuckte, mich weiter in ihren Körper zog und mich so fest an sich drückte, dass ich fast verbrannte. Ich wollte dortbleiben. In dieser Blase leben und sie nie verlassen.

Aber ihre Muskeln umklammerten meinen Schwanz hart, und ich erreichte mit ihr zusammen den Gipfel, hielt sie fest an mich gedrückt, während ich hart kam.

Ich wusste, dass ich irgendwann gehen musste, aber genau in diesem Moment wollte ich nicht mehr loslassen.

37

Hailee

„GUTEN MORGEN." Das tiefe Timbre von Camerons Stimme ließ mir einen Schauer über den Rücken laufen.

„Morgen." Ich öffnete ein Auge und kämpfte gegen ein Lächeln an und ich streckte mich. Meine Beine streiften seine und sogleich regte sich mein Unterleib mit einem Kribbeln.

„Ich hatte fast Angst, aufzuwachen, für den Fall, dass die letzte Nacht nur ein Traum war." Seine Augen leuchteten warm mit Emotionen.

Emotionen, in denen ich mich nicht zu sehr verlieren wollte. Noch nicht. Nicht, wenn um uns herum noch so viel los war.

„Komm her." Cameron zog meinen Körper näher an seinen und entfachte ein Feuer in meinem Bauch. „Daran könnte ich mich gewöhnen", sagte er.

Ich vergrub mein Gesicht in seiner Halsbeuge und genoss den Moment. Ich war in Camerons Bett ... schon wieder. Und es fühlte sich nicht unangenehm oder seltsam an oder wie ein schrecklicher Fehler, den ich später bereuen würde.

Es fühlte sich richtig an.

„Danke." Seine Stimme lockte mich aus meinem warmen Versteck an seiner Brust, und ich blickte zu ihm auf. „Dafür, dass du gestern Abend hierhergekommen bist, danke." Cameron drehte sich auf die Seite, lehnte seinen Kopf an meinen und atmete zittrig ein.

„Ich möchte nirgendwo anders sein." Ich legte meinen Arm um seine Schulter und atmete ihn ein, der anhaltende Duft von Sex überflutete meine Sinne. „Müssen wir jeden Moment mit einem Besuch von Xander rechnen?", fragte ich.

„Er hat bei Katie übernachtet, aber ich sollte dich wahrscheinlich warnen, dass Mom und Dad zu Hause sind." Meine Augen weiteten sich und er lächelte gegen meine Wange. „Wird das ein Problem sein?"

„Ich weiß es nicht, sag du es mir."

„Ich möchte, dass sie dich kennenlernen", platzte er heraus und zog sich vorsichtig zurück, um meine Reaktion zu sehen.

„Ich habe sie bereits kennengelernt ..."

„Ich meine offiziell, Hailee. Ich möchte dich ihnen als mein Mädchen vorstellen."

Sein Mädchen?

„Schau nicht so besorgt. Das ist eine gute Sache." Cameron stahl mir einen Kuss, während ich mich noch von seinen Worten erholte.

Sein Mädchen.

Er hatte mich sein Mädchen genannt.

„Aber was ist mit Jason?"

„Er wird darüber hinwegkommen. Das Leben ist zu kurz, Sonnenschein. Das ist mir jetzt klar. Man weiß nie, was hinter der nächsten Ecke kommt, und ich werde keine weitere Sekunde damit verschwenden, mir Gedanken zu machen, was Jase sagen könnte oder nicht, weil ich in seine Stiefschwester verliebt bin."

„Verliebt ...", presste ich hervor. „Du bist verliebt?" Mein Herz drohte mir aus der Brust zu platzen. Er sah so gelassen aus, so normal, während in mir drin ein hysterischer Anfall tobte.

Camerons Lippen verzogen sich zu einem breiten Lächeln, er gluckste. „Das hast du bis jetzt nicht erkannt? Ich bin so total", er küsste mich, „und vollkommen", Kuss, „Hals über Kopf in dich verliebt, Hailee Raine."

„Oh."

Oh.

Er zog die Augenbrauen hoch. „Ich glaube, ich habe dich noch nie so sprachlos gesehen. Ich weiß nicht, ob ich geschmeichelt oder besorgt sein soll." Seine Augen strahlten fröhlich.

„Ich ... ich glaube, ich brauche eine Minute."

„Soll ich ..." Er deutete zur Tür und begann, sich aus den Laken zu entwirren, aber ich schlang mich um ihn und zog ihn zurück zu mir. „Warte."

„Warte?", grinste er. „Gibt es etwas, das du mir sagen willst?"

„Cameron", schimpfte ich. „Du kannst mich nicht einfach so überraschen und erwarten, dass das okay für mich ist."

„Nun, ich hatte irgendwie gehofft, du würdest das Gleiche fühlen ..." Er ließ die Worte zwischen uns schweben, senkte den Kopf und bedeckte meinen Mund wieder mit seinem. Er rollte mich auf den Rücken, presste unsere Körper aneinander und löschte jeden Zweifel aus.

„Ich ..."

Ein Klopfen an der Tür schreckte uns beide auf und Cameron erstarrte über mir. „Ja?"

„Ich bin's nur, mein Sohn. Mom will wissen, ob du hungrig bist?"

Hitze loderte in seinen Augen, als er sich zwischen meinen Beinen verhärtete. „Ich, äh, ja sicher, Dad." Seine Stimme vibrierte vor Lust. „Aber sag ihr, sie soll einen Extrateller vorbereiten."

Meine Wangen brannten und ich schüttelte stumm und ungläubig den Kopf.

„Ich verstehe ..." Sein Vater räusperte sich. „Nun, wir ... hmm, wir sehen euch beide unten."

„Klar, Dad."

„Cameron", zischte ich in der Sekunde, in der die Schritte seines Vaters leiser wurden. „Was zum Teufel?"

„Zeit, meine Eltern kennenzulernen." Er zwinkerte mir zu und gab mir einen Kuss auf den Kopf, bevor er von mir und dem Bett herunterkletterte, ohne sich die Mühe zu machen, seine Erektion zu verstecken.

Ich wollte wütend auf ihn sein, argumentieren, dass dies zu schnell ging, dass er völlig verrückt war. Ich sah ihm dabei zu, wie er sich eine Boxershorts, seine Jeans und ein sauberes T-Shirt anzog und konnte nichts in mir finden, was sich sträubte. Weil er mich liebte.

Cameron Chase liebte mich.

ZEHN MINUTEN später hatte ich Zweifel.

„Ich bin mir nicht sicher, ob das ..."

„Hailee, hör auf." Cameron zog mich in seine Arme. „Sie werden dich lieben." Er starrte mich mit solcher Intensität an, dass ich spürte, wie sich meine Kehle zusammenzog.

„Ja, aber ..."

„Kein Aber. Ich brauche dich, okay?“ Sein Ausdruck wurde sanfter „Bitte, tu das, für mich.“

Ich zog die Stirn in Falten und atme verärgert aus. „Du spielst nicht fair.“ Ich wollte für ihn da sein, das wollte ich. Aber es war nicht fair, seine Situation gegen mich zu verwenden.

Verflucht sei er.

„Ich habe dir schon mal gesagt, ich bin ein Raider. Und Raider geben niemals auf. Auch, wenn wir manchmal ein bisschen schmutzig spielen müssen.“ Etwas blitzte in seinem Gesicht auf, aber es war weg, bevor ich es entschlüsseln konnte. „Bereit?“, fügte er hinzu, und ich zuckte leicht mit den Schultern. „Ich denke schon.“

Cameron führte mich in die Küche, seine Hand fest um meine gelegt. „Morgen“, sagte er unbekümmert. „Hailee wird zum Frühstück bleiben. Ich hoffe, das ist okay?“

Eine Frau mit kurzen dunklen Haaren und Camerons graublauen Augen strahlte uns an. „Natürlich ist das okay, Schätzchen. Hailee, ich bin Karen, Camerons Mutter, es ist schön, dich kennenzulernen.“ Sie kam rüber und umarmte mich. „Und dieses Mal unter besseren Umständen. Es tut mir leid, dass du das sehen musstest, Süße“, flüsterte sie, und ich schluckte den Kloß in meinem Hals hinunter.

„Es ist auch schön, Sie kennenzulernen“, antwortete ich. Cameron legte seinen Arm um mich und führte mich zu einem der Hocker hinüber.

„Hailee“, sagte Mr. Chase mit einem vorsichtigen Lächeln. „Es ist schön, dich wiederzusehen.“

„Hallo.“ Ich winkte ihm kurz und setzte mich. Cameron half seiner Mutter, den Tisch zu decken.

„Wie war das Spiel gestern Abend?“

Cameron versteifte sich, erholte sich aber schnell wieder. „Eigentlich wollte ich mit dir darüber reden.“ Er kam zu mir, setzte sich neben mich und nahm meine Hand in seine, als ob er den Kontakt brauchte. „In der Zeit, in der Mom ihre ... Behandlung durchmacht", das Wort blieb ihm fast im Hals stecken, „denke ich, ich sollte aus dem Team austreten."

Mrs. Chase keuchte, das Geräusch war fast schmerzhaft. Mr. Chase zog die Augenbrauen zusammen und rutschte unbehaglich auf dem Hocker. „Mein Sohn, es ist nicht nötig, dass ..."

„Lass mich einfach ausreden, Dad, bitte." Cameron fuhr sich mit einer Hand über das Gesicht. „Diese Woche war die Hölle für mich, mein Spiel war schrecklich. Ich war wütend, verwirrt ... das ist nichts, was ich im Moment brauche oder was das Team braucht. Ich will hier sein, für euch, für Xander. Ich muss hier sein." Mit dem letzten Wort hob sich seine Brust, als wäre ihm ein Gewicht abgenommen worden.

„Aber, mein Sohn, die Scouts ..."

„Das ist nicht wichtig, Dad. Hier zu sein ist viel wichtiger. Mom ist wichtiger."

Ich fühlte mich wie ein Außenseiter. Dies war ein Gespräch, das Cameron unter vier Augen mit seinen Eltern hätte führen sollen, aber dann drückte er meine Hand, sein Blick suchte mich und ruhte auf meinem erstaunten Gesicht. Er schenkte mir ein Lächeln, das so verletzlich und beruhigend zugleich war, dass mir klar wurde, dass er mich trotz meiner Vorbehalte hier brauchte. In einer bizarren Wendung der Ereignisse hatte ich Cameron die Kraft gegeben, die er benötigte, um seinen Eltern seine Gedanken mitzuteilen.

„Oh, mein Schatz, komm her." Mrs. Chase stellte sich hinter ihren Sohn, schlang die Arme um ihn und schluchzte an seiner Schulter. „Es tut mir leid. Es tut mir so, so leid."

Ich schluckte meine eigenen Tränen hinunter. Dies war eine Familie, drei Menschen, die einfach nur versuchten, aus dem beschissenen Blatt, das ihnen gegeben worden war, das Beste zu machen. Camerons Eltern drängten ihn nicht aus Erwartungshaltung oder Leistungsdruck, Football und Schule weiterzumachen, sie taten es für ihn. Weil sie wussten, was Football und seine Zukunft für ihn bedeuteten. Aber es war eine zu schwere Bürde für Cameron. Die letzte Nacht hatte das gezeigt.

„Es gibt nichts, was dir leidtun müsste, Mom. Ich habe mich entschieden. Ich werde gleich am Montag mit dem Coach sprechen."

Mr. Chase war ruhig, seine Augen studierten das Gesicht seines Sohnes aufmerksam. „Triff keine voreiligen Entscheidungen, okay, Sohn? Das hier ist deine Zukunft. Wir werden es durchstehen, so wie wir alles durchstehen, zusammen. Wenn du eine Pause brauchst, gut. Aber es muss nicht das Ende von Football sein. Nicht, wenn du so nah an allem bist, wofür du so hart gearbeitet hast."

Vater und Sohn tauschten einen langen Blick aus, Camerons Finger waren immer noch fest mit meinen verschlungen. Schließlich brach Mrs. Chase die erdrückende Stille, indem sie Teller mit Pfannkuchen und Speck vor uns abstellte. „Ich hoffe, ihr seid hungrig", sagte sie mit einem warmen Gesichtsausdruck und beobachtete mich und ihren Sohn.

„Mom. Was ist los?", fragte Cameron und bemerkte, dass sie uns betrachtete.

„Nichts, Schätzchen. Ich freue mich, dass du Hailee hast." Sie schluckte und schaute mich traurig an. „Ich bin froh, dass mein Sohn dich hat."

Ich nickte, zu betroffen, um zu antworten.

„Es tut mir leid." Mrs. Chase lächelte. „Ich wollte ein schönes, gemeinsames, Essen und jetzt sind alle traurig."

„Ist schon gut, Mom. Lass uns essen, ich bin am

Verhungern." Er zwinkerte mir diskret zu und gab mir ein Zeichen, dass ich loslegen sollte.

Und das tat ich.

Denn etwas sagte mir, egal wie verängstigt diese Familie war, im Moment mussten sie sich mit den kleinen Dingen trösten.

„DEINE ELTERN SCHEINEN NETT ZU SEIN", sagte ich später, als wir wieder in der Privatsphäre von Camerons Schlafzimmer waren.

„Sie sind gute Menschen", antwortet er, ließ sich auf das Bett fallen und zog mich mit sich. Wir landeten mit einem leisen Aufprall, mein Körper lag auf seinem.

„Es schien okay für sie, dass ich heute Morgen hier war."

Er zuckte mit den Schultern. „Ich schätze, ich habe ihnen nicht viel Zeit gegeben, sich damit auseinanderzusetzen, aber ich bin achtzehn, Hailee. Wir sind keine Kinder mehr." Cameron drückte seine Nase gegen meine und küsste mich sanft. „Ich bin froh, dass du dabei warst. Ich habe die ganze Woche versucht, die richtigen Worte zu finden. Jedes Mal, wenn ich das Thema ansprechen wollte, konnte ich es nicht."

„Willst du wirklich aus dem Team aussteigen?"

„Ja ... nein, ich weiß es nicht." Er legte seinen Kopf zurück in die Kissen, den Blick starr an die Decke gerichtet, und atmete schwer aus. „Es ist so viel Druck, weißt du? Wenn ich mich nicht zusammenreißen kann, bin ich eine Belastung."

„Ja, aber du musst nicht aufgeben. Der Trainer wird verstehen, dass du eine Auszeit brauchst, das werden sie alle."

„Vielleicht.“ Sein Blick traf meinen. „Oder ich habe einfach erkannt, dass es mehr im Leben gibt.“

„Du liebst Football.“

„Das tue ich.“ Seine Augen leuchteten auf. „Aber es ist nicht alles, was ich will. Nicht so wie Jas ...“ Er unterbrach sich.

„Es ist okay, du kannst mit mir darüber reden.“

„Das war schon immer sein Plan. Wir würden zusammen die Varsity erobern und dann auf die Penn gehen, doch jetzt ist alles anders.“

„Anders?“

„Ja“, er lächelte traurig. Mein Herz krampfte sich für den Kerl zusammen, in den ich geschworen hatte, mich nicht zu verlieben, und jetzt steckte ich so tief drin, dass ich nicht sicher war, ob ich jemals wieder herausfinden würde.

Und ich fühlte mich gut dabei.

Sehr sogar.

„Ich wünschte ich mir nichts mehr, als dass Mom gesund wurde. 'Das ist der Monat, in dem es Mom besser gehen wird'. Aber es ist nie geschehen. Und mit jedem ihrer Anfälle rückten meine Träume weiter weg, bis ich mir nicht mehr sicher war, ob sie noch meine waren.“ Cameron stockte, zog seine Unterlippe zwischen die Zähne, überlegte, ob er sagen sollte, was ihm auf der Seele lag.

„Was?“, drängte ich.

„Und dann kamst du.“

„Ich?“

„Ja. Am ersten Tag des Semesters sah ich dich und es war wie beim ersten Mal.“

„Cameron ...“ Ich senkte den Kopf, meine Wangen brannten.

„Hey, versteck dich nicht vor mir, Hailee.“ Seine Finger glitten unter mein Kinn und hoben mein Kinn, damit ich ihn ansah. „Versteck dich niemals.“

„Ich …, dass hier, wir, das sollte nicht passieren."

„Aber das ist es. Ich bedauere nur, dass es nicht früher passiert ist." Er drückte mich an seine Brust und fuhr mit seiner Hand meinen Rücken auf und ab, was mir wohlige Schauer bescherte.

„Cameron?"

„Ja, Sonnenschein?"

„Küss mich."

Seine Hand glitt zu meinem Gesicht hinauf. Ich sah, wie seine graublauen Augen mich anfunkelten. Er lächelte warm, was einen großen Schwarm Schmetterlingen in meinem Bauch auslöste, und sagte: „Das kann ich tun."

38

Cameron

ICH ZUPFTE AN MEINEM HEMDKRAGEN. Es war dunkelgrau, die Ärmel hatte ich hochgekrempelt. Welten entfernt von meinem üblichen Footballtrikot oder Polohemd. Aber ich wollte, dass der heutige Abend perfekt wird, deshalb hatte ich Flick angerufen und sie um Rat gefragt.

Tief durchatmend klopfte ich an Hailees Tür und betete zu Gott, dass sie es war, die öffnete, und nicht ihre Mutter oder noch schlimmer Mr. Ford. Die Tür schwang auf und mein Herz machte einen Sprung. Hailee stand da in einem Jeansrock, einem weißen T-Shirt, Turnschuhen. Ihr dunkelblondes Haar war mit einer Spange zu einem wilden Knäuel auf ihrem Kopf festgesteckt, ihre Brille hielt die losen Strähnen aus ihrem Gesicht. Es war ein einfaches, bequemes Outfit, aber ich hatte noch nie etwas Schöneres gesehen.

„Hey", sagte ich schließlich und fand meine Stimme.

„Ich habe dir die hier mitgebracht." Ich schob ihr die Schachtel mit den Brownies zu und rieb mir den Nacken.

„Hast du dich wieder mit Flick beraten?" Sie hob die Augenbrauen.

„Vielleicht." Ich lächelte. „Sie erwähnte, dass du sie magst, als ich an dem Tag bei dir vorbeikam, aber wir kamen nicht dazu, sie zu essen."

Hailees Wangen überzogen sich mit einem tiefen Rotton, ihre Augen verdunkelten sich. Ich beugte mich vor, unfähig, der Anziehungskraft zu widerstehen, und küsste sie auf die Wange. „Ich habe dich vermisst." Ich streifte mit den Lippen ihr Ohr, und ihre Finger krallten sich in mein Hemd und zogen mich näher heran.

„Es ist erst ein paar Stunden her." Sie drehte ihren Kopf leicht, ihr Mund schwebte über meinem. Elektrizität knisterte zwischen uns, die Härchen auf meinen Armen stellten sich auf. Ich war so verknallt in dieses Mädchen, dass ich ihr genauso gut mein Herz und meine Eier in einem hübschen Päckchen übergeben könnte, und sie könnte sie mir zurückschicken, wenn sie damit fertig war.

Ich stahl einen schnellen Kuss und zog mich zurück, um etwas Abstand zwischen uns zu bringen. „Wir sollten gehen, ich habe reserviert."

„Hast du das?" Sie grinste und ich konnte nicht widerstehen und küsste sie erneut.

„Du siehst wunderschön aus, Sonnenschein."

„Cam ..." Hailee seufzte gegen meinen Mund, das leise Geräusch hatte eine direkte Wirkung auf meinen Schwanz. „Bist du sicher, dass du nicht zu Hause bleiben willst?" Ihre Arme legten sich um meinen Hals.

Ich wollte nichts mehr, als in ihr Zimmer zu gehen und tief in ihr zu versinken, mich in ihr zu verlieren, aber ich wollte auch, dass wir ausgingen, eine gemeinsame Nacht vor der nächsten Woche genießen.

„Wir brauchen das.“ Ich lächelte ihr entgegen. „Außerdem habe ich nicht vor, dich heute Nacht aus den Augen zu lassen.“

Hailee zog sich zurück und runzelte die Stirn. „Ich kann nicht die ganze Nacht wegbleiben.“

„Werden deine Mutter oder Kent ein Problem damit haben?“

„Nun, nein, ich glaube nicht, aber ...“

„Geh und schnapp dir deine Tasche, Sonnenschein, ich warte am Truck.“

„Diktator“, brummte sie, bevor sie sich auf dem Absatz umdrehte und die Treppe wieder hoch marschierte. Aber ich ging nicht zu meinem Wagen. Ich wartete. Unfähig, mich auch nur für eine Sekunde von ihr loszureißen.

Ein paar Minuten später kam sie die Treppe wieder herunter. Ich stieß mich vom Türrahmen ab und ging zu ihr. „Fertig?“

Sie nickte. „Wirst du mir sagen, wohin wir gehen?“

Ich legte meinen Arm um ihre Taille, küsste ihren Kopf und sagte: „Es ist eine Überraschung.“

ZEHN MINUTEN später fuhr ich den Truck in eine Parklücke und stellte den Motor ab.

„The Alley“, sagte Hailee. „Wir gehen ins *The Alley*?“

„Ja, ist das okay?“

„Ich liebe es hier, aber, bist du sicher?“

„Warum nicht?“

„Nichts, es ist nichts ...“ Sie presste die Lippen zusammen.

„Habe ich etwas falsch gemacht? Es ist nur so, dass Felicity sagte ...“

„Felicity hat dir gesagt, du sollst mich hierher bringen?“ Hailee starrte mich ungläubig an.

„Ich wollte, dass der heutige Abend perfekt wird. Sie sagte, du liebst diese Brownies und dass ich es vermeiden sollte, mein Footballtrikot zu tragen und dass du The Alley liebst ... also, hier sind wir.“

Ihr Gesichtsausdruck wurde sanfter und sie beugte sich zu mir rüber. Hailee nahm mein Gesicht in ihre Hände und küsste mich. „Es ist perfekt. Ich wollte nur nicht, dass du dich unwohl fühlst.“

Ich stutzte. „Warum sollte ich mich unwohl fühlen?“ Es war nur Bowling und ein Abendessen. Nichts Besonderes.

„Weil das hier die Schweiz ist.“

„Die Schweiz?“ Jetzt war ich derjenige, der sie anglotzte.

„Ja.“ Sie gluckste. „Da drin wirst du nicht Cameron Chase sein, Star-Wide Receiver für die Raiders, sondern einfach Cameron, mein Date.“

„Und das ist eine schlechte Sache?“ Weil es für mich verdammt perfekt klang.

„Nun, nein, ich dachte nur ... es ist egal, es ist albern.“

„Hailee, hör auf. Nichts, was du sagen oder tun könntest, ist albern. Jetzt sag mir, was in deinem Kopf vorgeht?“

„Es ist nur so, dass du es gewohnt bist, im Bell's abzuhängen, oder auf Partys in Ashers Haus. Das hier“, ihr Blick wanderte zu The Alley, „ist nicht gerade das, was du gewohnt bist.“ Hailee senkte die Lider und meine Brust zog sich zusammen. Glaubte sie wirklich, es interessierte mich auch nur im Geringsten, wo wir waren? Wir hätten in der Schulcafeteria sein können, umgeben von unseren neugierigen Klassenkameraden, und es würde keine Rolle spielen.

Ich stahl ihr einen weiteren Kuss, bevor ich ihr ein Lächeln zuwarf. „Los jetzt, sonst kommen wir zu spät."

„Zu spät, aber ..." Ich hörte sie kaum, weil ich gerade aus dem Wagen stieg.

„Bereit?" Ich hielt ihr die Hand hin, sie runzelte die Stirn und kam zu mir. „Was hast du vor, Cameron Chase?"

„Warum kommst du nicht mit und findest es heraus?"

Drinnen empfing uns Tate, der Besitzer. „Cameron, Hailee, schön, dass ihr da seid. Euer Tisch ist schon gedeckt."

Ich blickte auf das Mädchen neben mir und grinste, als ich ihren verblüfften Ausdruck sah. „Hmm, Tate", sagte sie leise. „Was passiert hier? Und woher kennt ihr beide euch?" Hailee sah von ihm zu mir und wieder zurück.

„Meine Lippen sind versiegelt, Hailee, tut mir leid." Er schenkte mir ein wissendes Lächeln und führte uns in den Diner-Teil des Gebäudes. Ich hatte um einen bestimmten Tisch mit Blick auf den Fluss gebeten. Das Alley war vielleicht Hailees Schweiz, aber es dauerte nicht lange, bis die Leute auf uns aufmerksam wurden, flüsterten und auf uns zeigten, während wir Tate folgten, meine Hand auf Hailees Rücken.

„Alle starren", sagte sie leise, ihre Haltung war angespannt. Ich beugte mich vor, streifte ihr Ohr und erwiderte: „Sollen sie doch schauen."

Ich hatte kein Problem damit, dass jeder wusste, dass sie mir gehörte. Wenn ich sicher wäre, dass sie mir nicht in die Eier treten würde, hätte ich sie sogar geküsst und ihnen eine Show geboten.

„Ich hoffe, das ist okay?", sagte Tate. Wir waren am letzten Tisch angekommen und er entfernte das handgeschriebene „Reserviert"-Schild. Es war so privat, wie es nur sein konnte, aber Flick hatte meinen ersten Vorschlag, Tate um die exklusive Nutzung des Lokals zu bitten, abgeschmettert. 'Kennst du Hailee überhaupt?', hatte sie mich amüsiert gefragt, bevor sie mir sagte, ich solle einfach ich selbst sein, nicht der Raider Cameron, sondern der Typ hinter der Fassade, und sonst nichts.

„Das ist toll, danke." Ich hielt ihm meine Hand hin und er schüttelte sie, bevor er uns allein ließ.

Hailee stotterte, ihr Blick wanderte vom Tisch zu mir. „Was passiert hier?"

„Wir werden gleich zu Abend essen und dann werde ich dir beim Bowling in deinen süßen Arsch treten." Ich nahm ihre Hand und stupste sie sanft in die Nische und rutschte ihr gegenüber auf die Bank. „Also, was gibt's hier Gutes?" Ich griff nach der Speisekarte.

„Ich kann nicht glauben, dass du Tate einen Tisch für uns reservieren lassen hast."

„Gibt Schlimmeres. Ich hätte das ganze Lokal nur für uns beide buchen können."

Ich hatte erwartet, dass sie bei dieser obszönen, übertriebenen Idee ihre Nase rümpfte, aber das tat sie nicht. Stattdessen weiteten sich ihre Pupillen, und diese verdammt sexy Röte breitete sich in ihrem Nacken aus. „Hättest du das gewollt?", fragte ich.

„Vielleicht." Sie kaute auf ihrer Unterlippe, das Verlangen brodelte in ihren Augen.

Ich hob die Augenbraue. „Ja? Hier?" Ich scannte schnell den Ort, stellte mir all die Stellen vor, an denen ich sie hinlegen konnte und …

„Hailee?" Ein dunkelhaariger Typ näherte sich dem Tisch, sein Blick huschten zwischen uns hin und her.

„Hey, Toby." Überraschung zeigte sich auf ihrem Gesicht.

Toby.

Mein Rücken versteifte sich und ich setzte mich aufrechter hin.

„Entschuldigung, ich wollte nicht stören, ich sehe, du bist … beschäftigt.“ Er schluckte. „Ich wollte mich nur für das entschuldigen, was passiert ist. Du hast mir nicht zurückgeschrieben und ich …“

„Du musst gehen, sofort“, stieß ich aus, meine Finger umklammerten die Tischkante.

„Cameron“, sagte Hailee sanft. „Ist schon gut. Toby, das ist Cameron, mein …“

„Ihr Freund.“ Ich sah ihm in die Augen und schickte ihm eine stumme Botschaft. Hailees Fuß trat mich unter dem Tisch und ich zuckte zusammen.

„Benimm dich“, maulte sie. „Es tut mir leid, dass ich dir nicht zurückgeschrieben habe, Toby, aber es fühlte sich nicht richtig an, nicht nachdem …“

„Ja, das habe ich verstanden.“ Er fuhr sich mit der Hand durch die Haare. „Ich habe mich nur mies gefühlt deswegen und ich wollte dir sagen, dass ich keine Ahnung hatte, dass Thatcher so einen Scheiß abziehen würde. Er ist vielleicht mein Cousin, aber das war nicht cool.“

„Bist du fertig?“, sagte ich kühl.

Der Typ schaute mir direkt in die Augen und antwortete „Ja, ich bin fertig.“ Sein Blick glitt zurück zu Hailee. „Und nochmal, es tut mir leid. Ich schätze, wir sehen uns.“

Sie nickte ihm kurz zu und er ging, und ich atmete verdammt erleichtert auf.

„Du hättest nicht so unhöflich sein müssen“, schimpfte Hailee und versuchte, die Belustigung aus ihrer Stimme herauszuhalten, was ihr nicht gelang.

„Unhöflich? Ich war total höflich, Sonnenschein.“

„Cameron, komm schon …“ Sie warf mir einen spitzen Blick zu, aber ich war nicht bereit, auch nur einen Millimeter beizugeben. Nicht bei dieser Sache.

„Hailee.“ Ich beugte mich vor und senkte meine

Stimme. „Er nahm dich mit zu einer Party, wo du unter Drogen gesetzt wurdest und ..." Die Worte blieben mir im Hals stecken. „Damit werde ich mich nie abfinden." *Er hatte Glück, dass ich ihm nicht die Faust ins Gesicht gedrückt habe.*

„Ich weiß, ich habe nur ... du hast auch ein paar ziemlich beschissene Dinge mit mir gemacht, Cameron."

Ihre Worte schnitten wie ein Messer, ich schloss die Augen und atmete tief ein. „Du wirst es mich nie vergessen lassen, oder?" Ich suchte ihren Blick, verängstigt, was ich dort sehen könnte.

„Ich bin sicher, es gibt Wege, wie du es wieder gutmachen kannst." Lust tropfte aus ihren Worten und ich schmachtete sie mit Blicken an.

„Ja?" Ich keuchte praktisch, und ihr Grinsen wurde breiter.

Und so verflüchtigten sich alle Gedanken an Toby und Thatcher.

EINE STUNDE SPÄTER, vollgestopft mit Alley-Burgern und Milchshakes, hatten wir jede Menge Publikum angezogen. Aber ich hatte nur Augen für das Mädchen mir gegenüber. Mit jeder Frage, die ich stellte, jeder Berührung meiner Finger, entspannte sich Hailee. Wir hatten über alles geredet, ihre Mutter, ihren Vater, wie sie zur Kunst kam, ihre Pläne für die Zeit nach dem Abschluss.

„Also, Stamps ist eine Kunst- und Designschule?"

„Ja", sagte sie und nahm einen großen Löffel aus dem Eisbecher, den wir uns teilten. „Es ist Teil der Universität von Michigan."

„Was du nicht sagst." Mein Herzschlag beschleunigte

sich, ein Plan, wenn auch ein verrückter, entstand in meinem Kopf.

„Was wirst du tun, solltest du dich entscheiden, nicht auf dem College Football zu spielen?“ Hailee richtete das Scheinwerferlicht wieder auf mich.

„Ehrlich gesagt, ich weiß es nicht. Ich mag Zahlen, vielleicht Wirtschaft oder Finanzen oder so.“

„Und geht so gut wie überall“, sagte sie. „So kannst du vor Ort bleiben, wenn deine Familie dich braucht. Mist, es tut mir leid. Ich wollte nicht …“

„Hailee.“ Ich legte meine Hand auf ihre. „Es ist okay. Mir geht's gut.“ Hatte ich Angst davor, was die nächste Woche bringen würde? Ja. Aber ich musste darauf vertrauen, dass die Ärzte wussten, was sie taten. Und mit Hailee an meiner Seite, schien alles viel leichter zu verarbeiten zu sein.

„Hast du dir schon überlegt, was du dem Coach sagen wirst?“ Sie wechselte das Thema.

„Noch nicht. Aber ich kann erst nach der Operation an das Team denken.“

Hailee nickte mir beruhigend zu und lächelte. „Es wird ihr wieder besser gehen, Cameron.“

„Ich hoffe es.“ Ich fühlte mich plötzlich erschöpft. Die Wahrheit war, dass ich nicht über die Operation hinausgedacht hatte. Das ‘was wäre, wenn’ oder ‘vielleicht’. Denn Hailee hatte recht, Mom würde wieder gesund werden.

Das *musste* sie.

NACHDEM SIE MICH zweimal beim Bowling geschlagen hatte, fuhr ich mit Hailee zu mir nach Hause. Die sexuelle Energie zwischen uns war kaum auszuhalten. Den ganzen

Abend hatte Hailee mich mit kleinen Küssen und gewollt *zufälligen* Berührungen geneckt. Ich war überrascht, wie unbekümmert sie sich mit mir verhielt, angesichts der ständigen Blicke und Lästereien. Aber wir waren beide zu liebestrunken, als dass es uns gestört hätte.

Ich fuhr in die Einfahrt und stellte den Motor ab. Hailee drehte sich zu mir. „Danke, für heute Abend. Es war perfekt."

„Nein." Ich beugte mich vor und nahm eine ihrer Haarsträhnen zwischen meine Finger. „*Du* bist perfekt."

Hailee senkte ihren Blick und wurde rot. Aber ich griff sanft nach ihrem Kinn und zwang sie, mich anzusehen. „Was auch immer nächste Woche passiert, es wird nichts daran ändern, was ich für dich empfinde. Ich möchte, dass du das weißt."

„Cameron, ich ..."

„Warte, lass mich ausreden, okay?" Ich musste mir das von der Seele reden. „Ich könnte wütend und verwirrt sein und ich werde es wahrscheinlich vermasseln, aber du sollst wissen, dass ich dich liebe, und ich bin so verdammt froh, dass ich dich an meiner Seite habe."

Hailee kletterte über die Mittelkonsole auf meinen Schoß und schlang ihre Arme um meinen Hals. „Ich werde nirgendwo hingehen. Du solltest inzwischen wissen, dass ich nicht so zerbrechlich bin." Sie beugte sich vor, um mich zu küssen und mich mit ihrer Zunge zu necken.

„Ich wollte dich nie zerbrechen", gestand ich. „Ich wollte nur, dass du mich bemerkst."

Hailee drückte ihren Kopf an meinen und sagte grimmig. „Ich sehe dich sehr genau, Cameron. Ich. Sehe. Dich."

39

Hailee

„VIELLEICHT WAR das keine so gute Idee", sagte ich, als wir in Camerons Truck auf dem Schulparkplatz saßen. Er hatte darauf bestanden, mich zur Schule zu fahren.

Er drehte sich zu mir und stieß einen tiefen Seufzer aus. Die Schüler hatten uns schon bemerkt, und es würde nicht lange dauern, bis die ganze Schule davon gehört hatte, wenn sie es nicht schon nach unserem Date in The Alley gestern Abend wussten.

„Hailee, sieh mich an." Meine Augen glitten langsam zu seinen. „Ich liebe dich. Nichts, was irgendjemand tut oder sagt, wird es ändern."

Schmetterlinge flatterten wild in meinem Bauch. Ich glaubte nicht, dass ich mich jemals daran gewöhnen würde, ihn diese Worte sagen zu hören. Auch, wenn ich sie noch nicht zurückgesagt hatte.

Ein lautes Klopfen schreckte uns auf, und Asher drückte sein Gesicht gegen Camerons Fenster. „Wollt ihr den ganzen Morgen da drinsitzen?"

Cameron stöhnte. „Tut mir leid", sagte er leise und ich kicherte.

„Fee und ich warten schon."

Ich beugte mich vor, um an Cameron vorbeizuschauen, und sah Flick neben Asher stehen, sie sah aus wie ein Reh im Scheinwerferlicht. Ich öffnete die Tür, kletterte aus dem Truck und ging zu meiner besten Freundin.

„Hi", sagte sie und lächelte schwach. „Das ist ... was ist das genau?"

Ich wollte etwas erwidern, aber Cameron stieg aus, schlang seine Arme um mich und zog mich zurück an seine Brust. „Hailee und ich sind jetzt zusammen."

Flick grinste, während Ashers Augen fast aus seinem Kopf wuchsen. „*Zusammen*, zusammen? Oder wie Fickfreunde zusammen, denn ich dachte ..." Seine Lippen verzogen sich zu einem schmalen Strich, als Cameron ihm etwas zuraunte.

Ich blickte wieder zu Cameron, und er neigte den Kopf und fing meinen Mund in einem sanften Kuss ein. „Ich entschuldige mich jetzt für alles, was aus seinem Mund kommen könnte."

„Das habe ich gehört", brummte Asher.

„Solltest du auch."

„Nicht, dass ich mich nicht für dich freuen würde", fuhr er fort. „Das tue ich, aber weiß Jase davon?"

Camerons Arm legte sich enger um mich und sagte: „Mir egal."

Asher sah an mir vorbei zu seinem besten Freund. „Es gibt so viel, was ich sagen möchte, aber, oh ..., wenn man vom Teufel spricht."

Wir drehten uns alle in die Richtung, in die er schaute, und sahen Jason, der mit ein paar Jungs aus dem Team auf dem Weg ins Schulgebäude war. Als ob er spürte, dass wir ihn beobachteten, fand sein Blick uns und blieb an mir und

Cameron hängen. Alles verlangsamte sich, der Strom von Schülern, die ins Gebäude gingen, das unaufhörliche Geschwätz und Gelächter, der Sauerstoff, der meinen Körper umgab, veränderte sich. Ich wusste, dass es unangenehm werden würde, aber ich hatte nicht erwartet, dass es sich so anfühlen würde, als würde eine neue Grenze zwischen uns gezogen. Ich konnte praktisch die Verschiebung in der Luft spüren, die unsichtbare Mauer, die errichtet wurde. Flick, ich, Cameron und Asher auf der einen Seite, und Jason auf der anderen.

Ich erschauderte bei der Erkenntnis.

„Hey“, Camerons Stimme holte mich zurück. „Es wird alles gut, er wird schon wieder zu sich kommen.“ Er küsste mich auf die Wange.

Flick blickte mich nervös an und ich schenkte ihr ein schwaches Lächeln. Aber es war Asher, der die erstickende Spannung brach. „Nun“, sagte er. „Ich schätze, das sind dann du und ich, Fee, Baby.“ Er schlang seinen Arm um meine beste Freundin, die mir einen ‘Hilfe’-Blick zuwarf. Ich musste grinsen. Es war eine Schande, dass sie ihn zugunsten ihres geheimnisvollen Typen nur in der Friendzone hielt, denn auch wenn Asher eine echte Mannhure war, waren sie ein wirklich süßes Paar. Aber ich hatte genug um die Ohren, ohne mich in das Liebesleben meiner besten Freundin einzumischen.

„Bist du bereit?“, fragte ich Cameron leise.

„Bereit? Bereit wofür?“, Asher schaute verwirrt.

Camerons Gesichtsausdruck wurde starr und er sagte: „Ich muss mit dem Coach sprechen.“

WIR HATTEN den Tag in der Schule überlebt. Nachdem die Gerüchteküche mit Nachrichten über mich und

Cameron fast explodiert war, beruhigten sich die Dinge. Aber ich musste mich an meine neu gewonnene Popularität gewöhnen, da ich jetzt mit einem Raider zusammen war.

Mit einem Raider. Etwas, von dem ich nie geglaubt hätte, dass es mir passieren würde.

„Was grinst du so?“, fragte mich Cameron, als er mich vor der Klasse traf.

„Ach nichts.“ Ich lächelte ihn an und ließ ihn meinen Bücherstapel nehmen. „Aber einen Freund zu haben, hat seine Vorteile.“

Wir stoppten an meinem Spind und ich tauschte die Bücher, die ich für die Hausaufgaben brauchte, gegen die in Camerons Armen. Er wartete, bis ich fertig war, dann drängte er mich an den Spind, seine stürmischen graublauen Augen direkt auf mich gerichtet. Der Flur leerte sich, aber ein paar Mitschüler beobachteten uns mit leichter Neugier und Belustigung.

„Wir haben Publikum.“ Meine Hände glitten seine Brust hinauf und ich schaute zu der Gruppe junger Mädchen, die offen in unsere Richtung gafften.

„Dann sollten wir ihnen wohl etwas geben, worüber sie reden können.“ Cameron schloss den Abstand zwischen uns, legte seinen Mund auf meinen, seine Zunge glitt über meine Lippen. „Gott, ich liebe dich“, hauchte er und zog mich näher zu sich.

„Ich liebe dich auch“, sagte ich etwas lauter als beabsichtigt und erntete dafür ein paar Rufe von Camerons Teamkollegen, die an uns vorbeigingen. „Ich bin total verliebt in dich.“

Es war die Wahrheit, ich war vollkommen und total in Cameron Chase verliebt.

„Ja?“ Er zog sich zurück. „Du sagst das nicht nur, weil du meinen Körper willst oder um zu sagen, dass du einen Raider flachgelegt hast?“

Ich streckte die Hand aus und zwickte seine Brustwarze, bevor ich meine Hand über seine feste Brust gleiten ließ und im Geiste die Erhebungen seiner Bauchmuskeln zählte. „Nun, das ist definitiv ein zusätzlicher Bonus ..."

Sein leises Lachen überschwemmte mich und gab mir ein warmes, wohliges Gefühl in meinem Inneren. „Scheiße, wir haben zu lange gewartet. Das weißt du doch, oder? Es hätten schon immer ich und du sein sollen."

„Ich ..." Ich wusste nicht, was ich darauf erwidern sollte. Aber ich musste nichts sagen, weil Cameron seinen Mund wieder über meinen schob. Ich war so vertieft in den Kuss, dass ich fast nicht hörte, wie sich jemand räusperte.

Aber Cameron registrierte es, und er zog sich zurück und stieß einen tiefen Atemzug aus.

„Dann sind die Gerüchte also wahr", sagte ein Mädchen mit langen dunklen Haaren. „Cameron Chase ist endlich vom Markt."

„Miley, das ist meine Freundin Hailee. Hailee das ist Miley."

Miley.

Ich kannte dieses Mädchen. Es war dieselbe vom Schulball, und ich war mir ziemlich sicher, dass sie diejenige von der Nacht von Ashers Party war, in der ich Jasons Auto bemalt hatte. „Hi." Ich hob meine Hand zu einem kurzen Winken.

„Hey." Ihr kühler Blick musterte mich, aber er wirkte nicht so vernichtend wie der mancher Mädchen in unserer Klasse. „Eine kleine Vorwarnung wäre nett gewesen." Sie starrte jetzt Cameron an, und in ihren Augen lag Schmerz.

„Gib mir eine Sekunde", sagte er, bevor er Miley außer Hörweite in den Flur führte. Mein Magen verknotete sich, als ich sie reden sah. Sie standen dicht beieinander, er starrte auf sie herab, sie sah zu ihm auf. Sie war umwerfend, schlank und durchtrainiert, mit Sicherheit eine Sportlerin. Ich wollte nicht eifersüchtig sein, aber es brannte in mir wie Säure.

Nach ein oder zwei Minuten nickte Miley, machte auf dem Absatz kehrt und ging den Flur hinunter. Cameron kam langsam auf mich zu, sein Blick war nicht zu deuten. Er versuchte, mir Dinge zu sagen, die ich nicht ganz entziffern konnte.

„Das ist also Miley", sagte ich. „Sie ist hübsch. War da mit euch beiden was?"

„Hailee, tu das nicht." Er stieß einen schweren Seufzer aus. „Miley ist nicht wichtig für mich."

„Aber sie war jemand für dich?"

Cameron drückte mich wieder gegen den Spind, umfasste mein Kinn und hob mein Gesicht zu seinem an. „Hör mir zu, wenn ich sage, du bist es, die ich will. Dich brauche ich. Miley war jemand, der die Leere für eine Weile gefüllt hat. Aber das ist alles. Ich und du, das hier, das ist echt." Er senkte seinen Kopf auf meinen und flüsterte in meine Haare. „Ich brauche dich, Hailee, so sehr, dass es mir verdammt viel Angst macht." Ich hob den Kopf, um ihn anzuschauen. Verletzlichkeit glitzerte in seinen Augen wie Sterne am Nachthimmel.

Ich hob meine Hand an seine Wange und sagte: „Du hast mich." Jedes einzelne Stück. „Jetzt nimm mich mit nach Hause und zeige mir, wie sehr du mich brauchst."

CAMERON KAM die Tage danach nicht mehr zur Schule. Er wollte während der Termine seiner Mutter für die Familie da sein und mit Xander helfen. Deshalb war ich überrascht, dass er mich bat, am Freitagabend mit ihm zum Spiel zu gehen.

„Bist du okay?" Ich drückte seine Hand, während wir den Raiders dabei zusahen, wie sie unten auf das Spielfeld liefen. Wir saßen im Familienbereich, mit den für seine Eltern reservierten Karten, und Asher war so freundlich gewesen, Flick eins seiner Tickets zu überlassen, da seine Eltern nicht in der Stadt waren.

„Ich bin okay." Cameron nickte, bevor er sich herunterbeugte und meinen Mund in einem langsamen Kuss einfing.

„Hmm, Leute, genau hier. Ich bin genau *hier*."

„Sorry." Ich schaute an Cameron vorbei und schmollte meine beste Freundin an.

„Ihr seid so süß, dass ich euch nicht mal böse sein kann, igitt", stöhnte sie und rückte ihre Raiders-Ballmütze zurecht. „Ich brauche einen Mann."

„Was ist mit Ash ..."

Ich klatschte meine Hand auf Camerons Mund. „Setze ihr keine Flöhe in den Kopf."

„Er ist nett und so", sagte Flick und ignorierte mich und Cameron völlig. „Aber er ist nicht mein Typ."

„Es gibt noch einen anderen Typ neben dem eingebildeten, arroganten Sportler?"

„Sonnenschein", warnte Cameron.

„Was?" Ich stellte mich dumm. „Es ist wahr. Ihr Sportskanonen seid alle so ..."

Er brachte mich mit seinen Lippen und seiner Zunge zum Schweigen. Ich schmiegte mich an ihn und ein paar Leute hinter uns kicherten.

„Cam", hauchte ich. „Wir müssen ... aufhören."

„Mit dir macht es keinen Spaß." Jetzt war er an der Reihe zu schmollen.

„Wie geht es deiner Mutter, Cameron?" Wir schauten beide zu Flick und ihr Ausdruck wurde ernst.

„Es geht ihr so weit gut, danke. Die gute Nachricht ist,

dass ihr Arzt zuversichtlich zu sein scheint, dass sie den Tumor komplett entfernt haben."

„Das ist wunderbar."

Es war großartig. Karen hatte die Operation überlebt und ihre Prognose sah gut aus. Sie war noch nicht über den Berg und hatte einen langen Weg vor sich, wenn die Ärzte entschieden, dass sie eine Strahlentherapie brauchte, aber es war so positiv, wie es unter den gegebenen Umständen sein konnte.

Ich legte meinen Arm um Camerons Taille und kuschelte mich an seine Seite. Obwohl die Operation seiner Mutter gut verlaufen war, wollte er beim heutigen Spiel nicht im Kader sein. Der Trainer und seine Mannschaftskameraden flehten ihn an, an der Seitenlinie zu stehen, aber am Ende entschied er sich, von der Tribüne aus zuzusehen. Ich glaube, tief im Inneren wartete er immer noch auf den Anruf, dass etwas schiefgelaufen war.

„Es geht ihr gut", flüsterte ich und drückte ihn fester an mich. Cameron schaute mich an und lächelte.

„Ich weiß." Er küsste mich wieder, und Flick brummte.

„Ich glaube, ich mochte euch beide lieber, als ihr euch noch gehasst habt."

„DU STRAHLST ja geradezu." Flick verschränkte ihren Arm mit meinem und wir folgten Cameron in den hinteren Teil des Stadions, um das Team zu treffen und ihnen zu einem wohlverdienten Sieg zu gratulieren.

„Ich bin glücklich", gab ich zu. „Er macht mich glücklich."

„Nun." Sie gluckste. „Du hast es geschafft, dir einen Raider zu schnappen. Ich schätze, manche Dinge werden doch wahr."

Ich starrte sie an, unfähig, meine Empörung zu unterdrücken, aber sie lachte nur noch mehr. „Du solltest dein Gesicht sehen. Sei froh, dass ich dir kein Shirt zum Geburtstag geschenkt habe, auf dem 'Hashtag Ich reite einen Raider' steht." Flick zwinkerte.

„Du bist nur eifersüchtig."

Ihr Blick trübte sich für eine Sekunde, die Luft um uns herum kühlte sich deutlich ab, aber dann grinste Flick, „Natürlich, ich bin eifersüchtig. Ich meine, ich habe Augen. Sieh ihn dir an."

Und das tat ich.

Cameron und seine Mannschaftskameraden waren mit High-Fives und Männerumarmungen beschäftigt. Seine Freunde. Wir warteten geduldig und ließen ihn sein Ding durchziehen und hörten dann weiter geduldig zu, wie Kaiden und Asher ihm von jedem Touchdown so ausführlich wie möglich berichteten. Als ob wir nicht das ganze Spiel von der Tribüne verfolgt hätten. Aber mir wurde klar, dass sie ihn damit wahrscheinlich nur an ihrem Sieg teilhaben lassen wollten.

„Wie laufen die Dinge zu Hause?" Flick lenkte meine Aufmerksamkeit von Cameron ab.

„Es ist seltsam. Mom und Kent tun so, als wäre nichts passiert, und Jason beachtet kaum einen von ihnen, also hat sich da nicht viel geändert. Ich bin an einem Punkt, an dem ich wütend auf sie sein möchte, aber ich bin mir nicht sicher, ob ich die Energie habe, das noch lange durchzuhalten."

„Schau", sagte meine beste Freundin. „Sie hat einen Fehler gemacht. Ja, es war ein verdammt großer Fehler, aber man kann es nicht steuern, in wen man sich verliebt. Gerade du solltest das wissen."

„Ich ..." Flick hatte recht. Das hatte sie immer. Doch das milderte den Schmerz über Moms Verrat nicht. Ich glaube, dass sie die ganze Zeit gelogen hatte, verletzte mich mehr, als dass sie eine Affäre hatte.

Die Leute hatten ständig Affären. Ich konnte es nicht gutheißen, aber sie und Kent waren erwachsen. Sie wussten, was sie taten. Wenn Jason und ich es gewusst hätten, hätte das nichts geändert.

Ich wusste, dass Jason es nicht eilig hatte, seinem Vater zu vergeben.

„Und du und Jason, was ist da los?"

„Ja, Schwester." Er tauchte aus dem Nichts auf. „Was ist denn da los?"

Flick verdrehte die Augen, aber er sah sie kaum an.

„Sei kein Arsch, Jason."

Seine Hände gingen in die Höhe „Ich komme in Frieden." Sein Blick huschte zu Cameron. „Wie geht es ihm?"

„Warum fragst du ihn nicht selbst?" Es lag keine Bosheit in meinen Worten. Cameron hatte recht, das Leben war zu kurz. Nachdem ich mit ihm im Wartezimmer des Krankenhauses gesessen hatte, während seine Mutter sich einer lebensrettenden Kraniotomie unterzog, wurde mir klar, dass dieser Groll zwischen mir und Jason, die Sache mit Thatcher, keine Rolle spielte. Das war die Highschool. Kinder waren gemein und machten sich gegenseitig runter. Aber die echte Welt, in der alles hart und schmerzhaft und ungewiss war, wartete auf sie. Die Highschool definierte mich nicht. Ich kannte meinen Wert, und dieser Moment, genau hier, definierte mich.

Jason fuhr sich mit der Hand durch sein feuchtes Haar und ich trat näher an ihn heran und legte meine Hand auf seinen Arm. „Du solltest zu ihm gehen und mit ihm reden, er vermisst dich."

Es war egal, was Jason über mich dachte oder nicht dachte, unsere Leben waren jetzt miteinander verflochten.

Ob es ihm gefiel oder nicht. Ich liebte seinen besten Freund, seinen Bruder in allen Belangen, also mussten wir einen Weg finden, nebeneinander zu existieren.

„Ich ...“, er zögerte.

„Geh“, sagte ich leise. „Er braucht dich, er muss wissen, dass du mit all dem zurechtkommst.“

Cameron hatte zwar gesagt, dass er bereit war, das Team zu verlassen, aber ich wusste, dass er es nicht war. Nicht wirklich. Diese Sache zwischen ihm und Jason brachte ihn dazu, die falsche Entscheidung zu treffen. Und unabhängig davon, was ich über Football dachte, wollte ich nicht, dass er seine Träume aufgibt.

Als ob er spürte, dass wir ihn beobachteten, schwenkte Camerons Kopf zu uns herüber. Seine Augen verfinsterten sich, weil er Jason an meiner Seite sah. Ich ließ die Hand auf den Rücken meines Stiefbruders fallen und schubste ihn vorwärts. „Geh, du wirst es bereuen, wenn du es nicht tust. Vertrau mir.“

40

Cameron

ICH BEOBACHTETE HAILEE UND JASON, der mit sich rang, ob er hierherkommen sollte oder nicht. Sie wollte, dass er es tat, das war in ihren honigbraunen Augen zu sehen. Aber ich machte keine Anstalten, ihm entgegenzugehen. Es musste von ihm kommen.

Hailee war jetzt an meiner Seite. Sie war vielleicht erst seit ein paar Tagen offiziell in meinem Leben, aber sie war bei jedem schweren Schritt dabei gewesen. Im Krankenhaus hatte sie mit mir gewartet, dass Mom aus dem OP kam, vor der Umkleidekabine, als ich dem Coach sagte, ich benötigte eine Auszeit vom Team. Sie war da, ohne Fragen zu stellen. Sie hat es einfach verstanden. Wusste, was ich brauchte. Und sie war da.

Es bedeutete mir alles.

Aber Jason war anders gestrickt. In seinen Augen waren Empathie und Mitgefühl Schwächen. Eigenschaften, bei denen man Menschen an sich heranlassen musste, etwas, was er selten tat. Er kam auf mich zu und ich machte mich auf jeden Scheiß gefasst, der gleich aus seinem Mund kommen könnte.

„Hey", sagte er.

„Was geht?" Ich legte meinen Kopf schief. Seit ich mich erinnern konnte, waren wir beide unzertrennlich, aber jetzt fühlte es sich an, als läge ein ganzes Footballfeld zwischen uns.

„Es hat sich heute Abend da draußen nicht richtig angefühlt." Jase sah mich an, eine Haarsträhne fiel über seine Augen.

„Du hast gewonnen, das ist alles, was zählt, nicht wahr?" Ich wollte nicht, dass es sarkastisch klang. Er zuckte zusammen.

„Komm schon, Bruder, es ist nicht ... Schau, ich habe es vermasselt, ich habe es verstanden." Sein Gesichtsausdruck passte nicht zu dem Jason, den ich kannte, der Typ, der der Meisterschaft wieder einen Schritt näher war. „Aber du hast es mir nicht gesagt, du hast nicht ..."

„Du wolltest es nicht hören." Meine Augen schlossen sich. „Du bist nicht wie der Rest von uns, Jase. Du bist so fokussiert auf Football, auf die Zukunft ..."

„Diese Situation ist anders. Ich hätte ..." Er stieß einen schweren Seufzer aus: „Wie geht es ihr?"

„Es geht ihr gut, sie wissen nicht, ob sie eine Strahlentherapie braucht." Dr. Kravis war optimistisch, dass er alle Tumorzellen erwischt hatte, aber da es sich um ein Meningeom zweiten Grades handelte, bestand immer noch die Möglichkeit, dass es wiederkehrte.

„Scheiße", zischte Jase heraus. „Es tut mir so verdammt leid, Mann."

„Sie lebt und sie hat es erst einmal überstanden, darauf konzentrieren wir uns im Moment."

Die Wartezeit, bis sie aus dem OP kam, wollte ich nie wieder erleben. Diese sechs Stunden waren unerträglich.

Wären nicht Xanders unaufhörliche Fragen gewesen und hätte ich Hailee nicht direkt neben mir gehabt, ich glaube, ich wäre durchgedreht.

Jase rieb sich den Nacken. Er wollte etwas sagen, ich konnte es in seinen Augen sehen. „Was?", fragte ich.

„Nein, es ist egal."

„Na los, sag es."

„Glaubst du, du kommst zurück ins Team ... jetzt, wo es ihr wieder gut geht?"

Ich schüttelte ungläubig den Kopf. Selbst jetzt konnte er nur an Football denken.

„Scheiße, das kam falsch rüber." Er schlug die Hände vors Gesicht. „Ich meine, ich verstehe, warum du heute Abend nicht spielen konntest, um ehrlich zu sein, bin ich überrascht, dass du überhaupt gekommen bist."

Ich hatte es nicht gewollt, aber Dad bestand darauf. Sogar Mom hatte ihren Segen gegeben.

„Was ich meine, ist, dass ich dich brauche. Du und ich, Chase. Wir müssen die Sache gemeinsam durchziehen."

„Ich weiß nicht, ob ..."

„Ich weiß." Er hielt seine Hände hoch. „Und ich verstehe es, das tue ich wirklich. Aber wir haben zu hart dafür gearbeitet, *du* hast zu hart dafür gearbeitet."

„Hör zu, Jase, ich bin mir nicht sicher, ob Penn ..."

„Scheiß auf Penn. Du musst tun, was das Beste für deine Familie ist, ich verstehe das. Es war sowieso immer *mein* Traum. Aber dieses Jahr ist unser Jahr. Ich kann es auch ohne dich schaffen, nur ehrlich gesagt", Jase sah mir in die Augen, „will ich das nicht."

„Hast du Angst, dass du ohne deinen Star-Wide Receiver nichts taugst?" Ich grinste.

„Verdammt, ja, das habe ich. Kaiden ist gut, doch er ist keine Nummer Vierzehn." Er schenkte mir ein seltenes Lächeln. „Also, was sagst du, Chase? Bist du an Bord?"

„Ich kann nichts versprechen, aber solange es Mom gut geht und die Ärzte mit ihren Fortschritten zufrieden sind, dann ja, ich bin dabei." Der Trainer hatte bereits gesagt, dass ich das Training reduzieren konnte, wenn es sein musste.

Erleichterung blitzte in den Augen meines besten Freundes auf, seine Schultern sanken herab, und zum ersten Mal in meinem Leben sah ich, wie Jason Ford seine Schutzmauer fallen ließ. Er meinte wirklich jedes Wort so, wie er es gesagt hatte.

Das bedeutete mir viel.

Trotz aller Höhen und Tiefen und Ereignisse der letzten Wochen bedeutete die Tatsache, dass er es endlich geschafft hatte, über sich selbst und den Football hinauszuschauen, etwas.

„Also, du und Hailee, hm?" Er winkte mit dem Kopf hinüber, wo die Mädchen standen und so taten, als würden sie uns nicht beobachten.

„Ja, wird das ein Problem sein? Denn ich sage es gleich, wenn du mich noch einmal vor die Wahl stellst, wird sie es sein, jedes verdammte Mal." Er war mein bester Freund, aber ich war es leid, seine Marionette zu sein. Ich brauchte Hailee. Ich konnte es nicht wirklich erklären, doch ich brauchte sie. Und jetzt, wo ich sie endlich hatte, hatte ich nicht vor, irgendetwas zu tun, um das zu gefährden.

„Ich schätze, ich sollte mich dann wohl besser daran gewöhnen." Jase zuckte mit den Schultern, aber ich sah die Qual in seinen Augen. „Weißt du, wir müssen es Thatcher immer noch heimzahlen, was er ihr angetan hat."

„Jase, ich bin mir nicht sicher ..."

„Er wird untergehen, so oder so, er wird ..."

„Wer geht unter?" Hailee kam schließlich herüber, Schuldgefühle blitzten in ihren Augen auf. „Tut mir leid", flüsterte sie. „Ich konnte nicht länger warten."

„Es ist in Ordnung." Ich legte einen Arm um sie und zog sie an meine Seite.

„Also, worüber habt ihr gesprochen?"

„Frag Loverboy." Jasons Mundwinkel zogen sich nach oben und ich schubste ihn leicht weg.

„Loverboy was fragen?" Ash erschien, den Arm lässig um Felicity geschlungen, die wenig beeindruckt aussah, weil sie in unsere kleine Versammlung geschleppt wurde.

„Ich glaube, sie planen etwas", antwortete Hailee und warf mir einen zweifelhaften Blick zu.

„Keine Verschwörungen", sagte ich. „Versprochen." Aber Jasons Augen funkelten mit etwas Gefährlichem, und ich wusste, dass er die Sache mit Thatcher nicht auf sich beruhen lassen würde.

„Die Jungs wollen wissen, ob wir zu Bell's gehen?", fragte Ash, seinen Arm immer noch um Felicity gelegt.

„Ich bin mir nicht sicher ...", begann ich, aber Hailee legte ihre Hand auf meinen Arm. „Es ist okay, wenn du gehen willst, können wir gehen." Sie nickte aufmunternd.

„Fee, Baby, bist du dabei?"

„Versprichst du, dass du aufhörst, mich so zu nennen?" Felicity verdrehte die Augen.

„Ich verspreche, mich zu betrinken und zu versuchen, dich zu befummeln." Er zwinkerte und ich erwischte Jase dabei, wie er sich versteifte. Ich hatte etwas übersehen, was meine zwei besten Freunde und Felicity betraf. Aber bevor ich ergründen konnte, was zum Teufel los war, sagte Jase: „Dann lasst uns gehen."

Wir folgten ihm, als wäre es für uns fünf das normalste der Welt.

„LASS MICH RATEN, das steht auf deiner Liste?"

„Liste, welche Liste?“, fragte ich Hailee, weil ich ihr und Felicitys Gespräch belauscht hatte, als wir am Bell's ankamen.

„Hmm, ich habe nicht bemerkt, dass du da bist.“ Hailee blickte zu mir zurück, ihre Augen weit aufgerissen, als ob sie mit der Hand in der Keksdose erwischt worden wäre.

„Was dachtest du, wo ich bin?“

„Schon drin mit Asher und Jason.“

„Ich werde immer da sein, wo du bist.“ Ich beugte mich zu ihr und küsste sie. In Wahrheit hatte ich Dad angerufen, um zu hören, wie es Mom ging. Er versicherte mir, dass es ihr gut ging und Xander bei Katie war. Nach der härtesten Woche unseres Lebens wollte, nein, verlangte er, dass ich einen Abend mit meiner Freundin und meinen Freunden genoss.

„Oh Gott, ich brauche einen Drink. Etwas Starkes. Es stimmt doch, dass der Besitzer das Team hier nicht nach dem Ausweis fragt, oder?“

Ich gluckste und küsste Hailee immer noch. Sie löste sich und sah ihre Freundin an. „Du willst trinken? *Hier*?“

Felicity zuckte mit den Schultern. „Schwierige Zeiten, Hails, schwierige Zeiten.“ Sie ging hinein und ließ mich und Hailee allein.

„Sie verhält sich seltsam.“ Hailee stieß einen frustrierten Atemzug aus, und ich zögerte, ob ich meine Theorie preisgeben sollte oder nicht. „Cameron?“

Erwischt.

„Also, ich, äh, ich denke, ich weiß, was mit Felicity und den Jungs los sein könnte.“

„Den Jungs?“ Hailee errötete. „Was meinst du mit den Jungs?“

„Asher und Jase.“

„Du denkst ... nein ...“ Ein ersticktes Lachen erklang. „Flick würde nie in Jasons Nähe gehen, und diese Sache mit ihr und Asher ist ein Witz. Es ist nur ein Scherz. Ich meine, es ist *Asher*, er ist ..."

„Okay." Ich neigte den Kopf zu ihr. „Ruhig atmen. Ich liege bestimmt falsch. Es ist wahrscheinlich nichts." Ich war sicher, dass da was war. Aber ich Hailee schien noch nicht bereit, das zu hören.

„Natürlich, du irrst dich. Sie würde nicht ... nee, ich kann mir das einfach nicht vorstellen." Hailee schüttelte den Kopf, Besorgnis lag auf ihrem Gesicht, bevor sie das Bell's betrat. Ich folgte ihr und bereute es, es ihr gesagt zu haben. Aber ich kannte Jase und ich kannte Ash und ich hatte schon seit einer Weile gespürt, dass etwas vor sich ging. Und wenn ich recht hatte, war es eine Katastrophe.

In der Sekunde, in der ich die Bar betrat, begrüßte mich eine Welle aus Jubel und Applaus. Jase und Ash standen vorne und in der Mitte, der Rest des Teams versammelte sich hinter ihnen und sie riefen alle meinen Namen. Ich war heute Abend nicht auf dem Platz gewesen, um ihnen zu helfen, den Sieg zu holen, der sie einen Schritt näher an die Meisterschaft brachte, aber das war ihre Art, mich einzubeziehen. Mir zu zeigen, dass ich, egal was von nun an passierte, immer noch ein Teil des Teams war.

Immer noch Familie.

„Schön, dich zu sehen, Mann." Grady kam auf mich zu und zog mich in eine Umarmung. „Wir haben das mit deiner Mutter gehört. Wenn ich irgendetwas tun kann."

„Danke, Mann, ich weiß das zu schätzen", würgte ich die Worte über den Kloß in meinem Hals hervor. Kaiden war der Nächste, dann Mackey und einige der anderen Zehntklässler. Jeder von ihnen bot mir seine Unterstützung an, jeder von ihnen erinnerte mich daran, warum ich Football, solange ich mich erinnern konnte, immer geliebt hatte.

Denn es war mehr als nur ein Spiel.

Es war mehr als das Hochgefühl eines Sieges oder der Schmerz einer Niederlage. Es war Brüderlichkeit und Familie, und das Wissen, dass man sich gegenseitig den Rücken stärkte, egal was geschah.

„Hey." Hailee erschien an meiner Seite, als die Jungs mir endlich etwas Raum zum Atmen ließen. „Bist du okay?"

„Ja, alles gut." Ich küsste sie, ohne mich darum zu kümmern, wer uns zuschaute, was uns eine weitere Runde Applaus einbrachte. Ihre Finger krallten sich in mein Trikot, und nach unserem Kuss war die niedlichste Röte auf ihren Wangen zu sehen. „Oh Gott, so peinlich", murmelte sie.

„Du bist jetzt eine Raider", sagte ich und kämpfte gegen ein Grinsen an, zog sie an meine Seite und wir gingen zu Jase, Ash und Felicity hinüber.

„Ich schätze, ich kann mich bei euch beiden für den herzlichen Empfang bedanken?", fragte ich die Jungs.

„Wir wollen nur, dass du weißt, dass das Team hundertzehn Prozent hinter dir steht. Wie auch immer du dich entscheidest, wir stehen zu dir", sagte Ash.

„Immer", fügte Jase hinzu und ich weiß nicht, wer mehr geschockt war. Asher, ich, oder Hailee.

„Ja, ja", brummte er. „Gewöhnt euch nicht zu sehr daran. Ich bin trotzdem noch der kaltherzige Bastard, den ihr alle zu hassen liebt." Sein harter Blick glitt zu Felicity hinüber, die so tat, als würde sie es nicht bemerken.

Aber ich hatte es bemerkt.

Ich hoffte nur, dass Hailee es nicht gesehen hatte. Dann würde der heutige Abend in einem Drama enden. Ich wollte den Moment genießen, meine Freunde, das Team und meine Freundin, die an einem meiner Lieblingsorte beisammen waren.

Nach Wochen der Ungewissheit, des Gefühls, zerrissen

zu werden, hatte ich endlich das Gefühl, wieder durchatmen zu können. Und ich wusste, dass es hauptsächlich an Hailee lag. Sie ließ den ganzen anderen Scheiß verschwinden. Sie hielt mich in den ruhigen Momenten bei Verstand, den Momenten, in denen meine Gedanken düster wurden und an Orte gingen, wo ich nicht sein wollte.

Ich konnte nirgends sein, wo sie nicht auch war.

Ohne nachzudenken, sprang ich auf den nächstbesten leeren Tisch und wartete darauf, dass der Laden still wurde. Hailee starrte zu mir hoch, als hätte ich den Verstand verloren. Und vielleicht hatte ich das, aber wenn mich das Leben in den letzten Wochen etwas gelehrt hatte, dann, dass man nie wusste was hinter der nächsten Ecke lauerte.

„Ich möchte nur ein paar Worte sagen."

Meine Mannschaftskameraden flippten aus, stampften auf dem Boden und schlugen auf Tische ein.

„Zeigt dem Kerl etwas Respekt", rief Jerry von seiner Position hinter der Bar, und ich nickte ihm dankbar zu.

Endlich verstummten sie und ich fuhr fort: „Am Anfang dieser Woche wusste ich ehrlich gesagt nicht, ob ich jemals wieder ein Trikot anziehen würde. Football ist wichtig für mich, aber es ist nicht alles. Die Familie ist das, was zählt." Mein Blick fand den meiner besten Freunde. „Freundschaft, sich gegenseitig den Rücken freihalten, da sein, wenn es hart auf hart kommt, das ist es, was es ausmacht, ein Raider zu sein. Macht der Nervenkitzel des Sieges süchtig? Ja, verdammt. Aber es ist das Wissen, dass, wenn du verlierst, wenn deine Träume vor deinen Augen in Flammen aufgehen, dass du immer noch ein Team hast, eine Familie, die die Last mit dir trägt."

„Inzwischen wisst ihr wahrscheinlich alle, dass meine Familie kürzlich schlechte Nachrichten bekommen hatte.

Und es hat mich dazu veranlasst, alles infrage zu stellen. Aber egal, was die nächsten Wochen bringen, eines ist sicher, ich werde immer ein Raider sein. Und ich könnte mir kein besseres Team vorstellen, um die Meisterschaft zu gewinnen."

„Heißt das, du bleibst hier?", rief Grady und ich kämpfte mit einem Lächeln.

„Nun, ihr braucht doch euren Star-Wide Receiver, nicht wahr?"

„Verdammt, ja!" Er grinste und die Menge tobte.

Jase und Ash waren in der Sekunde auf mir, in der ich vom Tisch heruntersprang. Jase packte mich im Nacken und drückte seinen Kopf an meinen, seine Augen sagten alles, von dem ich wusste, dass er es nie aussprechen würde. Und dann gesellte sich Ash zu uns, seine Arme legten sich um uns und zog uns dicht an sich. „Fuck sei Dank, endlich keine schlaflosen Nächte mehr, in denen ich grübeln muss, auf wessen Seite ich stehe."

Ein Augenblick tiefster Verbundenheit verging zwischen uns dreien. Wir standen am Abgrund von etwas, wir konnten es fühlen. Einzig dieser Moment blieb, bevor sich alles änderte.

„Meinst du, du wirst dich festlegen, wenn die Scouts nächste Woche kommen?", fragte Ash und mein Blick fand Hailee, die mit Felicity an der Bar stand.

„Ja, ich werde mich entscheiden."

Football war ein Teil von mir, ein Teil von dem, was ich war. Und ich blieb es mir und meiner Familie schuldig, zu sehen, wohin mich das führte.

„Nun lass uns hier nicht im Dunkeln stehen. Wo soll es denn sein?"

„Michigan", sagte ich, ohne zu zögern. „Ich werde mich in Michigan einschreiben."

Es war eine voreilige Entscheidung, eine, von der ich

wusste, dass ich mit meinen Eltern darüber würde reden müssen, ganz zu schweigen von Hailee. Aber das Leben war kostbar, und ich wollte keine Minute verschwenden. Sollten die Dinge mit Mom schiefgehen, würde ich mich damit beschäftigen, wenn es so weit war. Wir hatten noch neun Monate bis zum College. Bis dahin konnte sich noch viel ändern.

Aber hier, in diesem Moment, wollte ich den Traum.

Ich wollte Football.

Und das Mädchen.

EPILOG

Hailee

„OH MEIN GOTT, es ist so groß."

„Ich kenne noch was, was groß ist", Asher drehte sich um und grinste Flick schalkhaft an.

„Asher, ernsthaft." Sie verdrehte die Augen, bevor sie ihren Blick wieder auf die New Yorker Skyline richtete, während wir die Brücke überquerten. Jason grunzte, seine Augen wurden schmal und er konzentrierte sich auf die Straße. Ich ignorierte es, denn Cameron irrte sich.

Er musste sich irren.

Flick mochte meinen Stiefbruder nicht, da gab es auch nichts zu mögen.

„Bist du aufgeregt?" Camerons Lippen streiften mein Ohr und schickten Hitzewellen durch mich hindurch. Ich presste die Beine zusammen und kicherte.

„Ja, ich wollte schon immer mal eine Reba-Ausstellung sehen. Ich kann nicht glauben, dass Kent es geschafft hat, uns Karten zu besorgen."

„*Euch* Karten zu besorgen", sagte Jason. „Ich habe dir

schon gesagt, dass ich nicht zu einer lahmen Kunstausstellung gehe. Außerdem werden uns Ashs Cousins eine kleine Führung geben, nicht wahr?"

„Was?", fragte ich und schaute von ihm zu Cameron und wieder zurück. „Du hast nichts über Ashers Cousins gesagt." Diese Reise war offiziell von meinem Stiefbruder gekapert worden.

Verdammt.

Wir hatten vielleicht einen vorübergehenden Waffenstillstand geschlossen, seit die Sache mit Camerons Mutter geschehen war, doch ich machte mir keine Illusionen, dass es von Dauer sein würde. Es war zu viel zwischen uns passiert. Aber dieses Wochenende standen unsere Differenzen nicht im Vordergrund. Cameron brauchte dieses Wochenende, wir alle brauchten es. Und nichts würde es ruinieren.

Absolut gar nichts.

DREISSIG MINUTEN SPÄTER, nachdem wir uns durch den Stadtverkehr gekämpft hatten, waren wir endlich angekommen.

„Heilige Scheiße, Hails, ich kann es nicht glauben. Schau dir diese Aussicht an! Ich kann das Empire State Building sehen", rief Flick begeistert und sie winkte mich zu den bodentiefen Fenstern in unserer Unterkunft für diese Nacht.

Die Penthouse-Suite mit Blick auf die Fifth Avenue war umwerfend. Flick hatte darauf bestanden, dass ich mit Cameron zusammen ein Zimmer nahm, also konnte ich mich nicht allzu sehr beschweren. Jason und Asher teilten sich das andere Doppelzimmer, mit zwei Kingsize-Betten, und Flick war mit dem Zweibettzimmer sehr zufrieden.

„New York“, seufzte sie verträumt. „Ich kann’s immer noch nicht fassen. Und“, meine beste Freundin lehnte sich flüsternd zu mir, „ich habe gehört, wie Asher Jason erzählt hat, dass seine Cousins mit uns in einen Club gehen. In einen Club, Hails. Ich bin so verdammt aufgeregt.“

Ich runzelte die Stirn und versuchte, ihre Begeisterung zu teilen. „Ein Club? Ich bin mir nicht sicher ...“

„Oh nein, das tust du nicht, Hailee Raine. Das ist eine einmalige Gelegenheit. Weißt du, wie viele unserer Mitschüler töten würden, um jetzt hier zu sein? Das nutzen wir aus.“

„Lass mich raten“, sagte ich. „Es steht auf deiner ...“

„Psst. Lass es die Jungs nicht hören. Es ist schon schlimm genug, dass Cameron uns letztens belauscht hat. Ich will nicht, dass sie denken, dass ich ...“ Ihre Stimme verstummte. Ich blickte zurück und sah, dass Jason und Asher uns beobachteten.

„Wollt ihr zwei den ganzen verdammten Tag hier rumstehen oder wollen wir los?“

„Kannst du wenigstens versuchen, höflich zu sein?“, fragte ich Jason, aber er grunzte nur und ging zum Kühlschrank.

„Also, wie geht es meinen beiden Lieblingsdamen?“ Asher kam auf uns zu, ich duckte mich, bevor er mich zu fassen bekam. Sein Arm legte sich aber um Flick. Das wurde langsam zur Gewohnheit.

„Das ist so cool“, strahlte Flick ihn an. „Ich kann nicht glauben, dass dein Dad uns hier wohnen lässt.“

„Glaube es, Baby.“ Er grinste zurück. „Aber du hast noch gar nichts gesehen. Meine Cousins kennen alle Hotspots hier.“

„Asher, ich bin mir nicht sicher ...“

„Hails.“ Er warf mir einen ernsten Blick zu. „Eine

Nacht. Wir haben eine Nacht. Jetzt glätte diese Stirnfalten endlich und steig auf den Liebeszug auf."

„Liebeszug, ernsthaft?"

„Für dich ist das okay, du musst dich um Chase kümmern ... und um deine Bedürfnisse." Er wackelte mit den Augenbrauen. „Der Rest von uns muss auf die Jagd gehen."

„Asher." Flick stieß ihm den Ellbogen in die Rippen. „Das ist ekelhaft."

„Nein, Baby. Das ist einfache Biologie. Es sei denn, du ..."

„Belästigt er dich?" Cameron kam hinter mich, legte seinen Arm um mich und zog mich zurück an seine Brust.

„Wer, ich?" Asher täuschte Überraschung vor.

„Um wie viel Uhr ist die Ausstellung?" Cameron strich mit seinen Lippen über mein Ohr.

„Nicht vor zwei."

„Wir haben also etwas Zeit zum Erkunden?"

„Ja, ja, das haben wir." Flick duckte sich aus Ashers Griff und packte seinen Arm. „Wir sollten los. Ich will alles sehen."

„Natürlich tust du das", brummte Asher und lief ihr wie ein Schoßhündchen hinterher.

„Das dürfte interessant werden", sagte ich, und wir folgten ihnen.

Ich und Flick mit meinem Freund, Stiefbruder und seinem besten Freund.

Was konnte da schon schiefgehen?

„UND, hat es dir gefallen?", fragte ich Flick, als wir die Met verließen. Wir hatten die Jungs ziehen lassen, obwohl Cameron darauf bestand, dass er mitkommen wollte. Es war auch sein Ausflug, und ich wollte ihn nicht die ganze Zeit in Anspruch nehmen. Außerdem wusste ich, wenn Cameron mitkam, würde auch Asher dabei sein wollen, und ich wollte auf keinen Fall, dass er uns in einem der renommiertesten Museen des Landes blamierte.

„Ich ...“ Sie zögerte. „Es gefällt *dir*, und das ist das Wichtigste. Und ich kann jetzt sagen, dass ich die Met besucht habe.“

„Es war einfach so ... inspirierend. Ihre Arbeit ist wirklich etwas Besonderes.“

„Und ich würde gerne mal alles darüber hören, aber“, sie deutete auf die Jungs, die unten an der Treppe standen, „wer zum Teufel ist das?“

Jason sprach mit einem Mädchen, einem sehr gut gekleideten, sehr schönen Mädchen.

„Ich schätze, es ist Ashers Cousine.“

„Er hat nicht gesagt, dass sie wie ein Supermodel aussieht.“ Flick packte mich am Arm und zog mich zu ihnen.

„Ich bin sicher, sie ist nett, obwohl sie mit Asher verwandt ist.“

„Hails, so schlimm ist er nicht.“

„Aber er ist auch kein Material für eine Beziehung, oder?“

Sie kniff die Lippen zusammen.

„Flick?“ Ich fragte sie wieder.

„Ich sagte doch schon, kein Interesse. Aber es schadet nicht, ein bisschen Spaß zu haben.“

„Hmm, ich bin mir nicht sicher, ob Asher der Typ ist, der ...“

„Fee, komm hier rüber. Ich möchte dir Vaughn und Riley vorstellen.“

„Komm schon, Hails. Er will uns seine Verwandten vorstellen.“ Sie grinste mich verschmitzt an, hüpfte die letzten paar Stufen hinunter und machte sich an Asher heran, als wären sie die besten Freunde.

Und es kam mir in den Sinn, dass diese seltsame Sache, die sie am Laufen hatten, vielleicht genau darauf hinauslief.

„Fee, Hails, das ist mein Cousin Riley und seine Schwester Vaughn."

„Hey", sagte der Typ, seine Augen scannten Flick und dann mich. Cameron rückte näher und flüsterte mir ins Ohr, wie sehr er mich vermisst hatte. Riley grinste. „Gehört sie zu dir?"

„Eigentlich gehört er mir", sagte ich und drückte Camerons Hand.

„Zur Kenntnis genommen." Rileys Grinsen verwandelte sich in ein schwaches Lächeln. „Und du?" Er deutete mit dem Kopf auf Flick, die tief errötete.

„Ich? Ich bin, äh, ich bin ... Single", krächzte sie.

„Aber du wirst deine dreckigen Pfoten von ihr lassen." Asher legte seinen Arm um Riley und zog ihn weg.

„Wenn ich es nicht besser wüsste", sagte Vaughn, die hinter ihnen lief, „würde ich sagen, mein Cousin hat sich verknallt."

„Hey, Mann, bist du okay?", fragte Cameron Jason, der wie angewurzelt auf der Stelle stand und Vaughns Gestalt beobachtete, als sie sich entfernte.

„Was? Ja, mir geht's gut." Er starrte Flick an. „Du weißt, dass sie nur scherzt, oder? Ash will dich nicht. Er spielt nur gern mit dir."

„Ich ..." Sie klappte den Mund zu, ihre Wangen brannten vor Verlegenheit.

„Jason, sei nicht so ein Arsch", schimpfte ich.

„Ja, Mann, komm schon. Wir haben nur eine Nacht", fügte Cameron hinzu. „Lasst uns versuchen, alle miteinander auszukommen."

„Wie auch immer", brummte er, bevor er hinter Asher

und dem Geschwisterpaar her schlich.

„Bist du okay?“, fragte ich Flick.

„Bitte, es geht mir gut.“ Sie lächelte, aber es war gezwungen. „Komm schon, wir sollten mit ihnen mithalten.“ Flick schob sich an uns vorbei und eilte den anderen hinterher.

„Das war ... seltsam.“

„Mach dir keine Sorgen um Jase“, sagte Cameron, „er ist nur sauer, dass sein bester Freund mit seiner Schwester rummacht.“

„Bei dir klingt es so romantisch.“ Ich streckte mich und drückte ihm einen Kuss auf die Lippen.

„Später“ hauchte Cameron. „Später werde ich jeden einzelnen Zentimeter von dir küssen.“

„Ist das ein Versprechen?“ Meine Finger krallten sich in seinen Pullover, und er lächelte.

„Das ist es.“

„Ich freue mich darauf.“ Ich stahl mir einen weiteren Kuss. „Komm schon, bevor wir sie verlieren.“

„Warte.“ Er griff nach meinem Handgelenk. „Was Asher vorhin sagte, über diese Sache.“

„Diese Sache?“ Ich erinnerte mich vage daran, dass Asher Cameron gefragt hatte, ob er mir von *dieser Sache* erzählt hatte, aber ich war zu sehr damit beschäftigt gewesen, die Aussicht auf die Stadt zu genießen.

„Ja.“ Camerons Kehle schnürte sich zu. „Ich habe mich entschieden, wo ich mich einschreiben werde.“

Mein Herz flatterte. „Hast du das?“

„Das habe ich.“

„Es ist okay“, sagte ich über den Kloß in meinem Hals hinweg. Wir hatten noch nicht viel darüber gesprochen, unsere Beziehung war neu und ich wollte keine Vermutungen anstellen. „Wo auch immer du hingehst, wir schaffen das schon.“

„Gut, denn ich habe Michigan gewählt."

„Michigan ... wie in ..."

Langsam breitete sich ein Lächeln über sein Gesicht aus und er nickte. „Ist das okay?"

„Du wirst in Michigan aufs College gehen?"

„Wenn du es willst."

„Das will ich." Ich warf meine Arme um ihn. „Das will ich wirklich."

„Gott sei Dank, denn ich habe bereits eine mündliche Zusage gemacht."

Ich schlug ihm auf die Brust und konnte es kaum fassen. Ich hatte gewusst, dass Cameron wieder aufs College gehen wollte, nachdem die Operation seiner Mutter gut verlaufen war. Tief im Inneren hatte ich erwartet, dass er Jason auf die Penn folgen würde, und obwohl ich die Idee hasste, hätte ich ihm nie im Weg gestanden.

„Jason ...", begann ich, doch er unterbrach mich.

„Ist mir wichtig, aber das war meine Entscheidung, nicht seine."

Und obwohl er fast sechs Jahre zu spät dran war, hatte er sich schließlich für mich entschieden.

Cameron

„Was ist los mit dir?", fragte ich Jase in dem Club. Hailee und Flick tanzten unten in der Mitte der überfüllten Tanzfläche. Sie hatte gewollt, dass ich mit ihnen gehe, aber sie sollte etwas Zeit mit ihrer besten Freundin genießen, und ich wollte mit meinem besten Freund reden.

„Du hattest den ganzen Abend einen Stock im Arsch. Ihretwegen?"

„Ihretwegen?" Er warf mir einen kühlen Seitenblick zu und nahm einen langen Zug von seinem Bier. Ich hatte gedacht, wir könnten ein Problem haben, in den Club zu kommen, aber es stellte sich heraus, dass Ashers Cousins jeden kannten und wir alle einfach hineingelassen wurden. Es war ziemlich cool, auch wenn ich lieber wieder mit Hailee im Penthouse geblieben wäre. Alleine und nackt und so tief in ihr, dass ich nicht wusste, wo sie anfing, und ich aufhörte.

„Du weißt, von wem ich rede.“ Mein Blick glitt zurück zu den Mädchen, die lachten und tanzten, ohne zu bemerken, dass alle Jungs sie mit Hunger in den Augen anstarrten.

„Das ist okay für dich?“ Jase drehte den Spieß um. „Mit ihr da unten, während sie alle zusehen? Wenn sie meine wäre ...“

„Ist es okay für *dich*?“, konterte ich, und er wusste genau, dass ich nicht seine Stiefschwester meinte.

„Worauf zum Teufel willst du hinaus?“

„Du beobachtest sie, weißt du.“ Ich unterdrückte ein Grinsen. „Wenn du denkst, dass niemand hinsieht, beobachtest du sie.“

Er stieß ein ersticktes Lachen aus. „Ich weiß nicht, wovon zum Teufel du redest. Das einzige Mädchen, das ich heute Abend im Auge habe, ist Vaughn.“

„Wirklich, Mann? Sie ist Ashers Cousine.“

„Hat dich doch nicht aufgehalten, oder?“ Er blies einen langen Atemzug aus und drehte sich um, um sich gegen das Balkongeländer zu lehnen und der Tanzfläche und den Mädchen, den Rücken zuzuwenden.

„Ich mache das nicht mit.“

„Was? Ich tue gar nichts.“ Sein harter Blick glitt über mich hinweg zu Asher und seinen Cousins. Er sah hungrig aus. Bösartig. Er sah aus wie der Jase, den ich kannte, bevor all diese Dinge passiert waren.

Ich schlug meine Hand in seinen Bauch, als er nach

vorne trat. „Tu das nicht. Du brauchst nichts zu beweisen. Du wirst ihr nur weh tun …"

„Wem wehtun?"

Mit einem missbilligenden Kopfschütteln ließ ich ihn gehen. Jase lebte für seine Spielchen, aber eines Tages würde sich das Blatt und wenden und ihn in den Hintern beißen. Und so sehr ich vermeiden wollte, dass Felicity sich mit ihm einließ, vielleicht war sie ja das Mädchen, das ihm endlich seine Grenzen zeigte.

„Was hat er vor?" Asher gesellte sich zu mir und ließ seinen Blick über die Menge unten schweifen.

„Wer, Jase? Nur sein üblicher Schwachsinn."

„Er mag sie, weißt du", sagte er, als ob es nichts wäre. „Er würde es nie zugeben, aber er tut es. Sie geht ihm unter die Haut."

Ich warf ihm einen Seitenblick zu, doch er war zu sehr damit beschäftigt, die Tanzfläche zu beobachten … die Mädchen.

Felicity.

Er beobachtete Felicity.

„Und was ist mit dir?", fragte ich, unsicher, ob dies ein Gewässer war, das ich betreten wollte. „Geht sie *dir* unter die Haut?"

Er zuckte mit den Schultern, gab sich gleichgültig. Aber ich sah die Anspannung um sein Kinn. Er mochte sie. *Verdammt.* „Ist doch egal", sagte er. „Sie steht nicht auf mich."

„Und steht sie auf Jase?"

„Ich bin mir nicht sicher. Sie sagt nein, aber ich ertappe sie manchmal dabei, wie sie ihn mit diesem Ausdruck in den Augen beobachtet, und ich bin mir ziemlich sicher, dass neulich bei mir zu Hause etwas mit ihnen passiert ist."

„Welcher Blick?"

Asher stieß einen zittrigen Atem aus und sein Griff um

das Geländer wurde fester. „Der Blick, den du Hailee immer zugeworfen hast. Derselbe Blick, der sagt, dass du etwas willst, obwohl du weißt, dass es eine verdammt schlechte Idee ist.“

„Es hat sich doch gelohnt, oder?“

Er lachte darüber, aber es klang bitter. „Du bist die Ausnahme von der Regel. Außerdem bist du kein grausamer Bastard wie Jase. Er würde Fee mit seinen Zähnen zerfleischen und sich dann an ihren Knochen laben, nur weil er es könnte.“ Sein Kinn spannte sich an. „Und dennoch, mein Gefühl sagt mir, dass sie sich vor Ende des Semesters von ihm ficken lässt.“

„Vielleicht muss sie nur wissen, dass es noch andere Optionen gibt.“ Ich warf ihm einen strengen Blick zu.

„Vielleicht.“ Etwas blitzte über sein Gesicht, aber es war schnell wieder verschwunden. „Gehen wir runter, bevor dir ein hochnäsiges Stadtkind das Mädchen vor der Nase wegschnappt?“

Mein Blick richtete sich wieder auf Hailee. Asher hatte recht, zwei Typen gingen auf sie zu. „Lass uns gehen“, sagte ich, leerte mein Bier und knallte es auf die Ablage.

Wir gingen nach unten und schlängelten uns durch das Meer von Körpern. Ich nahm sofort Augenkontakt mit dem Arschloch auf, das Hailee beobachtete. Seine Augen weiteten sich und verengten sich dann, als ich hinter sie trat und meinen Arm um ihre Taille legte.

„Hey“, murmelte sie über ihre Schulter zu mir.

„Ich habe dich vermisst.“ Ich küsste ihre Nasenspitze, verschränkte unsere Hände ineinander und legte sie auf ihren Bauch. Der Typ grinste, bevor er sich davonschlich. Ich schaute zu Asher hinüber, der mir ein amüsiertes Grinsen zuwarf, während er Flick in seine Arme zog. Sie ließ sich bereitwillig darauf ein, ein glückseliges Lächeln auf dem Gesicht.

„Wie betrunken ist Felicity?", fragte ich Hailee, die sie ihre Hüften gegen mich rollte und dabei Stromstöße durch mich schickte.

„Asher wird sich um sie kümmern", rief sie über die Musik hinweg.

Das war genau das, was mir Sorgen bereitete.

„Ich bin mir nicht sicher ..." Hailee drehte sich in meinen Armen und presste ihren Mund auf meinen. Meine Hände glitten ihren Rücken hinunter und fanden die Kurve ihres Hinterns. Sie sah aus wie die Sünde selbst in dem hautengen schwarzen Pulloverkleid und den hohen Stiefeln, die ihre Beine länger erscheinen ließen.

Unsere Zungen wirbelten umeinander, langsames, träges Lecken, das die Bewegungen unserer Körper nachahmte. Ich tanzte normalerweise nicht, aber für Hailee würde ich über heiße Kohlen laufen. Sie hatte etwas Magnetisches an sich. Und ich war völlig machtlos gegen ihren Charme.

„Bring mich nach Hause, Cameron", stöhnte sie an meinen Lippen. „Ich brauche dich."

Scheiße.

Ich wollte sie mir über die Schulter werfen und von hier verschwinden, aber die Nacht war noch jung und wir mussten an Felicity und meine Freunde denken. Obwohl sie und Asher mehr als zufrieden aussahen, in den Armen des anderen.

„Später", sagte ich und stahl mir einen weiteren Kuss. „Felicity wollte das Beste aus dieser Nacht machen."

Hailees Augen verdunkelten sich und sie blickte zu mir auf. „Ich liebe dich." Sie unterdrückte ein Lächeln. „Ich liebe dich so sehr."

Ich zog sie dicht an mich heran, die Emotionen schlugen mir auf den Magen. Hailee schlang ihre Arme um meine Taille und hielt sich fest, während wir uns wiegten und in unserem eigenen Takt tanzten.

Noch vor wenigen Wochen war meine Zukunft ungewiss gewesen, eine schwarze Wolke hing über mir, die jedes Licht auslöschte. Aber jetzt hatte ich alles, was ich je wollte. Ich hatte das Team, und der Sieg war zum Greifen nah. Mom ging es so gut, wie man es unter diesen Umständen erwarten konnte. Und ich hatte ein Mädchen, das mich bedingungslos liebte.

Ich war ein verdammter Glückspilz. Aber wenn mich die letzten Wochen etwas gelehrt hatten, dann war es das, dass man nichts als selbstverständlich ansehen sollte.

Und ich hatte vor, das Beste aus meinem Leben zu machen, angefangen mit dem Mädchen in meinen Armen.

Hailee

„Wo gehst du hin?", murmelte Cameron, seine Hand griff nach mir, während ich versuchte, mich aus den Laken zu entwirren.

„Wasser", sagte ich. „Ich brauche Wasser." Die Luft war anders in New York. Dick und feucht, sie klebte an der Haut und die Lungen fühlten sich zu eng an.

„Hol mir auch eine Flasche."

„Okay." Ich fuhr mit den Fingern über sein Kinn, Hitze durchflutete mich und ich erinnerte mich daran, wie intensiv es zwischen uns gewesen war, kaum dass wir zurück im Penthouse waren.

Ich zog Camerons Hemd an und knöpfte es schnell zu, nur für den Fall, dass noch jemand wach war, obwohl ich angesichts des Zustands von Jason, Flick, Asher und seinen Cousins heute Nacht bezweifelte, dass das jemand wach sein würde.

Leise durch den Flur tappend, eilte ich in die Küche

und holte zwei Flaschen Wasser aus dem Kühlschrank. Ich stockte, weil ich ein Geräusch hörte. Mein Herz schlug mir bis zum Hals und ich schimpfte mit mir selbst. Es war wahrscheinlich nur jemand, der schnarchte. Ich schlich auf Zehenspitzen zurück in den Flur und hörte es wieder. Ein leises Knarren. Ein gedämpftes Stöhnen. Meine Augen wehrten sich gegen die Dunkelheit, ich wollte die Quelle des Geräusches finden, doch ich stieß auf eine geschlossene Tür nach der anderen. Bis mein Blick auf dem Schlafzimmer landete, das Flick genommen hatte. Die Tür war leicht angelehnt. Sie hatte letzte Nacht viel getrunken. Vielleicht ging es ihr nicht gut? Ich eilte zu ihrer Tür und hielt draußen inne. Ein gedämpftes Schluchzen durchdrang die Luft und ich trat ins Zimmer. „Flick, geht es dir ..."

Ein nackter Hintern begrüßte mich.

Jasons nackter Arsch, während er in meine Freundin stieß.

„Oh mein Gott", hauchte ich gerade, als Flicks Augen mich über seine Schulter hinweg entdeckten.

„Hails", schrie sie, die Augen weit vor Überraschung und verschwommen vor Lust. Sie warf die Arme um sich, Jason fluchte schwer atmend, bevor er von meiner besten Freundin herunterrollte.

Meine beste Freundin.

... und mein Stiefbruder.

Zusammen.

Ich machte auf dem Absatz kehrt und verschwand. Cameron hatte recht gehabt. Irgendetwas war im Gange.

Etwas zwischen den beiden.

Einer der Menschen, den ich am meisten auf der Welt liebte.

Und einer der Menschen, den ich am meisten hasste.

Das Leben war gerade um einiges komplizierter geworden.

WIEDERGABELISTE

Somebody That I Used To Know – Goyte, Kimbra
Whatever It Takes – Imagine Dragons
Hard Feelings/Loveless – Lorde
Hell To The Liars – London Grammar
War Of Hearts – Ruelle
Where's My Love – SYML
Runnin' (Lose It All) Sofia Karlberg
Love To Hate It – Off Bloom
All We Do – Oh Wonder
All The Stars – Kendrick Lamar, SZA
Ready For War – Tommee Proffit, Liv Ash
Irrestible – Fall Out Boy ft. Demi Levato
My Motto – Jade Bird
I Hate You, I Love You – Gnash, Olivia O'Brien
I Can't Make You Love Me – SOAK
Mercy – Lewis Capaldi
Water Under The Bridge – Adele
Crazy In Love – Sofia Karlberg
Send Them Off! – Bastille
Can't Hold Us Down – Tommee Proffit, Sam Tinnesz

ÜBER DIE AUTORIN

Teenage-Angst. Provozierend. Süchtig machende Romantik.

Als Autorin von Romanen für junge Erwachsene schreibt L. A. am liebsten die Art von Büchern, die sie selbst gern liest: fesselnde Geschichten voller Teenage-Angst, Spannung, Wendungen und Überraschungen.

Ihre Heimat ist eine kleine Stadt in der Mitte Englands, wo sie ihre Arbeit als Vollzeit-Autorin mit dem Job als Mutter von zwei kleinen Kindern jongliert. In ihrer Freizeit (und wenn sie nicht gerade vor dem Laptop campiert) findet man L A höchstwahrscheinlich in ein Buch vertieft, um dem Chaos des Lebens zu entkommen.

L A liebt den Kontakt mit Lesern. Ihr findet sie unter:

www.lacotton.com

Printed in Poland
by Amazon Fulfillment
Poland Sp. z o.o., Wrocław

80161129R00255